LOS MANUSCRITOS ROJOS DE LA MAGIA

LOS MANUSCRITOS ROJOS DE LA MAGIA

Cassandra Clare y Wesley Chu

Traducción de Patricia Nunes y Cristina Carro

DESTINO

Obra editada en colaboración con Editorial Planeta – España

Título original: *The Eldest Curses. Book 1. The Red Scrolls of Magic*

© 2019, Texto: Cassandra Clare, LLC
Publicado originalmente en Estados Unidos por Margaret K. McElderry Books, un sello editorial de Simon & Schuster Children's Publishing Division
Publicado mediante acuerdo con Baror International, INC, Armonk, Nueva York, Estados Unidos.
© 2020, Traducción: Patricia Nunes y Cristina Carro

© 2020, Editorial Planeta S.A.- Barcelona, España

Derechos reservados

© 2020, Editorial Planeta Mexicana, S.A. de C.V.
Bajo el sello editorial DESTINO INFANTIL & JUVENIL M.R.
Avenida Presidente Masarik núm. 111,
Piso 2, Polanco V Sección, Miguel Hidalgo
C.P. 11560, Ciudad de México
www.planetadelibros.com.mx

Primera edición impresa en España: junio de 2020
ISBN: 978-84-08-22794-6

Primera edición en formato epub en México: agosto de 2020
ISBN: 978-607-07-6865-1

Primera edición impresa en México: agosto de 2020
ISBN: 978-607-07-6863-7

Impreso en los talleres de Litográfica Ingramex, S.A. de C.V.
Centeno núm. 162-1, colonia Granjas Esmeralda, Ciudad de México
Impreso en México *–Printed in Mexico*

Porque todos nos merecemos
una gran historia de amor

C. C.

Al amor, la mayor aventura

W. C.

Desear la inmortalidad es desear
la duración eterna de un gran error.

ARTHUR SCHOPENHAUER

Ahora percibo el misterio de tu soledad.

WILLIAM SHAKESPEARE

PRIMERA PARTE

CIUDAD DE AMOR

No puedes escapar del pasado en París.

ALLEN GINSBERG

1

CHOQUE EN PARÍS

Desde la plataforma de observación de la Torre Eiffel, la ciudad se extendía a los pies de Magnus Bane y Alec Lightwood igual que un regalo. Las estrellas titilaban como si supieran que tenían competencia, las calles adoquinadas eran filigranas de oro y el Sena formaba una cinta anudada alrededor de una elegante caja de bombones. París, la ciudad de los bulevares y los bohemios, de los amantes y del Louvre.

París también había sido el escenario de muchos de los percances más vergonzosos de Magnus y de algunos de sus peores planes, junto a varias catástrofes sentimentales. Pero, en ese momento, el pasado no importaba.

Esta vez, Magnus tenía toda la intención de que todo saliera bien en París. Durante sus cuatrocientos años de recorrer el mundo, había aprendido que allá donde fueras, lo importante era con quién lo hicieras. Miró a Alec Lightwood, al otro lado de la mesita, que no prestaba atención ni al brillo ni al encanto de París mientras escribía postales para enviar a su familia, y sonrió.

Siempre, al final de cada postal, Alec añadía: «Ojalá estuvierasaquí». Y cada vez, Magnus tomaba la postal y escribía con una floritura: «Aunque, en realidad, no».

Alec encorvaba los anchos hombros sobre la mesa al escribir. Las runas le serpenteaban sobre la musculatura del brazo; una de ellas se le desvanecía en el cuello, justo bajo el limpio borde del mentón. Sobre los ojos le caía un mechón de su siempre alborotado cabello. Magnus tuvo el impulso pasajero de extender la mano y echarle el pelo hacia atrás, pero se contuvo. A veces, Alec se cohibía ante las muestras públicas de afecto. Quizá ahí no hubiera ningún cazador de sombras, pero tampoco todos los humanos comúnes aceptaban de forma natural esos gestos. Magnus deseó que no fuera así.

—¿Perdido en profundos pensamientos? —le preguntó Alec.

—Intento que no —replicó Magnus resoplando.

Disfrutar de la vida era esencial, pero a veces resultaba un esfuerzo. Planear el viaje perfecto a Europa no había sido fácil. Magnus se había visto obligado a diseñar varios planes brillantes por su cuenta. Y se imaginó intentando describir sus particulares requisitos a una agente de viajes.

—¿Quiere ir a algún sitio? —le podría haber preguntado esta al entrar.

—Las primeras vacaciones con mi nuevo novio —quizá le habría contestado Magnus, ya que poder decir al mundo que estaba saliendo con Alec era una novedad, y le gustaba alardear de ello—. Muy nuevo. Tan nuevo que aún tiene ese olor a coche recién estrenado.

Tan nuevo que aún estaban aprendiendo cada uno los ritmos del otro, y cada mirada o caricia se convertían en un movimiento dentro de un territorio tan maravilloso como extraño. A veces se sorprendía a sí mismo mirando a Alec, o encontraba a este mirándolo; una maravillosa sorpresa. Era como si cada uno de ellos hubiera descubierto algo inesperado pero infinitamente deseable. Aún no estaban seguros el uno del otro, pero querían estarlo.

O al menos eso era lo que deseaba Magnus.

—Es la clásica historia de amor. Le coqueteé en una fiesta, él me invitó a salir, luego luchamos codo con codo en una épica batalla mágica entre el bien y el mal, y ahora necesitamos unas vacaciones. Es que él es cazador de sombras —diría Magnus.

—Perdone, ¿qué? —le preguntaría su imaginaria agente de viajes.

—Oh, ya sabes cómo es. Hace mucho tiempo, el mundo sufría una invasión de demonios. Piensa en un *Black Friday*, con más ríos de sangre y unos cuantos menos alaridos de pánico. Como le ocurre en los momentos de desesperación al noble y sincero, y por lo tanto, nunca a mí, apareció un ángel. El ángel concedió a sus guerreros preferidos y a todos sus descendientes el poder de los ángeles para defender a la humanidad. También les dio su propio país secreto. Al ángel Raziel le gustaba lo de los dones. Los cazadores de sombras siguen con su lucha hasta el día de hoy, protectores invisibles, deslumbrantes y virtuosos, y la definición sin ironía de «más santo que tú». Es de lo más molesto. ¡Son literalmente más santos que tú! Sin duda mucho más santos que yo, que nací de un demonio.

Ni Magnus llegaba a imaginar lo que diría la agente de viajes ante eso. Seguramente solo balbucearía confundida.

—¿He olvidado decirlo? —continuaría Magnus—. Hay seres muy diferentes de los cazadores de sombras; también están los subterráneos. Alec es vástago del ángel, y también el hijo de una de las familias más antiguas de Idris, la patria de los nefilim. Estoy seguro de que a sus padres no les habría gustado verlo saliendo con un hada, o un vampiro, o un licántropo, en Nueva York. Y estoy aún más seguro de que habrían preferido uno de esos a un brujo. Mi gente está considerada como la más peligrosa y sospechosa del inframundo. Somos hijos de demonios, y yo soy el hijo inmortal de cierto Demonio Mayor de infausta fama, aunque tal vez haya olvidado mencionar ese detalle a mi novio. Se supone que los cazadores de sombras respetables no llevan a los de mi clase a casa para presentarlos a mamá y papá. Tengo un pasado. Tengo varios pasados. Además, también se supone que los buenos chicos cazadores de sombras tampoco deben tener novios que llevar a casa.

Solo lo había hecho Alec. Se había plantado en la sala de sus ancestros y había besado a Magnus en la boca ante los ojos de todos los nefilim allí reunidos. Había sido la sorpresa más intensa y encantadora que había recibido Magnus en toda su larga vida.

—Hace poco luchamos en una gran guerra que evitó un terrible desastre a toda la humanidad, aunque la humanidad no está nada agradecida, porque no lo sabe. No recibimos ni gloria ni una compensación económica adecuada, y sufrimos pérdidas indescriptibles. Alec perdió a su hermano, y yo perdí a mi amigo, y a ambos nos irían bien una vacaciones. Me temo que lo más parecido a cuidarse que Alec ha hecho nunca es comprarse un cuchillo nuevo y reluciente. Quiero hacer algo agradable por él y con él. Quiero apartarnos del lío que son nuestras vidas, y ver si podemos idear un modo de estar realmente juntos. ¿Tienes un itinerario recomendado?

Incluso en su imaginación, la agente de viajes le colgó el teléfono.

No, Magnus se había visto obligado a preparar él solo una elaborada escapada romántica a Europa. Pero era Magnus Bane, glamuroso y enigmático. Podía preparar un viaje así con una gran clase. Un guerrero elegido por los ángeles y el elegante hijo de un demonio, enamorados y buscando la aventura por Europa, ¿qué podía salir mal?

Considerando el tema de la elegancia, Magnus se inclinó la boina en un ángulo sofisticado. Alec alzó la mirada hacia él un momento y la dejó alzada.

—¿Decidiste ponerte una boina? —le preguntó Magnus—. Solo tienes que decirlo. Resulta que tengo varias boinas ocultas en mí. De diferentes colores. Soy una cornucopia de boinas.

—No voy a ponerme boina —contestó Alec—. Pero gracias.

Las comisuras de la boca se le curvaron hacia arriba, una sonrisa insegura pero auténtica.

Magnus apoyó la barbilla en la mano. Quería saborear ese momento con Alec, con un cielo estrellado y París cargado de posibilidades; y quería guardarlo para poder mirarlo en el futuro. Esperaba que, entonces, ese recuerdo no le resultara doloroso.

—¿En qué estás pensando? —preguntó Alec—. En serio.

—En serio —respondió Magnus—. En ti.

Alec pareció sobresaltarse ante la idea de que Magnus pudiera estar pensando en él. Era, al mismo tiempo, muy fácil y muy difícil sorprenderlo; la visión y los reflejos de los cazadores de sombras no eran ninguna broma. Ya fuera al doblar una esquina, o en la cama que compartían, solo para dormir, por el momento, hasta que Alec quisiera algo más, este siempre se anticipaba a él. Sin embargo, podía descubrirlo con la guardia bajada con algo tan insignificante como enterarse de que ocupaba los pensamientos de Magnus.

En ese momento, Magnus pensaba que ya era hora de que Alec tuviera una auténtica sorpresa. Y resultaba que él tenía una a mano.

París era la primera etapa de su viaje. Quizá fuera un cliché comenzar unas vacaciones románticas en Europa por la Ciudad del Amor, pero Magnus consideraba que lo clásico era clásico por alguna razón. Llevaban allí casi una semana, y Magnus consideraba que era el momento de darle su toque particular a las cosas.

Alec acabó la última postal y Magnus fue a tomarla, pero dejó caer la mano. Leyó lo que Alec había escrito y sonrió, encantado y sorprendido.

En la postal para su hermana, Alec había puesto: «Ojalá estuvieras aquí. Aunque, en realidad, no». Lanzó una mínima sonrisita a Magnus.

—¿Preparado para la siguiente aventura? —le preguntó este.

Alec lo miró intrigado.

—¿Te refieres al cabaret? Las entradas son para las nueve. Deberíamos mirar cuánto vamos tardar en llegar allí desde aquí.

Resultaba evidente que Alec nunca había disfrutado de unas auténticas vacaciones. No paraba de tratar de planear las cosas como si fueran a entrar en batalla.

Magnus agitó una perezosa mano, como si espantara una mosca.

—Siempre hay tiempo para la última sesión en el Moulin Rouge. Date la vuelta.

Señaló hacia atrás por encima del hombro del chico. Alec volteó.

Tambaleándose bajo rachas de viento, se acercaba a la Torre Eiffel un globo aerostático con grandes rayas lilas y azules. En lugar de una cesta, una mesa y dos sillas estaban colocadas sobre una plataforma de madera que colgaba del globo sujeta con cuatro cuerdas. La mesa estaba preparada para dos, con una rosa colocada en un delgado jarrón en el centro. Un candelabro de tres brazos completaba el conjunto, aunque los vientos que soplaban alrededor de la Torre Eiffel apagaron las velas. Molesto, Magnus chasqueó los dedos y las tres velas volvieron a encenderse.

—Umm —dijo Alec—. ¿Puedes hacer volar un globo?

—¡Claro que sí! —afirmó Magnus—. ¿Te conté de la vez que robé un globo para rescatar a la reina de Francia?

Alec sonrió como si Magnus hablara en broma. Este le devolvió la sonrisa. Lo cierto era que lo de María Antonieta había sido muy difícil.

—Es que... —repuso Alec pensativo—... nunca te he visto conducir un coche.

Se levantó para admirar el globo, que estaba cubierto con un *glamour* que lo hacía invisible. Para los mundanos que los rodeaban, Alec estaba mirando solemnemente al cielo abierto.

—Sé conducir. Y también volar, y pilotar aviones, y dirigir del modo que sea el vehículo que prefieras. No voy a estrellar el globo contra ninguna chimenea —protestó Magnus.

—Umm —repuso Alec con las cejas fruncidas.

—Pareces perdido en tus pensamientos —comentó Magnus—. ¿Estás pensando en lo glamuroso y romántico que es tu novio?

—Estoy pensando —respondió Alec— en cómo protegerte si estrellamos el globo contra una chimenea.

Al pasar ante Magnus, Alec se detuvo para apartarle de la frente un mechón rebelde. Su gesto fue suave, tierno, aunque reflejo, como si ni se diera cuenta de lo que estaba haciendo. Magnus ni se había fijado que tenía el pelo ante los ojos.

Bajó la cabeza y sonrió. Que lo cuidaran le resultaba raro, pero pensó que tal vez pudiera acostumbrarse.

Con un *glamour*, Magnus desvió la atención de los mundanos, y luego usó la silla como escalón para subir a la oscilante plataforma. En cuando puso los dos pies sobre ella, sintió como si se hallara sobre suelo firme. Le tendió la mano a Alec.

—Confía en mí.

Alec vaciló un instante, y luego aceptó la mano de Magnus. La tomó con firmeza y una dulce sonrisa.

—Confío.

Siguió a Magnus, saltando ágilmente por encima del barandal hasta la plataforma. Se sentaron a la mesa y el globo se fue alzando, un poco a tropezones, como un bote de remos en un mar picado, y flotó sin ser visto, alejándose de la Torre Eiffel. Unos segundos después flotaban muy por encima de los tejados, mientras París se extendía bajo ellos en todas direcciones.

Magnus observó a Alec contemplar la ciudad desde una altura de trescientos metros. Magnus ya había estado enamorado antes, y le había ido mal. Había sufrido y aprendido cómo recuperarse de ese dolor muchas veces.

Si los sentimientos de Alec no duraban, Magnus quería tener, como mínimo, el buen recuerdo de este viaje. Esperaba que fuera los cimientos de algo más, pero si eso era todo lo que iban a compartir, Magnus conseguiría que fuera extraordinario.

El brillo cristalino de la Torre Eiffel fue alejándose. Nadie había esperado que la torre durara tanto tiempo. Sin embargo, ahí estaba, el emblema por excelencia de la ciudad.

Una repentina ráfaga de fuerte viento inclinó la plataforma y el globo descendió de golpe unos treinta metros. Dieron varias vueltas empujados por las rachas de viento antes de que Magnus hiciera un gesto y el globo se enderezara.

Alec lo miró levemente ceñudo, aferrado a los brazos de su silla.

—¿Y cómo manejas los controles de esta cosa?

—¡Ni idea! —respondió Magnus alegremente—. ¡Pensaba usar la magia!

El globo aerostático pasó sobre el Arco de Triunfo con solo unos cuantos centímetros de margen y torció bruscamente hacia el Louvre, descendiendo hacia los tejados.

Magnus no se sentía tan tranquilo como deseaba parecer. Era un día muy ventoso. Mantener el globo estable, en la dirección correcta e invisible, suponía un esfuerzo mayor del que le gustaba admitir. Y aún tenía que servir la cena. Y seguir manteniendo las velas encendidas.

Un idilio daba mucho trabajo.

Por debajo, oscuras hojas colgaban pesadamente sobre las paredes de ladrillo rojo a lo largo de la orilla del río, y los faroles brillaban de color rosa, naranja y azul en medio de los edificios pintados de blanco y las estrechas calles adoquinadas. Al otro lado se extendían los jardines de las Tullerías, con su estanque redondo observándolos como un ojo, y la pirámide de cristal del Louvre, con un rayo de luz roja atravesándola por el centro. De repente, Magnus pensó en cuando la Comuna de París hizo arder las Tullerías, recordó la ceniza en el aire y la sangre en la guillotina. Era una ciudad que soportaba el peso de una larga historia y de antiguos pesares; a través de los ojos de Alec, Magnus esperaba que todo eso se borrara.

Chasqueó los dedos y una botella enfriándose en una cubitera con hielo se materializó junto a la mesa.

—¿Champán?

Alec saltó de su silla.

—Magnus, ¿ves esa columna de humo allí abajo? ¿Es un incendio?

—¿Es eso un no al champán?

El cazador de sombras señaló hacia una avenida que corría paralela al Sena.

—Hay algo raro en ese humo. Va contra el viento.

Magnus alzó su copa.

—Nada de lo que no puedan ocuparse los *pompiers*.

—Ahora el humo va saltando por los tejados. Acaba de torcer a la derecha. Ahora se esconde detrás de una chimenea.

Magnus lo miró.

—¿Perdona?

—Bueno, el humo acaba de saltar sobre la rue des Pyramides —informó Alec, entrecerrando los ojos.

—¿Reconoces la rue des Pyramides desde aquí arriba?

Alec miró a Magnus, sorprendido.

—Estudié a fondo los mapas de la ciudad antes de salir —explicó Alec—. Para estar preparado.

De nuevo, Magnus recordó que Alec se había preparado para ese viaje como si estuviera haciéndolo para una misión, porque esa era la primera vez que salía de vacaciones. Echó una mirada hacia la gruesa columna negra que flotaba en el cielo del atardecer, con la esperanza de que Alec se equivocara y pudieran continuar con su plan de una tarde romántica. Pero, por desgracia, Alec tenía razón; la nube era demasiado negra, demasiado compacta; de ella brotaban aros como tentáculos sólidos agitándose en el aire, burlándose descaradamente del viento que tendría que haberlos dispersado. Bajo el humo observó un repentino destello.

Alec se hallaba en el borde de la plataforma, peligrosamente inclinado hacia fuera.

—Hay dos personas que persiguen ese humo..., esa cosa. Creo que eso son cuchillos serafines. Son cazadores de sombras.

—¡Hurra, cazadores de sombras! —soltó Magnus—. Exceptuando a la compañía presente de mi sarcástico hurra, naturalmente.

Se puso de pie, y con un gesto firme hizo que el globo perdiera altura rápidamente; decepcionado, reconoció la necesidad de echar un vistazo más de cerca. Su vista no era tan aguda como la de Alec, reforzada por la runa, pero no tardó en distinguir bajo el humo dos siluetas oscuras que corrían por los tejados de París en una veloz persecución.

Magnus distinguió un rostro de mujer, alzado hacia el cielo y blanco como una perla. Una larga trenza se agitaba tras ella al correr, como una serpiente de oro y plata. Los dos cazadores de sombras iban desesperadamente rápidos.

El humo se arremolinó, descendiendo entre unos edificios comerciales sobre una estrecha calle, y se derramó sobre un bloque de pisos, esquivando los tragaluces, las tuberías y las salidas de la ventilación. Los cazadores de sombras seguían persiguiéndolo, cortando cualquier tentáculo negro que se les acercara. En el interior del oscuro torbellino, un enjambre de luces amarillas, como de luciérnagas, se agitaba por parejas.

—Demonios iblis —masculló Alec. Tomó el arco y preparó una flecha. Magnus puso mala cara cuando se dio cuenta de que Alec había llevado su arco a la cena. «¿Cómo te va a hacer falta disparar a algo con arco y flecha en la Torre Eiffel?», le había dicho, y Alec tan solo le sonrió mientras, con un leve encogimiento de hombros, se ajustaba el arma a la espalda.

Magnus sabía que no serviría de nada sugerirle que dejara que los cazadores de sombras de París se encargaran de cualquier irritante desastre demoníaco que se avecinara. Alec era congénitamente incapaz de no contribuir a una buena causa. Era una de sus cualidades más atractivas.

Ya se habían acercado a los tejados. Magnus sentía como si estuviera luchando contra el cielo entero. El globo se balanceaba de lado a lado, y la cubitera se volcó. Magnus evitó por poco estrellarse contra una alta chimenea mientras contemplaba la botella de champán rodar más allá del borde de la plataforma. Estalló lanzando vidrios y espuma al destrozarse contra el tejado que había debajo.

Magnus abrió la boca para hacer un comentario sobre el triste desperdicio del champán.

—Perdona por el champán —dijo Alec antes de que pudiera decir nada—. Espero que no fuera una de tus botellas más caras ni nada de eso.

Magnus rio. De nuevo, Alec se le había anticipado.

—Para beber sobre plataformas colgantes a trescientos metros del suelo solo llevo botellas de precio medio.

Se excedió un poco al maniobrar para compensar el viento, y la plataforma se inclinó peligrosamente en la otra dirección, como un péndulo, y a punto estuvo de hacer un agujero en una valla-anuncio gigante. Enderezó el globo a toda prisa y echó un vistazo a lo que pasaba abajo.

El enjambre de demonios iblis se había dividido en dos y rodeaba a los cazadores de sombras en el tejado que tenían justo debajo. El desafortunado par de cazadores de sombras estaba atrapado, aunque seguían luchando con valentía. La mujer rubia se movía como un rayo. El primer demonio iblis que saltó hacia ellos cayó de un tajo de su cuchillo serafín, al igual que el segundo y el tercero. Pero eran demasiados. Mientras Magnus observaba, un cuarto demonio se lanzó contra la cazadora de sombras con sus brillantes ojos rajando la oscuridad.

Magnus miró a Alec, y este movió la cabeza asintiendo. Magnus empleó una gran parte de su magia para mantener el globo totalmente inmóvil durante un momento. Alec lanzó su primera flecha.

El demonio iblis no alcanzó a la mujer. El brillo de sus ojos se fue apagando mientras su cuerpo de humo se disipaba y dejaba tan solo una flecha clavada en el suelo. Tres demonios más sufrieron un fin similar.

Las manos de Alec eran una estela en movimiento mientras hacía llover una flecha tras otra sobre el enjambre de demonios. Cada vez que un par de ojos se acercaba a los cazadores de sombras, una veloz flecha lo atravesaba antes de que pudiera alcanzarlos.

Era una pena que Magnus tuviera que dedicar toda su atención a controlar los elementos en vez de a admirar a su novio.

La retaguardia de los demonios iblis se volvió hacia la nueva amenaza procedente del cielo. Tres dejaron de atacar a los cazadores de sombras del tejado y se lanzaron hacia el globo. Dos cayeron atravesados por sendas flechas antes de llegar a alcanzar la plataforma, pero a Alec no le dio tiempo de acabar con el tercero. El demonio, con las fauces abiertas mostrando una hilera de afilados dientes negros, lo atacó.

Pero él ya había soltado el arco y desenvainado un cuchillo serafín.

—*Puriel* —invocó Alec, y la hoja se iluminó de poder angélico. Las runas de su cuerpo brillaron levemente al dar un tajo que le separó al demonio iblis el cuerpo de la cabeza. El demonio se deshizo en ceniza negra.

Otro grupo de demonios alcanzó la plataforma, y no tardaron en encontrar un destino similar. Eso era lo que hacían los cazadores de sombras, y Alec había nacido para ello. Todo su cuerpo era un arma, grácil y rápida; un instrumento afinado para matar demonios y proteger a sus seres queridos. A Alec se le daban muy bien ambas cosas.

Las habilidades de Magnus se centraban más en la magia y en la moda. Atrapó a un demonio en una red de energía y contuvo a otro con una barrera invisible de viento. Alec mató primero a este último y luego al que estaba retenido más abajo. En ese momento, a la cazadora de sombras rubia y su compañero ya no les quedaba nada que hacer. Permanecían de pie en medio de un remolino de ceniza humeante y destrucción, y parecían un poco perdidos.

—¡De nada! —les gritó Magnus desde arriba agitando la mano—. ¡Gratis!

—Magnus —llamó Alec—. ¡Magnus!

El tono de auténtica alarma en la voz de Alec hizo que Magnus se diera cuenta de que el viento había escapado a su control, incluso antes de notar la sacudida de la plataforma bajo los pies. Magnus hizo un último gesto, acelerado y fútil, y Alec corrió hacia él, cubriéndolo con su cuerpo.

—Prepárate para... —le gritó Alec al oído mientras el globo descendía rápido hacia el suelo, y más en concreto, hacia la marquesina de un teatro con el rótulo de Carmen en la fachada formado con relucientes focos amarillos.

En la vida, Magnus Bane hacía todo lo posible por ser espectacular. Ese choque lo fue.

2

TU NOMBRE ESCRITO EN LAS ESTRELLAS

Justo cuando la plataforma iba a estrellarse contra la letra R, Alec agarró a Magnus por la manga, lo abrazó bruscamente y saltaron juntos de la plataforma. El brillante cielo y la luminosa ciudad fueron intercambiando de lugar mientras el mundo rodaba a su alrededor. Perdió la noción de arriba y abajo, hasta que abajo acaparó toda su atención con un fuerte golpe. Siguió un instante de oscuridad, y luego se encontró tendido sobre la hierba, entre los brazos de Alec.

Magnus parpadeó para limpiar su visión de estrellas, justo a tiempo de ver el globo chocar contra la marquesina y provocar una impresionante explosión de chispas y astillas. La llama de gas que lo había mantenido en el aire se apagó y el globo se desinfló rápidamente mientras se incendiaba junto con la marquesina.

La gente ya se apilaba en la calle para mirar. El reconocible pitido de las sirenas de la policía parisina se hizo cada vez más audible. Algunas cosas no podían ocultarse con un *glamour*.

Unas fuertes manos pusieron a Magnus de pie.

—¿Estás bien?

Sorprendentemente, lo estaba. Caer sin lastimarse desde absurdas alturas era, al parecer, una de las muchas habilidades de los cazadores de sombras. A Magnus lo impresionó más la mirada preocupada de

Alec de lo que lo había hecho el choque. Tuvo ganas de mirar hacia atrás por encima del hombro para descubrir a quién iba dirigida realmente esa mirada, incapaz de acabar de creer que era para él.

Magnus había estado esquivando la muerte durante siglos. No estaba acostumbrado a que alguien se preocupara tanto por haberla evitado una vez más.

—No puedo quejarme —contestó Magnus mientras se arreglaba los puños de la camisa—. Si lo hiciera, solo lo haría para llamar la atención de un apuesto caballero.

Por suerte, esa noche no había representación de *Carmen*, así que no parecía haber heridos. Ambos se pusieron de pie y contemplaron los destrozos. Afortunadamente, ellos resultaban invisibles al gentío, que iba aumentando, y al que pronto desconcertaría la aparente falta de pasajeros en el globo. Se hizo el silencio en el ambiente, y entonces la marquesina se resquebrajó entre crujidos mientras el fuego acababa de devorar los soportes que la fijaban al muro y luego se estrellaba contra el suelo, lanzando al aire una nueva columna de humo y chispas. Algunos curiosos retrocedieron cautelosamente, pero siguieron tomando fotos.

—Lo admito —dijo Magnus mientras se acomodaba un jirón de la camisa que ondeaba al viento—, esta noche no está saliendo como la había planeado.

Alec pareció entristecerse.

—Lamento haberte arruinado la velada.

—Nada se ha arruinado. La noche es joven y hay reservas disponibles —repuso Magnus—. El teatro recibirá un generoso donativo de un patrocinador desconocido para realizar las reparaciones necesarias después de este extraño accidente. Estamos a punto de disfrutar de un paseo nocturno por la ciudad más romántica del mundo. Me parece una noche excelente. Y el mal ha sido derrotado, cosa que me gusta.

Alec frunció el ceño.

—Ver tantos demonios iblis juntos no es normal.

—Tendremos que dejar algo de maldad para que el Instituto de París se entretenga. Sería muy grosero por nuestra parte acaparar todo el mal contra el que hay que luchar. Además, estamos de vacaciones. *Carpe diem*. Aprovecha el día, no los demonios.

Alec aceptó sus palabras encogiéndose de hombros y sonriendo.

—Además, eres fabuloso con el arco, lo que resulta muy muy atractivo —añadió Magnus. En su opinión, Alec necesitaba que alabaran sus habilidades. Este pareció sorprendido, pero no contrariado—. Muy bien. Ahora, ropa nueva. Si me ve alguna de las hadas de París con este aspecto, mi reputación se irá al traste durante todo un siglo.

—No sé —dijo Alec con timidez—. A mí me gusta cómo te ves.

Magnus sonrió de oreja a oreja, pero mantuvo su decisión. Un choque con un globo aerostático no era como se había imaginado que se le estropearía la ropa durante ese viaje. Entonces, se encaminaron directos a la rue Saint-Honoré para una rápida renovación de vestuario.

Pasaron ante varias tiendas que abrían hasta tarde, o que eran fáciles de persuadir para que abrieran exclusivamente para un cliente conocido desde hacía mucho. Magnus eligió un *blazer* de terciopelo rojo con estampado de cachemira sobre una camisa de olanes de color rojo óxido, mientras que Alec no se dejó convencer para elegir nada más elaborado que una sudadera oscura de rayas bajo un amplio abrigo de cuero con un montón de cierres.

Tras lograr su objetivo, Magnus hizo unas cuantas llamadas y se complació en comunicarle a Alec que cenarían en la mesa del chef en el A Midsummer Night's Dining, el restaurante hada más de moda de la ciudad.

Desde fuera parecía un lugar común, con una pintoresca fachada de ladrillo. Por dentro, su aspecto era el de una cueva feérica. El suelo estaba cubierto de un exuberante musgo verde esmeralda, y las paredes y el techo eran de piedra irregular, como lo serían en una cueva. Las finas ramas de las plantas trepadoras surgían de los árboles como serpientes y ondeaban sobre las mesas; varios clientes se veían obligados a perseguir su comida, porque los alimentos levitaban del plato y trataban de alcanzar la libertad.

—Siempre da una sensación rara pedir la comida en un restaurante de seres mágicos —comentó Alec después de que les hubieran servido sus ensaladas—. Quiero decir, en Nueva York lo hago todo el tiempo, pero conozco los restaurantes. El *Códice de los cazadores de sombras* indica no comer ningún alimento de las hadas, en ninguna circunstancia.

—Este restaurante es completamente seguro —afirmó Magnus, masticando una de las hojas, que trataba de salírsele de la boca—. Casi completamente seguro. Mientras paguemos por la comida, no se considera una ofrenda sino una compra. La transacción financiera es lo que marca la diferencia. Es una delgada línea, pero ¿no lo es siempre cuando se trata de las hadas? ¡No dejes que se te escape la ensalada!

Alec rio y clavó el tenedor en su *caprese* feérica. «Otra vez esos reflejos de cazador de sombras», pensó Magnus.

Magnus siempre había tenido cuidado, con sus amantes mundanos, de minimizar su relación con el inframundo. Tanto por su seguridad como por tener tranquila la conciencia. Siempre había supuesto que los cazadores de sombras también querrían minimizar su relación con el inframundo. Se mantenían aparte y se declaraban como no mundanos pero tampoco como parte del inframundo; sino una tercera cosa, separada e incluso un poco mejor. Pero Alec parecía contento de estar allí, sin sorprenderse de ninguno de los mundos de París o de Magnus. Sin embargo, era posible que Alec fuera feliz por la misma razón que Magnus, solo por estar juntos.

Cuando salieron del restaurante, este se tomó del brazo de Alec y notó el duro músculo del cazador de sombras contra el suyo. Alec estaría listo para luchar de nuevo en un instante, pero en ese momento, simplemente, estaba relajado. Magnus se apoyó en él.

Doblaron hacia el Quai de Valmy y se encontraron con un fuerte viento de cara. Alec se puso la capucha, se subió el cierre del abrigo y se acercó más a Magnus. Este lo guio, paseando por el barrio del canal Saint-Martin, siguiendo el recorrido del agua hasta doblar la esquina. Había parejas paseando por la orilla y un grupito de gente charlaba tumbado en mantas de pícnic al borde del agua. Un tritón con un sombrero fedora se había unido al grupo. Magnus y Alec pasaron bajo un puente de hierro azul. Al otro lado del canal, la música de violín acompañada de percusión llenaba el aire. Los mundanos de París podrían oír al percusionista mortal, pero solo la gente como Magnus y Alec oían y veían al hada violinista que giraba alrededor de él, con flores en el pelo que destellaban como gemas.

Magnus condujo a Alec, apartándolo del concurrido canal, hacia una calle más tranquila. La luna pintaba una fila de chatas casas grises apretadas unas contra otras con un pálido destello, que se rompía en un caleidoscopio de plata entre los árboles agitados por el viento. Fueron doblando esquinas sin rumbo fijo, dejando que los guiara el destino. Magnus notaba la sangre corriéndole por las venas. Se sentía vivo, se sentía despierto. Esperaba que Alec estuviera tan electrizado como él.

Un viento fresco acarició a Magnus en el cuello, erizándole la piel. Por un momento notó algo raro. Un picor, una sensación de inquietud, una presencia. Se detuvo de golpe y miró hacia atrás, por donde acababan de pasar.

Observó a la gente. Aún lo sentía: unos ojos observándolo, unas orejas escuchando, o posiblemente pensamientos centrados en él flotando en el aire.

—¿Pasa algo? —le preguntó Alec.

Magnus se dio cuenta de que se había apartado de Alec, dispuesto a enfrentarse solo a la amenaza. Negó con la cabeza para alejar la inquietud.

—¿Qué podría pasar? —respondió—. Estoy contigo.

Le tomó la mano y entrelazó los dedos con los de Alec, que apretó la callosa palma contra la suya. Alec estaba más relajado por la noche que durante el día. Seguramente se sentía más cómodo oculto de aquellos que incluso tenían la Visión. Tal vez todos los cazadores de sombras se sintieran más a gusto entre las sombras.

Se detuvieron en la entrada del parque Buttes-Chaumont. El resplandor de las luces de la ciudad tintaba el horizonte de un tono marrón al mezclarse con la oscuridad del cielo nocturno, donde solo resaltaba la luna. Magnus señaló un tenue grupo de estrellas que titilaban a la derecha.

—Ahí está Boyero, el vigilante de las osas, y Corona y Hércules a su lado.

—¿Por qué se supone que nombrar las estrellas es romántico? —preguntó Alec con una sonrisa en el rostro—. Mira, esa de ahí es... Dave... el Cazador... y aquella otra es la... Rana, y... el Helicóptero. No conozco las constelaciones, lo siento.

—Es romántico porque representa compartir el conocimiento del mundo —explicó Magnus—. El que sabe de estrellas enseña al que no sabe. Eso es romántico.

—Creo que no hay nada que yo pueda enseñarte —repuso Alec; seguía sonriendo, pero Magnus sintió una punzada de dolor.

—Seguro que lo hay —replicó—. ¿Qué es eso que tienes en el dorso de la mano?

Alec alzó la mano y se la examinó como si no la hubiera visto nunca.

—Es una runa. Ya las has visto antes.

—Sé la idea básica. Se dibujan runas en la piel, les dan poderes —respondió Magnus—. Pero no tengo tan claros los detalles. Explícame la Marca de la mano es la primera que reciben, ¿no?

—Sí —asintió Alec lentamente—. Videncia. Normalmente, es la primera runa que les ponen a los niños cazadores de sombras, la runa para asegurarse de que pueden soportar las runas. Y te permite ver a través de los *glamoures*; lo que siempre resulta útil.

Magnus observó la sombreada curva de un ojo sobre la pálida piel de Alec. Los *glamoures* protegían a los subterráneos. Los cazadores de sombras necesitaban ver a través de los *glamoures* porque los subterráneos eran amenazas potenciales.

¿Acaso Alec no pensaba eso cuando se miraba la Marca de la mano? ¿O simplemente era para no hablar de ellos? Para proteger a Magnus, como lo había protegido durante la caída desde el globo.

«Extraño —pensó Magnus—. Pero muy tierno.»

—¿Y esta? —preguntó, y se encontró deslizando el índice por la curva del bíceps de Alec, viendo cómo este se estremecía con la inesperada intimidad de ese gesto.

Alec miró a Magnus a los ojos.

—Puntería —contestó.

—Así que es a esta a la que tengo que agradecerle tu habilidad con el arco, ¿no? —Aprovechó que tenía tomado a Alec de la mano para acercarlo a él, y se encontraron en medio del sendero bajo el suave resplandor de la luna. Se inclinó para plantarle un rápido beso en el brazo.

—Gracias —susurró—. ¿Y esta otra?

Rozó a Alec en el cuello con los dedos. La entrecortada respiración de este rompió la suave quietud de la noche. Rodeó a Magnus por la cintura con un brazo y lo apretó con fuerza contra él; Magnus notó el fuerte latido del corazón del chico a través de la camisa.

—Equilibrio —contestó Alec sin aliento—. Me mantiene firme sobre el suelo.

Magnus inclinó la cabeza y lo besó suavemente sobre la runa, desdibujada hasta ser un rastro casi invisible sobre la fina piel del cuello de Alec. Este inhaló con fuerza.

Magnus deslizó la boca sobre la cálida piel hasta llegar a la oreja.

—Creo que no está funcionando —le ronroneó.

—No quiero que lo haga —murmuró Alec.

Volteó el rostro hacia el de Magnus y le atrapó la boca con la suya. Alec besaba como lo hacía todo, con tanta dedicación y sinceridad que Magnus se sintió volar. Cerró la mano sobre el suave cuero del abrigo de Alec y, a través de las pestañas, vio piel recién descubierta por la luna. Otra runa, con una forma semejante a la de una nota musical, dibujada bajo el hueco de la clavícula.

—¿Y cuál es esta? —preguntó Magnus en voz baja.

—Vigor —contestó Alec.

Magnus se le quedó mirando.

—¿En serio?

Alec comenzó a sonreír de medio lado.

—Sí.

—Pero ¿de verdad? —insistió Magnus—. Quiero dejar esto claro. ¿No lo dices solo para hacerte el sexy?

—No —respondió Alec con voz ronca, y tragó saliva—. Pero me alegro si lo parece.

Magnus apoyó sus anillos bajo la clavícula de Alec y lo vio estremecerse al contacto con el frío metal. Llevó la mano hasta la nuca del chico y empujó su cabeza para acercársela.

—Dios, me encantan los cazadores de sombras —le susurró.

—Me alegro —repitió Alec.

Su boca era suave y cálida, una contradicción con sus fuertes manos, hasta que dejó de serlo, hasta que el beso se volvió tanto un consuelo envolvente como una ardiente urgencia. Finalmente, Magnus se apartó con un suspiro, porque la otra opción era tirar a Alec sobre la hierba y la oscuridad.

No podía hacer eso. Alec nunca había hecho nada como esto antes. En su primera noche en París, Magnus se había despertado al amanecer y se encontró con que Alec seguía despierto yendo de un lado a otro. Sabía que, a veces, Alec se preocupaba al pensar en qué se había metido. La decisión sobre llevar las cosas más lejos debía ser enteramente suya.

—¿Crees que podríamos olvidarnos del cabaret? —preguntó Alec con voz tirante.

—¿Qué cabaret? —repuso Magnus.

Se pusieron en marcha; salieron del parque y fueron caminando más o menos en dirección al departamento de Magnus; se detuvieron dos veces porque se equivocaron al tomar las estrechas calles de la ciudad y dos veces más para besarse en los callejones mal iluminados. Se habrían perdido mucho más de no ser por el afinado sentido de la orientación de Alec. Los cazadores de sombras eran muy útiles para viajar. Magnus decidió que nunca más saldría de casa sin uno.

En ese departamento había sido un revolucionario y un mal pintor, y en el siglo XVII le robaron allí los ahorros de toda su vida. Fue la primera vez que había sido rico y lo había perdido todo. Desde entonces, Magnus había perdido todo lo que tenía unas cuantas veces más.

En la actualidad, su base estaba en Brooklyn, y el departamento de París permanecía vacío excepto de recuerdos. Lo mantenía por razones sentimentales, y porque intentar encontrar hotel durante la Semana de la Moda de París era como una tortura directamente proveniente del infierno.

Sin molestarse en buscar las llaves, Magnus movió un dedo ante la puerta de la calle y empleó las escasas reservas de magia que le quedaban para abrirla. Alec y él entraron en el edificio besándose; chocaron contra las paredes y subieron como pudieron los cuatro pisos. La puerta del departamento se abrió con un fuerte golpe y ellos se lanzaron dentro.

El *blazer* de terciopelo ni siquiera llegó al interior del departamento, porque Alec se lo arrancó y lo tiró en el descansillo un poco antes de llegar a la puerta. Mientras cruzaban el umbral le estaba abriendo a jalones la camisa a Magnus. Las mancuernillas y los botones repicaron contra el suelo con un ruido distante. Magnus le bajó sin ningún miramiento el cierre del abrigo de cuero mientras lo empujaba contra el brazo del sofá y lo hacía caer sobre los cojines. Alec cayó con elegancia sobre la espalda, jalando a Magnus hacia sí.

Este le besó la runa de equilibrio, luego la de vigor. Alec arqueó el cuerpo bajo él y cerró las manos sobre los hombros de Magnus.

La voz de Alec era insistente mientras decía: «*Algo, algo*, Magnus, *algo, algo*».

—Alexander —murmuró Magnus, y notó el cuerpo de Alec tensarse bajo él en respuesta. Alec cerró las manos aún con más fuerza sobre sus hombros. Magnus lo miró con una repentina inquietud.

Alec, con los ojos muy abiertos, estaba mirando hacia un lado.

—Magnus. Allí.

Magnus siguió la mirada de Alec y se dio cuenta de que tenían compañía. Había alguien sentado en el sillón frente a ellos. Bajo el reflejo de las luces de la ciudad que se colaba por la ventana, Magnus vio a una mujer con una mata de pelo castaño, brillantes ojos grises y el esbozo de una conocida sonrisa irónica.

—¿Tessa?

3

LA MANO ESCARLATA

Los tres se hallaban sentados en el salón en un incómodo silencio. Alec se había colocado en la otra punta del sofá, lejos de Magnus. Esa noche nada estaba saliendo según lo planeado.

—¡Tessa! —exclamó Magnus maravillado—. Eres de lo más inesperada. E inoportuna.

Tessa tomó un sorbo de su té, perfectamente compuesta. Como era una de las amigas más queridas y antiguas de Magnus, este consideró que habría estado bien que al menos mostrara alguna señal de reconocer su inoportunidad. No lo hizo.

—Una vez me dijiste que nunca me perdonarías si no te visitaba cuando coincidiéramos en la misma ciudad.

—Te habría perdonado —aseguró Magnus con convicción—. Incluso te habría dado las gracias.

—Digamos que estamos en paz —repuso Tessa—. Después de todo, una vez me descubriste en una situación embarazosa con un caballero en una fortaleza en la montaña.

Su sonrisa medio contenida desapareció. Miró de nuevo a Alec, que había heredado su coloración de cazadores de sombras muertos mucho tiempo atrás. Cazadores de sombras a los que Tessa había amado.

—Deberías olvidarte de eso —le aconsejó Magnus.

Tessa era una bruja, como Magnus, y como este, estaba acostumbrada a superar los recuerdos de lo que había amado y perdido. Tenían la vieja costumbre de consolarse el uno al otro. Ella bebió un poco más de té con su sonrisa en el rostro, como si esta nunca hubiera desaparecido.

—Te aseguro que ya lo olvidé —replicó—. Ahora.

Alec, que miraba de uno a otro como si estuviera sentado delante de la pista en un partido de tenis, alzó la mano.

—Perdón, pero ¿ustedes estuvieron juntos?

Eso detuvo la conversación de golpe. Tanto Tessa como Magnus voltearon hacia él con idénticas miradas de pasmo.

—Pareces más horrorizada que yo —le dijo Magnus a Tessa— y, no sé por qué, pero me siento profundamente herido.

Tessa le lanzó una sonrisita y volteó hacia Alec.

—Magnus y yo llevamos más de cien años siendo amigos.

—Muy bien —repuso Alec—. Así que esto es una visita amistosa, ¿no?

Había un dejo en su voz que le hizo alzar una ceja a Magnus. A veces, Alec se sentía incómodo con la gente que no conocía. Magnus supuso que eso explicaba su tono. De ninguna manera era posible que Alec tuviera celos.

Tessa suspiró. Sus ojos grises se tornaron serios.

—Ya me gustaría que fuera una visita amistosa —respondió a media voz—. Pero no lo es.

Se agitó en la silla con movimientos algo rígidos. Magnus entrecerró los ojos.

—Tessa —preguntó—, ¿estás herida?

—Nada que no se cure —contestó ella.

—¿Tienes problemas?

Ella le lanzó una mirada larga e indescifrable.

—No —respondió Tessa—. Los tienes tú.

—¿Qué quieres decir? —preguntó Alec con una voz repentinamente ansiosa.

Tessa se mordió el labio.

—Magnus —dijo—, ¿podría hablarte a solas?

—Puedes hablar con los dos —contestó Magnus—. Confío en Alec.

—¿Le confiarías tu vida? —preguntó Tessa en voz muy baja.

De cualquier otra persona, Magnus habría pensado que estaba exagerando para conseguir un efecto dramático. A Tessa no le gustaba eso. Lo que decía, casi siempre lo decía en serio.

—Sí —contestó Magnus—. Hasta mi vida.

Muchos subterráneos nunca habrían explicado un secreto delante de un cazador de sombras, dijera lo que dijese Magnus, pero Tessa era diferente. Tomó una gastada bolsa de cuero que tenía a los pies, sacó un pergamino sellado y lo desenrolló.

—El Consejo Espiral ha expedido una petición formal para que tú, Magnus Bane, Brujo Supremo de Brooklyn, neutralices la secta humana de adoradores del diablo conocida como la Mano Escarlata. Inmediatamente.

—Comprendo que el Consejo Espiral quiera lo mejor —respondió Magnus con absoluta falta de modestia—. Pero no puedo decir que me guste su tono. He oído hablar de la Mano Escarlata. Es una tontería. Un puñado de humanos a los que les gusta hacer fiestas con máscaras de demonios. Estoy de vacaciones, y no me ocuparé de esa tontería. Dile al Consejo Espiral que le voy a dar un baño a mi gato, *Presidente Miau*.

El Consejo Espiral era lo más parecido que los magos tenían a una entidad de gobierno, pero era secreto y no totalmente oficial. En general, los magos tenían problemas con la autoridad, y Magnus, más que la mayoría.

Una sombra cruzó el rostro de Tessa.

—Magnus, tuve que rogar al Consejo para que me permitiera venir a verte. Sí, la Mano Escarlata siempre ha sido un juego. Pero resulta que tiene un nuevo dirigente, alguien que los ha espabilado a golpes. Se han vuelto poderosos, tienen dinero y han estado reclutando en serio. Ha habido varias muertes y muchas más desapariciones. Se encontró un hada muerta en Venecia, junto a un pentagrama dibujado con su sangre.

Magnus la miró fijamente y se obligó a permanecer callado. Tessa no tenía que explicárselo: ambos sabían que la sangre de las hadas se podía usar para invocar a los Demonios Mayores, los que antes habían estado entre los ángeles más poderosos y habían caído.

Tessa y Magnus compartían el conocimiento tácito de que ambos eran hijos de Demonios Mayores. Por eso, Magnus sentía un cierto lazo de familia con Tessa. Había muy pocos hijos de Demonios Mayores.

Magnus no le había dicho a Alec que su padre era un Príncipe del Infierno. Sin duda sería añadir una complicación a su nueva relación.

—¿Así están las cosas? —preguntó Magnus, tratando de mantener una voz neutra—. Si esa secta está tratando de invocar a un Demonio Mayor, es una muy mala noticia. Para la secta, y potencialmente para muchos otros inocentes.

Tessa asintió mientras se inclinaba hacia delante.

—Sin duda, la Mano Escarlata está a punto de provocar el caos en el mundo de las sombras, así que el Consejo Espiral me envió a ocuparme del asunto. Me hice pasar por uno de sus acólitos en su sede principal en Venecia, e intenté descubrir a qué se estaban dedicando y quiénes podían ser sus dirigentes. Pero entonces, en uno de sus rituales, me vi expuesta a una poción que me hizo perder el control sobre mi capacidad de transformación. Escapé por poco. Cuando regresé, unos días después, la secta había abandonado ese lugar. Tienes que encontrarlos.

—Y como digo con mucha frecuencia —remarcó Magnus—, ¿por qué yo?

Tessa ya no sonreía.

—No le doy demasiado crédito, pero el rumor por el inframundo es que el nuevo dirigente de la Mano Escarlata no es tan nuevo. Se dice que su fundador regresó.

—¿Y quién, si puedo preguntar, es ese fundador?

Tessa sacó una foto y la puso sobre la mesa. Era de un cuadro colgado en una pared. El retrato era un dibujo *amateur*, rudimentario, como si lo hubiera hecho un niño. En él se veían varias imágenes de un hombre de pelo oscuro sentado en un trono. Junto a él, dos personas lo abanicaban con hojas de palmera mientras que había una tercera arrodillada delante. No, no estaba postrándose ante él, sino dándole lo que parecía ser un masaje de pies.

Incluso en un dibujo tan primario, todos pudieron reconocer el pelo negro del fundador, sus marcados pómulos y los ojos amarillos de gato.

—Llaman a su fundador «el Gran Veneno» —explicó Tessa—. ¿Te resulta familiar? Magnus, la gente está diciendo que tú eres el fundador original y el nuevo dirigente de la Mano Escarlata.

Un escalofrío recorrió a Magnus, y la indignación se apoderó de él.

—¡Tessa, te aseguro que yo no he fundado ninguna secta! —protestó—. Ni siquiera me gustan los adoradores del demonio. Son unos idiotas aburridos que adoran aburridos demonios. —Hizo una pausa—. La verdad, es la clase de cosa que haría solo como una broma. —Volvió a callar—. Aunque tampoco lo haría. Ni siquiera para burlarme. Nunca... —Dejó de hablar repentinamente.

—¿Harías bromas sobre fundar una secta que adora demonios? —preguntó Alec.

Magnus hizo un gesto de impotencia.

—Bromearía sobre cualquier cosa.

Los mundanos tenían una frase para cuando no recordaban algo: «No me suena». Esto fue lo opuesto. Una secta llamada la Mano Escarlata..., una broma de hacía mucho tiempo. Sí que le sonó, tanto como si fuera una campana.

Recordó haber contado un chiste siglos atrás. Ragnor Fell estaba allí. Su viejo amigo Ragnor, muerto, una de las víctimas de la última guerra. Magnus había estado tratando de no pensar demasiado en eso. Y ahora se abría un hueco en sus recuerdos. Recordar claramente siglos de vida no era fácil, pero Magnus conocía la diferencia entre un recuerdo borroso y uno que había sido segado de raíz. Él mismo había hecho hechizos para emborronar y borrar recuerdos. Los brujos se lo hacían entre ellos a veces, para ayudar a sus amigos a soportar las dificultades de la inmortalidad.

¿Por qué tendrían que haberle borrado los recuerdos sobre una secta adoradora de demonios? ¿Quién se los habría borrado? No se atrevía a mirar a Alec.

—Tessa —dijo con cautela—, ¿estás segura de que no te ha confundido el atractivo rostro y la despampanante pose del Gran Veneno?

—Hay un cuadro en la pared —dijo Alec con voz tranquila y pragmática—. Llevas el mismo abrigo en los dos retratos.

En vez de mirar a Alec, Magnus miró el cuadro, que era de él con sus compañeros magos Ragnor Fell y Catarina Loss. Un conocido de ellos, licántropo, con dotes de artista, lo había pintado, así que ninguna de las marcas de los brujos estaba disimulada con un *glamour*. Catarina llevaba un vestido escotado que mostraba buena parte de su hermosa piel azul; los cuernos de Ragnor se curvaban hacia un bosque de rizos con fijador, y su rostro verde contrastaba con su pañuelo blanco como los tallos de primavera sobre la nieve. Los rabillos de los brillantes ojos de gato de Magnus estaban arrugados por su sonrisa. Magnus siempre había conservado ese cuadro como algo muy preciado.

Y sí llevaba el mismo abrigo que en el cuadro de la foto.

Consideró la posibilidad de que el Gran Veneno hubiera tenido un abrigo igual por casualidad, pero la rechazó de inmediato. Se lo había hecho a medida, como un regalo de agradecimiento, el sastre del zar ruso. No parecía muy probable que Dmitri hubiera hecho otro igual para un dirigente de secta cualquiera.

—No puedo recordar nada sobre la Mano Escarlata —aseguró Magnus—. Pero los recuerdos se pueden manipular. Y creo que es muy posible que me haya pasado eso.

—Magnus —dijo Tessa—. Yo sé que no eres el dirigente de una secta adoradora de demonios, pero no todos en el Laberinto Espiral te conocen como yo. Piensan que podrías estar haciéndolo. Querían acudir a los cazadores de sombras. Convencí al Consejo Espiral de que te dieran la oportunidad de acabar con la secta y probar tu inocencia, antes de que involucren a cualquiera de los Institutos. Me gustaría poder hacer más, pero no puedo.

—No pasa nada —repuso Magnus. No quería preocupar a Tessa, así que se esforzó por que su voz fuera ligera como la brisa, aunque se sintiera como en plena tormenta—. Me puedo encargar yo solo.

Hacía un rato que no miraba a Alec. Se preguntó si tendría el valor para volver a hacerlo alguna vez. Según las leyes de los Acuerdos, los cazadores de sombras deberían haber sido informados sobre esa secta satánica, y de los asesinatos, y del brujo del que sospechaban.

Tessa fue quien miró a Alec.

—Magnus no lo hizo —le aseguró.

—No necesito que me lo digas —replicó Alec.

La tensión en los hombros de Tessa disminuyó. Dejó la taza sobre la mesa y se puso de pie. Siguió mirando a Alec y esbozó una gran sonrisa, cálida y dulce, y Magnus supo que no solo veía al joven, sino también a Will y Cecily, a Anna y a Christopher, generaciones de rostros queridos ya desaparecidos.

—Ha sido un placer conocerte, Alexander.

—Alec —la corrigió él, que también estaba observándola atentamente.

—Alec —repitió Tessa—. Me gustaría quedarme a ayudar, pero debo regresar al Laberinto lo antes posible. Me van a abrir un Portal. Por favor, cuida de Magnus.

—¿Perdona? —exclamó Magnus anonadado.

—Claro que lo haré —contestó Alec—. Tessa, antes de irte. Me resultas... conocida. ¿Nos hemos visto antes?

Tessa lo miró fijamente. Su rosto era serio y amable.

—No —contestó—. Pero confío en que volvamos a vernos.

Volteó hacia la pared del fondo, donde se estaba abriendo el Portal, iluminando los muebles, las lámparas y las ventanas con una luz sobrenatural. A través de la curva entrada hecha de luz y aire, Magnus pudo ver las sillas del recibidor del Laberinto Espiral, famosas por su incomodidad.

—Sea quien sea el dirigente de la secta —dijo Tessa, volteándose ante el Portal—, ten cuidado. Creo que debe de ser un brujo. No averigüé gran cosa, pero incluso como acólito de la secta, me encontré con fuertes salvaguardas y vi hechizos repelidos como si no fueran nada. Tienen un libro sagrado, del que hablan llamándolo los *Manuscritos rojos de la magia*. No pude conseguir una copia.

—Preguntaré por el Mercado de Sombras de París —dijo Magnus.

—Están vigilando la magia, así que evita viajar utilizando un Portal siempre que puedas —advirtió Tessa.

—Pero tú estás usando un Portal ahora —replicó Magnus de buen humor—. Siempre lo del «haz lo que digo, no lo que hago», ya veo. ¿Estarás tú a salvo?

Tessa tenía más de cien años, pero aun así eran muchos menos que los de Magnus, y él la había conocido cuando ella aún era muy joven. Nunca había dejado de sentir que debía protegerla.

—Voy directa al Laberinto Espiral y me quedaré allí. Siempre es un lugar seguro. Tú, por otro lado, seguramente te dirigirás a lugares más peligrosos. Buena suerte. Y también... perdón por arruinarte las vacaciones.

—No hace falta que te disculpes —repuso Magnus. Tessa le lanzó un beso mientras entraba en el Portal, y tanto ella como el brillante resplandor desaparecieron de la sala de Magnus.

Durante algunos instantes, ni Magnus ni Alec se movieron. El primero aún no había reunido el valor para mirar directamente a Alec. Tenía demasiado miedo de lo que vería en su rostro. Se hallaba en su departamento de París con el hombre al que amaba, y se sentía muy solo.

Había depositado grandes esperanzas en esa escapada. Sus vacaciones no habían hecho más que empezar, y Magnus ya tenía un terrible secreto que él y una amiga subterránea conspiraban para ocultar a los cazadores de sombras. Y peor aún, no podía jurarle a Alec que era totalmente inocente. No lo recordaba.

Magnus no podría culpar a Alec si este estaba repensándose su relación. «Sal conmigo, Alec Lightwood. Tus padres me odian, no encajo en tu mundo y a ti no te va a gustar el mío, y no podremos disfrutar de unas vacaciones románticas sin que mi oscuro pasado proyecte su negra sombra sobre nuestro futuro.»

Magnus quería que llegaran a conocerse mejor. Tenía una gran opinión de sí mismo, ganada a pulso; e incluso mejor opinión de Alec. Creyó haber desenterrado todos sus oscuros secretos, haber luchado contra todos sus demonios, haber aceptado todos sus fallos de personalidad. La posibilidad de que pudiera guardar secretos que ni siquiera sabía que guardaba resultaba preocupante.

—Tessa no tenía por qué disculparse —dijo finalmente—. Yo sí. Lamento haber fastidiado nuestras vacaciones.

—No hay nada fastidiado —respondió Alec.

Fue el eco de lo que había dicho antes lo que, por fin, lo hizo mirar a Alec. Y se lo encontró sonriéndole levemente.

Como le pasaba a veces cuando estaba con Alec, la verdad se le escapó a Magnus sin poder evitarlo.

—No entiendo lo que está ocurriendo.

—Lo averiguaremos —repuso Alec.

Magnus sabía que, en su larga vida, había habido momentos en los que se había sentido furioso y perdido. Quizá no recordara la Mano Escarlata, pero recordaba al primer hombre al que había matado, cuando era un niño con otro nombre en una tierra que pasaría a ser Indonesia. Magnus se arrepentía de la persona que había sido, pero no podía borrar las manchas rojas de su pasado.

Y no quería que Alec viera esas manchas, o que lo tocaran. No quería que Alec pensara de él como sabía que lo hacían otros cazadores de sombras.

Había tenido otros amantes en su vida que ya habrían salido corriendo entre gritos, y Alec era un cazador de sombras. Tenía su deber, más sagrado para los nefilim que el amor.

—Si crees que tienes que explicárselo a la Clave —dijo Magnus lentamente—, lo entenderé.

—¿Estás bromeando? —exclamó Alec—. No voy a repetir a la Clave ninguna de esas estúpidas mentiras. No se lo voy a decir a nadie, Magnus, te lo prometo.

La expresión de Alec era de consternación. Magnus se sorprendió de la intensidad de su propio alivio, de lo mucho que le importaba que Alec no hubiera creído lo peor de él.

—Te juro que es verdad que no recuerdo nada.

—Y yo te creo. Nos ocuparemos de esto. Solo tenemos que encontrar y detener a quien sea que está realmente al mando de la Mano Escarlata. —Alec se encogió de hombros—. Pues muy bien. Hagámoslo.

Magnus se preguntó si alguna vez se acostumbraría a que Alec Lightwood lo sorprendiera. Esperaba que no.

—Y también averiguaremos por qué no puedes recordar nada de esto. Descubriremos quién lo hizo y por qué. No me preocupa.

A Magnus sí le preocupaba. Tessa creía en él, porque era amable. Sorprendentemente, Alec creía en él. Incluso deslumbrado y atontado de alivio, Magnus no podía borrar del todo su creciente inquietud. No podía recordar, y por tanto era posible, no probable, pero sí posible, que pudiera haber hecho algo en el pasado de lo que se avergonzaría ahora. Magnus deseó estar seguro de merecerse la fe de Alec. Deseó poder jurarle que nunca había cometido pecados imperdonables.

Pero no podía.

4

MUCHO AGUANTA

La primera noche en París, Alec había sido incapaz de dormir. Se había levantado y caminado de un lado al otro. Contemplaba a Magnus dormido en la cama, la cama en la que habían dormido juntos. Aún no había pasado nada más en esa cama, y Alec se debatía entre la esperanza y el temor cuando pensaba que algo podría pasar allí pronto. El sedoso cabello negro de Magnus se extendía sobre la blanca almohada, su piel, de un intenso color marrón, destacaba contra las sábanas. Su fuerte y esbelto brazo descansaba sobre el espacio que había ocupado Alec, con un fino brazalete de oro brillando en la muñeca. Alec no había acabado de creer que eso le estuviera sucediendo a él. Y no quiso estropearlo.

Una semana más tarde seguía sintiéndose igual. No le importaba que estuvieran luchando contra una secta o en un globo aerostático, o incluso luchando contra una secta desde la plataforma de un globo aerostático, lo que estaba comenzando a parecer algo que podría suceder en un futuro cercano. Simplemente se sentía feliz de estar con Magnus. Nunca se había imaginado que unas vacaciones románticas, con alguien con quien realmente quería estar, fuera algo que pudiera tener, o algo que estuviera bien desear.

Dicho eso, no quería especialmente que su padre se enterara de la posible situación de su nuevo novio como fundador de una secta de adoradores del demonio, y le daba escalofríos el pensar que lo que se susurraba de Magnus pudiera llegar a la Clave. Al final, seguramente le llegaría por otros canales, por mucho que Alec y Magnus ocultaran la información.

«La Ley es dura, pero es la Ley», decía su gente, y Alec sabía lo dura que podía llegar a ser. Había visto cómo trataba la Clave a los cazadores de sombras sospechosos de haber cometido algún crimen. Sería mucho peor con un subterráneo. Alec había visto a Simon, el amigo subterráneo de Clary, en prisión, aunque el chico no había hecho nada. La idea de que Magnus, una presencia tan brillante, pudiera ser encerrado en la oscuridad hacía que Alec se estremeciera.

La noche anterior, se habían ido a dormir después de que Tessa se marchara, pero Magnus había estado dando vueltas inquieto. En algún momento, Alec se despertó brevemente y vio a Magnus sentado muy tieso en la cama, mirando la oscuridad. Esa mañana, cuando Alec salió a la calle, Magnus seguía dormido, pero acostado en una posición rara sobre la cama, como si a su cuerpo lo hubiera vencido el cansancio. Tenía la boca abierta. No era la imagen de la elegancia que normalmente mostraba.

Alec estaba acostumbrado a sentir una mezcla de afecto e irritación hacia la gente que amaba. Casi siempre comenzaba la relación con un sentimiento de total irritación y mínimo afecto, y luego, con el paso del tiempo, la irritación disminuía y aumentaba el afecto. Eso describía su relación con Jace, su *parabatai* y amigo más íntimo, y más recientemente también lo que había sentido por Clary Fairchild cuando esta había entrado en sus vidas. Ella había perdido algunos recuerdos, y la recuperación de esos recuerdos había ayudado a ganar una guerra. En ese caso, fue el propio Magnus el que la hechizó para que los perdiera. Y ahora resultaba que alguien había manipulado también los recuerdos de Magnus, hacía muchos muchos años.

Alec nunca había encontrado a Magnus irritante. No estaba seguro de qué pensar de eso. El caos orbitaba alrededor de la nube rutilante de Magnus, y Alec nunca acababa de sorprenderse de cómo él mismo toleraba ese caos.

En ese momento, estaba regresando al departamento de Magnus después de su ejercicio matutino. Era una mañana fresca, y una capa de rocío cubría gran parte de la ciudad. El sol comenzaba a despuntar sobre los tejados de los edificios en el horizonte.

El departamento de Magnus le parecía intimidantemente bonito, pero no había donde entrenar ni nadie con quien hacerlo, así que Alec tenía que improvisar. Había descubierto una piscina junto al río. Por alguna razón, la gente de París había construido un lugar para nadar junto a un lugar donde podían nadar. Los mundanos eran raros.

Alec había acabado haciendo largos de piscina. Tenía el cabello y la ropa aún húmeda. Una mujer con unos lentes muy grandes que era imposible que necesitara, le silbó y le lanzó un «*Beau gosse!*» al pasar.

Alec subió a saltos los escalones de entrada al edificio de Magnus, y corrió por la escalera los cuatro pisos hasta el departamento, subiendo los escalones de tres en tres. Abrió la puerta.

—¿Magnus? —llamó, y se quedó parado—. ¡Qué diablos...!

Magnus estaba en medio de la sala, flotando a tres palmos del suelo, con docenas de libros y fotografías orbitando alrededor. Tres grandes estanterías de madera de nogal, traídas mágicamente desde su *loft* en Brooklyn, con la mayoría del contenido caído en el suelo, ocupaban la mitad derecha de la sala. Una de las estanterías estaba inclinada hacia un lado y parecía estar a punto de volcarse sobre la ventana y romperla. Bandejas de galletas medio comidas cubrían la mesa y las sillas.

Toda la sala parecía estar sumergida en una energía estática en blanco y negro que la envolvía con un resplandor fantasmal y sobrecogedor. De vez en cuando, un destello blanco ocultaba la sala de la vista. Alec pensó que parecía de naturaleza definitivamente demoníaca.

—Magnus, ¿qué está pasando?

El brujo volteó la cabeza hasta posar los ojos en Alec. Estaban vidriosos. Parpadeó y recuperaron su brillo.

—Alexander, ya volviste. ¿Qué tal tus ejercicios?

—Bien —contestó Alec lentamente—. ¿Está todo bien?

—Solo estaba investigando un poco. Estaba tratando de averiguar cómo, dónde y cuándo puedo tener un recuerdo borrado, sobre todo uno que cubra todo el tiempo que se tardaría en establecer una secta de adoradores de demonios, así que he decidido recorrer cronológicamente todos los acontecimientos de mi vida.

—Eso parece que te va a llevar un rato —comentó Alec.

Magnus hablaba deprisa, disfrutando de su investigación. O quizá es que había bebido demasiado café. Se fijó en tres cafeteras y media docena de tazas flotando entre los restos.

Magnus le había dicho a Alec que no se preocupara, pero al parecer él sí se estaba preocupando, y mucho.

—Mira —continuó—, los recuerdos pocas veces van aislados. Están conectados, se crean a partir de otros recuerdos que les dan sentido. Cada recuerdo específico ayuda a producir aún más, y otorga su significado a esos nuevos recuerdos. Es como una telaraña gigante. Si haces desaparecer un recuerdo concreto, los otros se quedan colgando.

Alec pensó sobre eso.

—Entonces, todo lo que tienes que hacer es encontrar una serie de recuerdos que no llevan a nada.

—Exacto.

—Pero ¿qué pasa si has olvidado algo? Es imposible que recuerdes todos los momentos de los que se compone tu vida.

—Por eso he buscado ayuda. —Señaló los objetos que lo rodeaban flotando en el aire—. Hice aparecer mi álbum de fotos de Brooklyn. He estado repasando cualquier momento que podría haber llevado a la fundación de la Mano Escarlata, y luego he ido imprimiendo mágicamente esos recuerdos sobre papel para poder catalogarlos adecuadamente.

Alec frunció el ceño.

—Así que estás haciendo un álbum, ¿no?

Magnus hizo una mueca.

—Al ojo inexperto, lo que estoy haciendo puede parecer algo similar, sí.

Alec miró las fotos que flotaban en el aire. Una parecía ser de Magnus volando en una alfombra sobre el desierto. En la siguiente, Magnus estaba en un baile, vestido como en la época victoriana, marcando un vals con una mujer rubia de fría belleza. En otra, Magnus tenía el brazo sobre los hombros de un hombre mayor que él. Alec se inclinó y entrecerró los ojos para verla bien. Le pareció ver lágrimas en el rostro de Magnus.

Antes de que pudiera atrapar la foto con los dedos, esta salió volando como si fuera una hoja arremolinándose en el viento.

—Esa es de un recuerdo bastante privado —se apresuró a decir Magnus.

Alec no dijo nada. No era la primera vez en su incipiente relación que se había topado con el pasado de Magnus y este le había cerrado la puerta. A Alec no le gustaba nada, pero estaba tratando de ser comprensivo. Aún no se conocían tan bien, pero todo eso ya llegaría. Todo el mundo tenía secretos. Había muchísimas razones por las que Magnus podía querer no compartirlos.

Alec quería que Magnus se sintiera capaz de contárselo todo. Al mismo tiempo, no sabía si sería capaz de soportar lo que ese «todo» podía ser. Recordó la sensación de tener el estómago retorcido cuando le preguntó a Magnus si la hermosa mujer de pelo castaño a la que miraba con tanto cariño había sido su pareja. Fue un gran alivio cuando Magnus y Tessa le dijeron que solo eran amigos.

Quizá Alec nunca tendría que conocer a ninguno de los ex de Magnus. Tal vez nunca tendría que pensar en ellos. Nunca. Quizá no hubiera ninguno en Nueva York. Podían estar todos muertos, se dijo Alec para animarse, y luego se sintió mal por pensar eso.

—¿Encontraste lo que estabas buscando? —le preguntó, haciendo lo posible por relajar la momentánea tensión.

—Aún no —contestó Magnus—. Acabo de empezar.

Alec abrió la boca para ofrecerse a ayudarlo, pero la cerró antes de decir nada. Una cosa era desear que Magnus se sincerara con él, pero otra muy diferente era entrar en el torbellino de cientos de recuerdos que comprendían muchos cientos de personas, docenas de hogares y miles de acontecimientos.

—Va a ser un proceso largo y complicado —dijo Magnus con amabilidad—. Aprovecha la oportunidad para ver algunas de las maravillas parisinas, Alexander. Algunas de las iglesias menores. O uno de los museos más pequeños.

—De acuerdo —repuso este—. Volveré dentro de un rato para ver cómo te va.

—¡Perfecto! —exclamó Magnus, y le sonrió un poco de medio lado, como para agradecerle que lo entendiera.

Así que Alec pasó la mayor parte del día visitando los lugares más conocidos de la ciudad. Sabía que París era famoso por sus iglesias, así que decidió hacer un recorrido por las más importantes. Comenzó en medio de las multitudes de Notre Dame y continuó con las asombrosas vidrieras de la Sainte-Chapelle, el enorme órgano de Saint-Eustache, la silenciosa paz de Saint-Sulpice. En la iglesia de la Madeleine se quedó contemplando la estatua de Juana de Arco durante mucho más rato del que se esperaba. Juana estaba preparada para la batalla; con ambas manos en la espada, que blandía en lo alto, a punto de atacar. Tenía el rostro muy inclinado hacia atrás, como si a lo que se enfrentara fuera mucho más alto que ella. Era una pose muy típica de cazador de sombras, aunque, por lo que sabía, ella no había sido uno de ellos. De todos modos, la determinación y el valor en su expresión mientras contemplaba algún monstruo que se alzaba ante ella eran una fuente de inspiración. Entre toda la belleza de los rosetones y las columnas corintias que había contemplado ese día, lo que se le quedó grabado durante horas fue la expresión en el rostro de Juana.

En cada una de las iglesias, no podía evitar preguntarse dónde estaría escondido el arsenal de armas nefilim. En casi todas las iglesias del mundo, una runa de las suyas indicaba el camino hacia un escondrijo de armas, disponibles para cualquier emergencia. Podría haberles preguntado a los cazadores de sombras del Enclave de París, naturalmente, pero prefería no hacer notar su presencia y la de Magnus en la ciudad. En Notre Dame pasó unos cuantos minutos examinando las losas del suelo, buscando alguna runa que reconociera, pero comenzó a atraer miradas de la gente; la mayoría de los visitantes de Notre Dame miraban hacia arriba, no hacia abajo. Lo dejó correr; era un lugar enorme, y las armas podían estar en cualquier lugar.

En general, no atrajo la atención de nadie, pero tuvo un momento terrible cuando entre la multitud que cruzaba el Pont des Arts distinguió a dos personas con marcas conocidas en los brazos desnudos. Volteó de golpe y caminó en sentido contrario, luego dobló en la primera esquina que pudo, hacia un estrecho callejón. Cuando salió unos minutos después, los cazadores de sombras desconocidos ya no estaban a la vista.

Se quedó durante un momento en la concurrida calle, sintiéndose muy solo. No estaba acostumbrado a ocultarse de otros cazadores de sombras; eran sus colegas y aliados. No era una sensación normal ni agradable. Pero con ese asunto de la secta que solucionar, no quería cruzarse con ellos. No era que no confiara en Magnus; ni por un segundo había creído que Magnus tuviera nada que ver con la Mano Escarlata actual. Pero ¿podría Magnus haberse enredado con ellos como una broma, un par de siglos atrás, en alguna noche de borrachera? Eso ya se acercaba más al campo de las posibilidades. Quiso llamar a Magnus, pero no deseaba molestarlo en medio de su investigación.

Mientras seguía caminando, sacó el celular y llamó a su casa. Al cabo de unos segundos oyó la voz de su hermana.

—¡Hey! ¿Qué tal París?

51

La boca de Alec se curvó en una sonrisa.

—Hola, Isabelle.

De fondo oyó un estruendo terrible y otra voz.

—¿Es Alec? ¡Pásame el teléfono!

—¿Qué fue ese ruido? —preguntó Alec, levemente alarmado.

—Oh, es Jace —contestó Isabelle sin darle importancia—. ¡Quita las manos, Jace! Me llamó a mí.

—No, me refiero al ruido como de mil tapas de botes de basura cayendo desde el cielo.

—Oh, Jace estaba haciendo girar una gran hacha atada a una cadena cuando llamaste —explicó Isabelle—. ¡Jace! ¡Clavaste el hacha en la pared! Nada importante, Alec. ¡Cuéntame cosas del viaje! ¿Qué tal Magnus? Y no me refiero a su estado de salud.

Alec tosió.

—Me refiero a qué tal sus habilidades, y no hablo de las mágicas —aclaró Isabelle.

—Sí, ya entiendo lo que quieres decir —replicó Alec en tono seco.

No tenía una respuesta para Isabelle sobre ese tema. Cuando Magnus y él habían estado saliendo en Nueva York, hubo varias veces en las que Alec hubiera querido llevar las cosas más lejos, pero lo echaba atrás la inmensidad de sus sentimientos. Se habían besado y jugueteado un poco. Eso era todo hasta el momento, y Magnus nunca lo había presionado. Entonces comenzó la guerra, y después de esta, Magnus le propuso ir de vacaciones a Europa, y él aceptó. Alec había supuesto que ambos comprendían que estaba preparado para ir a donde fuera y hacer lo que fuera con Magnus. Ya había cumplido dieciocho años; era un adulto. Podía tomar sus propias decisiones.

Pero Magnus nunca dio el paso. Magnus siempre era muy cuidadoso con Alec, y este deseaba que lo fuera un poco menos, porque no se le daba bien hablar, y menos aún tener difíciles conversaciones sobre sus sentimientos, o mejor dicho, cualquier tipo de conversación sobre sentimientos, y no se le ocurría cómo sacar a relucir el tema de ir más allá. Alec nunca había besado a nadie antes de Magnus, y sabía que el brujo tenía muchísima experiencia. Eso lo ponía nervioso, aunque, al mismo tiempo, besar a Magnus era la sensación más fantástica del mundo. Cuando se besaban, el cuerpo de Alec se movía de un modo natural hacia el de Magnus, acercándose todo lo posible, del mismo modo instintivo que su cuerpo actuaba cuando estaba luchando. No sabía que era posible que algo se sintiera tan como debía ser o pudiera significar tanto, y ahora estaban en París, juntos, solos, y cualquier cosa podía suceder. Era muy emocionante, al mismo tiempo que terrorífico.

Sin duda, Magnus querría ir más allá también. ¿O no?

Alec llegó a pensar que algo podría haber pasado la noche del globo aerostático, pero, comprensiblemente, Magnus se había distraído con el asunto de la secta demoníaca.

—¡Alec! —gritó Isabelle por el teléfono—. ¿Alec, sigues ahí?

—Oh... sí, perdón. Sí.

La voz de Isabelle se dulcificó.

—¿Te resulta difícil? Ya sé que las primeras vacaciones son un momento de o lo tomas o lo dejas para una pareja.

—¿Qué quieres decir con «un momento de o lo tomas o lo dejas»? ¡Tú nunca has ido de vacaciones con nadie!

—Lo sé, pero Clary me prestó unas revistas mundanas —explicó Isabelle, y se le animó la voz. La amistad entre Clary e Isabelle había costado, pero esta parecía valorarla aún más por eso—. Las revistas decían que el primer viaje es una prueba crucial para comprobar la compatibilidad de la pareja. Es cuando realmente llegas a conocer a la otra persona, y cómo hacen las cosas juntos, y se decide si la relación funcionará a largo plazo.

Alec notó algo pesado en el estómago y rápidamente cambió de tema.

—¿Cómo está Simon?

Era una señal de la desesperación de Alec el que preguntara por Simon, porque no le gustaba demasiado la idea de que su hermana saliera con un vampiro. Aunque para ser vampiro, parecía un tipo bastante decente. Alec no lo conocía muy bien. Simon hablaba mucho, sobre todo de cosas mundanas de las que Alec nunca había oído nada.

Isabelle rio, un poco demasiado fuerte.

—Bien. Quiero decir, no lo sé. Lo veo de vez en cuando, y parece estar bien, pero no me importa. Ya sabes cómo soy con los chicos; es un juguetito. Un juguetito con colmillos.

Isabelle había salido con muchos chicos, pero nunca se había puesto a la defensiva así. Tal vez fuera eso por lo que a Alec lo inquietaba Simon.

—Mientras no pases a ser su juguete de morder... —repuso Alec—. Mira, necesito un favor.

—¿Por qué estás poniendo la voz? —preguntó Isabelle en un tono mucho más cortante.

—¿Qué voz?

—La de «soy un cazador de sombras en asuntos oficiales». Alec, estás de vacaciones; se supone que deberías estar divirtiéndote.

—Me estoy divirtiendo.

—No te creo.

—¿Vas a ayudarme o no?

Isabelle se echó a reír.

—Claro que sí. ¿En qué se están metiendo Magnus y tú?

Alec le había prometido a Magnus que no se lo diría a nadie, pero seguro que Isabelle no contaba dentro de ese nadie.

Se alejó de la gente y cubrió el teléfono con la mano libre.

—Esto tiene que quedar entre nosotros. Mamá y papá no tienen que enterarse. Y tampoco quiero que lo sepa Jace.

Se oyeron unos roces al otro lado del teléfono.

—Alec, ¿hay problemas? Puedo estar en Alacante en media hora y en París en tres.

—No, no, no es eso.

De repente, Alec se dio cuenta de que había olvidado cubrirse con un *glamour* para hacerse indetectable de modo que los mundanos no pudieran oír su conversación, sin embargo, igual que en Nueva York, la gente de París pasaba sin prestarle la más mínima atención. Las conversaciones por el celular, por mucho que se realizaran en público, tenían que ignorarse; al parecer, eso era una ley universal.

—¿Puedes buscar en los archivos del Instituto información sobre una secta llamada la Mano Escarlata?

—Claro. ¿Puedes decirme por qué?

—No.

—Veré qué puedo hacer.

Isabelle no insistió; nunca insistía cuando se trataba de los secretos de Alec. Esa era una de las muchas razones por las que Alec confiaba en su hermana.

Al otro lado del teléfono se oyó el sonido de un forcejeo.

—¡Apártate de aquí, Jace! —exclamó Isabelle entre dientes.

—Espera —dijo Alec—. ¿Puedo hablar un momento con Jace?

Había algo que quería preguntar, y no se sentía cómodo hablando de esas cosas con su hermana.

—Oh, bueno —repuso Isabelle—. Aquí te lo paso.

Otro sonido de movimiento, y luego Jace se aclaró la garganta y habló como si no hubiera estado peleándose con Isabelle por el teléfono hacía un momento.

—Hola.

Alec sonrió.

—Hola.

Podía visualizar a Jace, que le había pedido ser su *parabatai* y luego fingía constantemente que no necesitaba uno. A él no lo engañaba.

Jace había vivido en el Instituto de Nueva York desde que Alec tenía once años. Alec siempre lo había querido; para él era alguien tan cercano y tan amado que durante un tiempo había confundido la clase de amor que le profesaba. Al pensar en Jace, se dio cuenta de a quién le había recordado Tessa.

Su expresión, seria pero con una tranquila luz manando de su interior, era exactamente igual a la de Jace cuando tocaba el piano.

Alec apartó esa extraña idea.

—¿Cómo va París? —preguntó Jace por decir algo—. Si no la pasas bien, puedes regresar antes.

—París está muy bien —contestó Alec—. ¿Cómo va todo?

—Bien. Mi negocio es estar guapo y luchar contra los demonios, y el negocio funciona bien —contestó Jace.

—Genial. Jace, ¿te puedo preguntar una cosa? Si quieres que pase algo y te parece que podría pasar, pero quizá la otra persona está esperando que le des alguna señal de que estás preparado, de que podrías estar preparado... No, de que seguro que estás preparado..., ¿qué harías? En esta situación hipotética.

Hubo un silencio.

—Umm —contestó Jace—. Interesante cuestión. Me alegro de que me lo hayas preguntado. Creo que deberías lanzarte y enviar esa señal.

—Perfecto —repuso Alec—. Sí, eso es lo que estaba pensando. Gracias, Jace.

—Es difícil enviar señales por teléfono —dijo Jace pensativo—. Pensaré en varias señales y te las enseñaré cuando llegues a casa. Por ejemplo, una señal es para «hay un demonio a tu espalda y deberías atravesarlo», ¿de acuerdo? Pero debería haber otra señal por si un demonio se te acerca por detrás pero lo tengo. Esto tiene sentido.

Otro silencio.

—Vuelve a pasarle el teléfono a Isabelle —pidió Alec.

—Espera, espera —dijo Jace—. ¿Cuándo volverás a casa?

—¡Isabelle! —insistió Alec.

Otro forcejeo e Isabelle recuperó el teléfono.

—¿Estás seguro de que no quieres que vaya a ayudarte? ¿O Magnus y tú prefieren estar solos?

—Preferimos estar solos —contestó Alec con firmeza—. Y lo cierto es que debería volver. Te quiero, Isabelle.

—Yo también —repuso Isabelle—. ¡Espera! Jace dice que quiere hablarte. Dice que cree que interpretó mal tu pregunta.

Magnus seguía en la misma posición en que lo había dejado Alec. Parecía no haberse movido en absoluto, pero el ciclón de papeles, fotos y libros que lo rodeaba era el doble del anterior y el doble de enrevesado.

—¡Alec! —lo saludó alegremente; parecía mucho más animado—. ¿Qué tal París?

—Si fuera un cazador de sombras con base en París —contestó Alec—, tendría que entrenar el doble de duro para compensar todas las veces que me he parado para tomar un café con algo de comer.

—París —declaró Magnus— es la mejor ciudad del mundo en la que pararse a tomar un café con algo de comer.

—Te traje pain au chocolat —dijo Alec mientras le tendía una bolsa blanca de papel un poco manoseada.

Magnus apartó la pared de libros y papeles como si fuera una cortina y le hizo un gesto a Alec para que entrara.

—Encontré algo —le informó—. Entra. —Alec fue a dejar la bolsa y Magnus negó con la cabeza—. Tráete el pain au chocolat.

Alec dio un vacilante paso hacia dentro y se puso junto a Magnus. El brujo sacó el pan de la bolsa con una mano y señaló una de las imágenes inmóviles con la otra, colocándola ante ellos. Era la foto de un melancólico brujo de piel verde y pelo blanco, vestido con un saco de papas y sentado ante una mesa de madera llena de tazas de hojalata.

Ese era Ragnor Fell, pensó Alec. Magnus tenía su foto en la pared. Varios días después de la muerte del brujo, Magnus había mencionado de pasada que habían sido amigos. Estaba haciéndose evidente que habían estado muy unidos. Alec se preguntó por qué Magnus no se lo habría dicho cuando Ragnor murió, pero estaban en medio de una guerra, y Alec y Magnus aún estaban tratando de averiguar lo que eran el uno para el otro.

No era exactamente que Magnus se lo hubiera ocultado.

Al otro lado de la mesa, frente a Ragnor, había un Magnus descamisado, con ambas manos abiertas con las palmas hacia arriba. Parecía estar tratando de hechizar una botella.

Magnus movió los dedos; la foto se balanceó y luego se hizo más grande. El brujo tragó saliva.

—Recuerdo esa noche con detalle. Estábamos metidos en un juego de beber. Antes había perdido la camisa, literalmente, con varios queseros que habían resultado ser unos dotados tahúres aficionados. En algún momento entre la cuarta y la novena jarra de glögg, nos enzarzamos en una profunda discusión sobre el significado de la vida, o más concretamente, sobre lo mucho más fácil que sería la vida si hubiera algún modo de poder usar nuestros poderes abiertamente sin que los mundanos se cagaran en los pantalones e intentaran quemarnos en la hoguera cada vez que veían una chispa de magia.

—¿Y Ragnor y tú pensaron que crear una secta adoradora del demonio les haría la vida más fácil? —preguntó Alec incrédulo.

—A veces, el mundo es muy cruel con los brujos. Y en ocasiones sentimos la tentación de devolverle esa crueldad.

Se hizo el silencio. Finalmente, Magnus suspiró.

—No estábamos hablando de invocar a los demonios —explicó—. Hablábamos de lo divertido que sería hacerse pasar por un demonio y conseguir que los crédulos mundanos hicieran cosas.

—¿Qué clase de cosas?

—Lo que se nos ocurriera. Masajearnos los pies, correr desnudos por la plaza del pueblo, tirar huevos podridos a los miembros del clero. Ya sabes, las cosas normales que hacen las sectas creadas para bromear.

—Claro —repuso Alec—. Las cosas normales.

—No recuerdo haber seguido adelante con eso. Debimos de pensar que fundar una secta sería algo memorable. De hecho, no recuerdo mucho de nada después de esa noche. Mi siguiente recuerdo es de casi tres años después, dirigiéndome hacia Sudamérica de vacaciones. Era un glögg realmente fuerte, pero tres años de amnesia parece excesivo. —Magnus parecía abatido—. La conversación, más los tres años de amnesia, no pinta bien para mí. La conversación es muy sospechosa, y la pérdida de memoria, muy conveniente. Tengo que localizar la Mano Escarlata inmediatamente.

Alec asintió con decisión.

—¿Por dónde empezamos?

Hubo un largo silencio, como si Magnus estuviera pensando cuidadosamente sus siguientes palabras. Miró a Alec, casi como si recelara de él. ¿Acaso Magnus pensaba que Alec no sería capaz de ayudarlo?

—Voy a empezar conectando con ciertas fuentes en el submundo para conseguir información sobre la secta.

—¿Y qué hago yo? Puedo ayudarte —insistió Alec.

—Siempre lo haces —repuso Magnus. Carraspeó para aclararse la garganta y añadió—: Estaba pensando que sería una pena interrumpir nuestra primera vez en París por unos tontos problemas de mi pasado y un puñado de mundanos delirantes. Hoy te la pasaste bien, ¿no? Pues deberías disfrutarlo. Esto no debería llevarme mucho tiempo. Volveré antes de que tengas la oportunidad de echarme de menos.

—¿Y cómo podría disfrutarlo —replicó Alec— si tú corrieras peligro sin mí?

Magnus siguió mirándolo del mismo modo, extraño y receloso. Alec no entendía nada de lo que estaba pasando.

—Siempre está el cabaret —murmuró el brujo.

Sonrió, pero Alec no le devolvió la sonrisa. Eso no era ninguna broma. Pensó en todas las brillantes fotos colgando en el aire y cruzó los brazos.

Alec tenía tres amigos en el mundo: Isabelle, Jace y su amiga de la infancia, Aline, que en realidad era más amiga de Isabelle que de él. Los conocía de hacía mucho y había luchado junto a todos ellos. Estaba acostumbrado a formar parte de un equipo.

No estaba acostumbrado a que alguien le gustara tanto y no conocerlo a fondo. Había supuesto que si Magnus luchaba a su lado, significaba que eran un equipo. Alec no sabía qué hacer si Magnus no quería ser un equipo con él, pero sí sabía una cosa:

—Magnus, soy cazador de sombras. Matar demonios y a sus adoradores es parte del trabajo. Es la mayor parte del trabajo. Y lo más importante, alguien tiene que cubrirte la espalda. No vas a dejarme atrás.

De repente, Alec se sintió muy solo. Había ido a ese viaje para conocer mejor a Magnus, pero quizá le resultara imposible conseguirlo. Tal vez Magnus no quisiera que lo conociera. Era posible que viera a Alec solo como una más de esas fotos flotantes en el futuro, uno de los momentos pasajeros que a Magnus ahora le costaba recordar.

Porque Magnus quería mantener todo ese asunto de la secta demoníaca en privado, y Alec se dio cuenta de repente de que ninguno de ellos estaba seguro de si «privado» incluía a Alec. ¿Y si Magnus realmente había hecho algo terrible cientos de años atrás? ¿Y si en los recuerdos perdidos Alec descubría a Magnus siendo estúpido, o despiadado, o cruel?

Magnus se inclinó hacia él, muy serio ahora.

—Si vienes conmigo, puede que no te guste lo que averigüemos. Puede que ni a mí me guste lo que averigüemos.

Alec se relajó un poco. No podía imaginarse a Magnus siendo cruel.

—Estoy dispuesto a arriesgarme. Entonces, ¿cuál es nuestro siguiente paso?

—Quiero algunos nombres, un lugar de encuentro y/o una copia de los *Manuscritos rojos de la magia* —respondió Magnus—. Y sé exactamente a donde ir. El sol ya casi se está poniendo; llegaremos al Mercado de Sombras de París justo cuando abre.

—Nunca he estado en un Mercado de Sombras —comentó Alec—. ¿El de París es especialmente fascinante y elegante?

Magnus rio.

—¡Oh, no! Es un auténtico basurero.

5

MERCADO DE SOMBRAS

—Bienvenido —dijo Magnus— a las Arènes de Lutèce. Fue un circo de gladiadores durante la época de los romanos. Un cementerio. Es la parada turística número sesenta y ocho de las más populares de París. Y esta noche, es donde tu tía bruja Marta viene a comprar su provisión mensual ilegal de ojos de tritón.

Se hallaban en la entrada del Mercado, un estrecho callejón que discurría entre antiguas graderías de piedra. Para los que no poseían la Visión, el callejón daba a un gran círculo de arena un poco hundido, que aún conservaba la forma de un circo de gladiadores, vacío excepto por unos cuantos visitantes informales. Pero para los pobladores del Mercado era un laberinto de tenderetes llenos de subterráneos, un caos de gritos y olores.

Incluso antes de entrar ya estaban bajo escrutinio. Alec lo sabía, y estaba irritable y alerta. Un selkie les echó una ansiosa mirada de reojo cuando pasaron y luego se apartó sin disimularlo demasiado.

Alec llevaba la chamarra de cuero sobre la sudadera, con la capucha puesta tapándole la cara. Unos suaves guantes de cuero le ocultaban las runas de las manos. Pero no engañaba a nadie. Alec nunca podría pasar por nada excepto por un hijo del Ángel. Era evidente por su actitud, por su elegancia, por la mirada de sus ojos.

Los nefilim no tenían prohibido acudir al Mercado, pero tampoco eran bien recibidos. Magnus se alegraba de tener a Alec al lado, pero le complicaba las cosas.

En la avalancha de gente que pasaba por el estrecho callejón para llegar al Mercado en sí, pasaron un momento de breve pero intensa claustrofobia. Flotaba en el aire un olor a animales mojados y agua estancada, y todo el mundo estaba incómodamente apelotonado. Y luego un destello de luz cegadora los recibió al salir a lo que los comerciantes del Mercado llamaban la place des Ombres. Los olores eran de humo de leña y especias, de incienso, y de hierbas secándose al sol. A Magnus le resultaba agradablemente familiar, una constante a lo largo de las décadas y los siglos de cambios.

—El Mercado de Sombras de París no es como la mayoría de los Mercados de Sombras. Es el más antiguo del mundo y su historia es política y sangrienta. Casi cada conflicto importante que los subterráneos tuvieron con los mundanos, los nefilim o entre ellos desde antes de siglo XIX, comenzó aquí. —Magnus enfatizó sus siguientes palabras—: Lo que estoy diciendo es que tengas cuidado.

Mientras comenzaban a pasar por la primera fila de puestos, Magnus notó que se iba creando una burbuja de tensión a su alrededor. Los subterráneos se inclinaban unos hacia otros susurrando. Algunos les lanzaron miradas amenazadoras, y unos cuantos vendedores llegaron a bajar las cortinas o cerrar las ventanas de sus establecimientos cuando se acercaron.

Alec tenía el ceño fruncido y se movía con tensión. Magnus se detuvo, hizo todo un espectáculo de tomarle la mano a Alec y apretársela con fuerza. Un licántropo cerró de golpe la ventana de su tenderete con un gruñido al pasar ellos.

—Tampoco quería comprar nada ahí, de todas formas —dijo Alec.

—Evidentemente —repuso Magnus—. Nadie quiere comer en un lugar llamado Licantroburger. Vaya manera de parecer un caníbal, chico.

Alec sonrió, pero Magnus sospechó que era solo por él. Alec continuaba escaneando con los ojos lo que los rodeaba; la vigilancia era un reflejo en el que lo habían entrenado durante toda su vida. Magnus soltó la mano de Alec para que este pudiera alejarse o retrasarse un poco mientras caminaban; sabía que el muchacho se estaba colocando para tener la mejor visión posible de la situación.

La primera parada de Magnus fue en una gran tienda de lona roja que destacaba en una de las calles principales. La tienda era larga, alta y estrecha; dividida en un área de recibidor al frente y una gran sala principal detrás. A la izquierda de la entrada había un cartel junto a una botella llena de un líquido rojo en el que decía: La sangre es vida. Vive bien.

Magnus apartó las cortinas rojas hacia un lado y metió la cabeza en la sala de atrás, donde vio al primer (y seguramente único) sommelier de sangre del mundo sentado detrás de un curvado escritorio de caoba. Peng Fang tenía la apariencia de un joven de veintitantos años, de rostro amplio y agradable, con un aire voluble y ojos brillantes. Un mechón de su pelo negro estaba teñido de un amarillo muy intenso, lo que lo hacía parecer una amistosa abeja. Tenía los pies apoyados en la mesa y tatareaba una alegre tonada.

Magnus había conocido a Peng Fang por casualidad al principio del siglo xviii, cuando las transfusiones de sangre comenzaron a estar de moda. Magnus admiraba a un emprendedor, y Peng Fang era eso por encima de todo. Había detectado un hueco en el mercado, y también en el Mercado, y lo había llenado.

—Vaya, el Brujo Supremo de Brooklyn —exclamó Peng Fang mientras una lenta sonrisa de alegría se le extendía por el rostro—. ¿Veniste a platicar un rato? Por lo habitual, me centro exclusivamente en el negocio, pero contigo, el negocio será un placer.

Peng Fang coqueteaba con todo el mundo. Lo hacía de un modo tan creíble que, a veces, Magnus se había preguntado si su interés sería genuino. En esos momentos, naturalmente, no importaba.

—Negocios, me temo —repuso Magnus mientras se encogía de hombros con una sonrisa.

Peng Fang le copió el movimiento de hombros. Ya estaba sonriendo y siguió haciéndolo.

—Nunca desperdicio la oportunidad de ganar algo. ¿Buscas ingredientes para pociones? Tengo un vial de sangre de demonio dragón. Cien por ciento a prueba de fuego.

—Claro, me preocupo constantemente de si mi sangre se va a poner a arder —replicó Magnus—. Nada de sangre hoy, la verdad. Necesito información sobre la Mano Escarlata.

—Últimamente he oído a muchos hablar de ellos —afirmó Peng Fang, luego miró sobre el hombro de Magnus y dejó de hablar. El brujo volteó la cabeza y vio a Alec apareciendo inseguro tras la cortina. Peng Fang se levantó y miró fríamente a Alec—. Mis disculpas, cazador de sombras. Como puedes ver, estoy con un cliente. Quizá si pudieras volver dentro de un rato te podría ayudar en algo.

—Está conmigo —dijo Magnus—. Alexander Lightwood, te presento a Peng Fang.

Peng Fang entrecerró los ojos.

—No hagas comentarios sobre mi nombre.[1] Evidentemente, mis padres no esperaban que su niñito se convirtiera en un vampiro de adulto. No me parecen nada divertidos los comentarios sobre mi nombre.

Magnus decidió que no era el momento de mencionar que a Peng Fang sus amigos lo llamaban Fang Fang. Era evidente que Peng Fang no quería contar a Alec entre sus amigos. Tenía la mirada clavada en él como si Alec fuera a atacarlo en cualquier momento.

---

1. *Fang*: literalmente «colmillo». Juego de palabras en su calidad de vampiro. *(N. de las t.)*

A favor de Peng Fang había que decir que Alec tenía la mano apoyada sobre el mango de un cuchillo serafín que le colgaba del costado.

—Hola —saludó Alec—. Estoy aquí con Magnus. Estoy aquí por Magnus. Ningún otro cazador de sombras sabe que estoy aquí. Solo queremos información sobre la Mano Escarlata. —Y tras un breve silencio, añadió—: Es muy importante.

—¿Y cómo puedo yo saber algo de eso? —preguntó Peng Fang—. Déjame que te asegure, cazador de sombras, que no hago negocios con las sectas. Soy estrictamente legal. Un sencillo mercader, que vende la sangre de mejor calidad, legal y con licencia, a subterráneos que respetan la ley. Si estás interesado en comprar sangre, Brujo Supremo, estaré encantado de ayudarte a escoger. Más allá de eso, me temo que no puedo ayudarte.

—Hemos oído que tiene un nuevo dirigente —dijo Alec.

—Yo no sé nada de él —contestó Peng Fang con firmeza.

—¿Él? —repitió Magnus—. Bueno, eso ya es algo. —Peng Fang le lanzó una mirada fiera—. Hace un momento parecías dispuesto a ayudarme.

Los tres mantuvieron un *impasse* durante un largo momento, hasta que, finalmente, Peng Fang volvió a sentarse ante su escritorio y comenzó a remover papeles.

—Sí, bueno, no puedo dejar que la gente diga que pasé información a los cazadores de sombras.

—Hace mucho tiempo que nos conocemos —dijo Magnus—. Si confías en mí, puedes confiar en él.

Peng Fang alzó la mirada de sus papeles.

—Confío en ti, pero eso no significa que vaya a confiar en un cazador de sombras. Nadie confía en los cazadores de sombras.

Hubo un momento de silencio.

—Vamos, Magnus. Salgamos de aquí —dijo Alec con voz tensa.

Magnus intentó captar la mirada de Peng Fang mientras salían. Pero este se afanaba con sus papeles y no les prestó atención. Ya en la calle, Alec se detuvo con los brazos cruzados con fuerza sobre el pecho y observó inquieto a la gente que pasaba. Parecía el portero del negocio de Peng Fang.

—Siento lo ocurrido —dijo el brujo.

Magnus no podía culpar a ningún subterráneo por no fiarse de un cazador de sombras. Ni tampoco podía culpar a Alec por sentirse insultado.

—Mira —dijo Alec—. Esto no va a funcionar. ¿Por qué no sigues solo? Me quedaré fuera de la vista y podemos reunirnos en cuanto hayas conseguido alguna información.

Magnus asintió.

—Si quieres regresar al departamento...

—No me refería a eso. Tú sigue, y yo me quedaré sin que me vean y seré tu sombra mientras vas por el Mercado. No intervendré a no ser que corras peligro. —Alec vaciló un momento—. O si prefieres que me vaya...

—No —contestó Magnus—. Prefiero que estés cerca.

Alec miró alrededor un poco tímido y luego atrajo a Magnus hacia sí. El ruido y el ajetreo del Mercado de Sombras pasó a ser un rumor lejano y sordo. El apretado nudo de frustración que Magnus tenía en el pecho se aflojó un poco. Cerró los ojos. Todo estaba en calma y en silencio, y era dulce.

—¡Lárguense de mi tienda! —gritó Peng Fang de repente. Magnus y Alec se separaron de un salto. Magnus vio a Peng Fang lanzándoles rayos por los ojos desde la puerta de su tienda—. ¡Deja de abrazar a cazadores de sombras delante de mi negocio! ¡Nadie va a comprar sangre a alguien que permite abrazar a cazadores de sombras delante de su tienda! ¡Lárguense!

Alec comenzó a mezclarse entre la multitud que rondaba por el Mercado. Extendió la mano y se la pasó a Magnus por el brazo mientras desaparecía.

—Estaré cerca —le dijo en un tono de voz que solo Magnus pudo oír—. Te cubriré la espalda.

Lo soltó y el mundo exterior se tragó a Magnus como una ola. De repente, Alec ya no estaba, fundido con el paisaje.

Magnus se subió las mangas de seda verde botella.

Intentó borrar la sensación de inquietud que lo había invadido al oír decir a Alec: «Esto no va a funcionar».

Durante la siguiente media hora, Magnus se paseó entre los brujos y las hadas del Mercado de Sombras, tratando de comprar información. Sin Alec a su lado, se podía fundir con ellos. Trató de parecer normal y despreocupado, y no bajo una nube de sospecha o con prisas. Se dejó caer por Les Changelings en Cage (un puesto con amuletos antihada que regentaba un brujo gruñón) y por Le Tombeau des Loups (la Tumba de los Lobos, un puesto que vendía magia antilicántropos, regentado, evidentemente, por vampiros). Acarició a varias criaturas ilegales y de aspecto extraño que sospechó que pronto pasarían a ser ingredientes de pociones.

Por pura curiosidad profesional, se detuvo varias veces para observar otras tantas demostraciones mágicas a cargo de brujos provenientes de lugares lejanos. Compró varios raros ingredientes de hechizos que solo se encontraban en los Mercados de Sombras de Europa. Iba a hacer muy feliz a una manada de licántropos en México al poder proporcionarles una poción que le devolvería a su líder el sentido del olfato.

Incluso inició algunos negocios nuevos, para cuando ese inoportuno asunto de la secta estuviera resuelto, claro. Una flota de pesca de Ámsterdam estaba teniendo problemas con una escuela de sirenas que atraía a los marineros, que se tiraban por la borda. Ya se pondría en contacto con ellos.

Sin embargo, no consiguió nada sobre la Mano Escarlata.

De vez en cuando, Magnus miraba hacia atrás, buscando a Alec. No lo vio nunca.

Fue durante una de esas miradas atrás que la sensación se apoderó de Magnus, como le había pasado después de que se estrellaran con el globo; era la sensación de que lo vigilaban unos ojos poco amistosos. Una fría sensación de amenaza, como cuando el clima va a cambiar para mal.

Murmuró un hechizo que lo alertara si alguien le prestaba una atención indebida y se frotó las orejas con las manos. Al instante sintió como un cosquilleo en el lóbulo izquierdo, muy ligero, como el roce de una pluma. Miradas pasajeras, nada fuera de lo normal. Quizá solo fuera Alec vigilándolo.

Magnus estaba pasando ante un puesto lleno de abrigos cuando notó una sensación más fuerte en la oreja, dos claros roces que casi le hicieron pegar un brinco.

—Auténtica piel de selkie —anunció el dueño del puesto, esperanzado ante un posible comprador—. Éticamente conseguida. ¿O qué te parece este? Pelo de licántropos que han querido afeitarse para tener una sensación más aerodinámica.

—Buenísimo —murmuró Magnus siguiendo su camino.

Dobló hacia una callejuela lateral que se alejaba del centro del Mercado, y luego hacia un rincón sin salida. El cosquilleo en la oreja seguía allí, esta vez seguido de un jalón.

Sus manos se iluminaron con magia y habló dirigiéndose al vacío.

—Me siento halagado, pero quizá sería mejor que dejáramos la timidez a un lado y habláramos cara a cara.

Nadie respondió.

Magnus esperó unos segundos antes de dejar que se le apagaran las llamas de las manos. Regresó a la entrada del callejón. De vuelta al bullicio del lugar, notó un fuerte jalón en la oreja. Alguien lo estaba observando muy fijamente.

—¡Magnus Bane! Estaba seguro de que eras tú.

Magnus volteó hacia la voz.

—¡Johnny Rook! ¿Qué estás haciendo en París?

Johnny Rook era uno de los pocos mundanos con la capacidad de ver el mundo de las sombras. Por lo general, tenía su base en el Mercado de Sombras de Los Ángeles.

Magnus lo observó sin mucho entusiasmo. Iba vestido con una gabardina negra y lentes de sol (aunque era de noche), llevaba el cabello rubio ceniza peinado con un corto flequillo y una sombra de barba. Había algo un poco extraño en su rostro; Magnus había oído el rumor de que Johnny había pagado a hadas para que le realzaran los rasgos de forma mágica y permanente, pero de ser cierto, Johnny había tirado el dinero. También era conocido como Rook *el Rufián*, y él se dedicaba a fomentar esa estética.

—Estaba a punto de preguntarte lo mismo —contestó Johnny con una ávida curiosidad.

—Vacaciones —contestó Magnus—. ¿Cómo está tu hijo? Cat, ¿no?

—Kit. Es un buen chico. Creciendo como un espárrago. Tiene manos rápidas, algo muy útil en mi tipo de trabajo.

—¿Has puesto a tu hijo a robar carteras?

—Algo de eso. Algunas chucherías de paso, como llaves. Algunos juegos de mano. De todo. Tiene múltiples habilidades.

—¿No tiene solo unos diez años? —se extrañó Magnus.

Johnny se encogió de hombros.

—Es muy espabilado.

—Sin duda.

—¿Buscas algo especial en el Mercado? Quizá pueda ayudarte.

Magnus cerró los ojos y contó lentamente hasta cinco. Aún convencido de que no debía, le preguntó:

—¿Qué sabes de la Mano Escarlata?

Johnny puso los ojos en blanco.

—Secta. Adoradores de Asmodeo.

El corazón de Magnus dio un fuerte y punzante latido.

—¿Asmodeo?

Johnny lo miró fijamente.

—No es un nombre que oigas todos los días —añadió Magnus, esperando que fuera una explicación suficiente.

Pero era un nombre que Magnus había oído más a menudo de lo que le gustaría. En lo que esperaba que fuera una total coincidencia, Asmodeo, un Príncipe del Infierno, era su padre.

¿Habría instaurado un culto a su padre? No eran exactamente amigos. No podía imaginarse haciendo eso, ni siquiera como una broma.

¿Tendría que decirle a Alec que su padre era Asmodeo? Alec nunca le había preguntado quién era su progenitor demonio y Magnus no tenía ningunas ganas de decírselo. La mayoría de los brujos tenían como padre o madre a un demonio común. Magnus tenía la mala suerte de que el suyo fuera uno de los nueve Príncipes del Infierno.

—¿Asmodeo? —le repitió a Johnny—. ¿Estás seguro?

Johnny se encogió de hombros.

—No creía que fuera ningún secreto. Eso es lo que he oído en alguna parte.

Así que podría no ser cierto. No valía la pena contárselo a Alec, pensó Magnus, si no estaba seguro de que fuera cierto. Tessa no lo había mencionado, y sin duda lo habría hecho de creer que la secta adoraba al padre de Magnus.

Este respiró un poco más tranquilo. Una burbujita amarilla fue creciéndole en la punta de los dedos hasta rodearlos a ambos. El ruido de fondo del Mercado de Sombras desapareció y los envolvió a ambos en una esfera de completo silencio.

Magnus lanzó un fuerte suspiro. Esto ya lo había hecho antes.

—¿Cuál es tu precio?

—La información es tuya por el módico, módico precio de un pequeño favor, que me deberás a mí, y que decidiré en el futuro.

Johnny le dedicó una gran sonrisa para animarlo. Magnus lo observó con lo que esperaba que fuera un aire noble.

—Todos sabemos cómo acaban los favores sin especificar —replicó—. Una vez hice la vaga promesa de ayudar a alguien y pasé siete meses bajo un hechizo, viviendo en el acuario de una dríada. No quiero ni oír hablar de eso —añadió rápidamente cuando Johnny iba a responder—. Nada de deber favores sin especificar.

—De acuerdo —repuso Johnny—. ¿Y qué te parece un favor específico hecho ahora? ¿Sabes de alguna cosa que, digamos, aparte la atención de los nefilim de algo? ¿O de alguien?

—¿Estás haciendo algo que a los nefilim no les parecería bien?

—Evidentemente sí —respondió Johnny—, pero quizá más ahora que antes.

—Te puedo conseguir una pomada —contestó Magnus—. Aparta la atención de la persona que se recubre con ella.

—¿Pomada? —exclamó Johnny.

—Es una pomada, sí —asintió Magnus, un poco impaciente.

—¿Y no tendrías nada que se pudiera beber, o comer?

—No —contestó Magnus—. Es una pomada. Así es como viene.

—No me gusta nada estar todo engrasado.

—Bueno, supongo que ese es el precio que debes pagar —repuso Magnus— por tus constantes actividades criminales.

Johnny se encogió de hombros.

—¿Cuánta puedes darme?

—Supongo que depende de cuánto sepas —respondió Magnus.

A Magnus le sorprendió que Johnny no le hubiera exigido una cantidad concreta; normalmente intentaba ser él quien controlara la negociación. Pero, por la razón que fuera, Johnny estaba desesperado por tener la pomada en las manos. Y no era asunto de Magnus el porqué. No era ningún crimen evitar a los cazadores de sombras. Magnus había conocido a muchos cazadores de sombras que habría preferido evitar. No todos eran tan encantadores como Alec.

—Mi información dice que la Mano Escarlata ha abandonado hace muy poco su sede central en Venecia —explicó Magnus—. ¿Alguna idea de adónde han ido?

—No —contestó Johnny—. Sé que la Mano Escarlata tenía un lugar secreto en la sede de Venecia donde guardaban su libro sagrado. Lo llaman la Cámara. —La sonrisa de Johnny se hizo más amplia y dentuda—. Hay una contraseña secreta para entrar. Te la doy por diez botellas de la poción.

—Es una pomada. Diez botellas de pomada.

—Una.

—Tres.

—Hecho. —Se estrecharon la mano. Así se hacían los negocios.

—Muy bien. Busca la cabeza de piedra de la cabra y dices la palabra: «Asmodeo».

Magnus alzó una ceja.

—¿La contraseña para entrar en la madriguera de la secta de adoradores de Asmodeo es «Asmodeo»?

—No sé si lo habrás notado —repuso Johnny—, pero los de las sectas no suelen ser los mundanos más brillantes que el mundo puede ofrecer.

—Ya lo he notado —contestó Magnus—. También necesito saber... quién es tu fuente.

—¡No dije que te fuera a decir eso! —protestó Johnny alzando la voz.

—Pero lo harás —replicó Magnus—, porque quieres tres botes de pomada, y porque eres compulsivamente desleal.

Johnny vaciló, pero solo un momento.

—Un brujo llamado Mori Shu. Es un antiguo miembro de la Mano Escarlata.

—¿Qué hace un brujo en una secta mundana? Debería ser más listo.

—¿Quién sabe? Lo que se dice es que ofendió al nuevo dirigente y está escondido y en busca de protección. Él sabrá más sobre la Mano Escarlata que nadie que no siga allí. Se hallaba en París no hace mucho, pero he oído que ahora se dirige a Venecia. Te lo contará todo si lo ayudas.

Justo cuando la Mano Escarlata dejaba Venecia, Mori Shu iba hacia allí.

—Gracias, Johnny. Haré que te envíen la pomada a Los Ángeles en cuanto regrese de las vacaciones.

La burbuja amarilla comenzó a deshacerse en copos dorados que brillaron arrastrados por la brisa. Cuando desapareció, Johnny tomó a Magnus por la manga.

—Últimamente han desaparecido un montón de hadas del Mercado de Sombras —le murmuró con una inesperada intensidad—. Todo el mundo está nervioso. La gente dice que la Mano Escarlata es la responsable. No me gusta nada la idea de que la gente cace a las hadas. Detenlos. —Había una expresión en el rostro de Johnny que Magnus no recordaba haber visto antes, una mezcla de furia y miedo.

Entonces, la cacofonía del Mercado de Sombras de París volvió a inundarlo todo.

—Bien —murmuró Magnus—. ¿Dónde está Alec?

—¿Tu cazador de sombras? —preguntó Johnny, sonriendo malicioso; todo rastro de su expresión anterior había desaparecido—. Sabes cómo causar un buen revuelo en un lugar público, amigo mío.

—No somos amigos, Johnny —replicó Magnus sin prestarle mucha atención, mientras recorría la multitud con la mirada.

Johnny soltó una carcajada.

Alec apareció como un conejo de un sombrero, desde detrás de la esquina de un puesto cercano. Parecía haberse estado revolcando por el lodo.

—Tu cazador de sombras está asqueroso —observó Johnny.

—Bueno, pero se limpia muy bien —repuso Magnus.

—Estoy seguro de que es un auténtico bombón. En fin, por pura coincidencia, tengo una cita urgente en otra parte. Hasta la próxima, Brujo Supremo.

Johnny imitó un saludo militar y desapareció entre la gente.

Magnus lo dejó ir. Estaba más preocupado por el estado de su novio. Miró a Alec de arriba abajo, observando el lodo pegado a la ropa y las gotitas que le cubrían todo el pelo. Alec llevaba el arco pegado al cuerpo y el pecho le subía y bajaba con rapidez.

—Eh, cariño —dijo Magnus—. ¿Qué hay de nuevo?

6

ENFRENTAMIENTO EN LA OSCURIDAD

Cinco minutos después de alejarse de Magnus, Alec lo vio meter la mano en una jaula llena de monos demoníacos, venenosos y de afiladas garras. Agarró el mango del cuchillo serafín, pero se contuvo.

Estaba en el Mercado de Sombras. Allí las reglas eran diferentes. Lo sabía.

Por suerte, Magnus solo acarició a una de las feroces criaturas con una mano cargada de anillos, y se alejó del tenderete hacia otro, donde se encontraba un grupito de enfadados licántropos.

—¡Basta de la opresión de los licántropos por parte de los no muertos! —decía una mujer loba, que agitaba un cartel que rezaba SUBTERRÁNEOS UNIDOS. Magnus tomó un panfleto y sonrió a la licántropa, dejándola deslumbrada. Magnus ejercía ese efecto sobre la gente. Alec recordó cómo lo había estado mirando el mercader de sangre. Antes de conocer a Magnus, Alec solía lanzar miradas nerviosas a algunos chicos algunas veces: a Jace, o a cazadores de sombras que visitaban el Instituto, o a mundanos por las concurridas calles de Nueva York. Pero ahora, cuando Magnus y él se hallaban en el mismo lugar, a Alec le resultaba difícil fijarse en nadie que no fuera él. ¿Aún se fijaría Magnus en los hombres apuestos o pensaría que las mujeres eran hermosas? Alec sintió un fuerte hormigueo nervioso al pensar en cuánta gente estaría encantada de que fallara esa prueba de su relación.

Se bajó un poco más la capucha y siguió a su amigo a distancia.

Magnus se acercó a un boticario y compró algunas hierbas. Después de eso, se detuvo y habló con un hada de pelo violeta que pedía dinero para alimentar al basilisco que tenía por mascota. Cruzó al puesto de delante y pasó lo que pareció casi una hora regateando por algo que era sospechosamente semejante al pelo humano.

Alec confiaba en que Magnus supiera lo que estaba haciendo. El brujo emanaba confianza con muy poco esfuerzo. Parecía estar siempre controlando la situación, incluso cuando no era así. Era una de las cosas que Alec más admiraba de él.

Cuando Magnus siguió adelante, Alec se metió con precaución en la calle adyacente. Estaba lo suficientemente apartado para no despertar sospechas, pero a solo cinco saltos de él. Observaba no solo a su novio sino a todos los que lo rodeaban, desde un grupo de dríadas que intentaba atraer a Magnus a su tienda hasta la delgaducha niña carterista con una corona de espinas en la cabeza que lo seguía con no demasiadas buenas intenciones. Cuando la niña se lanzó, Alec hizo lo mismo, y le agarró los sucios dedos justo antes de que los metiera en el bolsillo de Magnus. Luego la arrastró entre dos puestos con tal rapidez que nadie lo notó.

La niña hada se retorció con tanta violencia para soltarse que a Alec se le salió uno de los guantes y ella vio las runas de su mano. El pálido tono verde desapareció de su cara, dejándola de color gris.

—*Je suis désolée* —susurró, y al ver la mirada de incomprensión de Alec, cambió de idioma—: Lo siento. Por favor, no me hagas daño. Prometo que no lo volveré a hacer.

La niña estaba tan delgada que Alec le podría haber rodeado la cintura con el pulgar y el índice. Las hadas pocas veces aparentaban la edad que tenían, pero esta niña parecía tan joven como su hermano Max, al que habían matado durante la guerra.

«Los cazadores de sombras somos guerreros —había dicho su padre—. Perdemos, y seguimos luchando.»

Max había sido demasiado joven para luchar. Y ya nunca aprendería. Alec siempre se preocupaba por su hermana y su *parabatai*, que eran temerarios e intrépidos. Siempre los intentaba proteger desesperadamente. Pero nunca se le había ocurrido que tenía que estar alerta para proteger a Max. Le había fallado a su hermanito.

Max había sido muy delgado. Solía mirarlo fijamente, igual que estaba haciendo esa chica con sus grandes ojos tras los lentes.

Por un instante, a Alec le costó respirar y apartó la mirada de ella. La niña no trató de aprovechar la oportunidad y escaparse al notar que la agarraba con menos fuerza. Cuando volvió a mirarla, ella seguía con los ojos clavados en él.

—Cazador de sombras —dijo—, ¿estás bien?

Alec sacudió la cabeza para alejar esos pensamientos. «Los cazadores de sombras siguen luchando», repitió la voz de su padre en su interior.

—Estoy bien —le dijo a la niña, con la voz un poco engolada—. ¿Cómo te llamas?

—Rose —contestó ella.

—¿Tienes hambre, Rose?

A la niña le tembló el labio. Intentó escapar, pero él la agarró por la camisa. Ella le dio una palmada en el brazo y parecía estar a punto de morderlo cuando vio el dinero en la mano de Alec.

—Ve a comprarte comida —dijo ofreciéndoselo. En cuanto abrió la mano, el dinero desapareció. No le dio las gracias, solo asintió y salió corriendo—. ¡Y deja de robar! —le gritó mientras ella ya se alejaba.

Y así fue como se quedó sin dinero. Cuando salió del Instituto de Nueva York, con una bolsa de viaje colgada al hombro, para comenzar sus vacaciones, su madre corrió hacia él y le puso dinero en la mano, aunque él trató de rechazarlo.

—Ve y sé feliz —le había dicho ella.

Alec se preguntó si lo habría timado una chica hada. Podía tener cientos de años, y se sabía que a las hadas las encantaba timar a los mortales. Pero decidió creer que la niña era lo que parecía, una niña hambrienta y asustada, y con eso se sintió contento de haberla ayudado. El dinero había estado bien gastado.

A su padre no le gustó nada que Alec dejara el Instituto para irse de viaje con Magnus.

—¿Qué te ha dicho de nosotros? —le había preguntado Robert Lightwood, yendo de arriba abajo en la habitación de Alec, como un gato atrapado.

En su juventud, sus padres fueron seguidores de Valentine, el malvado cazador de sombras que había iniciado la última guerra. Alec supuso que Magnus le podría contar bastantes historias sobre ellos si quisiera.

—Nada —le había contestado Alec, molesto—. Él no es así.

—¿Y qué te ha contado de sí mismo? —preguntó Robert. Y cuando vio que Alec permanecía en silencio, añadió—: Tampoco nada, supongo.

Alec no sabía qué expresión tenía en ese momento, lo asustado que podía haber parecido, pero el rostro de su padre se suavizó.

—Mira, hijo, no puedes creer que eso vaya a tener futuro —le dijo—. No con un subterráneo, o con un hombre. E-entiendo que tengas que ser sincero contigo mismo, pero a veces es mejor ser listo y tomar un camino diferente, incluso si te sientes... tentado. No quiero que tu vida sea más difícil de lo que ya va a ser. Eres muy joven, y no sabes cómo es el mundo en realidad. No quiero que seas infeliz.

Alec se le quedó mirando.

—¿Y qué es lo que me hará feliz mintiendo? Antes no era feliz. Ahora lo soy.

—¿Cómo puedes serlo?

—Decir la verdad me hace feliz —replicó Alec—. Magnus me hace feliz. No me importa si es difícil.

El rostro de su padre le pareció cargado de tristeza y preocupación. Alec había pasado toda la vida asustado de que pudiera poner esa expresión por su causa. Había intentado evitarlo con todas sus fuerzas.

—Alec —le susurró su padre—, no quiero que vayas.

—Papá —le contestó Alec—, me voy.

Una respuesta instintiva interrumpió ese recuerdo, porque sus ojos captaron el *blazer* de terciopelo rojo de Magnus destellando en la distancia. Volvió al presente y se apresuró en la dirección en que había visto el saco.

Cuando llegó cerca de él, Magnus estaba metiéndose en un callejón oscuro detrás de una fila de puestos, y entonces, alguien envuelto en una capa apareció desde algún escondite y lo siguió sigilosamente por el callejón.

Alec ya había perdido de vista a Magnus y pronto perdería al encapuchado. Comenzó a correr, abriéndose paso entre un vampiro y una peri abrazados, y apartando a un grupo de licántropos que jugaba con palos. Echó una sigilosa mirada al otro lado de la esquina y vio al encapuchado a mitad de la oscura callejuela, dirigiéndose hacia la desprotegida espalda de Magnus.

Puso una flecha en el arco y se situó a su espalda.

Habló con el volumen justo para que su voz llegara al encapuchado.

—No te muevas. Voltea lentamente.

El encapuchado se detuvo y fue alzando despacio las manos como si fuera a cumplir su orden. Alec se acercó un poco, desviándose hacia la izquierda para poder verle el rostro. Captó una fina barbilla, humana, seguramente de mujer, rubia. Entonces ella volteó con los dedos extendidos. Alec se tambaleó hacia atrás cuando un brillante destello lo golpeó y le oscureció la visión con energía estática blanca, después solo vio la silueta de la mujer, como una marca negra sobreimpuesta a la luz cegadora. Soltó la flecha sin ver, confiando en que su entrenamiento la haría volar firme. La flecha salió del

78

arco, y estaba a punto de clavarse en su objetivo cuando, de algún modo, la mujer se desdibujó de su trayectoria. «Desdibujarse» era la única manera de describirlo. En un momento la flecha volaba hacia ella y al siguiente su silueta se había retorcido y estirado, y la mujer se hallaba ahora en la pared opuesta del callejón.

Se desdibujó de nuevo y apareció junto a él. Alec saltó hacia un lado, evitando por poco la cortante hoja de una espada. Bloqueó el golpe con el arco. La madera tratada con *adamas* resonó contra el metal, y Alec, aún medio cegado, movió el arco en un círculo bajo y enganchó los tobillos de su atacante, haciéndola caer. Alzó el arco, y estaba a punto de golpearla con él en la cabeza cuando la mujer se desdibujó de nuevo, y esta vez reapareció en la entrada del callejón.

Una ráfaga de viento la alcanzó y le agitó la capa. Parte de la capucha se deslizó hacia atrás y le dejó al descubierto la parte izquierda del rostro bajo la luz del farol. Una mujer con unos profundos ojos castaños y labios finos. El pelo, negro y liso, cortado a la altura de los hombros, le caía a ambos lados del rostro y se le curvaba alrededor de la barbilla. La espada que llevaba era un *samgakdo* coreano de tres caras, diseñado para infligir un daño irreparable en la carne humana.

Alec entrecerró los ojos. El rostro de la mujer parecía completamente humano, pero había algo peculiar en él. Era su expresión; había una extraña carencia de ella, como si estuviera mirando hacia algún lugar lejano.

Un rechinido de metal contra ladrillo cortó el aire a la espalda de Alec, lo que le hizo desviar la atención durante un instante.

La mujer misteriosa aprovechó esa pequeña distracción. Hizo girar la espada sobre su cabeza mientras gritaba palabras en un idioma que Alec no entendía, y luego lo apuntó con ella. Una espiral de luz naranja salió de la punta del arma, y el suelo a los pies de Alec saltó en pedazos, casi haciéndolo caer. Alec se agachó dando un paso atrás, sacó otra flecha de su carcaj y la colocó. Apuntó hacia el lugar donde estaba la mujer, pero ella ya había desaparecido. Alec recorrió la entrada del callejón con el arco en posición de disparo y entonces vio a su objetivo, agazapado sobre el borde de la cornisa de un edificio. La flecha chocó contra la piedra. La mujer de la capa saltó, rodó ágilmente por encima de un puesto, se puso de pie y se echó a correr. Comenzó a saltar sobre los techos de los tenderetes.

Alec la persiguió, corriendo por el espacio detrás de los puestos, saltando por encima de las bolsas de basura y los botes de mercancías, las cuerdas, las picas y las cajas. La mujer era rápida, pero la velocidad de Alec provenía del poder de los ángeles. Le estaba ganando terreno.

La mujer llegó al final del Mercado y se transportó desdibujándose una vez más hasta el suelo. Gritó algo de nuevo en el idioma demoníaco y ante ella comenzaron a formarse los contornos de un Portal.

Alec sacó una flecha y la sujetó entre los dedos. Se lanzó hacia ella, que se volteó en su dirección esperando un ataque. Pero en vez de ello, la afilada punta de la flecha le atravesó la capa y se clavó en el lateral de un puesto del Mercado.

—Te atrapé. —Alec cargó rápidamente su arco y otra flecha apuntó directamente a la mujer.

Esta negó con la cabeza.

—Me parece que no.

Alec tenía los ojos clavados en el arma de la mujer. Ese fue su error. La luz brotó con un estallido de su otra mano y Alec se encontró dando vueltas por el aire. Vio que la pared iba a toda prisa hacia él y retorció el cuerpo para golpearla primero con los pies. Con el impulso, dio una voltereta y aterrizó agachado sobre el lodo.

Se puso de pie, con el arco milagrosamente intacto, e instintivamente lo cargó y apuntó de nuevo. La mujer, la bruja, había desaparecido. Lo único que quedaba eran los restos del Portal, que se cerró y desapareció con un destello. Solo después de asegurarse de que la mujer ya no estaba, bajó la guardia.

Esa mujer era una bruja, pero también una luchadora entrenada. Representaba una seria amenaza.

—Magnus —susurró Alec. De repente, se le ocurrió que no tenía ninguna seguridad de que la bruja estuviera trabajando sola. ¿Y si hubiera estado tratando de alejarlo de Magnus? Retrocedió hasta el callejón, corriendo a toda prisa por el estrecho pasaje, sin molestarse en esquivar nada de lo que se encontraba, haciendo saltar picas y desplomarse tenderetes. Los gritos furiosos de la gente del Mercado de Sombras lo persiguieron mientras corría.

Gracias al Ángel, Magnus parecía estar perfectamente y había salido por el otro lado del callejón sin notar nada. Y se hallaba en una esquina hablando con un mundano de mal aspecto que llevaba una gabardina negra y lentes de sol. En cuanto el hombre vio a Alec, se sobresaltó y salió corriendo. Alec comprendía que los subterráneos y los cazadores de sombras no siempre se llevaban bien, pero estaba comenzando a tomarse la actitud de la gente del Mercado de Sombras como algo personal.

Magnus sonrió a Alec y le hizo un gesto para que se acercara. Este notó que relajaba su adusta expresión. Se preocupaba demasiado. Pero siempre parecía haber tanto de lo que preocuparse...: ataques de demonios, intentar proteger a los que amaba de los ataques de demonios, desconocidos que querían iniciar una conversación con él... A veces, todas esas ideas parecían caerle a plomo sobre los hombros, un peso invisible que Alec casi no podía soportar y del que tampoco podía librarse.

Magnus estaba con la mano extendida hacia Alec. Sus anillos enjoyados relucían, y por un momento pareció extraño y salvaje, pero luego le sonrió tiernamente. El cariño que sentía Alec y pensar en la suerte que había tenido al ganarse el afecto de Magnus le pudieron.

—Eh, cariño —lo llamó Magnus, y para Alec fue una pequeña maravilla que se refiriera a él de ese modo—. ¿Qué hay de nuevo?

—Bueno —explicó Alec—, alguien te estaba siguiendo. La perseguí. Era una bruja. Y además una bruja muy dispuesta a luchar.

—¿Alguien de la Mano Escarlata? —preguntó Magnus.

—No estoy seguro —contestó Alec—. ¿No enviarían a más de una persona, si tienen a toda una secta?

Magnus pensó un momento.

—Por lo general, sí.

—¿Encontraste lo que estabas buscando?

—Más o menos. —Magnus lo tomó del brazo, sin importarle el lodo que le manchaba la ropa, y lo jaló—. Te contaré todos los detalles cuando lleguemos a casa, pero lo principal es que nos vamos a Venecia.

—Esperaba que pudiéramos descansar —repuso Alec—. E ir a Venecia mañana.

—Sí, sí —asintió Magnus—. Podemos dormir hasta tarde, y luego me llevará horas hacer el equipaje, así que saldremos mañana al atardecer y llegaremos allí al día siguiente.

Alec rio.

—Magnus —preguntó—. ¿Vamos en una peligrosa misión o de vacaciones?

—Bueno, espero que un poco de las dos —contestó el brujo—. Venecia es especialmente hermosa en esta época del año. ¿Qué estoy diciendo? Venecia es especialmente hermosa en cualquier época del año.

—Magnus —insistió Alec—. ¿Nos vamos por la tarde y llegaremos a la mañana siguiente? ¿No vamos a usar un Portal?

—No —contestó Magnus—. La Mano Escarlata está controlando el uso de Portales, según Tessa. Tendremos que conformarnos con hacer esto, como hacen los mundanos tomar el tren más lujoso disponible para una noche romántica a través de los Alpes. Ya ves los sacrificios que estoy dispuesto a hacer por nuestra seguridad.

—Los cazadores de sombras usarían los Portales permanentes de Idris —indicó Alec.

—Los cazadores de sombras tienen que preocuparse de justificar sus gastos a la Clave. Yo no. Prepárate. Ninguna misión es tan peligrosa que no valga la pena realizarla con estilo.

7

EL ORIENT EXPRESS

Durmieron hasta tarde, según lo previsto, y luego a Magnus le llevó la mayor parte del día preparar el equipaje.

Magnus materializó alguna ropa extra para Alec desde una de sus tiendas favoritas «para emergencias imprevistas». Alec insistió en que no quería nada muy elegante, pero no pudo detener a Magnus, que le mostró varios bonitos suéteres sin agujeros, además de un esmoquin, que le aseguró a Alec ser absolutamente necesario. El desayuno llegó de la panadería que había calle abajo; el almuerzo, desde el *traiteur* al otro lado de la misma calle.

Finalmente, tomaron un taxi, poco romántico pero práctico, hasta la Gare de l'Est, donde Magnus tuvo la agradable experiencia de ver a Alec abrir los ojos asombrado cuando los lujosos vagones azules y blancos del Orient Express entraron en el andén y se fueron deteniendo con un agudo rechinido. Varios hombres y mujeres en librea comenzaron a ayudar a los pasajeros con el equipaje.

Alec jugueteaba con el mango extensible de la maleta con ruedas en la que Magnus le había hecho organizar sus cosas. Este lo había observado meter ropa limpia enrollada en una bolsa de viaje hasta que se puso como loco, materializó varias maletas de color púrpura iguales a las suyas y se quedó mirando a Alec mientras este las llenaba cuidadosamente con su ropa más bonita y apropiada.

El cazador de sombras había subido su propia maleta y se acercaba a Magnus. Cuadró los hombros y se preparó para subir por los escalones del tren la maleta más grande de Magnus.

—No, no —dijo este. Apoyó elegantemente la mano en lo alto de la maleta principal y miró alrededor con expresión de educado desconcierto. Enseguida, uno de los maleteros vestidos de librea se presentó ante él; extendió la mano para que Magnus le entregara sus boletos y se hizo cargo de todo el asunto del equipaje. El brujo se sintió levemente culpable cuando el joven gruñó sorprendido y se tuvo que esforzar para subir las maletas por los escalones, pero una generosa propina compensaba muchas cosas.

Los guio a lo largo de un coche cama de lujosos detalles. Las gruesas alfombras, las paredes de paneles de caoba y las barras y los apliques de latón le recordaron a Magnus el año que había pasado con Camille Belcourt, su amante vampiro.

Camille. Cuando acabó su relación, el Orient Express ni siquiera había comenzado a funcionar. Ahora ya se había convertido en un atavismo turístico, aún lujoso, aún cómodo, pero transportando a una época que, para casi cualquier persona viva, eran los inimaginables viejos tiempos.

Magnus regresó al momento presente. Para Alec, el Orient Express no era una nostálgica vuelta al pasado o un querido recuerdo distante, sino una aventura del presente, una aventura de deliciosas comidas degustadas mientras los flanqueaba un bosque de montañas cubiertas de nieve, una aventura de dormir en una cómoda cama sin dejar de sentir el traqueteo rítmico y regular del tren sobre las vías.

Llegaron a la cabina que les habían asignado en la esquina cerca del final del coche cama. Fiel a su palabra, Magnus se había decidido por la opción más elegante disponible: una gran *suite* con una salita delante y el dormitorio detrás. Entre las dos salas había un pequeño baño con una regadera rodeada de paredes de cristal. Paredes de palisandro lacadas y complementos turcos daban a toda la *suite* un ambiente decadente. Magnus lo aprobaba de corazón.

—Nuestras mejores *suites* están todas decoradas al estilo de las ciudades que delimitan nuestra ruta —explicó el maletero, aún esforzándose por entrar todo el equipaje de Magnus—. Esta es Estambul.

Magnus le dio la generosa propina que se merecía por sus esfuerzos; luego cerró la puerta tras él y volteó hacia Alec, justo cuando el tren daba una sacudida para iniciar su movimiento.

—¿Qué te parece?

Alec sonrió.

—¿Por qué Estambul?

—Tomar la *suite* París o la *suite* Venecia parecía tonto. Hemos estado en París y ahora vamos a estar en Venecia. Así que, Estambul.

Se sentaron en el sofá de la sala y observaron pasar el paisaje. El tren iba ganando velocidad. Al cabo de unos minutos, ya había abandonado la estación y salía de París. El paisaje urbano dio paso a barrios residenciales hasta que finalmente comenzaron a avanzar rápidamente entre suaves colinas verdes y campos de lavanda floreciendo en la campiña francesa.

—Esto es... —Alec gesticuló señalando lo que los rodeaba—. Esto es... —Parpadeó, incapaz de encontrar las palabras.

—¿No es maravilloso? Así que vistámonos y vayamos a cenar. También podremos explorar el resto del tren.

—Sí —repuso Alec, aún medio boquiabierto—. Cenar. Sí. Bien. ¿Qué te pones para cenar en este tipo de tren? —Se inclinó sobre la maleta de la ropa, que Magnus había comenzado a desdoblar—. ¿Es suficiente con llevar un bonito abrigo y unos jeans?

—Alec —lo reprendió Magnus—. Este es el Orient Express. Te pones un esmoquin.

En lo referente a esmóquines, Magnus había aprendido, a lo largo de las décadas, a ser un purista. Las modas iban y venían. Y él adoraba los colores brillantes y lo espectacular, era cierto, pero los sacos que había comprado para Alec y para él eran negros, con solapas de pico y abrochados con dos botones.

Los moños eran negros. Alec no tenía ni idea de cómo hacerse el lazo.

—¿Dónde iba a tener que usar un moño en toda mi vida anterior? —se disculpó Alec. Magnus reconoció que tenía razón y le hizo el lazo, sin las burlas que ambos comprendían hasta cierto punto que Alec se merecía.

El secreto del esmoquin era que todos los hombres estaban más guapos en un buen esmoquin, y eso Magnus lo sabía por muchos años de experiencia. Si ya se era un hombre atractivo, como Alec, un esmoquin te sentaría muy muy bien. Magnus se permitió un breve momento de ensoñación para contemplar a Alec de etiqueta, peleándose con los botones de la camisa. Alec notó que lo miraba y lentamente una tímida sonrisa se le fue formando en la boca.

Alec no tenía mancuernillas, claro. Magnus tenía muchas ideas sobre qué mancuernillas comprarle en el futuro, pero con tan poco tiempo, había encontrado entre las suyas unas con un motivo de arco y flecha, y se las pasó a Alec con un florido gesto.

—¿Y tú qué? —preguntó Alec mientras se las ponía.

Magnus volvió a la maleta de la ropa y sacó dos enormes amatistas cuadradas engastadas en oro. Alec se echó a reír.

Habían salido del compartimento y estaban a punto de unirse a la masa de mundanos que habían tenido la misma idea y se dirigían hacia el vagón restaurante, cuando una atolondrada ninfa pasó corriendo ante ellos hacia el final del tren. Un momento después, un pequeño grupo de sprites, claramente borrachos, empujaron a Alec para pasar y se encaminaron en la misma dirección.

Alec tocó a Magnus en el hombro.

—¿Adónde crees que van todos esos subterráneos?

Magnus miró justo a tiempo de ver a dos licántropos entrando en el siguiente vagón. Cuando abrieron la puerta, se oyeron cánticos estridentes. Magnus tenía hambre, pero no podía esperar.

—Parece una fiesta. Sigamos el canto de la sirena.

Siguieron a los subterráneos y sacaron la cabeza en un bar situado en el último vagón del tren, que parecía estar acogiendo una fiesta en toda regla. La decoración recordó a Magnus la cantina ilegal que había tenido en Estados Unidos durante la prohibición. Una barra de bar ocupaba el lado derecho, y sofás modulares ocupaban el otro. En el centro del vagón, un hombre de aspecto elegante con barba y patas de cabra tocaba un piano de cola. Una sirena con un vestido hecho de agua arremolinada estaba tumbada sobre el instrumento entreteniendo al público.

Un grupo de brownies se apiñaba en un rincón; uno de ellos tañía algo retorcido que parecía un laúd tallado de una rama. Dos phoukas fumaban en pipa cerca de la ventana, admirando el paisaje. Un brujo de piel lila jugaba a los dados con unos trasgos. Detrás de la barra había un cartel que rezaba: PROHIBIDO MORDER. PROHIBIDO PELEAR. PROHIBIDO HACER MAGIA.

El ambiente era festivo, relajado. A pesar del gran número de subterráneos, todos parecían conocerse.

—¿Adónde se dirigen? —le preguntó Magnus a un trasgo.

—¡A Venecia! —exclamó este. Un puñado de congéneres suyos, desde diversas partes del vagón, lo corearon gritando—: ¡A Venecia! —El trasgo alzó su jarra, que siseaba y generaba espuma de forma alarmante—. ¡A la fiesta!

—¿A qué fiesta? —preguntó Magnus mientras el trasgo miraba con suspicacia a Alec, que se hallaba detrás de Magnus.

—No, no —rectificó el trasgo—. Nada de fiestas. Tengo setecientos años. Me confundo.

Alec le echó una mirada fiera al trasgo en respuesta.

—Quizá —le susurró a Magnus al oído— deberíamos irnos al restaurante.

Magnus se sintió aliviado, avergonzado, enojado y agradecido, todo a la vez.

—Creo que es una idea excelente.

—¿Siempre hay tantos subterráneos en los trenes? —preguntó Alec, una vez la puerta se cerró entre ellos y el vagón bar.

—Normalmente no —contestó Magnus—. A no ser que vayan a alguna gran fiesta de subterráneos en Venecia de la que nadie ha pensado en informarme, que es lo que ocurre en este caso.

Alec no dijo nada. Ninguno mencionó que, de no ser por Alec, Magnus estaría de camino hacia la fiesta. A este le habría gustado decirle que no le importaba la fiesta, que prefería cenar con Alec, porque él era importante y una fiesta no, en realidad.

Atravesaron dos vagones más de servicio: un vagón de champán y otro que hacía las veces de mirador para contemplar el paisaje, y por fin llegaron al vagón restaurante. Un *maître* los recibió en la entrada y los guio a un compartimento con elegantes cortinas en un rincón. Una pequeña araña de luz bañaba la mesa con un cálido resplandor amarillo, y la mesa estaba dispuesta con un intimidante número de diversas cucharas, cuchillos y tenedores, colocados en diferentes orientaciones respecto al plato.

Magnus pidió una botella de Barolo e hizo girar el vino en la copa mientras admiraban el paisaje que pasaba ante la ventana. La cena consistió en langosta Noirmoutier, asada con un poco de mantequilla y jugo de limón. Un plato de papas cubiertas de caviar sirvió de acompañamiento.

Alec dudaba ante el caviar. Luego pareció avergonzado por haberlo hecho.

—Siempre había supuesto que la gente lo come porque es caro.

—No —repuso Magnus—, lo come porque es caro y delicioso. Pero es complicado. Tienes que comerlo lentamente, para experimentar de verdad su sutileza y complejidad. —Tomó un trozo de papa, lo cubrió de crema agria y se lo metió en la boca. Masticó lenta y deliberadamente, con los ojos cerrados.

Cuando los abrió de nuevo, Alec lo miraba fijamente, asintiendo pensativo. Luego se echó a reír.

—No tiene gracia —replicó Magnus—. Mira, te prepararé una. —Cubrió otra papa y se la tendió a Alec con su tenedor.

Este imitó a Magnus, masticando con movimientos exagerados y poniendo los ojos en blanco como si estuviera en éxtasis. Magnus esperó.

Finalmente, Alec tragó y abrió los ojos.

—La verdad es que está muy bueno.

—¿Lo ves?

—¿Y tengo que poner los ojos en blanco y cerrarlos siempre?

—Sabe mejor así. Espera..., mira.

Alec lanzó un gratificante y asombrado «¡Oh!» cuando el tren salió de una curva y se adentró en el corazón de la campiña francesa. Densos bosques verdes enmarcaban lagos como espejos, y en la distancia, montañas de cimas nevadas parecían vigilar el paisaje. Más cerca, una elevación rocosa se alzaba como la proa de un barco entre la ordenada formación de los viñedos.

Magnus observó el paisaje, luego el rostro de Alec y de nuevo el paisaje. Verlo junto a él era como ver el mundo como si fuera nuevo. Magnus había atravesado el Parc du Morvan antes, pero, por primera vez en mucho tiempo, también se sintió maravillado.

—En algún momento —comentó Alec— cruzaremos las salvaguardas de Idris, y todo el tren saltará de esta frontera hasta la del otro lado al instante. Me pregunto si lo vamos a notar.

Había una nota de anhelo en su voz, aunque Alec no había vivido en Idris desde niño. Los nefilim siempre tenían un lugar al que regresar, pasara lo que pasara; un país de bosques encantados y ondulantes campos y, en el centro del mismo, una ciudad de brillantes torres de cristal. Un regalo del Ángel. Magnus era un hombre sin patria, y lo había sido desde que podía recordar. Le resultó curioso ver la brújula del alma de Alec moverse y apuntar directo a casa. La brújula del alma de Magnus giraba libremente en su interior, y hacía tiempo que se había acostumbrado a ello.

Permanecieron con las manos unidas, los dedos de Magnus entrelazados con los de Alec mientras observaban unas pesadas nubes que se aproximaban desde el este.

Magnus señaló uno de los grupos de nubes de tormenta.

—Esa parece una serpiente que se haya hecho un nudo. Aquella es como el croissant que me comí esta mañana. Esa otra..., ¿una llama, supongo? ¿O tal vez mi padre? ¡Adiós, papá! ¡Espero no verte pronto! —Le lanzó un beso sarcástico.

—¿Esto es lo mismo que con las estrellas? —preguntó Alec—. ¿Es romántico poner nombre a las cosas que ves en el cielo?

Magnus guardó silencio.

—Puedes hablar de eso, si quieres —lo invitó Alec.

—¿De mi padre el demonio, o de mi padrastro tratando de matarme? —preguntó Magnus.

—De lo que prefieras.

—No quiero fastidiarnos la langosta —repuso Magnus—. Intento no pensar en ninguno de los dos. —Muy pocas veces mencionaba a su padre, pero después de la información de Johnny Rook, no podía sacárselo de la cabeza. No dejaba de pensar lo que significaría para su padre ser el demonio al que adoraba la Mano Escarlata.

—Ayer estaba pensando en mi padre —aportó Alec, un poco vacilante—. Me dijo que debería quedarme en Nueva York y fingir que soy hetero. Al menos eso era lo que quiso decir.

Magnus recordó una noche, larga y fría, en la que tuvo que plantarse entre una familia de aterrorizados licántropos y un grupo de cazadores de sombras, el padre de Alec entre ellos. Miró a Alec a la cara, y vio la duda y el temor que su padre le había puesto ahí.

—No hablas mucho de tus padres —comentó Magnus.

Alec vaciló.

—No quiero que pienses mal de mi padre. Sé que hizo cosas en el pasado..., que se metió en cosas de las que no se siente orgulloso.

—Yo he hecho cosas de las que no me siento orgulloso —murmuró Magnus, pero no confiaba en él mismo y se abstuvo de decir nada más.

A Magnus no le agradava Robert Lightwood, nunca le había agradado. En algún otro universo, habría pensado que era imposible que le comenzara a caer bien.

Pero en este universo, los dos amaban a Alec. A veces, el amor funcionaba, más allá de cualquier esperanza de cambio, cuando ninguna otra fuerza en el mundo podía. Sin amor, el milagro nunca ocurría.

Se acercó a la boca la mano de Alec y se la besó.

Robert no podía ser un monstruo, después de todo, había criado a ese hombre como su hijo.

Acabaron la cena en un silencio amistoso, contemplando la puesta del sol teñir de fuego las distantes montañas mientras se hundía tras sus picos. Las primeras estrellas comenzaron a salpicar el cielo, que se iba oscureciendo.

El mesero se acercó y les preguntó si deseaban postre, o tal vez un digestivo.

Magnus estaba a punto de preguntarle qué les recomendaba, cuando Alec, con un destello en los ojos, dedicó una brillante sonrisa al hombre.

—Lo cierto —le dijo—, es que creo que vamos a tomar un poco del champán que nos espera en el compartimento. ¿Vamos, Magnus?

El brujo se había quedado parado, con la boca ligeramente abierta. Se estaba acostumbrando a dos Alec muy distintos: el seguro cazador de sombras y el novio tímido e inseguro. No sabía muy bien quién era el Alec con ese brillo en los ojos.

Este se puso en pie y le tendió la mano para que se levantara de la silla. Le dio un rápido beso en la mejilla y no le soltó la mano.

El mesero hizo una pequeña inclinación de cabeza acompañada de una sonrisita cómplice.

—Sin duda. Entonces, les deseo a ambos *bonne nuit*.

En cuanto llegaron a su compartimiento, Alec se quitó el saco y se dirigió a la cama. Magnus notó un aleteo dentro del pecho...; no había muchas cosas más sexys que un hombre en camisa de esmoquin, y a Alec le sentaba excepcionalmente bien.

Mientras agradecía al ángel Raziel todos los ejercicios de cardio que debían hacer los cazadores de sombras, Magnus materializó una botella helada de Pol Roger y la dejó sobre la mesa. Alzó dos copas, y sonrió mientras se llenaban solas; el tapón de la botella permaneció intacto, aunque en su interior el nivel del champán bajó. Se unió a Alec en la cama y le ofreció una copa. Este la aceptó.

—Por estar juntos —brindó Magnus—. Donde sea que queramos.

—Me gusta estar juntos —repuso Alec—. Donde sea que queramos.

—*Santé* —dijo Magnus. Entrechocaron las copas y bebieron, Alec mirando a Magnus por encima del borde de la copa con ese brillo en los ojos. Magnus no podía resistirse más a esa mirada de Alec de lo que podría resistirse a las bromas, la aventura o a un hermoso abrigo bien cortado. Se inclinó hacia delante y apretó los labios contra los del chico, que eran suaves y carnosos. Pudo notar el sabor del champán en la boca de Alec mientras le recorría el labio inferior con la lengua. El joven cazador de sombras ahogó un grito y abrió la boca a la exploración de Magnus. Le pasó un brazo por el cuello, con la copa aún en la mano, y arqueó el cuerpo de tal modo que los almidonados pliegues de sus camisas de esmoquin se rozaron con aspereza.

Un fuego azul chisporroteó y, de repente, las copas de champán se hallaron en el buró junto a la cama.

—Oh, gracias al Ángel —exclamó Alec, y se tumbó, arrastrando a Magnus sobre él.

Era felicidad pura. Los fuertes brazos del muchacho rodeaban a Magnus, sus besos eran firmes, profundos y demoledores. Su cuerpo soportaba el peso de Magnus sin ningún esfuerzo.

Este se relajó y se dejó llevar por los largos besos, lentos y profundos; por la sensación de las manos de Alec en el pelo. Estaban besándose cuando el suave traqueteo se alteró; el vagón dio una fuerte sacudida. Magnus se fue de lado y acabó de espaldas sobre la cama. Las copas de champán se habían volcado salpicándolos a ambos. Miró y vio a Alec parpadeando para quitarse el champán de las pestañas.

—Ten cuidado —dijo Alec; tomó a Magnus del brazo y lo hizo salir de la cama.

La sábana estaba empapada y Magnus había caído sobre una copa, aplastándola. Se dio cuenta de que la preocupación de Alec era por si se había cortado. Vaciló, sorprendido más por esa preocupación que por la copa rota.

—Debo llamar para que cambien las sábanas —dijo Magnus—. Podríamos ir al vagón mirador para esperar...

—No me importa —replicó Alec, desacostumbradamente seco. Se calmó al instante—. Quiero decir... Sí, eso estaría bien. De acuerdo.

Magnus revisó la situación y decidió que, como pasaba a menudo, la solución era la magia. Agitó los dedos y la cama se cambió sola; las sábanas se sacudieron en el aire en medio de una lluvia de chispas azules y luego volvieron a su sitio para que la cama volviera a ser una lisa extensión de blanco níveo.

Alec se quedó sorprendido por el revuelo de sábanas y almohadas, que de repente eran un lío de ropa volando por el aire, y Magnus aprovechó la oportunidad para quitarse el saco y deshacerse el nudo del moño.

—Creo que podemos hacerlo mejor que bien —le susurró a Alec mientras se le acercaba.

Se besaron, y en vez de llevarlo hacia la cama, Magnus arrastró a su novio hacia la regadera, tomándolo por las trabillas del pantalón. El rostro de Alec mostró su sorpresa, pero siguió el juego.

—Tienes la camisa empapada de champán —explicó Magnus.

Alec bajó la mirada hacia la camisa de Magnus, que se había vuelto traslúcida, y se sonrojó ligeramente.

—Tú también —le susurró en respuesta.

Magnus sonrió, apretando la boca contra la de Alec.

—Excelente observación.

Hizo un pequeño gesto y el agua caliente comenzó a salir por la regadera, empapándolos a ambos. Magnus veía las tenues curvas oscuras de las runas bajo la fina tela empapada de la camisa de Alec.

Se la quitó por la cabeza. Chorros de agua chispearon sobre el pecho desnudo del muchacho, recorriéndole los músculos.

Magnus se acercó más a Alec y lo besó mientras se desabrochaba la camisa con la mano libre. Notó las fuertes manos de Alec sobre la espalda, con la inservible barrera de la fina camisa completamente empapada, pero barrera al fin y al cabo. Magnus agachó la cabeza y pasó la boca por la húmeda curva del cuello de Alec hasta el hombro desnudo.

Este se estremeció y empujó a Magnus contra la pared de vidrio. Al brujo le estaba costando mucho desabrocharse la camisa.

Alec le cubrió la boca con la suya y se tragó el gemido de Magnus. El beso fue profundo y urgente, las bocas uniéndose con la misma ansia que las mojadas manos. Mientras Magnus intentaba concentrarse en el control motor de su cuerpo, notó un extraño resplandor en el aire fuera de la regadera, cerca del techo.

Advirtió que Alec se quedaba inmóvil al percibir el cambio de tensión en su cuerpo. Alec siguió la mirada de Magnus. Un par de ojos siniestros y brillantes parpadearon mirándolos a través del vapor.

—Ahora no —susurró Alec en la boca de Magnus—. Tiene que ser una broma.

El brujo murmuró un hechizo sin separar los labios de los de Alec. De lo alto de la regadera salió mucho vapor, que se condensó alrededor de aquel brillo. A través de la niebla surgió la silueta de una criatura con forma de ciempiés gigante. El demonio drevak se lanzó hacia ellos.

Magnus pronunció varias secas palabras en demonio cthonian. Al instante, las paredes de la regadera se oscurecieron y endurecieron mientras el demonio drevak les lanzaba un chorro de ácido corrosivo.

Alec hizo que Magnus se tirara al suelo y salió de la regadera, resbaló sobre el suelo mojado hasta darse contra las puertas del armario de madera al otro lado. Con premura, agarró una de las puertas por abajo y la abrió.

Magnus no tenía ni idea de por qué hacía eso hasta que lo vio ponerse de pie con un cuchillo serafín en la mano.

—Muriel.

Antes de que el drevak pudiera volver a atacar. Alec se lanzó hacia el techo y asestó un largo tajo hacia delante. Las dos piezas del demonio cayeron al suelo detrás de él y desaparecieron.

—Es tan raro que haya un ángel llamado Muriel —comentó Magnus—. Muriel parece el nombre de una profesora de piano muy estricta. —Alzó un imaginario cuchillo serafín y le canturreó—. Mi tía abuela Muriel.

Alec volteó hacia Magnus, sin camisa, con los pantalones mojados, iluminado por la luz de las estrellas y el resplandor del cuchillo serafín que tenía en la mano y, por un momento, Magnus se quedó sin habla de pura y simple atracción física.

—El drevak no estará solo —dijo Alec.

—Demonios —masculló Magnus con amargura—. Ellos sí que saben cómo enfriar el ambiente.

La ventana de su cabina estalló hacia el interior del compartimento, regándolo de vidrio y astillas. Por un momento, Magnus dejó de ver a Alec en medio de la nube de polvo. Dio un paso hacia delante y se encontró con una criatura con un largo cuerpo negro, patas finas y una cabeza abovedada que se prolongaba en un largo hocico. Aterrizó ante él y siseó, mostrando varias filas de dientes puntiagudos.

Magnus hizo un gesto y el agua que cubría el suelo envolvió al demonio en una gran burbuja transparente. El demonio se desorientó mientras la esfera giraba poniéndolo boca abajo. Entonces Magnus hizo un gesto como de batear, y expulsó la bola de agua por la ventana.

Al instante, otro demonio tomó su lugar. El monstruo trató de atraparlo desde un lado y casi se le lleva un trozo de pierna con sus fuertes fauces. Magnus se retiró hacia la cama y chasqueó los dedos mientras retrocedía, lo que hizo que las puertas del clóset se abrieran y golpearan al bicho gigante al avanzar.

Esa distracción solo ralentizó al demonio. Siseó y, con un mordisco demoledor, rompió las puertas de madera. Justo cuando iba a saltar, el seco destello blanco del cuchillo serafín de Alec lo alcanzó entre los ojos, partiéndole la cabeza abovedada por la mitad.

Alec arrancó el cuchillo del cuerpo.

—Tenemos que salir de aquí —dijo.

Tomó el arco y le hizo una señal a Magnus de que lo siguiera. Ambos escaparon del destrozo de su cabina y salieron al pasillo del vagón, que no mostraba signos de violencia. Después del caos de hacía un momento, la tranquilidad del pasillo resultaba rara. Todo estaba en silencio, excepto por el rítmico traqueteo sobre las vías y la suave música clásica que brotaba de las bocinas ocultas en el techo. Tenues luces amarillas ondeaban en las sombras en un acompasado vals al ritmo del tren.

Alec, con el arco preparado, volteó a un lado y a otro, esperando el siguiente ataque. El extraño silencio se mantuvo unos segundos más hasta que comenzaron a oír un tenue golpeteo, casi imperceptible inicialmente, como una fina lluvia sobre el techo. Pronto, el retumbar y los golpes aumentaron en frecuencia y número.

Alec apuntó el arco hacia arriba mientras el estruendo crecía y crecía, un centenar de uñas o garras repicando sobre el metal, como si el tren pasara bajo una tormenta.

—Están por todas partes. Pasemos al siguiente vagón. Deprisa. —Magnus se dirigió a la puerta más cercana, pero Alec le habló secamente—. Por ahí se va a los otros coches cama. Están llenos de mundanos.

Magnus cambió de sentido y corrió hacia la puerta del fondo, con Alec pisándole los talones. Pasaron por el corredor que llevaba al último vagón, con un bar lleno de subterráneos. Una joven licántropa con un vestido de lentejuelas estaba atravesando el pasillo. Se detuvo de golpe al verlos.

Cinco enormes demonios raum entraron atravesando las ventanas a ambos lados, y la licántropa gritó asustada. Alec se lanzó sobre ella, cubriéndola con su propio cuerpo y apuñaló al demonio que intentaba aplastarlos. Los tentáculos de otro demonio los envolvieron, y Alec rodó con la chica en los brazos mientras seccionaba los tentáculos con su cuchillo serafín.

Uno de los raum que quedaban fue hacia el sonido que salía del bar. Magnus lanzó un rayo de luz abrasadora hacia él.

—¡¿Eso es un demonio?! —se oyó gritar a alguien—. ¿Quién lo invitó?

—¡Lee el cartel, demonio! —exclamó alguien más.

—¿Están todos bien? —preguntó a gritos Magnus, y el demonio aprovechó esa fracción de segundo de distracción para ir por él.

Una pesadilla de tentáculos y dientes se alzó frente al brujo; entonces, el demonio estalló y desapareció al instante, con una flecha clavada en la espalda. Magnus miró a través del destello y la neblina hacia Alec, que estaba agachado en el suelo con el arco en las manos.

La licántropa contemplaba a Alec con gran asombro. El polvo oscuro de los demonios muertos y una fina capa de sudor relucía sobre la piel desnuda de Alec.

—Me había equivocado totalmente con los cazadores de sombras. De ahora en adelante, puedes pedirme que haga cualquier cosa por su lucha contra los demonios —anunció la chica con convicción—. Y lo haré.

Alec volteó la cabeza para mirarla.

—¿Cualquier cosa?

—Lo que sea —repuso la chica.

—¿Cómo te llamas? —le preguntó Alec.

—Juliette.

—¿Eres de París? —inquirió Alec—. ¿Vas por el Mercado de Sombras de París? ¿Conoces a una niña hada llamada Rose?

—Sí voy —afirmó la chica licántropa—. Y la conozco. ¿Es realmente una niña? Pensaba que solo era un truco de hada.

—La próxima vez que la veas —pidió Alec—, dale de comer.

La licántropa se quedó parada, y su expresión se suavizó.

—Sí —contestó—, claro. Eso lo puedo hacer.

—¿Qué está pasando ahí fuera? —preguntó el trasgo con el que habían hablado antes mientras salía al pasillo. Se le pusieron los ojos como platos—. ¡Aquí hay suciedad de demonio por todas partes y un montón de carne de cazador de sombras! —dijo por encima del hombro.

Alec se puso de pie y se acercó a Magnus, que chasqueó los dedos e hizo que la camisa de Alec, aún mojada, le apareciera en la mano. Este fue a tomarla con evidente alivio. Magnus y la chica licántropa lo miraron apenados mientras se la ponía.

Cuando se hubo vestido, Alec tomó a Magnus de la mano.

—Quédate cerca...

Magnus no oyó el resto. Antes de que pudiera lanzar un grito, algo le rodeó la cintura, lo alzó en vilo y lo arrancó de la mano de Alec. Un intenso dolor lo atontó y lo dejó sin aliento. Oyó el sonido del vidrio al romperse y notó cientos de minúsculas esquirlas cortarle la piel.

El mundo parpadeó, y un momento después, recobró plenamente la conciencia bajo el sonido del viento, que le aullaba en los oídos, y un aire helado que le golpeaba el rostro. Deslumbrado y desorientado, Magnus miró hacia arriba y vio la luna llena colgando sobre las quebradas cimas de las montañas. Bajo él, el tren aceleraba sobre un puente.

Magnus colgaba en el aire sobre el barranco. Lo único que le impedía caer hacia una muerte cierta era el negro tentáculo que le rodeaba la cintura.

Y eso no era un gran alivio.

8

VELOCIDAD DEL FUEGO

Alec miró, con la mano aún extendida y el corazón olvidándose-le de latir, hacia el lugar vacío donde Magnus se encontraba hacía tan solo unos segundos.

Había estado tomando a Magnus de la mano. Pero en ese momento, esta se tendía hacia una ventana que se había convertido en diez mil esquirlas punzantes que cubrían la lujosa alfombra de color vino.

Lo recorrió un estremecimiento; no podía quitarse de la cabeza todo lo que había perdido en la batalla de Alacante. No podía perder también a Magnus. Se suponía que era un guerrero y un soldado, una luz firme contra la oscuridad. Pero el terror que se apoderó de él en ese momento era visceral y profundo, más intenso que cualquier temor que hubiera sentido nunca en una batalla.

Oyó un grito, casi imperceptible por encima del aullido del viento. Corrió hacia la ventana rota.

Ahí estaba Magnus, suspendido en el aire cerca del tren. Estaba agarrado por una criatura, acuclillada sobre el techo del tren, que parecía un árbol hecho de humo. Magnus estaba atrapado entre sus negras ramas, con las manos inmovilizadas por unos oscuros tentáculos. Y bajo ellos se abría un barranco de cientos de metros de profundidad.

La superficie de humo del demonio burbujeaba y se ondeaba bajo el aire. Alec estuvo tentado a dispararle unas cuantas flechas, pero no quería provocarlo, no mientras tuviera atrapado a Magnus. Y este tampoco podía emplear la magia sin usar las manos. Alec bajó los ojos hacia el barranco, era demasiado profundo para ver el fondo.

—¡Magnus! —gritó—. ¡Ya voy!

—¡Magnífico! —le contestó Magnus también a gritos—. ¡Mientras tanto, me quedaré por aquí!

Alec sacó medio cuerpo por la ventana y se agarró al marco de la misma cuando el tren se sacudió de lado a lado. Dio las gracias en silencio a su runa de destreza que le permitía mantener el equilibrio. Agarró la T y la E al principio de la palabra INTERNATIONALE, que figuraba en letras de latón en los vagones, sobre las ventanas. Lo único que tenía que hacer era impulsarse hacia arriba y llevar las piernas sobre el techo del vagón.

Debería funcionar. Alec había llevado a cabo hazañas similares cientos de veces durante su entrenamiento. Pero la letra T estaba algo floja, y cuando con un gruñido de esfuerzo sacó medio cuerpo del tren, los tornillos se doblaron. Consiguió colocar una pierna en el techo antes de que la letra se soltara completamente. Manoteó buscando dónde agarrarse, con las piernas y los brazos pegados al borde curvado del vagón.

—¿Estás bien? —le gritó Magnus.

—¡Todo va según el plan! —Alec comenzó a resbalar, centímetro a centímetro.

La sangre le ardía de pura urgencia. La desesperación le transformó las manos en garras. Con una fuerza nacida solo de su voluntad de rescatar a Magnus, consiguió hallar un punto de apoyo con un pie, y eso le bastó para arrastrarse frenéticamente hasta lo alto del techo.

Antes de que pudiera incorporarse, algo grande y pesado le impactó por detrás. Unos tentáculos le rodearon las piernas con fuerza.

Docenas de pequeñas ventosas de succión atravesaron la tela mojada, quemándole la piel.

Alec contempló los grandes ojos saltones y las fauces abiertas del demonio raum. Hizo un chasquido amenazante al cerrarlas ante él. Incapaz de usar el arco o de alcanzar el cuchillo serafín, Alec empleó la única arma que tenía disponible: alzó el puño y golpeó al demonio raum en la cara.

Su puño impactó contra un ojo saltón y con el codo le golpeó el hocico. Alec machacó la cara del demonio hasta que este aflojó lo suficiente la presa para darle una patada y escapar. Cayó sobre la espalda y dio un salto para quedar de rodillas. Ya tenía el arco en la mano, con la flecha colocada, y disparó justo cuando el demonio raum se dirigía hacia él.

El demonio desvió la primera flecha con un tentáculo, pero se tambaleó cuando la segunda se le clavó en la rodilla. Finalmente detuvo su ataque cuando, casi a quemarropa, la tercera se le clavó en el pecho. El demonio chilló de agonía, se tambaleó, perdió el equilibrio y cayó por el costado del tren.

El arco resonó contra el suelo. Alec soltó el aliento retenido y apoyó una mano sobre el techo para recuperarse. El cuerpo le ardía por docenas de minúsculas heridas envenenadas provocadas por los tentáculos del demonio. Sacó la estela, se la apretó contra el pecho y se dibujó un *iratze.* Al instante, se le alivió la tensión en el pecho y la sensación de adormecimiento.

Tragó aire con fuerza. El veneno de demonio no desaparecía tan fácilmente. Ese alivio era solo temporal.

Tenía que aprovechar todo lo posible los próximos minutos.

Se obligó a ponerse de pie y centrarse en Magnus, que seguía agarrado por algún monstruo con aspecto de pulpo. Era diferente de todos los que había visto antes, y sin duda no había leído nada sobre él en el *Códex*. No importaba. Tenía a Magnus y se estaba alejando.

Tomó el arco y comenzó a perseguirlo, corriendo por el techo de los vagones y saltando para cubrir la distancia entre ellos. No apartó los ojos de Magnus, dispuesto a no volver a perderlo de vista. Su terror lo impulsaba adelante con un temerario abandono. Casi se cayó del tren en una pronunciada curva.

Aparecieron varios demonios rapiñadores, que le impidieron el paso con fauces siseantes y venenosas colas de escorpión. No era normal, dijo una voz analítica en su interior, que tantos demonios diferentes atacaran a la vez. Tendían a hacerlo en grupos de su propia especie.

Eso significaba, casi con toda seguridad, que habían sido invocados. Detrás de ese ataque había alguna voluntad concreta que pretendía acabar con ellos en particular.

Alec no tuvo tiempo de desarrollar esa línea de pensamiento, y tampoco tenía tiempo de aguantar demonios rapiñadores. Cada segundo perdido significaba que Magnus estaba un segundo más lejos. Fue disparando flechas mientras corría a toda velocidad, sacrificando algo de puntería para no perder tiempo. Una flecha atrapó a un rapiñador a medio salto, y Alec tiró a dos más del tren con sendos golpes del arco. Otro raum recibió una flecha en el cuello. El cuchillo serafín cortaba carne demoníaca como si fuera aire.

Alec se detuvo, empapado de icor y sangre, y se dio cuenta de que había acabado con todo el grupo.

El cuerpo le dolía en cien lugares distintos, y el efecto del *iratze* estaba comenzando a pasarse. Pero aquello no había acabado. Apretó los dientes y siguió adelante. El demonio de humo estaba justo al final del tren. Se había parado. Dos de sus tentáculos aún sujetaban a Magnus, cuatro más se aferraban a los costados del vagón casi a la altura de las vías, y los dos últimos se agitaban en el aire, como si estuviera comprobando la dirección del viento. No, los extremos de esos tentáculos brillaban con una luz que se iba haciendo más compleja a medida que se movían y que se mantenía junto al demonio aunque el tren siguiera avanzando. Alec entrecerró los ojos y se dio cuenta de que la luz era el resplandor rojo de un pentagrama que se estaba formando en el aire. Colocó una flecha, apuntó al monstruo entre los dos ojos y soltó la cuerda. La flecha rebotó sin causar daño sobre la ondulante piel del demonio. Colocó otra y disparó de nuevo, con el mismo resultado. El pentagrama ya se había abierto y el demonio estaba metiendo a Magnus en él. Lo podría dejar caer en otra dimensión o en algún abismo insondable.

Alec colocó otra flecha. Esta vez apuntó a uno de los tentáculos que sujetaban a Magnus. Susurró una plegaria al Ángel y disparó.

La flecha se hundió en el tentáculo a unos cuantos palmos del cuerpo de Magnus. El monstruo aflojó un poco la fuerza de su agarre. Magnus no perdió el tiempo, y en cuanto pudo liberar una mano, comenzó a agitarla en el aire con rapidez. Una red de electricidad azul cayó sobre el otro tentáculo que lo sujetaba. El demonio de humo aulló y retiró los tentáculos liberando a Magnus. El brujo cayó sobre el techo del vagón con un fuerte golpe, rodó y comenzó a resbalar hacia un lado.

Alec se lanzó hacia delante, deslizándose sobre el frío metal peligrosamente cerca del borde. Rozó los dedos de Magnus pero tomó solo aire, mientras el brujo caía del tren.

Alec estiró el brazo y agarró un puñado de tela húmeda. Sujetó la camisa de Magnus con ambas manos y lo jaló hacia arriba con toda la fuerza que le quedaba.

Se le nubló la vista por el esfuerzo, pero Magnus ya estaba entre sus brazos, parpadeando con sus ojos dorados aún llenos de asombro.

—Gracias, Alexander —dijo Magnus—. Cuidado, el monstruo pulpo ataca de nuevo.

Alec rodó con él hacia un lado. Un negro tentáculo golpeó el punto donde habían estado hacía tan solo un instante. El tentáculo se alzó de nuevo para atacar. Magnus se incorporó y alzó las manos; un rayo de fuego azul cortó uno de los tentáculos. Un chorro de icor negro brotó del muñón mientras el demonio echaba hacia atrás su tentáculo amputado.

Magnus se puso de pie. Alec trató de levantarse, pero le sobrevino un mareo. Los efectos del *iratze* casi habían desaparecido, y el veneno del raum volvía a ser un agente corrosivo en sus venas.

—¡Alec! —gritó Magnus. El cabello se le alborotaba salvajemente bajo el viento que azotaba el techo del tren. Ayudó a Alec a levantarse mientras el demonio de humo iba de nuevo hacia ellos—. ¿Qué te pasa?

Alec buscó la estela, pero le fallaba la vista. Pudo oír a Magnus llamándolo, oyó acercarse al demonio. Era imposible que Magnus pudiera ayudarlo y deshacerse del demonio al mismo tiempo.

«Magnus —pensó—. Huye. Protégete.»

El monstruo de humo atacó, y justo en ese momento una oscura forma se interpuso entre el demonio y ellos dos.

Una mujer, con el cabello oscuro agitado por el viento y envuelta en una capa oscura. En una mano sujetaba la espada de tres caras, que destelló bajo la luz de la luna.

—¡Apártense! —gritó—. Yo me encargo de esto.

Agitó la mano, y el demonio de humo lanzó un largo chillido crepitante, como el sonido de la madera al arder.

—La he visto antes —dijo Alec—. Es la mujer contra la que luché en el Mercado de Sombras de París. Magnus...

Otra oleada de náusea y dolor lo atravesó. La vista le fallaba. Se sentía como si lo estuvieran golpeando en el estómago y le fallaran las piernas.

—Magnus —dijo de nuevo.

El cielo comenzó a hundirse y las estrellas se fueron apagando una a una, pero Magnus estaba allí, sujetándolo.

—Alec —repetía una y otra vez, y la voz con que lo decía no era en absoluto la suya, que era fresca, despreocupada y encantadora; sino que sonaba quejumbrosa y desesperada—. Alec, por favor.

Este notaba un gran peso en los párpados. Todo a su alrededor le decía que los cerrara. Pero Alec se obligó a mantenerlos abiertos, para ver a Magnus sobre él, con sus extraños y bonitos ojos como la última luz que podía ver.

Quiso decirle que todo estaba bien. Magnus estaba a salvo. Alec tenía todo lo que quería.

Trató de alzar la mano y acariciarle el rostro. Pero no pudo.

El mundo era muy negro. El rostro de Magnus fue desapareciendo y, como todo lo demás, fue tragado por el cielo nocturno, ya sin estrellas.

9

SHINYUN

El ácido demoníaco había destruido la mitad de su compartimento. De hecho, todo el tren había sufrido muchos daños, que se
habían ocultado al personal y los pasajeros mundanos con una hábil
combinación de *glamoures* y palabras dejadas caer sobre la realeza
europea de fiesta.

Magnus estaba rehaciendo la estructura de madera, y de paso
cambiando un poco la decoración, cuando oyó moverse a Alec. Solo
un mínimo movimiento bajo las sábanas, pero Magnus había pasado
toda la noche esperándolo.

Volteó a tiempo de ver a Alec moverse de nuevo. Corrió a sentarse al lado de la cama.

—Eh, guapo, ¿cómo te encuentras? —murmuró.

Alec sacó una mano, con los ojos aún cerrados. Era un gesto mudo
pero de confianza, el gesto de un chico que siempre podía contar con
manos y palabras cariñosas cuando se hallaba enfermo o herido. Magnus recordó la ocasión en que lo habían llamado del Instituto para que
curara las heridas demoníacas de Alec. Isabelle se hallaba en estado de
pánico, y Jace iba de arriba abajo con el rostro blanco.

Le había recordado tiempos pasados, a nefilim a los que había
querido, y lo mucho que se preocupaban los unos por los otros. Co-

nocer el modo en que Will y Jem se querían había cambiado sus sentimientos hacia los nefilim, y ver a Jace, el tranquilo y superior Jace, hecho trizas por Alec, hizo que le gustara mucho más ese chico.

En ese momento, la mano de Alec se tendía hacia él, y Magnus la tomó como la ofrenda de confianza que era. Alec tenía la piel fría. Magnus se llevó sus manos unidas a la mejilla y cerró los ojos durante un instante, dejando que lo inundara el alivio de saber que Alec estaba bien. Hacía solo un rato tenía la piel ardiendo de fiebre, pero Magnus tenía mucha experiencia en curar nefilim.

Ya que todos los cazadores de sombras, por mucho que se quisieran, eran unos lunáticos temerarios.

Naturalmente, Alec se comportó como un lunático temerario para salvarle la vida a Magnus. Pensó en él balanceándose en lo alto del tren mientras este corría entre retorcidos pasos de montaña, con la ropa mojada y la piel salpicada de sangre y polvo. Le rompía el corazón y lo excitaba, todo al mismo tiempo.

—He estado mejor —contestó Alec. Tenía las sábanas húmedas de sudor, pero el color le estaba regresando al rostro. Se sentó y la sábana le resbaló hasta la desnuda cintura—. Pero también he estado peor. Gracias por curarme.

Magnus se levantó y pasó la mano libre por el pecho del muchacho. Un suave resplandor azul brotó de su palma y destelló antes de desaparecer bajo la piel de Alec.

—El latido ya es más fuerte. Deberías haberme pedido que me encargara del veneno inmediatamente.

Alec meneó la cabeza.

—Si te acuerdas, un demonio pulpo te estaba llevando.

—Sí —repuso Magnus—. Sobre eso... te agradezco profundamente que me salvaras la vida. Le tengo mucho cariño. Sin embargo, si hay que elegir entre mi vida y la tuya, Alec, recuerda que yo ya he vivido mucho tiempo.

Era raro decirlo. Resultaba difícil hablar de la inmortalidad. Magnus casi ni recordaba haber sido joven, pero tampoco nunca había sido viejo. Había estado con mortales de diferentes edades, y nunca fue capaz de comprender cómo sentían ellos el paso del tiempo. Ni tampoco ellos fueron capaces de entenderlo a él.

Sin embargo, apartarse de los mortales significaría cortar sus lazos con el mundo. La vida se convertiría en una larga espera, sin calor ni conexión alguna, hasta que su corazón muriera. Después de un siglo de soledad, cualquiera se volvería loco.

Alec arriesgando su vida por Magnus... Eso también parecía una locura.

—¿Qué estás diciendo? —le preguntó Alec con los ojos entrecerrados.

Magnus entrelazó los dedos con los suyos. Sus manos reposaban sobre la sábana. La del chico, pálida y marcada con runas, la de Magnus, marrón y con relucientes anillos.

—Debes mantenerte a salvo tú... primero. Tu seguridad es más importante; significa más que la mía.

—Yo te diría lo mismo —replicó Alec.

—Pero te equivocarías.

—Eso es una cuestión de opinión. ¿Qué era ese demonio? —preguntó. Y Magnus tuvo que admirar el descaro con que Alec cambiaba de tema—. ¿Por qué te atacó a ti?

Magnus también se lo había estado preguntando.

—Atacar es lo que suelen hacer los demonios —contestó—. Si iba por mí en concreto, supongo que sería por celos de mi estilo y encanto.

Alec no se conformó con eso, y él tampoco habría creído que lo hiciera.

—¿Has visto alguna vez algo así? Tenemos que averiguar la mejor manera de luchar contra ellos, por si aparece alguno más. Si pudiera ir a la biblioteca de Nueva York y revisar los bestiarios... Quizá podría pedirle a Isabelle que lo hiciera...

—Oh, tú, incansable nefilim —repuso el brujo, y soltó la mano de Alec antes de que este se soltara primero—. ¿Por qué no puedes conseguir tus shots de energía de la cafeína, como todo el mundo?

—El demonio era una madre raum incubando —dijo una voz de mujer a su espalda—. Hace falta una magia muy poderosa para obligar a una de ellas a que salga de su madriguera.

Alec tomó la cobija con una mano para cubrirse y agarró el cuchillo serafín con la otra.

—Y —dijo Magnus sin alzar la voz— permíteme que te presente a nuestra nueva amiga, Shinyun Jung. Transformó en vapor el demonio que nos atacaba. Fue una primera impresión excelente.

Alec y Shinyun miraron a Magnus incrédulos.

—Mi primera impresión de ella —indicó Alec con tono adusto—, fue verla atacándome en el Mercado de Sombras.

—Mi primera impresión tuya —replicó Shinyun— fue de ti atacándome a mí. Lo único que quería era hablar con Magnus, tú fuiste el primero en sacar el arma.

—Probablemente deberían tener una pequeña plática para aclarar las cosas —propuso este.

Había estado demasiado preocupado por Alec para pensarlo bien antes. Shinyun se había arrodillado a su lado y comenzado a ayudarlo a curar las heridas de Alec. En aquel momento, eso había sido todo lo que necesitaba saber.

—Sí —aceptó Shinyun—. ¿Por qué no continuamos esta conversación fuera y todos vestidos?

—Lo agradecería —dijo Alec.

—Sugiero el vagón del bar.

Magnus se animó.

—Muy buena decisión.

Se dirigieron al bar de los subterráneos. El vagón seguía lleno, pero la gente estaba mucho menos animada después del ataque de los demonios. De repente, tres sitios contiguos en la barra quedaron vacíos, y mientras ellos se sentaban, una botella de champán y tres copas aparecieron sin haberlo pedido. Cuando Alec miró alrededor, suspicaz, un vampiro le hizo un guiño y un gesto simulando una pistola con la mano.

Magnus no tendría que preocuparse de que los subterráneos odiaran a Alec. Al menos, no en ese tren.

—No creía que los cazadores de sombras fueran tan populares entre los subterráneos —comentó Shinyun.

—Solo mi cazador de sombras —repuso Magnus, llenando las copas.

La barra estaba iluminada con lámparas de latón colgantes. Su cálida luz caía de lleno sobre Shinyun, permitiendo verla bien. Sus labios y los ojos se movían cuando hablaba, pero el resto de su redondeado rostro, no; no parpadeaba ni se le movían las mejillas al hablar. Su voz era seca y parecía brotar desde su boca sin inflexión.

Pero eso era su marca de bruja: un rostro inexpresivo. Todos los brujos y brujas tenían una marca única, que normalmente aparecía en la primera infancia, a menudo provocando una tragedia. La marca de Magnus eran sus ojos dorados de gato. Su padrastro los había llamado «ventanas del infierno».

Magnus no podía dejar de pensar en el momento en que se había arrodillado en el techo del tren, loco de miedo, mientras Alec perdía la conciencia en sus brazos. Magnus había visto al demonio convertirse en humo alrededor de Shinyun mientras esta se echaba la capucha hacia atrás y lo miraba. La había reconocido inmediatamente; no quién era, pero sí que era como él. Una bruja.

Había hecho una entrada espectacular.

—Hablemos —empezó Alec—. ¿Por qué nos estás siguiendo? En concreto, ¿por qué seguías a Magnus en el Mercado de Sombras de París?

—Busco la Mano Escarlata —contestó Shinyun—. Había oído que Magnus Bane era su líder.

—No lo soy.

—No lo es —afirmó Alec, cortante.

—Lo sé —asintió Shinyun. Magnus notó una leve relajación en los hombros de Alec. Los oscuros ojos de la mujer regresaron al brujo y le mantuvo la mirada—. Ya había oído hablar de ti, naturalmente. Magnus Bane, el Brujo Supremo de Brooklyn. Todo el mundo tiene algo que decir de ti.

—Eso tiene sentido —dijo Magnus—. Soy muy conocido por mi gusto por la moda y la hospitalidad de mis fiestas.

—Es cierto que todos parecen confiar en ti —continuó Shinyun—. No era que quisiera creer que diriges una secta, pero recientemente lo he oído una y otra vez. «Magnus Bane, el fundador de la Mano Escarlata», al que llaman el Gran Veneno.

Magnus dudó.

—Quizá, pero no lo recuerdo. Mi memoria de aquel tiempo ha sido... alterada. Ojalá lo supiera.

Alec le lanzó una mirada extrañada que, aunque Magnus no podía leer el pensamiento, comunicaba claramente que lo asombraba que Magnus confiara a una completa desconocida un secreto tan importante y peligroso.

Magnus, por su lado, se sentía curiosamente aliviado de admitir en voz alta que podría haber fundado la Mano Escarlata, aunque fuera a una extraña muy peculiar. Después de todo, no había sido más que una broma con Ragnor. Había visto la foto de Tessa. Sabía que le faltaban unos años en la memoria. ¿Qué era más probable, que todo eso fueran coincidencias o que realmente lo hubiera hecho?

Deseó poder retroceder en el tiempo y darse un golpe en la cabeza.

—¿Te faltan recuerdos? ¿Crees que te los podría haber robado la Mano Escarlata? —preguntó Shinyun.

—Es posible —contestó él—. Mira, no quiero tener una secta —añadió. Quería dejar muy muy claro su opinión sobre las sectas—. No me dispongo a hacerme del control de la secta. Me dispongo a acabar con ella, y compensar por cualquier falta que se me pueda achacar por todo lo malo que hayan hecho. Quiero recuperar mis recuerdos, y quiero saber por qué no los tengo, pero eso es sobre todo por curiosidad. Lo importante es que no quiero más sectas satánicas que se sientan relacionadas con Magnus Bane. Además, han arruinado unas vacaciones románticas, que habían comenzado, creo yo, con el pie derecho.

Apuró la copa. Después de estar casi a punto de ser tirado de un tren, se la merecía. Y se merecía más de una.

—Estaba comenzando con el pie derecho —murmuró Alec, mirando a Shinyun de un modo que sugería que, aunque le había salvado la vida, su presencia ya no era requerida.

Magnus pensó en decir algo sobre cómo, en ese momento, en realidad nada estaba comenzando, pero decidió que no era el momento.

—Comprenderás que haya tenido sospechas... —apuntó Shinyun.

—¡Y tú comprenderás que nosotros podamos tener incluso más sospechas! —contraatacó Alec.

Shinyun lo miró enojada.

—Hasta que vi a ese raum madre atacándote —concluyó Shinyun—. Conozco la Mano Escarlata lo suficiente para saber que así es como funcionan. El líder actual debe de estar tratando de matarte, Bane. Lo que significa que pasara lo que pasara antes, ahora te considera un enemigo. Puede que anoche los detuviera, pero lo más seguro es que vuelvan a intentarlo.

—¿Y cómo es que sabes tanto sobre ellos? —quiso saber Alec—. ¿Y qué es lo que quieres?

Shinyun se llevó la copa a los labios y tomó un lento y cuidadoso sorbo. Magnus admiró, y no por primera vez, su sentido intuitivo del tempo dramático.

—Mi objetivo es el mismo que el suyo. Pretendo destruir la Mano Escarlata.

Magnus se sintió incómodo ante la presunción que representaba declarar que conocía su objetivo. Quiso discutírselo, pero cuanto más pensaba en ello, más cuenta se daba de que ella tenía razón.

—¿Por qué? —preguntó Alec, centrándose en lo más importante—. ¿Qué te ha hecho a ti la Mano Escarlata?

Shinyun miró por la ventana, hacia los pálidos reflejos de los globos de luz contra la noche.

—Me hicieron mucho daño —contestó ella, y Magnus notó que se le hacía un nudo en el estómago. Fuera lo que fuese lo que la Mano Escarlata le había hecho, si él la había fundado, de algún modo era responsable.

A Shinyun comenzaron a temblarle las manos y cerró una sobre la otra para disimularlo.

—Los detalles no importan. La Mano Escarlata está haciendo sacrificios, humanos, naturalmente, para invocar a un Demonio Mayor. Han estado matando a hadas. A mundanos. Incluso a brujos. —Miró a Magnus sin parpadear—. Creen que es el camino hacia el poder absoluto.

—¿A un Demonio Mayor? —exclamó Alec.

El horror y el desprecio en su voz eran totalmente comprensibles. Un Demonio Mayor casi lo había matado. Eso hacía que a Magnus aún se le retorciera el estómago de temor. Se acabó la segunda copa y se sirvió otra.

—Es lo más banal y típico que suele desear una secta satánica: poder. Poder mediante algún demonio. ¿Por qué siempre creen que ellos se salvarán? Los demonios no son famosos por su sentido del juego limpio. —Magnus suspiró—. ¿No te parece que una secta que yo hubiera fundado tendría un espíritu más creativo? Además, supongo que, de haber fundado una secta, no sería malvada; esa parte sigue siendo una sorpresa para mí.

—Gente a la que quería están muertos por culpa de la Mano Escarlata —continuó Shinyun.

—Quizá los detalles sí importen —dijo Alec.

Shinyun apretó la copa con tanta fuerza que los nudillos se le pusieron blancos.

—Sigo prefiriendo no hablar de eso.

Alec parecía dudar.

—Si quieres que confíe en ustedes, tendrán que confiar en mí —dijo Shinyun directamente—. Por ahora, lo único que les hace falta saber es que deseo vengarme de la Mano Escarlata por los crímenes que ha cometido contra mí y contra la gente que amo. Eso es todo. Si van contra la secta, estamos en el mismo bando.

—Todo el mundo tiene derecho a sus secretos, Alec —dijo Magnus suavemente, sintiéndose abrumado por los suyos—. Si la Mano Escarlata está tratando de matarme por alguna razón, nos irá bien toda la ayuda que podamos encontrar.

Magnus podía perdonar que Shinyun prefiriera no revelar su pasado. Después de todo, al parecer él ni siquiera podía recordar el suyo. Quería creer que hablar de las cosas las hacía más soportables, pero la experiencia le decía que había veces en las que hablar era peor.

Se hizo el silencio entre ellos. Shinyun fue bebiendo y permaneció callada. Magnus estaba aterrorizado, y no por su propia vida. No dejaba de pensar en el momento en que Alec se había desplomado sobre el techo del tren, cuando pensó, con un frío terror, que Alec estaba muriendo por él. Tenía miedo por Alec, y tenía miedo de lo que él mismo podía haber hecho y no conseguía recordar.

No podía contarle a Alec lo que estaba pensando, pero mientras lo miraba, este sonrió, solo un poco, y deslizó la mano sobre la barra. Sus dedos fuertes y nudosos se cerraron alrededor de los de Magnus y sus manos se unieron bajo una pequeña mancha de luz proyectada por una vela.

Magnus deseó agarrar a Alec y besarlo hasta quedarse sin aliento, pero sospechaba que Shinyun no les iba a agradecer el espectáculo.

—Tienes razón —dijo Alec—. Supongo que el enemigo de mi enemigo es mi amigo, o al menos un conocido amistoso. Mejor si nos unimos. —Bajó la voz mientras miraba a los ojos a Magnus—. Pero no va a dormir en nuestra habitación del hotel.

—¿Reconciliados? —preguntó Shinyun—. Porque, perdonen la grosería, pero es increíblemente incómodo estar aquí sentada viendo esto. No vine para ser testigo de cómo va consolidándose su relación. Solo quiero derrotar a una secta malvada.

Magnus se había decidido. Aparte de cualquier otra cosa, de si estaba en deuda con Shinyun por salvarles la vida, o por cómo la había tratado la Mano Escarlata, sabía mucho sobre ellos. Sería una estupidez no tenerla cerca.

—Disfrutemos de nuestras bebidas y supongamos que, por el momento, estamos todos en el mismo bando. Al menos, ¿puedes hablarnos de tu pasado más reciente?

Shinyun pensó durante un momento y pareció tomar alguna decisión.

—Llevo bastante tiempo persiguiendo a la Mano Escarlata. Me ha ido poniendo al día un informante que hay entre sus filas, alguien llamado Mori Shu. Me estaba acercando a ellos, y entonces descubrieron que tenían una espía infiltrada, abandonaron su mansión y se ocultaron. Me quedé sin pistas, pero después oí de fuentes fidedignas que el Laberinto Espiral te había dado la oportunidad de ocuparte de la secta.

—Si tú te enteraste de eso, quizá alguien más también lo sepa —aventuró Alec—. Tal vez sea por eso que la Mano quiere matarte, Magnus.

—Tal vez —repuso el brujo. Era una buena teoría, pero aún le quedaba mucho por recordar. Tenía la ominosa sensación de que podía haber hecho mucho para poner la Mano en su contra.

A Shinyun no parecía interesarle.

—Te seguí por París, observando tus movimientos, y decidí acercarme a ti en el Mercado de Sombras; entonces tu amigo me atacó.

—Solo estaba protegiéndolo —protestó Alec.

—Eso lo entiendo —reconoció Shinyun—. Luchas bien.

Hubo un corto silencio.

—Tú también —admitió Alec.

El dirigente de la Mano Escarlata, fuera quien fuese, sabía que iban por ellos. Magnus quería estar a salvo. Quería que Alec estuviera a salvo. Quería que todo eso se acabara.

—Pidamos otra botella —propuso, mientras hacía un gesto con la mano hacia el mesero—, y brindemos por nuestra nueva sociedad.

La botella llegó a la mesa mágicamente y se llenaron las copas. Magnus alzó la suya para brindar.

—Bien —comenzó, con una pequeña sonrisa—, a Venecia.

Brindaron y bebieron. Magnus pensó en cosas más agradables que las sectas satánicas. Pensó en la ciudad de cristal líquido y aguas inquietas, la ciudad de los canales y los soñadores. Observó a Alec, intacto y sano, con los ojos claros y la voz como un ancla en medio de un mar embravecido.

Magnus se dio cuenta de que se había equivocado al pensar que París era la ciudad donde comenzar su relación con el pie derecho. Incluso antes de lo de la secta adoradora de demonios, a Alec no le había impresionado la Torre Eiffel ni el globo aerostático, al menos no como a Magnus le habría gustado. París era la ciudad del amor, pero también podía ser la ciudad de lo superficial, de las luces brillantes que se deslizaban y desaparecían rápidamente. Magnus no quería perder esta nueva oportunidad. Esta vez, haría bien las cosas.

Venecia era el lugar para Alec. Venecia tenía profundidad.

SEGUNDA PARTE

CIUDAD DE MÁSCARAS

... Venecia fue, en un tiempo, venerada.
El placentero emplazamiento de toda celebración.
¡La diversión del planeta, el carnaval de Italia!

LORD BYRON

10

LABERINTO DE AGUA

Magnus abrió las cortinas y salió al balcón de la habitación del hotel.

—Ah, Venecia, no hay ciudad comparable a ti.

Alec lo acompañó fuera y se apoyó en el barandal. Siguió con la mirada una góndola que serpenteaba por el canal, hasta que desapareció al doblar una esquina.

—Apesta un poco.

—Es su esencia.

Alec sonrió.

—Vaya, pues es una esencia un poco fuerte.

Lo único bueno con respecto al ataque de los demonios de la noche anterior, había sido que entre la docena de *glamoures* puestos entre todos los participantes y algunos de los espectadores, los mundanos que viajaban en el tren no habían notado ni el tremendo lío ni el gigantesco agujero en uno de los vagones. Habían llegado a Venecia a las diez de la mañana, casi puntuales.

Tras un viaje en taxi acuático, se registraron en el hotel Belmond Cipriani, que estaba solo a un par de calles del antiguo cuartel de la Mano Escarlata.

Magnus paseó por la habitación e hizo un gesto hacia sus maletas. Al instante se abrieron y empezaron a deshacerse. Los sacos, pantalones, camisas y abrigos volaron hacia el clóset; la ropa interior se dobló y se introdujo ordenadamente en los cajones; los zapatos se colocaron en una ordenada fila al lado de la puerta, y los objetos de valor se encerraron en la caja fuerte.

Volteó hacia Alec, que contemplaba, con un ligero ceño, el sol en el cielo despejado.

—Sé en qué estás pensando —dijo Magnus—. El desayuno.

—No tenemos tiempo —replicó Shinyun, tras irrumpir en la habitación sin tocar—. Debemos ir enseguida a registrar el cuartel abandonado.

Por supuesto, ella ya se había puesto un traje pantalón de estilo italiano que brillaba iridiscente debido a los encantamientos y protecciones.

Magnus le echó una mirada de desaprobación.

—No llevamos mucho tiempo trabajando juntos, Shinyun Jung, pero una cosa que debes aprender cuanto antes sobre mí es que me tomo muy en serio las comidas.

Shinyun miró a Alec, que asintió.

—En cualquier momento, puedo organizar que todo un paso de nuestra misión consista en ir a un restaurante o bar en particular. Si lo hago, sin duda valdrá la pena.

—Si es tan importante... —empezó Shinyun.

—Haremos tres comidas al día. Y el desayuno será una de ellas. De hecho, el desayuno será la más importante, porque es sabido que el desayuno es la comida más importante del día.

Shinyun miró a Alec.

—Más de una misión destinada a acabar con alguna gran maldad —le dijo este mostrando un gran convencimiento en el rostro— ha fracasado por culpa de unos bajos niveles de azúcar en la sangre.

—¡Tú sí me escuchas cuando hablo! —exclamó Magnus. Alec esbozó una sonrisita de disculpa hacia Shinyun, que esta no le devolvió.

—Bien —dijo Shinyun—. Entonces, ¿dónde empezamos hoy de acuerdo con tus planes?

Los planes de Magnus, por suerte, empezaban en el piso de abajo, en el restaurante del hotel. Se sentaron en la terraza, desde donde contemplaron una pequeña procesión de barcas que recorrían la laguna. Alec devoró dos crepas y consideró pedir otra más. Magnus disfrutó de un *espresso*, acompañado del plato de huevos que parecía el más complicado de todo el menú y del brillante canal de color turquesa.

—Estaba pensando que a lo mejor te gusta más Venecia que París —le dijo a Alec.

—París me gustó —repuso este—, y esto también es bonito. —Y con un visible esfuerzo, volteó para intentar incluir a Shinyun en la conversación—. Esta es la primera vez que viajo por placer. Siempre me había quedado cerca de mi hogar. ¿Dónde está el tuyo?

Magnus tuvo que voltear la cara y contemplar las barcas durante unos segundos. A veces, la ternura que le producía Alec era casi dolorosa.

Shinyun dudó.

—Mi hogar, cuando tenía uno, era Corea. La Corea de la dinastía Joseon.

Hubo un silencio.

—¿Era un lugar difícil para un brujo?

Shinyun miró a Magnus.

—Cualquier lugar es un lugar difícil para un niño brujo.

—Eso es verdad —corroboró Magnus.

—Nací en un pequeño pueblo cerca del monte Kuwol. Mis marcas de bruja tardaron en manifestarse. Tenía catorce años y estaba comprometida con Yoosung, un chico apuesto de una buena familia de allí. Cuando la cara se me quedó rígida, todo el mundo creyó que me había convertido en un demonio hannya o que me había poseído un gwisin. Mi prometido dijo que no le importaba. —La voz le tembló ligeramente—. Se habría casado conmigo de todas formas, pero un demonio lo mató. He dedicado mi vida a cazar demonios en su honor. Los he estudiado minuciosamente durante siglos. Conozco sus costumbres. Conozco sus nombres. Y desde luego, nunca he invocado a un demonio y nunca lo haré.

Magnus se recostó en la silla y tomó un sorbo de café.

—Alec, ¿te acuerdas de ayer por la noche, cuando nuestra nueva conocida nos dijo que no podía contarnos nada de su pasado?

Shinyun se rio.

—Esa es una historia muy antigua. He cumplido muchos años entre aquel momento y este para considerarlo mi pasado; tengo demasiadas cosas detrás.

—Bueno —repuso Magnus—, entiendo el porqué de tu elección, pero, para que conste, yo me paso la vida invocando demonios. Bueno, no toda la vida. Pero sí cuando me pagan para hacerlo, respetando mi código ético, claro.

Shinyun meditó sus palabras.

—Pero a ti no... te gustan los demonios. No te importa matarlos.

—Son violentos, imbéciles y saquean nuestro mundo, así que no, no me gustan —contestó Magnus—. No me importa matarlos. Mi novio es un cazador de sombras, por el amor del cielo. Literalmente por el amor del cielo.

—Sí, me he dado cuenta —respondió Shinyun con tono seco.

Hubo un silencio breve e incómodo, que Shinyun rompió al proyectar en el aire una imagen en miniatura del monstruo pulpo que habían derrotado la noche anterior.

—Voy a tomar otro *espresso* —decidió Magnus, mientras levantaba su taza vacía en dirección al mesero.

—Esta madre raum, por ejemplo. No tiene huesos y puede regenerar su propia carne. Ya puedes cortarla o despedazarla hasta cansarte, que ella regenerará sus órganos y miembros con tanta velocidad que no podrás acabar con ella de ese modo. La única posibilidad de vencerla es destrozándola desde el interior. Por eso usé un hechizo sónico.

—¿Ya te habías enfrentado antes a alguno? —le preguntó Alec.

—Cacé uno en el Himalaya hace unos cien años. Uno que se dedicaba a aterrorizar a los pueblos cercanos.

La discusión pasó a versar sobre la caza de demonios, lo cual resultaba tremendamente aburrido para Magnus, pero de lo más entretenido para Alec. Así que el primero se reclinó en la silla, tomó lentamente su segundo *espresso* y dejó que los minutos pasaran hasta que hubo una pausa en la conversación, que aprovechó para aclararse la garganta e intervenir.

—Si ya acabamos todos con el desayuno —dijo en voz baja—, podríamos ponernos en marcha y buscar ese cuartel de la Mano Escarlata del que tanto hemos oído hablar.

Shinyun se mostró un poco avergonzada mientras pasaban del restaurante al vestíbulo. Magnus hizo que el hotel les llamara un taxi acuático. Para cuando llegaron a recogerlos, Shinyun y Alec ya estaban otra vez intercambiando trucos para asesinar demonios.

El secreto de Venecia es que sus calles son un laberinto imposible de superar, pero los canales configuran un mapa con una extraña lógica. Sin necesidad de orientarse por los callejones de una ciudad sin ningún tipo de carteles indicadores, el taxi acuático fue capaz de dejarlos junto al palacio al que se dirigían.

Los muros dorados del edificio estaban adornados con blancas columnas de mármol y arcos recubiertos de un estucado escarlata. Las ventanas de lo que en cualquier otra parte habría sido la planta baja, pero que en Venecia se llamaba la planta «al agua», eran desacostumbradamente grandes, hasta el punto de arriesgarse a una inundación en su búsqueda de belleza. El cristal reflejaba el agua de los canales y transformaba el apagado turquesa en un jade brillante.

Magnus no podía imaginarse fundando una secta, pero si realmente fuera a hacerlo, sí se veía eligiendo ese edificio como sede.

—No puede ser más adecuado para ti —comentó Alec.

—Es asombroso —dijo Magnus.

—Sin embargo, lo que más me llama la atención —apuntó Alec— es la cantidad de gente que entra y sale de él. ¿Tu amiga Tessa no te dijo que estaba abandonado?

Venecia siempre estaba abarrotada de gente, que llenaba las calles con tanto bullicio como los propios canales, pero Alec tenía razón: había una continua corriente de gente atravesando la gran puerta de entrada del palacio.

—¿Y si la Mano Escarlata aún sigue operativa en esta ciudad? —planteó Alec.

—Entonces nuestro trabajo será todavía más fácil —repuso Shinyun con cierto entusiasmo.

—Estos, obviamente, no son de la secta —señaló Magnus—, mira lo aburridos que parecen.

De hecho, las personas que entraban y salían del palacio solo parecían hacerlo por trabajo. Portaban cajas de cartón, pilas de sillas u otros enseres. Alguien vestido con una bata de cocina entró con un montón de platos calientes tapados con papel de aluminio. Nada de túnicas, máscaras, viales de sangre o animales para sacrificar. Magnus se fijó en que algunos de ellos eran subterráneos.

Se dirigió al que más pinta de subterráneo tenía, un dríade de piel verde que estaba de pie frente a la puerta, hablando animadamente con un sátiro que sujetaba una tablilla portapapeles con pinza.

Cuando se acercó, el dríade se dirigió a él.

—Guau. ¿Eres Magnus Bane?

—¿Te conozco? —preguntó Magnus.

—No, pero eso se arregla pronto —contestó el dríade y le lanzó un beso.

Alec tosió con fuerza a su espalda.

—Me halagas, pero como habrás notado, ya estoy escogido. Bueno, más bien tosido.

—Una pena —se lamentó el dríade. Luego le dio unos toquecitos al sátiro en el pecho—. ¡Es Magnus Bane!

El sátiro habló sin levantar la vista del portapapeles.

—Magnus Bane no está invitado a la fiesta. Porque sale con un cazador de sombras, según he oído.

El dríade les echó una mirada de disculpa.

—Usa el ix-naya para azadores-caya de ombras-saya —le susurró en un teatral aparte al sátiro—. ¡El azador-caya de ombras-saya está quí-aya y uede-paya irte-oya.

—Sí, y ya descifré su lenguaje secreto —replicó Alec sarcástico.

Magnus pareció herido y volteó hacia sus compañeros.

—No puedo creer que no esté invitado a la fiesta. ¡Soy Magnus Bane! Hasta estos chicos lo saben.

—¿Qué fiesta? —preguntó Shinyun.

—Lo siento —continuó Magnus—, déjame que me desdiga. Una fiesta a la que Alec no está invitado no es una fiesta a la que quiera asistir.

—Magnus, ¿qué fiesta? —insistió Shinyun.

—Creo que Shinyun encuentra un poco raro —le dijo Alec a Magnus muy despacio— que se celebre una fiesta de subterráneos en el antiguo cuartel de la Mano Escarlata.

—Tú —interpeló Shinyun al dríade con tono autoritario—. ¿Qué dijo tu amigo sobre una fiesta?

El dríade pareció confundido, pero se apresuró a responder:

—El baile de máscaras de esta noche, para celebrar la derrota de Valentine Morgenstern en la Guerra Mortal. Acaban de poner en venta este enorme lugar, y un brujo lo rentó para hacer un fiestón. Va a venir gente de todas partes del mundo de las sombras. Muchos de nosotros vinimos en tren desde París. —Sacó el pecho y las mejillas le brillaron como esmeraldas de puro orgullo—. Ya sabes, si los subterráneos no se hubieran unido para derrotarlo, el mundo entero habría estado en peligro.

—Los cazadores de sombras también participamos —puntualizó Alec.

El dríade movió una mano y las hojas se le agitaron en la muñeca.

—Sí, he oído que algo ayudaron.

—¿Así que un montón de gente va a venir a esta fiesta? —quiso saber Magnus—. Esperaba encontrarme con un brujo amigo mío. Se llama Mori Shu. ¿Está en la lista?

Magnus oyó a Shinyun, detrás de él, lanzar un leve resoplido. El sátiro buscó en sus papeles.

—Sí, aquí está. Aunque me dijeron que quizá no pueda venir; algo de no dejarse ver mucho últimamente. Algo con los demonios.

—Estás definitivamente invitado, faltaría más —le dijo el dríade a Magnus—. Tú y tus acompañantes. Fue un descuido que no estuvieras en la lista.

El sátiro hizo su trabajo y, con toda diligencia, anotó el nombre de Magnus al final de su lista.

—Me ofende en grado sumo haber sido excluido de la lista de invitados y, por lo tanto, mis compañeros y yo asistiremos sin duda —concluyó Magnus con arrogancia.

El dríade tardó un momento en captarlo, luego asintió.

—Las puertas se abren a las ocho.

—Llegaremos mucho, muchísimo más tarde —contestó Magnus—, a causa de nuestra ya apretada agenda social.

—Por supuesto —asintió el dríade.

Bajaron los escalones y cambiaron impresiones.

—Es perfecto —aprobó Alec—. Vamos a la fiesta, nos escabullimos, encontramos la Cámara. Facilísimo.

Shinyun asintió mostrándose de acuerdo.

—¿En serio piensan que van a ir a la fiesta vestidos así? —preguntó Magnus.

Alec y Shinyun se miraron. Ella llevaba puesto su traje sastre, que era caro, pero estaba muy lejos de ser un vestido de fiesta. Su *samgakdo* le colgaba del cinturón. Alec llevaba una camiseta desteñida y unos jeans manchados de pintura. Magnus ya había ampliado el armario de Alec en París, pero desde luego no tenían ningún tipo de máscaras de carnaval o disfraces apropiados, y eso, por lo que a

Magnus concernía, era una oportunidad excelente para hacer una de sus cosas favoritas.

—Va, cazadores de demonios —dijo con pompa—. Nos vamos de compras.

11

MÁSCARAS

—No suelo decir esto a la ligera —puntualizó Magnus—, pero... ¡chachán!

Magnus los había llevado a Le Mercerie para lo que les había prometido que sería una compra de locura. Alec ya había ido de compras alguna vez con él, así que estaba bastante acostumbrado al proceso. Esperó en cada tienda, cargado con una docena de bolsas, mientras el brujo se lo probaba prácticamente todo, desde trajes tradicionales, pasando por trajes de luces de torero, hasta algo que se parecía sospechosamente a un disfraz de mariachi. Cada estilo y color parecían combinar con su pelo oscuro y sus dorados ojos de gato, así que Alec no estaba seguro de qué era lo que Magnus estaba buscando. Cualquier cosa que eligiera, sabía que le quedaría bien.

Este traje no fue una excepción. Magnus vestía pantalones de cuero negro que se le ajustaban a las largas piernas como si el esbelto músculo estuviera mojado en tinta. El cinturón era una serpiente metálica: escamas encadenadas con una cabeza de cobra con ojos de zafiro por hebilla. La camisa de cuello ancho vuelto era una cascada de lentejuelas azul medianoche e índigo, lo suficientemente escotada para mostrar no solo las clavículas sino una buena porción de piel.

Magnus volteó de espaldas a Alec y se miró en el espejo, sopesando su imagen. Su reflejo hizo que a Alec se le secara la boca.

—Creo que estás... bien —dijo.

—¿Algún pero?

—Bueno —empezó Alec—, esos pantalones te dificultarían mucho maniobrar durante una pelea; claro que no vas a tener que pelear. Si pasa algo, yo pelearé por ti.

Magnus pareció desconcertado, y Alec pensó que quizá hubiera dicho algo que lo había molestado, pero la expresión del brujo se suavizó enseguida.

—Te agradezco la oferta. Y ahora —añadió—, voy a probarme solo una cosa más. —Y desapareció dentro del probador.

Cuando apareció de nuevo, llevaba un traje sin cuello, a juego con una capa corta irregular que le colgaba descuidadamente de los hombros. Shinyun apareció vestida con lo que parecía una combinación de armadura y vestido de boda.

A los cinco minutos de entrar en la primera tienda, Alec ya había elegido lo que Magnus describió como una levita, larga y negra, con una cola de longitud media. Era lo suficientemente flexible como para permitirle libertad de movimientos a la hora de luchar, y lo suficientemente amplia en los lugares adecuados para guardar la estela y los cuchillos serafín. Magnus le había pedido que se probara algo más colorido, pero él había dicho que no y Magnus no había insistido. La camisa de debajo era de seda azul, del color de los ojos de Alec.

Después de probarse algunos vestidos bastante sosos, Shinyun había visto la triunfal salida del probador que Magnus había hecho llevando un traje dorado inspirado en una cámara mortuoria de faraón egipcio, y ella decidió probar con un elaborado vestido tradicional coreano, un *hanbok*, de color melocotón. Magnus le dedicó varios cumplidos y la competencia empezó.

Tal vez todos los brujos fueran competitivos entre sí. Alec no había conocido a muchos, así que no lo sabía.

Intentaba no preocuparse demasiado por Shinyun. Estaba claro que a Magnus le agradaba. Pero a Alec le costaba aceptar a la gente nueva, aunque intentaba por todos los medios no ser más difícil de lo indispensable en su viaje romántico. ¿Cómo iban a llegar a conocerse mejor Magnus y él si siempre tenían una tercera persona alrededor?

Quizá lo de no preocuparse era imposible. Pero al menos intentaría que no se le notara.

Alec dio un pequeño codazo a la sorprendida vendedora que estaba a su lado.

—¿De dónde sacaron estos disfraces?

La joven meneó la cabeza y le respondió escrupulosamente en el idioma de Alec.

—No tengo idea. Nunca había visto estos trajes por aquí.

—Umm —contestó Alec—. ¡Qué raro!

Al final, Magnus se hizo de un reluciente traje blanco decorado con algo que parecían escamas iridiscentes de dragón y que lo envolvían en una luz opalescente. Llevaba una capa de color marfil hasta las rodillas, el cuello de la camisa estaba desabrochado y la tela de color perla destacaba sobre su piel morena.

Shinyun había decidido ir a lo grande, con un vestido negro adornado con enormes lazos que le rodeaban las caderas. Intrincadas lianas plateadas le colgaban desde el cuello hasta el suelo, y un manantial de flores le emergía detrás de la cabeza.

Le pidieron a Alec que los ayudara con la elección de las máscaras. Magnus dudaba entre una dorada con un penacho de plumas naranja que se abrían en semicírculo, y otra con motivos arlequinados y de un color plateado tan brillante que era difícil de mirar. Las dos opciones de Shinyun eran una sencilla máscara de cara entera de color blanco marmóreo, u otra muy delgada, de cordón trenzado, que apenas le cubría nada; ambas elecciones bastante curiosas. Alec se decidió por la plateada para Magnus y la trenzada para Shinyun. Ella se la puso sobre su impasible rostro con un suspiro de satisfacción.

—Te queda bien —le dijo Magnus a Shinyun. Luego posó la mirada en Alec y le entregó una máscara de media cara de seda del azul oscuro del crepúsculo. Alec la aceptó y Magnus sonrió—. Y tú estás perfecto. Vamos.

Las tinieblas cubrían la ciudad. El palacio estaba decorado con antorchas que punteaban los muros en lo alto. Una niebla blanca se había extendido por las calles que rodeaban el palacio, enroscándose en las columnas y cubriendo los canales, y envolvía la escena en un brillo misterioso. Alec no llegó a saber si era magia u obra de la naturaleza.

Por encima de la fachada de mármol del edificio había globos de luz que brillaban y parpadeaban y se movían cada dos por tres para formar las palabras «CUALQUIER DÍA EXCEPTO SAN VALENTÍN».

Alec no era muy aficionado a las fiestas, pero era capaz de valorar el motivo de esta.

Había luchado para detener a Valentine Morgenstern. Habría dado su vida para conseguirlo. Pero no se había parado a pensar en qué sentirían los subterráneos por Valentine, que los consideraba seres impuros y planeaba borrar la mancha que representaba su existencia de la faz de la Tierra. En ese momento se dio cuenta de lo asustados que debían de haber estado.

Los cazadores de sombras tenían muchos guerreros famosos. Alec no se había dado cuenta de lo que sería para los subterráneos tener una victoria de subterráneos y héroes de guerra propios; y no solo de un clan, una familia o un grupo, sino que les perteneciera a todos ellos.

Incluso habría sido más comprensivo si el equipo de seguridad, formado por licántropos, no hubiera insistido en registrarlo. Dos veces. Lo cierto era que los de seguridad no habían parecido muy estrictos hasta que vieron las runas de Alec.

—Esto es ridículo —protestó—. Yo luché en la guerra cuya victoria celebran. Del lado de los ganadores —añadió rápidamente.

Al final, llamaron al jefe de seguridad, el más corpulento de todos los licántropos, lo que Alec supuso que era lógico.

—No queremos problemas —le dijo este a Alec en voz baja.

—No planeo ser un problema. Solo estoy aquí para divertirme —replicó Alec de forma clara.

—Creí haber entendido que eran dos —murmuró el licántropo.

—¿Qué? —preguntó Alec—. ¿Dos cazadores de sombras?

El licántropo encogió los enormes hombros.

—Dios, espero que no.

—¿Ya acabaste con mi pareja de baile? —intervino Magnus—. Sé que es difícil quitarle las manos de encima, pero me temo que debo insistir.

El jefe de seguridad volvió a encogerse de hombros e hizo un gesto con la mano.

—De acuerdo. Pasa.

—Gracias —musitó Alec, y se tomó de la mano de Magnus. El guardia de seguridad le había confiscado el arco y las flechas, pero no le preocupaba demasiado, pues habían pasado por alto los seis cuchillos serafín y las cuatro dagas que llevaba escondidos—. Esta gente es inaguantable.

Magnus se detuvo un instante, con lo que Alec le soltó la mano.

—Algunos de ellos son mis amigos —puntualizó Magnus. Pero luego se encogió de hombros y sonrió—. Algunos de mis amigos son inaguantables.

Alec no quedó convencido del todo. Le inquietaba el espacio que había entre sus manos. Entraron en la brillante mansión con esa pequeña y fría distancia entre ellos.

12

PISA CON CUIDADO

El vals del emperador, de Johann Strauss, sonaba en el gran salón de baile. Magnus vio cientos de personas enmascaradas y ataviadas con elegantes disfraces bailando al unísono. La música podía no solo oírse sino también verse. Como si las hubieran arrancado de la partitura para convertirlas en brillantes formas vivas, las notas flotaban en el aire, enroscándose en las brillantes máscaras y los elaborados peinados de los bailarines.

En el techo, las constelaciones se movían; no, era la orquesta. Las estrellas se movían para sugerir las formas de los músicos y los instrumentos.

Libra estaba en primera línea tocando el violín; la Osa Mayor, a su lado, la acompañaba. Aquila tocaba la viola mientras Escorpio estaba al bajo. Orión tocaba el chelo; Hércules, la percusión. Las estrellas tocaban mientras las parejas enmascaradas bailaban y las notas musicales flotaban entre ellas.

Magnus bajó la escalera de mármol de Carrara desde el recibidor al salón de baile, con Alec y Shinyun flanqueándolo como si fueran sus guardaespaldas.

—Príncipe Adaon —saludó a un amigo al que acababa de reconocer. El príncipe Adaon, con una máscara de cisne que hacía un

133

precioso contraste con su piel oscura, le lanzó a Magnus una sonrisa por encima de la cabeza de sus cortesanos.

—¿Te hablas con un príncipe? —preguntó Alec.

—No hablaría con la mayoría de los príncipes de la corte noseelie —contestó Magnus—. Ni te imaginas el tipo de cosas que hacen. Deberían estar agradecidos de que no haya prensa amarilla de hadas. Adaon es el mejor de ese grupo.

Cuando llegaron al pie de la escalera, se encontraron a un hombre de pelo blanco, peinado hacia atrás, que vestía un esmoquin de color lavanda y se cubría el rostro entero con una máscara de El Muerto.[2] Magnus le sonrió.

—Nuestro anfitrión, ¿verdad?

—¿Qué te hace pensar eso? —preguntó el hombre, con un ligero acento británico.

—¿Quién más podría dar una fiesta así? Te felicito por la grandiosidad desplegada. No tiene sentido hacer las cosas a medias. —Magnus se inclinó y le estrechó la mano—. Ha pasado mucho tiempo, Malcolm Fade.

—Justo antes del cambio de milenio. Recuerdo que por esa época no andabas tan elegante y limpio.

—Bueno, era la época del *grunge*. Me sorprendió oír que te mudaste a Los Ángeles y te nombraron Brujo Supremo.

Malcolm se levantó la máscara y Magnus lo vio sonreír, con la expresión dulce y triste de siempre.

—Sí. ¡Qué tontos!

—Felicitaciones con retraso —dijo Magnus—. ¿Y cómo te va? ¿Has estado trabajando en algo? Claramente, no es en tu bronceado.

—Bueno, he estado haciendo esto y aquello, y preparando esta fiesta. —Malcolm señaló con la mano el espectáculo del salón de

---

2. En español en el original. (*N. de las t.*)

baile. Hacía a la perfección su papel de estar un poco en las nubes, pero Magnus lo conocía bien—. Me alegro de que disfruten de mi pequeña reunión.

Dos personas aparecieron detrás de Malcolm: un hada de piel azul con pelo color lavanda y manos palmeadas, y un mundano de cara conocida. Johnny Rook llevaba los lentes de sol casi en la punta de la nariz, lo cual tenía sentido si se consideraba que llevar lentes de sol en un interior y por la noche tenía algún sentido. Por encima de los lentes, Magnus vio que los ojos se le abrían mucho al reconocerlo, para luego apartar la mirada de él.

—Ah, ¿se conocen? Bueno, imagino que sí, claro —dijo Malcolm, siguiendo con su papel de tener la cabeza en otra parte—. Esta es Hyacinth, mi indispensable organizadora de fiestas. Y aquí Johnny Rook. Estoy seguro de que es indispensable para alguien.

Magnus señaló a sus compañeros.

—Estos son Alexander Lightwood, cazador de sombras del Instituto de Nueva York, y Shinyun Jung, misteriosa guerrera con un misterioso pasado.

—Qué misterioso todo —comentó Malcolm, y en ese momento su atención se desvió por la llegada de varias tarimas de carne cruda. Miró alrededor un poco desesperado—. ¿Alguien sabe para qué es toda esta carne cruda?

—Es para los licántropos. —Hyacinth hizo un gesto con la mano para alejar de allí al repartidor—. Yo me encargo. Pero te aviso que puede que te necesiten en el salón.

Puso la mano en una brillante caracola que llevaba en el oído y le susurró algo a Malcolm. El pálido rostro del Brujo Supremo de Los Ángeles se quedó aún más pálido al oírla.

—¡Oh, vaya! Tendrán que excusarme. Las sirenas se han hecho fuertes al lado de la fuente de champán y están intentando ahogar invitados en ella. —Malcolm salió a toda prisa.

—Tú estabas en el Mercado de Sombras —le dijo Alec a Johnny Rook, reconociéndolo.

—No me has visto nunca —le aseguró Johnny—. Ni siquiera me ves ahora. —Y se fue a toda velocidad del salón.

Alec pasó la vista por toda la sala con una expresión seria y desconfiada. Mucha gente le devolvió la mirada con interés.

Magnus había llevado un poli a la fiesta. Lo sabía. No podía culpar a Alec por estar receloso. Casi todos los subterráneos tenían un pasado teñido de sangre. Vampiros que literalmente chupaban sangre; magia de hadas y brujos que salía mal, licántropos descontrolados haciendo que otra gente perdiera brazos y piernas. Pero Magnus tampoco podía culpar a sus colegas subterráneos por ponerse en guardia. No hacía tanto que los cazadores de sombras aún decoraban sus paredes con cabezas de subterráneos.

—¡Eh, Magnus! —lo llamó una bruja que llevaba un sencillo vestido verde y una antigua máscara blanca de médico que dejaba ver alrededor algo de piel azul oscuro.

A Magnus le encantó su aspecto.

—Hola, querida —dijo, y la envolvió en un abrazo. Después de hacerle dar la vuelta para contemplarla, se la presentó orgulloso a sus compañeros—. Alec, Shinyun, ella es Catarina Loss. Una de mis amigas más antiguas.

—Vaya —exclamó Catarina—, he oído hablar mucho de ti, Alexander Lightwood.

Alec pareció alarmado.

Magnus quería que se cayeran bien. Los vio mirarse. Bueno, esas cosas llevaban tiempo.

—¿Podría hablar contigo un momento, Magnus? —preguntó Catarina—. ¿En privado?

—Iré a buscar nuestra cabra de piedra —dijo Shinyun alejándose.

Catarina la miró confundida.

—Una de sus coloridas metáforas —explicó Magnus—. Es que tiene un pasado misterioso, y claro...

136

—Creo que yo también debería ir —dijo Alec. Se apresuró a alcanzar a Shinyun y hablar con ella. A Magnus le pareció que estaban decidiendo quién buscaría dónde.

—¡Los veo aquí, en el vestíbulo! —gritó Magnus. Alec alzó la mano con el pulgar levantado sin voltearse.

Catarina tomó a Magnus por el codo y se lo llevó de allí, como una maestra con un estudiante rebelde. Se metieron en un estrecho rincón que había pasada la esquina, donde la música y el ruido de la fiesta llegaban más amortiguados. Volteó hacia él.

—Hace poco traté a Tessa de unas heridas que, según ella, le fueron infligidas por miembros de una secta de adoradores de demonios —empezó Catarina—. Me dijo que tú estabas, y cito textualmente, «ocupándote» de este culto. ¿Qué está pasando? Explícate.

Magnus arrugó la cara.

—Puede que haya tenido un poco que ver con su fundación.

—¿Cuánto es un poco?

—Bueno, todo.

Catarina estalló.

—¡Te dije específicamente que no lo hicieras!

—¿En serio? —preguntó Magnus. Y entrevió un atisbo de esperanza—. ¿Y recuerdas qué pasó?

Ella le echó una mirada impaciente.

—¿Es que tú no?

—Alguien me borró todos los recuerdos sobre este asunto de la secta —explicó Magnus—. No sé quién ni por qué.

Sonó más desesperado de lo que le hubiera gustado, más desesperado de lo que quería estar. La cara de su vieja amiga se volvió compasiva.

—No sé nada de todo eso —le explicó ella—. Me encontré contigo y con Ragnor durante unas pequeñas vacaciones. Parecías preocupado, pero intentabas disimularlo, como haces siempre. Tú y Ragnor dijeron que habían tenido una idea genial para empezar una secta solo para divertirse. Te dije que no lo hicieras. Y eso es todo.

137

Él, Catarina y Ragnor habían hecho muchos viajes juntos a lo largo de los siglos. Uno bastante memorable había acabado con Magnus siendo expulsado de Perú. Este tipo de aventuras siempre habían sido sus preferidas. Estar con sus amigos era como estar en casa.

No sabía si volverían a hacer juntos uno de esos viajes. Ragnor estaba muerto, y quizá Magnus hubiera hecho algo terrible.

—¿Por qué no me detuviste? —preguntó él—. ¡Normalmente lo haces!

—Tuve que llevar a un huérfano a través del océano para salvarle la vida.

—Sí —asintió Magnus—, esa es una buena razón.

Catarina negó con la cabeza.

—Te quité el ojo de encima solo un segundo.

Había trabajado en hospitales mundanos de Nueva York durante décadas. Salvaba huérfanos. Curaba a los enfermos. Siempre había sido la voz de la razón en el trío que formaban Ragnor, Catarina y Magnus.

—Así que planeé con Ragnor empezar una secta falsa, y parece que lo hice de verdad. Ahora la secta falsa es una secta real y tiene un nuevo líder. Parece que están enredados con un Demonio Mayor.

Ni siquiera a Catarina era capaz de decirle el nombre de su padre.

—Parece que la broma se te fue un poco de las manos —dijo Catarina muy seca.

—Sí, parece que sí. Los rumores que circulan por ahí dicen que el nuevo líder soy yo. Tengo que encontrar a esa gente. ¿Conoces a un hombre llamado Mori Shu?

Catarina negó con la cabeza.

—Ya sabes que no conozco a nadie.

Un grupo de hadas borrachas pasaron tambaleándose. La fiesta estaba aumentando de decibeles y salvajismo. Catarina esperó hasta que se quedaron solos otra vez para continuar.

—¿Estás con todo este lío y sigues teniendo a tu lado a un cazador de sombras? —le recriminó—. Magnus, sabía que estabas viéndolo, pero esto es pasarse mucho. Es su deber informar a la Clave de que tú fundaste este culto. Al final el rumor les llegará, se lo cuente tu Lightwood o no. Los nefilim habrán encontrado su culpable. Sabes que no admiten la debilidad. En sus corazones no hay lugar para la pena o la misericordia. He visto a los hijos del Ángel asesinar a los suyos por quebrantar su preciosa Ley. Magnus, estamos hablando de tu vida.

—Catarina —replicó Magnus—, lo amo.

Ella lo miró. Los ojos de Catarina eran del color del océano, agitado por tormentas y con tesoros enterrados bajo las olas. Había llevado la máscara de las plagas durante plagas reales. Había visto muchas tragedias, y ambos sabían que las peores tragedias eran fruto del amor.

—¿Estás seguro? —le preguntó ella en voz baja—. Tú siempre esperas lo mejor, pero esta vez la esperanza es demasiado peligrosa. Este amor podría herirte más que los otros. Este podría hacer que te mataran.

—Estoy seguro —respondió Magnus—. ¿Estoy seguro de que saldrá bien? —Pensó en la leve frialdad que se había instalado entre él y Alec antes de entrar en la fiesta. Pensó en todos los secretos que seguía guardando—. No. Pero estoy seguro de que lo amo.

Los ojos de Catarina se entristecieron.

—Pero ¿te quiere él?

—De momento sí —contestó Magnus—, y si me perdonas, tengo que ir a buscar la cabra de piedra, si entiendes lo que quiero decir.

—No, no lo entiendo —repuso Catarina—, pero te deseo buena suerte, supongo.

Durante la siguiente hora, Magnus se dedicó a la búsqueda de la estúpida cabra. Decidió buscar en el piso principal, ya que Shinyun y Alec habían ido a alguna otra parte, y comenzó un cuidadoso escrutinio de los salones, uno por uno, primero el de las sillas, luego el de la música y luego el de los juegos, usando sutilmente su magia para detectar cerrojos escondidos, palancas o botones que llevaran a pasadizos secretos. Desafortunadamente, toda la mansión estaba tan llena de encantamientos por la fiesta que todos sus hechizos de detección le dieron resultados distorsionados o no concluyentes.

Magnus siguió adelante y se tomó su tiempo para comprobar las estancias mientras sorteaba el gentío e iba pasando las manos por todos los sospechosos habituales: giró candelabros, sacó libros, se apoyó en estatuas... Jaló una campanilla que resultó ser un alga marina y le descubrió una estancia medio sumergida donde un grupo de sirenas se divertían con un solitario vampiro.

El vampiro, un lunático al que Magnus conocía, llamado Elliot, lo saludó con la mano hasta que el agua empezó a hacer espuma.

—No te preocupes por mí —gritó Magnus—, sigue salpicando. Nada se salía de lo común.

Llegó a la sala de fumadores, que estaba al final del ala oeste. Una gran chimenea en la pared lateral servía de pieza central de esta sala lujosamente amueblada, llena de pesados muebles victorianos aterciopelados. Cada una de las piezas era monstruosamente grande. Un gigantesco sofá Chester, del tamaño de un coche, estaba al lado de un par de sillas azules de alto respaldo que parecían para niños. A lo largo de las paredes, pantallas animadas y apliques de bronce se alternaban con gramófonos en los que sonaba jazz.

Un dríade, que no era el que había conocido antes, estaba sentado en un columpio que colgaba de una araña de luz en el centro de la sala. Un canapé gris oscuro se apoyaba verticalmente contra la pared del fondo y en ese preciso instante una vampira estaba tendida en él, disfrutándolo como si estuviera horizontal. Magnus no sabía que la magia antigravitatoria se contara entre las habilidades de Malcolm, pero le gustó el estilo del Brujo Supremo de la ciudad de Los Ángeles.

—Por tu pinta, parece que no te vendría mal un cigarro, Magnus Bane —dijo una voz de mujer desde algún punto de la sala.

Siguió el sonido de la voz y vio a una mujer de piel caoba, que llevaba un vestido metálico muy chic, a juego con el pelo de color bronce. Su máscara era una cascada de estrellas doradas que le bajaban desde lo alto de la cabeza hasta más allá de la barbilla. Le hacían juego con las pupilas, que también tenían forma de estrella.

—Hypatia —la saludó Magnus—. Gracias, pero lo dejé hace cien años. Atravesaba una fase rebelde.

Hypatia Vex era una bruja, residente en Londres, con disposición para los negocios y la posesión de propiedades. Sus caminos se habían cruzado unas cuantas veces a lo largo de los años, y habían sido bastante íntimos en algún momento, pero de eso hacía ya mucho. Un siglo, más o menos.

Se sentó enfrente de Hypatia, en una de las sillas azules de respaldo alto y un poco pequeñas. Hypatia se cruzó de piernas y se inclinó hacia delante mientras daba una larga calada.

—He oído un rumor bastante escandaloso sobre tu persona.

Magnus también cruzó las piernas, pero se recostó contra el respaldo.

—Cuenta. Nada me gusta más que un buen rumor escandaloso.

—¿Así que lideras una secta llamada la Mano Escarlata hacia la gloria y la destrucción? —preguntó Hypatia—. Eres un niño muy travieso.

Magnus supuso que no debería sorprenderle demasiado que Hypatia supiera lo de la secta. Al contrario del mentiroso de Johnny Rook, Hypatia era un pez gordo. Había regentado un salón de subterráneos en los inicios del siglo xx, el centro de todos los escándalos de Londres. Magnus recordaba los muchos secretos que ella sabía en aquel entonces, y era una coleccionista: era de suponer que, a estas alturas, sabría muchísimos más.

—No puedo negar que soy un niño travieso en el sentido más general —admitió Magnus—, sin embargo, la gloria y la destrucción no son exactamente mi estilo. El rumor no tiene ninguna base.

Hypatia se encogió de hombros con gracia.

—Sí parecía un poco descabellado, pero en estos últimos días se ha extendido como la pólvora. Date cuenta de lo jugoso que es: liderar una secta y salir con un cazador de sombras. Y no con cualquier cazador de sombras, sino con el hijo de dos antiguos miembros del Círculo de Valentine.

—Eso no es un rumor.

—Me alegra saberlo —dijo Hypatia—. Pero suena a desastre.

—Es cierto —confirmó Magnus—. Y el chico es una delicia.

La expresión en la cara de Hypatia era un poema. En todos los años que llevaba tratando con ella, Magnus jamás la había visto sorprendida.

—Harías bien en recordar que eres uno de los brujos más destacados del mundo —le aconsejó Hypatia cuando se repuso—. Hay subterráneos que te consideran un ejemplo para ellos. Están pendientes de ti.

—Por lo general —concedió Magnus—, suele ser por mi gran belleza y elegancia.

—Estoy hablando en serio —repuso ella tajante.

—Hypatia —empezó él—, desde que me conoces, ¿alguna vez te ha parecido que me importara lo que los demás piensen?

Los pendientes dorados se balancearon sobre la piel morena cuando ella negó con la cabeza.

—No, pero sé que te preocupas por los demás, y estoy segura de que te preocupas por este Alec Lightwood. Por si lo has olvidado, sé quién es tu padre, Magnus. Tú y yo solíamos ser íntimos.

Magnus no lo había olvidado.

—No sé qué tiene que ver eso con Alec.

—¿Ya le contaste de tu padre? —quiso saber ella.

Tras una larga pausa, Magnus contestó:

—No.

Hypatia se relajó un poco.

—Bien. Espero que no estés pensando en hacerlo.

—No creo que sea asunto tuyo lo que le cuento a mi novio.

—Estoy segura de que consideras a Alec Lightwood como una persona de moral irreprochable, Magnus —empezó Hypatia, eligiendo con cuidado las palabras—, y puede que no estés equivocado. Pero imagina en qué situación lo pondrías si llegara a saberse que el representante de los brujos del Consejo es también el hijo del demonio adorado por la Mano Escarlata, una secta que está causando serios problemas ahora mismo. Si realmente le importas, ocultará que lo sabe, pero si alguna vez sale a la luz, los dos estarán implicados en ese secreto compartido. La historia nos muestra que los nefilim son capaces de ser crueles con los suyos y no solo con los subterráneos. Especialmente con aquellos que no cuadran con el *statu quo*.

—Todos tenemos al menos un progenitor demonio, Hypatia. No es que vaya a ser ninguna sorpresa —indicó Magnus.

—Sabes tan bien como yo que no todos los demonios son iguales. No todos provocan el mismo miedo y el mismo odio que tu padre. Pero ya que lo sacaste, esto sí es asunto de todos. Durante siglos, los brujos hemos tenido que hilar muy fino en nuestra relación con los nefilim. Nos toleran porque nuestros poderes son útiles. Muchos de nosotros tenemos una relación profesional con la Clave. Tú eres uno de los brujos más famosos del mundo y, te guste o no, lo que la gente percibe de ti nos concierne a todos. Por favor, no hagas nada que pueda poner en peligro la seguridad por la que hemos luchado. Sabes que ha sido muy duro ganarla.

A Magnus le habría gustado enojarse. Quería decirle a Hypatia que no se metiera en sus asuntos, en su vida amorosa.

Pero sabía que ella hablaba muy en serio. El tono de su voz no era fingido. Estaba asustada.

Se aclaró la garganta.

—Lo tomaré en consideración. Hypatia, ya que estás tan bien informada, ¿conoces a una persona llamada Mori Shu?

—Sí —respondió ella mientras se recostaba de nuevo en la silla. Parecía un poco avergonzada por la vehemencia con la que había hablado—. ¿No pertenece a tu secta?

—No es mi secta —insistió Magnus con énfasis.

—Está aquí —afirmó Hypatia—. Lo vi antes. Tal vez deberían tener una plática y aclarar todo este asunto de la secta.

—Bueno, quizá lo hagamos.

—Pues si me aceptas otro consejo —continuó ella—, yo que tú intentaría aclarar también el asunto del cazador de sombras.

Magnus le sonrió con fiereza.

—Un consejo no pedido, como crítica es recibido, querida.

—Bueno, será tu funeral, no el mío —respondió Hypatia—. Espera. ¿Los nefilim te organizan un funeral después de ejecutarte?

—Un placer verte, Hypatia —replicó Magnus, y se fue.

Necesitaba una copa. Deambuló entre la gente hasta que encontró una barra. Se sentó y pidió un coctel de ron añejo con jengibre, a juego con su estado de ánimo. La preocupación de Catarina y el temor de Hypatia habían hecho mella en su corazón, normalmente despreocupado.

La barra estaba instalada enfrente de una ventana. Más allá de las botellas, Magnus podía ver otro baile en el patio de abajo y oía una débil música que se filtraba a través de la brillante burbuja verde que rodeaba a los bailarines. Se había imaginado bailando con Alec en preciosos lugares por toda Europa, pero no estaba siendo así. Por culpa de algo relacionado con su propio pasado.

Chasqueó los dedos y le apareció en la mano un vaso de cristal que se iba llenando de un líquido ámbar a medida que la botella correspondiente se iba vaciando en el estante.

—Eh, hola —lo saludó Shinyun, que se acercaba a él con una copa de vino tinto en la mano.

Magnus chocó su vaso con el de ella.

—¿Tuviste suerte?

—No. He probado con algunos hechizos de detección, pero los resultados no han sido claros.

—He tenido el mismo problema —coincidió. Magnus tomó un sorbo de su bebida y estudió el rostro inmóvil de Shinyun—. Para ti la secta es algo personal —continuó. No era una pregunta—. Hablas sobre la caza de demonios, pero no sobre la secta. No es solo que hayan matado gente a la que amabas. Te sientes culpable por algo que tiene que ver con la Mano Escarlata. ¿Qué es?

Ambos miraron al patio lleno de bailarines. Pasaron algunos instantes.

—¿Sabes guardar un secreto? —preguntó Shinyun.

—Depende del tipo de secreto —contestó Magnus.

—Me voy a fiar de ti. Luego tú haz lo que quieras. —Volteó para mirarlo directamente—. Yo había... había formado parte de ella. La Mano Escarlata es, sobre todo, una secta de humanos, pero reclutan niños brujos. —La voz de Shinyun se volvió sarcástica—. Hubo una época en la que solía adorarte, Gran Veneno, el sagrado fundador y profeta de la Mano Escarlata, los adoradores de Asmodeo.

—¿Asmodeo? —repitió Magnus casi sin voz, mientras cualquier esperanza que hubiera tenido de que Johnny Rook estuviera equivocado se iba perdiendo gota a gota, como la sangre de una herida.

Magnus se recordó a sí mismo, cientos de años antes, queriendo averiguar quién era su padre. Así fue como supo que podía usarse la sangre de hada para invocar a un Demonio Mayor.

Magnus no le había hecho daño a ningún subterráneo para llamar a su padre. Había encontrado otra manera de hacerlo. Había mirado a su padre a los ojos y le había hablado, luego se había apartado de él, asqueado hasta la médula.

—Nadie intentó nunca invocar a Asmodeo en aquellos tiempos, por supuesto. Eso es algo nuevo —continuó Shinyun—. Pero hablábamos de él todo el tiempo. Todos los pequeños brujos huérfanos eran hijos suyos, según la secta. Yo me consideraba a mí misma su hija. Todo lo que hice fue para servirlo.

Niños brujos. Magnus recordaba cómo se había sentido cuando era eso, un niño brujo, solo y desesperado. Cualquiera podría haberse aprovechado de esa desesperación.

Se sintió sobrecogido de horror. A lo largo de los años había ido oyendo el nombre de la Mano Escarlata. No fue nada serio, tal y como él le había explicado a Tessa, y ella estuvo de acuerdo. ¿El problema era solo su nuevo dirigente o había sido un problema desde mucho antes de que alguien se diera cuenta porque había logrado disimular su verdadera naturaleza?

—¿Tú me adorabas? —preguntó Magnus, y no fue capaz de ocultar el tono de desesperación en la voz—. Me alegra que estés curada de esa tontería. ¿Cuánto tiempo perteneciste a esta secta?

—Muchas décadas —contestó ella con amargura—. Toda una vida. Solía... solía asesinar para ellos. Pensaba que estaba matando para ti, en tu nombre. —Hizo una pausa—. Por favor, no le digas al cazador de sombras, a Alec, que yo asesinaba para ellos. Si tienes que decirle algo, dile solo que pertenecí a la secta.

—No —susurró Magnus, pero no sabía si lo decía para proteger a Shinyun o a sí mismo. Shinyun le había explicado que se había considerado la hija de Asmodeo. Podía imaginarse el horror que la invadiría si se enterara de que él sí era hijo de Asmodeo. Pensó en Hypatia advirtiéndole que no le revelara a Alec la identidad de su padre. «Imagina en qué situación lo pondrías. La historia nos muestra que los nefilim son capaces de ser crueles con los suyos, y no solo con los subterráneos.»

—Han pasado muchas más vidas desde que me liberé de sus garras. Desde entonces he intentado acabar con ellos, pero no era lo suficientemente fuerte para hacerlo sin ayuda, y entonces fue cuando apareció este nuevo líder misterioso. No tenía nadie a quién acudir. Estaba completamente desesperada y sola.

—¿Cómo te uniste a ellos?

Shinyun bajó la cabeza.

—Ya te conté más de lo que pretendía.

Magnus no insistió. Él tampoco hablaba de su infancia.

—Eres muy valiente al regresar aquí y enfrentarte a tu pasado —le dijo con sencillez—. Diría «enfrentarte a tus demonios», pero me parece un chiste demasiado fácil.

Shinyun dejó escapar un bufido parecido a una risa.

—Supongo que no sabes dónde está la capilla de la Mano Escarlata, ¿verdad? —Shinyun ya estaba negando con la cabeza cuando Magnus añadió, sin mucha esperanza—: O esos *Manuscritos rojos de la magia*.

—Seguro que Mori lo sabrá —le dijo Shinyun—. Los miembros de la Mano Escarlata confiaban en él más que en mí. En aquel tiempo éramos íntimos, pero tuve que dejarlo atrás cuando hui. Han pasado muchos años, pero creo que lo reconocería si lo viera, y también creo que él confiaría en mí.

—Está aquí —le informó Magnus—, o al menos eso me dijeron. —Magnus chascó los dedos y su vaso desapareció en un brillante parpadeo. Luego tomó una botella de champán de un enfriador cercano. Esta era una fiesta extraordinaria, pero Magnus lo estaba pasando fatal. No había encontrado ningún escondite secreto, ni tampoco el más mínimo indicio de este irritante hombre misterioso. Quería bailar, y olvidar que había demasiadas cosas que no deseaba recordar.

—Preguntaré por ahí si lo han visto —propuso Shinyun.

—Sí, hazlo —aprobó Magnus, levantándose del taburete—. Yo tengo que atender a alguien.

Amaba a Alec, y quería poner su pasado y sus verdades ante él, como rollos de seda brillante a sus pies. Quería contarle a Alec quién era su padre, y esperaba que no fuera un problema. Pero ¿cómo iba a confesarle lo que no podía recordar? ¿Y cómo iba a contarle secretos que podrían convertirlo en un objetivo de la Clave, tal y como Hypatia le había advertido?

Confiaba en Alec. Confiaba en él con los ojos cerrados. Pero esa confianza no garantizaba su seguridad. Además, Magnus había confiado otras veces y se había equivocado. Mientras emprendía la búsqueda de Alec, no podía dejar de oír el eco de la voz de su antigua amiga: «Pero ¿te quiere él?».

13

ENVUÉLVEME EN TU BELLEZA

Alec vio cómo la amiga de Magnus, Catarina Loss, se lo llevaba. Un momento después, Shinyun salió por la gran puerta doble, probablemente para comprobar los alrededores, y dejó a Alec solo en medio del bullicio del baile.

Se alegraba de llevar puesta una máscara. Se sentía abandonado en territorio hostil. En realidad, habría preferido, por mucho, que lo abandonaran en un territorio hostil que en una pista de baile.

Magnus había dicho que algunas de esas personas eran amigos suyos.

Durante sus aventuras en Nueva York, Magnus siempre le había parecido independiente y autosuficiente. Alec era el único con ataduras: hacia sus compañeros cazadores de sombras y, sobre todo, hacia su hermana y su *parabatai*. A Alec nunca se le había ocurrido pensar que Magnus también tuviera lazos con otra gente. Al brujo ya no lo invitaban a fiestas, lo estaban excluyendo de su propio mundo, porque estaba con Alec.

Si Alec quería estar con Magnus, tenía que ser capaz de llevarse bien con sus amigos. Este siempre había hecho el esfuerzo de ayudar a los amigos de Alec. Le tocaba a él encontrar la forma de hacer lo mismo, aunque no sabía cómo. Recordó con gran alivio que tenía una misión.

Desvió su camino de los pasillos abarrotados de gente hacia lo que debía de ser la zona del servicio, que estaba solo un poco menos llena que los salones principales. Allí, un pequeño ejército de sirvientes, la mayoría djinns, kelpies y sprites, revoloteaban de aquí para allá asegurándose de que la música y las luces estuvieran siempre encendidas, el alcohol continuara corriendo y la mansión se mantuviera limpia. Había una sala ocupada por una docena de brujos, donde se hacían constantes turnos para mantener la magia. Un equipo entero de licántropos se encargaba de la seguridad.

Echó una rápida ojeada al pasillo del servicio, que se hallaba detrás del comedor, y entró en la cocina, donde solo consiguió que el chef, un enojadísimo trasgo, lo corriera.

Salió de la cocina a toda prisa. El trasgo, espátula y cuchillo de carnicero en mano, no trató de seguirlo.

No había ni rastro de una cabra de piedra por ninguna parte. Alec intentó encontrar el camino de vuelta a la fiesta, donde podría preguntarle a alguien si habían visto a ese tipo, Mori Shu, aunque la idea de abordar a extraños no le resultaba nada atractiva.

Oyó una débil música que se escapaba a través de una puerta cerrada. La abrió y entró en una habitación decorada con murales de escenas campestres, enredaderas en flor y profundos estanques. Apoyadas en un mural había dos mujeres besándose. Una era pequeña y llevaba un traje púrpura brillante que relucía en la romántica penumbra. La alta, una mujer con el pelo largo y de un rubio plateado recogido detrás de sus orejas de hada, levantó una ceja en dirección a Alec por encima del hombro de su compañera. Esta soltó una risilla y deslizó la mano por el muslo vestido de negro del hada rubia.

Alec volvió sobre sus pasos y salió de la habitación.

Cerró la puerta.

Se preguntó dónde estaría Magnus.

Vagó por la mansión. En la siguiente habitación, un grupo de subterráneos jugaban a las cartas. Asomó la cabeza al interior y se dio cuenta del tipo de juego que era cuando un brownie con una máscara de pájaro, y que aparentemente había perdido esa mano, se levantó y empezó a desabrocharse la camisa.

—Ay, vaya, perdón —se excusó Alec, dispuesto a irse.

Un hada lo tomó de la mano.

—Puedes quedarte, cazador de sombras. Así nos enseñas algunas de tus runas.

—Suéltame, por favor —le pidió Alec.

Los ojos de ella brillaron con malicia.

—Te lo pedí con educación —dijo él—, no lo volveré a hacer.

El hada lo soltó. Alec continuó su búsqueda de Mori Shu, de cualquier signo de actividad sectaria, o al menos de alguien que no le coqueteara.

En un pasillo de parquet brillante y techo adornado con querubines dorados, había un chico con una máscara de gato gruñón y botas de motociclista que no estaba involucrado en ninguna actividad sexual, y simplemente se apoyaba en la pared con las piernas cruzadas. Cuando una bandada de hadas pasó delante de él emitiendo risitas e intentando toquetearlo, el chico se alejó.

Alec recordó lo intimidante que le habían resultado los grupos grandes de gente cuando era más joven. Dio un par de pasos y se apoyó en la pared al lado del chico. Vio que estaba mandando un mensaje de texto:

> Las fiestas se inventaron para fastidiarme.
> Contienen lo que más detesto: personas,
> y todas dedicadas a mi actividad más odiada:
> la interacción social.

—La verdad es que a mí tampoco me gustan las fiestas —dijo Alec, comprensivo.

—No hablo italiano[3] —murmuró el chico sin levantar la vista.

---

3. En español en el original. *(N. de las t.)*

—Eh... —comenzó Alec—. Te estoy hablando en español.

—No hablo español[4] —dijo sin dejar de teclear.

—¡Oh, vamos! ¿En serio?

—Por intentarlo... —replicó el chico.

Alec pensó en irse. El chico escribió otro mensaje a un contacto llamado RF. Alec no pudo evitar darse cuenta de que en la conversación solo participaba el chico, que mandaba mensaje tras mensaje sin obtener respuesta. El último texto decía:

> Venecia huele a retrete. Como neoyorquino, sé muy bien de qué hablo.

Esa extraña coincidencia dio ánimos a Alec para intentarlo otra vez.

—Yo también me vuelvo tímido cuando hay desconocidos —le dijo Alec.

—No soy tímido —replicó el chico—. Es solo que odio a todo el mundo y todas las cosas que ocurren.

—Bueno —Alec se encogió de hombros—, a veces es un poco lo mismo.

El chico levantó la cabeza rizada y se quitó la máscara de gato gruñón y Alec se quedó parado al ver los colmillos y el rostro familiar. Era un vampiro, y Alec lo conocía.

—¿Raphael? —preguntó—. ¿Raphael Santiago?

Alec se preguntó qué estaría haciendo allí el segundo del clan de Nueva York. Puede que hubieran asistido subterráneos procedentes de todo el mundo, pero Raphael nunca le había parecido un tipo fiestero.

Claro que tampoco estaba comportándose exactamente como un tipo fiestero.

—Oh, no, eres tú —exclamó Raphael—. El idiota de doce años.

4. Ídem.

A Alec no le caían muy bien los vampiros. Eran, después de todo, gente que había muerto. Alec había visto suficiente muerte para no querer recordarla constantemente.

Sabía que eran inmortales, pero tampoco era necesario ir jactándose de ello.

—Acabamos de luchar juntos en una guerra. Estuve contigo en el cementerio cuando Simon volvió convertido en vampiro. Me has visto muchas veces desde que tenía doce años.

—Tu recuerdo con doce años me persigue —replicó Raphael, tenebroso.

—Muy bien —respondió Alec siguiéndole la corriente—. ¿No habrás visto por aquí a un tipo que se llama Mori Shu?

—Estoy intentando no establecer contacto visual con nadie —explicó Raphael—. Y no soy un soplón de los cazadores de sombras. Ni muy aficionado a hablar con gente, de cualquier tipo, en cualquier lugar.

Alec puso los ojos en blanco. En ese momento, un hada se acercó girando sobre sí misma mientras bailaba. Tenía hojas en el pelo recogido, e iba envuelta en lazos y hiedra y poco más. Tropezó en una hoja de hiedra que se le había desenganchado y Alec la sujetó.

—¡Buenos reflejos! —dijo ella, animada—. Y buenos brazos. ¿Estarías interesado en pasar una noche de tumultuosa pasión prohibida, con posibilidad de extenderlo a siete años?

—Umm... soy gay —contestó Alec.

No estaba acostumbrado a decirlo así sin más, a un desconocido cualquiera. Era raro y le causó una sensación de alivio mezclado con una sombra de sus viejos temores.

Claro que esa declaración podía no significar demasiado para las hadas. Esta lo aceptó con un encogimiento de hombros, luego le echó un vistazo a Raphael y se animó. Algo en la chamarra de cuero o en la mueca de desprecio pareció atraerle muchísimo.

—¿Y tú qué me dices, vampiro sin causa?

—No soy gay —contestó Raphael—. No soy hetero. Soy desinteresado.

—¿Defines tu sexualidad como «desinteresado»? —preguntó Alec curioso.

—Exactamente —respondió Raphael.

—¡También puedo convertirme en árbol! —intentó el hada de nuevo, después de reflexionar unos instantes.

—No dije «desinteresado a menos que seas un árbol».

—Espera —dijo el hada de repente—. Sé quién eres. ¡Eres Raphael Santiago! He oído hablar de ti.

Raphael hizo un gesto como invitándola a irse.

—¿Y no has oído decir que me encanta cuando la gente se va?

—Fuiste uno de los héroes en la victoria de los subterráneos contra Valentine.

—Fue uno de los héroes en la alianza entre subterráneos y cazadores de sombras que llevó a la victoria —la corrigió Alec.

Raphael dejó de parecer molesto y empezó a parecer desagradablemente interesado.

—¡Oh! ¿Los cazadores de sombras ayudaron un poquito? —preguntó.

—¡Estuviste allí! —protestó Alec.

—¿Me das un autógrafo, Raphael? —le rogó el hada.

Le tendió una hoja verde, grande y brillante, y una pluma. Raphael escribió DÉJAME EN PAZ en la hoja.

—Lo guardaré siempre —dijo el hada. Y se fue corriendo con la hoja apretada contra su pecho.

—¡No es necesario! —le gritó Raphael.

Una ráfaga de fuerte música que llegaba por el pasillo fue su única respuesta. Alec y Raphael hicieron una mueca. Raphael lo miró.

—Nunca había estado en una fiesta tan horrible —dijo—. Y mira que odio las fiestas. La gente no deja de preguntarme si tengo superpoderes especiales, y yo les digo que ese es Simon, que no me cae bien.

—Eso es un poco exagerado, ¿no?

—Con los novatos tienes que ser duro, si no, no aprenden —explicó Raphael, severo—. Además, sus chistes son estúpidos.

—Bueno, no suelen ser brillantes, es cierto —admitió Alec.

—¿De qué lo conoces? —Raphael chascó los dedos—. Espera, ya me acuerdo. Es amigo de tu *parabatai*, ¿no?, el rubio ese insoportable.

Así era, aunque probablemente a Simon le sorprendería oírselo decir. Alec sabía de sobra cómo se comportaba Jace cuando quería ser tu amigo. No se portaba de forma amistosa, ya que eso habría sido demasiado fácil. En vez de eso, se dedicaba a estar todo el rato a tu lado hasta que te acostumbrabas a su presencia, que era exactamente lo que estaba haciendo ahora con Simon. Cuando Jace y Alec eran pequeños, Jace le había hecho toda una campaña de hostigamiento, con la esperanza de convertirse, así, en alguien importante en su vida. La verdad era que Alec prefería eso a las incómodas conversaciones de «vamos a conocernos».

—Ese mismo. Además, Simon está medio saliendo con mi hermana, Isabelle —le informó Alec.

—Eso no puede ser —replicó Raphael—. Isabelle puede aspirar a mucho más.

—Eh... ¿Conoces a mi hermana? —se sorprendió Alec.

—Una vez me amenazó con un candelabro, pero en realidad no llegamos a hablar —contó Raphael—, lo que significa que tuvimos lo que yo considero una relación ideal. —Le echó una mirada fría a Alec—. Es el tipo de relación que me gustaría tener con todos los cazadores de sombras.

Alec estaba a punto de tirar la toalla e irse, cuando una guapa vampira, que llevaba un vestido chino, apareció volando por el pasillo, con cintas que ondeaban desde su pelo teñido de púrpura como si fueran banderines de seda. Su cara le resultó familiar. Alec la había visto en Taki's y en otros sitios de la ciudad, normalmente con Raphael.

—Sálvanos, oh líder que a nada teme —dijo la amiga de Raphael—, Elliot está en un enorme acuario vomitando algo azul y verde. Intentó beber sangre de sirena, intentó beber sangre de hada. Intentó...

—Ejem... —la interrumpió Raphael con un claro movimiento de cabeza hacia Alec.

—Cazador de sombras —dijo Alec, agitando la mano—. Aquí. Hola.

—¡Intentó cumplir los Acuerdos y obedecer todas las leyes conocidas! —declaró la mujer—. Porque esa es la idea del clan de Nueva York de lo que es pasarlo bien en una fiesta.

Alec recordó a Magnus y trató de no dar la impresión de que estaba allí para arruinarles la diversión a los subterráneos. Había una cosa que él y esta mujer tenían en común. Reconoció su traje púrpura brillante.

—Creo que te he visto antes —dijo Alec, sin estar muy seguro—. ¿Estabas... besándote con una chica hada?

—Bueno, tendrás que ser un poco más específico —respondió la vampira—. Esto es una fiesta. Me he besado con seis chicas hadas, cuatro chicos hadas, y una seta parlanchina de cuyo género no estoy muy segura. Muy sexy para ser una seta, la verdad.

Raphael se cubrió brevemente la cara con la mano con la que no estaba mandando mensajes.

—¿Por qué? ¿Hay algo que tengas que decir al respecto? —lo desafió la mujer—. Cómo me gusta ver a los nefilim metiéndose siempre en nuestras fiestas. Apuesto a que ni siquiera estabas invitado.

—Vengo de acompañante —repuso Alec.

La vampira se relajó un poco.

—Ah, es cierto, eres el último desastre de Magnus —dijo—. Así es como te llama Raphael. Soy Lily.

Levantó una mano desganada a modo de saludo. Alec miró a Raphael, que alzó una ceja de forma poco amistosa.

—No sabía que Raphael y yo ya nos poníamos apodos —repuso Alec. Siguió mirando a Raphael—. ¿Conoces bien a Magnus?

—Casi nada —contestó Raphael—. Poco más que de vista. No tengo una gran opinión de su personalidad. O de su forma de vestir.

O de las compañías que frecuenta. Vámonos, Lily. Alexander, espero no verte nunca más.

—He decidido que te detesto —le dijo Lily a Alec.

—El sentimiento es mutuo —contestó Alec en el mismo tono desagradable que ella le había dedicado.

Curiosamente, esa frase hizo que la vampira sonriera antes de que Raphael se la llevara con él.

Alec casi lamentó verlos irse. Eran un trozo de Nueva York, aunque fueran vampiros y, por alguna razón, increíblemente hostiles con él en particular. Alec nunca había conocido a nadie que fuera aún peor que él en las fiestas.

Todavía no podía abandonar su búsqueda. Se dirigió al piso de abajo, con la idea de inspeccionar el sótano, y encontró una sala de boliche que había sido reconvertida en sala de duelos. Al lado había un teatro que solo pudo describir como un centro de orgías romanas. En el fondo encontró una piscina donde se celebraba una concurrida fiesta de burbujas. Todo era muy excesivo e incómodo. Y seguía sin haber ninguna cabra de piedra a la vista.

Cruzó una puerta lateral y salió a un iluminado pasadizo que llevaba a lo que parecía una bodega. El ruido de la fiesta quedaba ahogado por las gruesas paredes de piedra. Alec siguió por el pasillo y bajó un par de escalones; se fijó en que la gruesa capa de polvo que lo cubría casi todo mostraba unas huellas en los escalones. Alguien había estado allí hacía poco.

El último escalón daba paso a una bodega tallada en la piedra, llena de estantes con barriles de madera en un lado y pilas de latas de alimentos en el otro. Ese lugar sería la entrada perfecta para un pasadizo secreto, si hubiera alguno. Empezó a comprobar los estantes, buscando un falso fondo o una palanca escondida o cualquier otra cosa fuera de lo común. Llevaba recorrida la mitad de la pared cuando lo oyó: voces lejanas y un sonido de algo rascando. Alec se quedó quieto. Inclinó la cabeza a un lado y escuchó con su oído aumentado por la runa.

—Este solía ser el cuartel general de la Mano Escarlata —dijo una voz de hombre con acento francés—. Pero no he visto ningún signo de actividad sectaria y sí muchos de una fiesta de lo más asombrosa. Incluso he oído que Magnus Bane estaba aquí.

—Y aun así, tenemos que revisar todo el edificio —replicó una mujer—. ¿Lo puedes creer?

Alec empuñó un cuchillo serafín mientras avanzaba con cautela hacia las voces, pero no lo activó. Al final de la pared encontró un pequeño pasillo que daba a otra parte de la bodega. Las paredes estaban cubiertas, del suelo al techo, de estantes llenos de botellas. Una luz blanca cegadora salía de un punto de una de las estanterías e iluminaba la estancia. Frente a esa luz había dos siluetas que observaban lo que parecía ser una pequeña estatua de Baco. Alec pudo entrever el perfil de una mujer, y la forma de una oreja de hada.

No podía verles bien las caras contra la intensa luz, así que siguió avanzando, con pasos lentos y sigilosos. Ningún subterráneo era capaz de oír a un cazador de sombras acercarse, si este se lo proponía.

Una daga cortó el aire, y por escasos milímetros no le atravesó la manga de la chamarra.

Quizá algunos subterráneos sí podían oír acercarse a un cazador de sombras.

—¡*Atheed!* —gritó la mujer, y un cuchillo serafín se le encendió en la mano. El hombre que estaba junto a ella alzó su arco.

—¡Esperen! —dijo Alec, y se bajó la máscara de seda con la mano que tenía libre—. ¡Soy cazador de sombras! ¡Soy Alec Lightwood, del Instituto de Nueva York!

—Oh —exclamó el hombre, y bajó el arco—. Hola.

La cazadora de sombras que había actuado primero no guardó el cuchillo serafín, sino que se acercó a Alec para observarlo de cerca. Alec hizo lo mismo con ella y la reconoció, pálida como una perla, con una melena rubia que se le derramaba por la espalda, las orejas delicadamente puntiagudas y los ojos de un sorprendente azul verdoso. En ese momento, su bonita cara tenía un rictus muy serio.

Era el hada que había visto besándose con la vampira en la primera habitación a la que había ido a parar en su búsqueda.

Era la cazadora de sombras a la que Alec había visto, desde el globo, persiguiendo a un demonio en París.

Solo había una cazadora de sombras con ascendencia de hadas de la que Alec tuviera noticia.

—Y tú eres Helen Blackthorn —dijo despacio—, de Los Ángeles. ¿Qué haces aquí?

—Estoy en mi año de viaje —contestó Helen—. Estaba en el Instituto de París y quería cambiarme al de Roma, cuando oí rumores sobre un brujo que invocaba demonios y dirigía una secta llamada la Mano Escarlata.

—¿Qué rumores? —preguntó Alec—. ¿Qué has oído?, y ¿dónde?

Helen no prestó atención a las preguntas.

—Desde entonces estoy persiguiendo a los demonios y al brujo. Malcolm Fade, Brujo Supremo de Los Ángeles, me dio una invitación para esta fiesta y vine esperando encontrar respuestas. ¿Qué haces tú aquí?

Alec pestañeó.

—Ah, pues... estoy de vacaciones.

Se dio cuenta de lo estúpido que acababa de sonar. Pero era lo más parecido a la verdad que podía admitir sin poner en peligro a Magnus y sin verse llevado a una situación en la que tuviera que aparecer ante la Clave y explicar: «Mi novio brujo fundó una secta demoníaca sin querer».

Cuando Alec tenía problemas, estaba acostumbrado a la posibilidad de acudir a sus compañeros cazadores de sombras en busca de ayuda. Si no hubiera sido por Magnus, les habría hablado a estos dos sobre Mori Shu y la cabra de piedra. Podrían haberla buscado juntos. Pero Alec ya no podía hacer eso. Estos cazadores de sombras y él quizá no estuvieran en el mismo bando.

Los miró, y en vez de sentirse aliviado de que estuvieran allí, solo se angustió por tener que decir mentiras.

—Solo vine a pasármelo bien —añadió Alec sin mucho convencimiento.

Una sombra de desconfianza cruzó el rostro de Helen.

—¿Y estás en el subsuelo de lo que antes era el cuartel de una secta, durante una fiesta de subterráneos llena de criminales, y armado con un cuchillo serafín?

—¿No es esa tu idea de pasárselo bien? —bromeó Alec.

—He oído hablar de ti —replicó Helen—. Estuviste en la guerra. Eras el que estaba con Magnus Bane.

—Es mi novio —afirmó Alec de forma categórica.

Evitó deliberadamente mirar al cazador de sombras, que permanecía un poco apartado y en silencio. A juzgar por lo que Alec había visto antes, suponía que a Helen le parecían bien las relaciones entre personas del mismo sexo, pero no ocurría lo mismo con muchos de los cazadores de sombras.

Sin embargo, Helen no pareció sorprenderse, aunque sí pareció preocuparse.

—Malcolm Fade me dijo que corre el rumor de que Magnus Bane es el brujo que dirige la Mano Escarlata —explicó Helen.

Así que los cazadores de sombras ya conocían ese rumor. Alec se obligó a tranquilizarse. Malcolm era el Brujo Supremo de Los Ángeles. Helen vivía en el instituto de Los Ángeles. Se conocían. Eso no quería decir que el resto de la Clave estuviera al corriente de la historia.

—No es verdad —informó Alec, con toda la convicción que pudo reunir.

—Malcolm dejó claro que él no lo creía —admitió Helen.

—Bien —dijo Alec—. Veo que tienen la situación controlada. Me regreso arriba, a la fiesta.

Helen pasó a su lado para mirar los escalones y ver si había alguien más allí. A Alec no se le escapó que seguía con el cuchillo serafín en la mano, ni tampoco que acababa de cerrarle su única vía de escape. La cazadora de sombras volteó hacia él.

—Creo que deberías venir con nosotros al Instituto de Roma para responder a algunas preguntas.

El rostro de Alec no reflejó ninguna expresión, pero un escalofrío le recorrió el cuerpo. Si llegaba el caso, la Clave podría ponerle la Espada Mortal en la mano y obligarlo a decir la verdad. Tendría que decir que Magnus pensaba que sí, que había sido él el fundador de la secta.

—Creo que estamos sacando las cosas de quicio —replicó.

—Estoy de acuerdo —intervino de pronto el cazador de sombras, y Alec le prestó atención por primera vez. Era bajo y guapo, con una espectacular mata de pelo cobrizo y acento francés—. Discúlpame, monsieur Lightwood, ¿has estado últimamente en París?

—Sí, justo antes de venir a Venecia.

—Y por casualidad ¿no estarías en un globo?

Estuvo a punto de decir que no, pero se dio cuenta de que lo habían descubierto.

—Sí, así es.

—¡Lo sabía! —El cazador de sombras se adelantó, le tomó la mano y se la estrechó con entusiasmo—. Quiero darte las gracias, monsieur Lightwood. ¿Puedo llamarte Alec? Soy Leon Verlac, del Instituto de París. La *ravissante* Helen y yo somos los cazadores de sombras a los que ayudaste en el tejado. Nunca podremos agradecértelo lo suficiente.

La expresión de Helen sugería que ella sí podría agradecérselo lo suficiente. O quizá no agradecérselo nada. Alec retiró su mano de la de Leon con dificultad. Leon parecía dispuesto a seguir agarrado a ella.

—¿Así que también estuviste en París? —preguntó Helen como por charlar—. ¡Qué coincidencia tan asombrosa!

—¿Visitar París en unas vacaciones por Europa te parece una coincidencia? —replicó Alec.

—¡Sería un crimen no visitar París! —coincidió Leon—. Deberías haber hecho una visita al Instituto de París cuando estuviste allí, Alec. Te habría enseñado la ciudad, como hice con nuestra encantadora Helen, a la cual seguiría a cualquier lado. Incluso hasta esta horrible fiesta.

Alec miró a Helen y a Leon, intentando averiguar si estaban juntos. Helen había estado besándose con la vampira, así que supuso que no, pero él era demasiado inocente en estos asuntos. Quizá tuvieran una disputa de pareja y lo dejaran irse.

—Ve por el coche, Leon —pidió Helen—. Puedes preguntarle a Alec todo lo que quieras en el viaje a Roma.

—Espera —protestó Leon—. Alec nos salvó la vida en aquel tejado. No lo habría hecho si tuviera algo que ver con todo esto. Yo, al menos, le creo. Simplemente estaba comprobando una actividad sospechosa en el sótano, o sea, nosotros, como haría cualquier cazador de sombras. Aunque esté de vacaciones.

Miró a Alec asintiendo con la cabeza.

—Era lo normal —dijo Alec con cuidado.

—Además, ¡míralo! —siguió Leon—. Sin duda vino por la fiesta. Su aspecto es fantástico. Te dije que deberíamos haber traído máscaras. Deja que el pobre hombre disfrute de sus vacaciones, Helen, mientras nosotros buscamos pistas de verdad.

Helen miró a Alec durante otro largo momento, luego, despacio, fue bajando el cuchillo serafín.

—De acuerdo —aceptó ella de mala gana.

Alec no les preguntó por Mori Shu ni sobre ninguna otra cosa. Se dirigió a buen paso hacia la escalera.

—¡Espera! —lo llamó Helen.

Alec volteó e intentó disimular su temor.

—¿Qué?

—Gracias —dijo ella—. Por lo del rescate en París.

Esto le arrancó a Alec una sonrisa inesperada.

—De nada.

Helen le devolvió la sonrisa. Era guapa cuando sonreía.

Aun así, Alec notó que estaba temblando cuando llegó a los últimos escalones y se metió entre el gentío de invitados que se dirigían a la pista de baile.

Se preguntó si ese recelo que había sentido al hablar con Helen era lo que los subterráneos sentirían siempre que los cazadores de sombras los interrogaban. Aunque no culpaba a Helen por ser desconfiada. Si estuviera en su lugar, Alec también lo sería. Sabía demasiado bien que cualquiera podía ser un traidor, como su tutor, Hodge Starkweather, que los había traicionado con Valentine durante la Guerra Mortal. Además, las sospechas de Helen estaban fundadas; después de todo, él había mentido, o al menos omitido información importante. Mentir a los cazadores de sombras, a sus compañeros, que deberían haber estado de su parte, era horrible. Se sentía un traidor.

Pero se sentiría peor si no lograba proteger a Magnus. La Clave debería proteger a gente como Magnus, no suponer una amenaza más para él. Alec siempre había creído en la Ley, pero si la Ley no protegía a Magnus, entonces esa Ley debería cambiar.

Había unas seis personas en las que Alec confiaba ciegamente, y una de ellas era Magnus. Pero nunca había pensado que confiar en alguien fuera tan complicado.

Si al menos lo encontrara... No lo habría creído posible, pero la mansión estaba todavía más llena que cuando habían llegado hacía un rato.

Alec siguió subiendo la escalera hasta que llegó a un gran balcón de piedra que rodeaba los muros de la gran sala de baile. Era un lugar muy útil para observar la fiesta. Solo tuvo que recorrerlo una vez para dar con Magnus: estaba abajo bailando entre la multitud de subterráneos y mundanos. Ver a Magnus hizo que Alec se relajara. Antes de conocer a Magnus, Alec no estaba seguro de poder ser totalmente él mismo y a la vez ser feliz. Y entonces llegó Magnus, y lo que parecía imposible se hizo posible. Verlo era siempre una pequeña impresión, su cara le daba la esperanza de que todo podría salir bien.

Dos de las paredes de la sala de baile se abrían a la noche a través de unos enormes arcos, lo que convertía la sala en un globo dorado que emergía entre las negras aguas y el oscuro cielo. El suelo de esta sala era una gran extensión de azul, el azul de un lago en verano. El techo estaba cubierto por una orquesta de estrellas, y la majestuosa araña de luz era una cascada de estrellas fugaces que las hadas usaban como columpio. Mientras Alec miraba, un hada empujó a otra fuera de la lámpara. Alec se tensó, pero entonces unas alas de color turquesa transparente se le desplegaron en la espalda y aterrizó a salvo entre los bailarines.

Había hadas aladas volando, licántropos que saltaban entre la gente como acróbatas, colmillos de vampiro brillando al sonreír y brujos envueltos en luz. Las máscaras se levantaban y se volvían a bajar, las antorchas despedían llamaradas que semejaban lazos de fuego y las sombras plateadas del agua iluminada por la luz de la luna bailaban en las paredes. Alec ya había visto la belleza en las brillantes torres de Alacante, en la fluida lucha entre su hermana y su *parabatai*, en muchas cosas familiares que le eran queridas. Pero tuvo que llegar Magnus para que encontrara belleza en el inframundo. La belleza estaba ahí, solo había que descubrirla.

Alec empezó a encontrar absurda su indignación con los subterráneos por reclamar la victoria contra Valentine como propia. Sabía cómo habían sido las cosas. Había estado allí, había luchado junto a los subterráneos, y la guerra había hecho posible esta paz dorada que ahora disfrutaban. Aquella victoria pertenecía a los subterráneos tanto como le pertenecía a él.

Alec recordó cuando él y Magnus habían compartido sus fuerzas gracias a la runa de alianza, una magia que había reforzado la conexión entre ellos, y pensó: «Esta victoria es nuestra».

Magnus y él también conseguirían arreglar esta situación. Encontrarían a alguien que los ayudara en ese laberinto de columnas doradas y ríos oscuros. Habían superado cosas peores. El corazón de Alec se animó con este pensamiento, y justo en ese instante, vio a su brujo entre la multitud.

Magnus tenía la cabeza echada hacia atrás, el reluciente traje blanco se mostraba arrugado como las sábanas al despertar y la capa ondeaba tras él como un rayo de luna. Tenía la máscara torcida, el pelo negro desgreñado, arqueaba el delgado cuerpo al bailar, y alrededor de los dedos, como diez anillos brillantes, la luz de su magia iba iluminando como un foco a diferentes bailarines.

El hada Hyacinth tomó uno de los radiantes hilos de magia y fue dando vueltas, agarrada a él como si la luz fuera un lazo en un palo de mayo. La vampira del vestido chino púrpura, Lily, bailaba con otro vampiro que Alec supuso que sería Elliot, a juzgar por las manchas verdes y azules que le rodeaban la boca y le bajaban por la pechera de la camisa. Malcolm Fade se unió al baile de Hyacinth, aunque parecía seguir la coreografía de una giga escocesa y ella se quedó muy confundida. La bruja azul a la que Magnus había llamado Catarina bailaba un vals con un hada alto y con cuernos. El hada de piel oscura, del que Magnus había dicho que era un príncipe, estaba rodeado de otros que bailaban a su alrededor y que Alec supuso que serían sus cortesanos.

Magnus se rio cuando vio a Hyacinth usar su magia a modo de lazo y le mandó rayos relucientes de luz azul en varias direcciones. Catarina hizo rebotar la magia de Magnus con el tenue brillo blanco de su mano. Tanto Lily como Elliot dejaron que uno de los lazos mágicos se les enrollara alrededor de las muñecas. No parecían personas confiadas y, sin embargo, se inclinaban hacia Magnus con fe ciega, Lily fingiendo ser una cautiva y Elliot bailando entusiasmado, mientras Magnus reía y los arrastraba hacia sí sin dejar de bailar. La música y el fulgor de las estrellas llenaban la habitación, y Magnus brillaba por encima de sus relucientes acompañantes.

Cuando Alec se dirigió hacia la escalera, se encontró con Raphael Santiago, que estaba apoyado en la balconada y miraba a la gente que bailaba con los ojos fijos en Lily, Elliot y Magnus. Había una pequeña sonrisa en la cara del vampiro. Cuando Raphael vio a Alec, recuperó de inmediato su ceño enojado.

—Encuentro repelentes esas absurdas expresiones de alegría —manifestó.

—Si tú lo dices —contestó Alec—. A mí me gustan.

Llegó al final de la escalera, y estaba cruzando la brillante pista de baile cuando una voz retumbó desde lo alto:

—¡Este es DJ Bat, el mejor DJ licántropo del mundo, o al menos uno de los cinco mejores, en vivo desde Venecia porque los brujos han decidido tirar la casa por la ventana y han querido hacer este regalo a todos los amantes! O a toda la gente que tiene amigos con los que bailar. Algunos de nosotros somos frikis solitarios, así que estaremos tomando *shots* en el bar.

Empezó a sonar una canción lenta y romántica de ritmo sincopado. La pista de baile, que en opinión de Alec ya no podía estar más abarrotada, se llenó aún más. Docenas de subterráneos enmascarados y en traje de noche, que hasta el momento se habían mantenido cerca de las paredes, convergieron en la pista. De repente, Alec se encontró solo como pasmado en el centro de la sala, mientras las parejas daban vueltas alrededor. Coronas de hiedra y altas plumas multicolores le bloqueaban la vista. Alarmado, miró alrededor en busca de una vía de escape.

—¿Me concede este baile, caballero?

Y ahí estaba Magnus, todo blanco y plata.

—Iba a buscarte —contestó Alec.

—Te vi venir. —Magnus se levantó un poco la máscara—. Nos hemos encontrado.

Se acercó a Alec, le puso una mano en la espalda, entrelazó sus dedos con los de él y lo besó. El roce leve de su boca fue como un rayo de luz en el agua, algo que iluminaba y transformaba. Alec se acercó a él de forma instintiva, deseando ser iluminado y transformado de nuevo, pero recordó, de mala gana, que debían centrarse en su misión.

—Me encontré con una cazadora de sombras llamada Helen Blackthorn —murmuró pegado a la boca de Magnus—. Dijo que...

Magnus volvió a besarlo.

—Algo fascinante, seguro —lo interrumpió—. No has contestado mi pregunta.

—¿Qué pregunta?

—¿Me concedes este baile?

—Pues claro que sí —contestó Alec—. Es decir... Me encantaría bailar, pero... deberíamos hablar de esto.

Magnus dejó escapar un suspiro y asintió.

—De acuerdo. Dime.

La sonrisa que le iluminaba el rostro hacía un instante había desaparecido. En vez de ello, pareció que una carga enorme se hubiera instalado sobre sus hombros. Alec se dio cuenta entonces de que Magnus se sentía culpable de haber fastidiado sus vacaciones. Alec pensaba que esto era una tontería, pues no habría tenido vacaciones de no ser por Magnus; ni destellos de magia ni subidones de alegría ni luces ni música.

Alec alzó la mano y tocó el antifaz de Magnus. Pudo ver su propia cara reflejada en él como en un espejo, sus ojos grandes y azules en medio del tintineante carnaval que los rodeaba. Casi no se reconoció de lo feliz que parecía.

Entonces le subió el antifaz para verle la cara. Así estaba mejor.

—Primero vamos a bailar —dijo.

Le pasó el brazo por la espalda, se sintió raro al hacerlo, titubeó y volvió a colocar las manos sobre los hombros del brujo.

Este volvía a sonreír.

—Permíteme.

Alec nunca se había interesado mucho por el baile, más allá de un par de intentos fallidos cuando era niño con su hermana y su amiga Aline. Magnus le rodeó la cintura con el brazo y empezaron a bailar. Alec no era un bailarín, pero era un luchador, y se dio cuenta de que sabía, de forma intuitiva, cómo responder a los movimientos de su pareja y moverse como debía. De pronto, estaban totalmente sincronizados, flotando por el suelo con la misma gracia que cualquier otra pareja en la sala, y Alec entendió lo que era bailar de verdad con alguien; algo que nunca había pensado que pudiera gustarle. Siempre había supuesto que este tipo de momentos de cuento eran para Jace, para Isabelle... para cualquiera menos para él. Y sin embargo, ahí estaba.

La araña de luz parecía colgar directamente sobre ellos. Un hada soltó un puñado de diminutas estrellas brillantes desde la balconada. Pequeñas manchitas relucientes se posaron en el negro pelo de Magnus y flotaron en el pequeño espacio que separaba sus rostros. Alec se inclinó hacia delante hasta que sus frentes se tocaron y sus labios se juntaron otra vez. La boca de Magnus se curvó sobre la de Alec. Sus sonrisas encajaban la una en la otra a la perfección. Alec cerró los ojos, pero siguió viendo la luz.

Tal vez su vida podría ser maravillosa. Era posible que siempre hubiera existido esa posibilidad, y había necesitado que Magnus abriera esa puerta y le dejara ver las maravillas que guardaba dentro de sí. Toda su capacidad de ser feliz.

La boca de Magnus buscó la suya. Le rodeó el cuello con los brazos, acercándolo hacia sí en un apretado abrazo. El cuerpo de Magnus se movió sinuoso contra el suyo y la luz se convirtió en calor. Magnus bajó una mano por la solapa del saco de Alec y la deslizó hasta alcanzar la camisa y notar el enloquecido latido del corazón. Alec alzó la mano de la fina cintura de Magnus y se enganchó con una de las escamas metálicas de su elaborado cinturón antes de entrelazar los dedos sobre su pecho. Alec notó que se le enrojecía la nuca y el rubor se le extendía por la cara, dejándolo con la cabeza flotando y unas vergonzosas ganas de más. Cada sentimiento era nuevo; la combinación del agudo y cortante dolor del deseo y la ternura, que resultaba incongruente pero imposible de desenredar, seguía atrapándolo con la guardia baja. Nunca se había esperado que algo así le ocurriera a él, pero una vez había sucedido, ya no sabía cómo podría llegar a vivir sin ello. Esperaba no tener que averiguarlo nunca.

—Alexander, ¿te gustaría...? —empezó Magnus, y su murmullo quedó amortiguado por la canción y las risas. Su voz era baja y cálida; el único sonido que importaba en el mundo entero.

—Sí —susurró Alec antes de que Magnus pudiera acabar. Lo único que quería era decir que sí a cualquier cosa que Magnus le pidiera. Su boca, hambrienta y caliente, chocó con la de Magnus; los cuerpos encajados. Se besaban apasionados, como si estuvieran hambrientos, y a Alec no le importó que hubiera gente mirando. Había besado a Magnus en el vestíbulo de la Sala de los Acuerdos, en parte para demostrar al mundo lo que sentía. En este instante, el mundo no le importaba. Solo le importaba lo que estaba ocurriendo entre ellos: el calor y la fricción que hacían que quisiera morir, o caer de rodillas y arrastrar a Magnus con él.

Entonces se oyó un estampido y estalló una llamarada de fuego, como si un meteorito hubiera impactado en el centro de la pista de baile, y Alec y Magnus se quedaron quietos, tensos, sin saber qué pasaba. Un nuevo brujo había aparecido a los pies de la escalera, y sus ojos no se apartaban de los de Malcolm Fade, y aunque Alec no lo reconoció, sí notó el escalofrío de alarma e inquietud que sacudió a la multitud.

Alec aprovechó que tenía a Magnus tomado de la mano para situarlo tras él, sin desenlazar los dedos. Con la mano que tenía libre, tomó el cuchillo serafín y murmuró un nombre de ángel. Al otro lado de la sala, Bat, el DJ, y Raphael dejaron sus vasos en la barra. Raphael empezó a abrirse camino a codazos entre la multitud, dirigiéndose hacia sus vampiros. Lily y Elliot también se dirigían al encuentro de Raphael. Alec elevó la voz, que resonó por toda la sala de mármol, del mismo modo que ardió la luz de su cuchillo serafín.

—¡Quienes quieran la protección de un cazador de sombras —gritó Alec— acérquense a mí!

168

14

MAREA ALTA

Alec tomaba con una mano a Magnus y con la otra agarraba la empuñadura de su cuchillo serafín. Algunos de los invitados se acercaban con precaución hacia él y la protección que acababa de ofrecerles. Magnus recorrió la sala con la mirada, esperando a ver quién hacía el primer movimiento.

El licántropo jefe de seguridad bajaba a toda prisa por la escalera. El brujo que estaba abajo hizo un pequeño gesto y el jefe de seguridad voló sobre el gentío que ocupaba la pista de baile, cayó contra el suelo de mármol y se deslizó hasta chocar con la pared. Catarina corrió inmediatamente a su lado y lo ayudó a incorporarse mientras él se inclinaba y se ponía una mano sobre las costillas con gesto dolorido.

El brujo no se molestó en mirar qué le había pasado al licántropo. Era un hombre bajo, con barba, ojos de serpiente y una piel blanca escamosa. Observó a la multitud mientras avanzaba hacia la pista de baile.

—Malcolm Fade. —Con una expresión terrible en el rostro, el brujo señaló al Brujo Supremo de Los Ángeles. Un ligero vapor parecía salirle de la punta del dedo—. Me robaste mi mansión y mi fiesta.

—Hola, Barnabas —lo saludó Malcolm—. No me digas que perdiste una mansión. Qué pena. Espero que la encuentres.

169

—¡Compré esta la semana pasada! ¡En cuanto salió a la venta! —bramó Barnabas—. ¡Ahora mismo estamos en la mansión que me robaste!

—Estupendo, eso es que ya la encontraste —repuso Malcolm.

Alec le dio un codazo a Magnus.

—¿Quién es ese?

Magnus se inclinó hacia él.

—Barnabas Hale. Dirige el Mercado de Sombras de Los Ángeles. Creo que aspiraba al puesto de Brujo Supremo antes de que lo consiguiera Malcolm. Parece que entre ellos hay algo de rivalidad.

—Ah —respondió Alec—. Genial.

Barnabas señaló con un dedo acusador toda la sala.

—¡Iba a ser yo el que celebrara nuestra increíble victoria subterránea! Yo compré este lugar para mi Gran Baile de Barnabas. O podía haberlo llamado mi Barnabaile. ¡Aún no lo había decidido! Ahora nunca lo sabremos.

—Bueno, parece que alguien se tomó unas copas de más esta noche —murmuró Magnus—. ¿El Barnabaile? ¿En serio?

La perorata de Barnabas aún no había acabado.

—Me la arrebatas como el ladrón que eres y me pisoteas, igual que me robaste el puesto de Brujo Supremo de Los Ángeles. Pues muy bien, ¡cancelo esta fiesta! Me dejaste como un idiota. —Las manos de Barnabas empezaron a sisear y echar humo.

La multitud se apartó y les dejó más espacio en el centro de la pista de baile. Cada vez más gente se protegía detrás de Alec.

—Creo que, para eso, te las arreglas bien tú solo, Barnabas —replicó Malcolm. Las manos empezaron a brillarle y dos copas de champán aparecieron en ellas. Tomó un sorbo de una y la otra la mandó flotando hacia Barnabas—. Cálmate. Disfruta de la fiesta.

—Esto es lo que pienso de tu fiesta. —Barnabas sacudió una mano y la copa volvió hacia Malcolm y derramó su contenido sobre el saco de color lavanda.

Un murmullo de asombro recorrió la multitud, pero Malcolm no perdió la compostura. Miró su traje manchado, sacó un pañuelo de papel y empezó a secarse la cara con leves toques.

Había un brillo febril en los ojos de Malcolm, como si todo aquello le divirtiera. Magnus sabía que hubo un momento en el que Malcolm había querido una vida calmada y tranquila. Pero eso fue hacía mucho tiempo.

—Te hice un favor —declaró Malcolm—. Todos sabemos que tus habilidades como anfitrión dejan mucho que desear. Te ahorré la vergüenza de dar una fiesta a la que nadie iba a venir.

—¿Cómo te atreves? —Parecía como si saliera vapor de la cabeza de Barnabas. El brujo se arrodilló y dio una palmada en el suelo, enviando un rayo de hielo en dirección a Malcolm.

Alec dio un paso al frente, como para intervenir, pero Magnus lo agarró con fuerza del codo y negó con la cabeza.

Malcolm hizo un gesto despectivo con la mano y derritió el hielo en una nube de vapor. Luego, la constelación de Orión se descolgó del techo de la gran sala de baile y tomó posición junto a él. Las otras constelaciones, adoptando formas vagamente humanas, cayeron desde el techo para unirse a la pelea en el equipo de Malcolm. Este señaló despreocupadamente a Barnabas, y Orión soltó un bramido y cargó contra el pequeño brujo usando su instrumento musical como garrote. Barnabas congeló a la constelación antes de que esta lo alcanzara y luego la despedazó, convirtiéndola en una nube de polvo estelar.

—¡Ese era mi chelo principal! —gritó Malcolm—. ¿Sabes lo difícil que es encontrar uno?

Las constelaciones que flanqueaban a Malcolm, con sus cuerpos transparentes formados por cientos de partículas parpadeantes de polvo estelar y venas de luz, cargaron contra Barnabas. Estaban a mitad de su recorrido cuando la gigantesca araña de luz que presidía la estancia cobró vida y empezó a usar sus innumerables brazos como si fuera un pulpo, intentando atrapar cualquier constelación que se le pusiera al alcance. El suelo de mármol se quebró cerca de Malcolm y las tuberías de metal emergieron del subsuelo y empezaron a arrastrarse hacia él. Antes de que lo alcanzaran, el techo estalló.

La mayoría de los asistentes se dispersaron saliendo por los amplios arcos de la sala y perdiéndose en la noche, horrorizados. Otros, más valientes o más estúpidos, se quedaron inmóviles, incapaces de apartar la mirada. Los dos brujos se arrojaron hielo, fuego, rayos y globos verdes viscosos. La mansión aulló cuando las ventanas estallaron, los rayos de hielo abrieron boquetes en las paredes y las llamaradas se extendieron por el suelo.

Un rayo de hielo golpeó la pared a unos pocos metros y provocó un granizo sobre un grupo de ninfas. Alec saltó para protegerlas; tomó un trozo del piano destrozado y lo levantó sobre sus cabezas a modo de escudo.

—¡Deberíamos hacer algo! —le gritó a Magnus.

—O —propuso Magnus— podríamos admitir que esto no tiene nada que ver con nosotros e irnos de aquí.

—Van a derribar la mansión entera. ¡Habrá heridos!

Magnus lanzó las manos hacia delante y unos bloques de mármol se alzaron del suelo y formaron un pequeño muro que protegía a las ninfas contra el posible segundo ataque de un rayo de hielo.

—Está claro que habrá heridos, y probablemente seremos nosotros —declaró Magnus. Pero Alec estaba siendo el héroe, y no había mucho que él pudiera hacer para detenerlo—. Y sí, intentaré mitigar los daños —añadió.

La sala crujió y tembló, y una de las paredes se curvó. Raphael empujó a Elliot para apartarlo de los trozos de yeso que estaban cayendo, luego sacudió impaciente el polvo de mármol blanco que ensuciaba las rastas del vampiro.

—No me encuentro muy bien —dijo Elliot—. ¿Se está desplomando el edificio o es que he bebido demasiado?

—Las dos cosas —repuso Lily.

—Yo también me siento a punto de vomitar —comentó Raphael—, de lo idiota que eres, Elliot.

—Hola, Raphael —lo saludó Magnus—. ¿Quizá quieras seguir a Alec fuera del edificio?

Señaló al lugar donde estaba Alec. Pero no lo vio ahí. En vez de ello, vio el barandal del balcón soltarse. Cayó en pedazos hacia la despistada cabeza de Catarina, que estaba ayudando a varios licántropos heridos.

Magnus observó cómo Alec, que había recuperado el arco y las flechas confiscados y los llevaba colgados de la espalda, corría hacia el fuego cruzado, esquivando dos tuberías de metal que intentaban apresarlo y librándose por poco de que uno de los brazos del pulpo lámpara le rebanara la cabeza. Llegó justo a tiempo para apartar a Catarina de donde estaba, y aterrizó de rodillas con ella a salvo, tomada en brazos.

—Seguir a Alec no me parece lo más inteligente —dijo Raphael desde detrás de Magnus—, ya que parece ir de cabeza al peligro.

—Es lo que hacen los cazadores de sombras —contestó el brujo.

Raphael se miró las uñas.

—Igual está bien —comentó— tener una pareja que sepas que va a elegirte siempre a ti, en vez de elegir el deber o salvar el mundo.

Magnus no contestó. Su atención estaba centrada en Catarina y Alec. Ella miraba asombrada a Alec, parpadeando confundida. De repente se debatió y lanzó un grito de advertencia.

Alec miró hacia arriba, pero ya era demasiado tarde. Otro pedazo de techo se había soltado y estaba colgando y a punto de caer y aplastarlos. Era tarde para escapar, y Magnus sabía que Catarina siempre andaba corta de magia. Curaba a cualquiera que se acercara a ella y nunca guardaba la suficiente para protegerse a sí misma.

Magnus observó horrorizado a Alec cubrir el cuerpo de Catarina con el suyo, preparándose para el hundimiento que los enterraría vivos a ambos.

Un fuego azul resplandeció. Magnus levantó las manos, que brillaron como lámparas en la oscuridad.

—¡Alexander! —gritó—. ¡Apártate!

Alec miró hacia arriba, sorprendido de no haber muerto aplastado. Miró a Magnus a través de las ruinas en que había quedado convertido el salón de baile, con los ojos azules abiertos de sorpresa. Magnus siguió con las manos en alto, esforzándose por mantener el enorme trozo de cemento flotando sobre sus cabezas.

Alec y Catarina se pusieron de pie y corrieron por la traicionera sala de baile en dirección a Magnus. Más tuberías vivientes les bloquearon el camino, e intentaron enroscar sus tentáculos metálicos alrededor de los tobillos de Alec. Las esquivó y saltó para evitarlas. Una consiguió atraparlo e hizo que se tambaleara. Empujó a Catarina hacia delante, y Magnus la tomó de la mano y la atrajo hacia sí para protegerla.

Magnus oyó a Alec decir: «*Cael*», y vio el fuego del cuchillo serafín.

De un tajo cortó el tentáculo que le agarraba los pies. Alec llegó al lado de Magnus justo cuando Barnabas hacía que todo el suelo se alzara en llamas. Malcolm respondió con una gigantesca tromba de agua proveniente de la cocina. El agua se arremolinó alrededor de Malcolm, haciéndolo caer, y luego arrastró a Barnabas. La marea se llevó a ambos brujos del palacio, con Malcolm chapoteando encantado como si estuviera en una atracción acuática.

Todo el mundo, aparte de los vampiros, respiró hondo. El palacio continuó derrumbándose a su alrededor.

—Cambié de idea —anunció Catarina. Pasó un brazo alrededor del cuello de Alec y lo besó en la mejilla—. Me caes bien.

—Oh —repuso Alec desconcertado—. Gracias.

—Por favor, cuida de Magnus —añadió.

—Eso intento —contestó él.

Por encima del hombro de Alec, Catarina lanzó a Magnus una mirada de alegría.

—Por fin —murmuró—. Alguien que te cuide.

—¿Podemos salir ya de este edificio en ruinas? —preguntó Magnus en tono molesto, aunque en el fondo estaba encantado.

Catarina y Hyacinth fueron hacia la puerta, guiando a unos cuantos subterráneos heridos y maltratados. Los vampiros, entre ellos Juliette, la licántropa del tren, y muchos otros rondaban cerca de Alec.

Este miró alrededor.

—La escalera que conduce al piso de arriba se desplomó. Hay gente atrapada en ese piso.

Magnus soltó una palabrota y luego asintió. Se acercó y, con dos dedos, dio un par de toques al carcaj medio vacío que Alec llevaba al hombro. Una débil luz azul brilló y de repente el carcaj apareció lleno de flechas.

—Iré tras Barnabas y Malcolm para intentar contenerlos —le dijo Magnus—. Tú haz lo que mejor sabes hacer y pon a todo el mundo a salvo.

Hizo un amplio gesto con las manos y las vides metálicas que habían sido las cañerías del palacio se enderezaron y se unieron para formar un puente sobre el torrente de agua del canal, que salía del palacio por donde los brujos habían desaparecido. Magnus volteó para mirar a Alec, que ya se había alejado para mediar en una pelea que se había desatado entre licántropos y pixies. Entonces, Magnus volteó de nuevo y se lanzó a toda velocidad en dirección al humo y las chispas, y desapareció.

15

MORI SHU

Con el estruendo de un edificio derrumbándose sobre ellos, algunos de los licántropos habían sido presas del pánico. A Alec esto le parecía comprensible, pero también desafortunado. Cuando los licántropos sentían pánico, el pelaje tendía a volar. Y también la sangre, los dientes y los intestinos.

Tres licántropos gruñían formando un nudo que se cernía sobre un grupo de pixies aterrorizados. Alec corrió para interponerse entre ambos grupos, mientras el polvo de las paredes caía sobre ellos como lluvia, cegándolos y asfixiándolos. Alec se agachó justo a tiempo de esquivar el zarpazo de una garra y luego se tiró a un lado cuando uno de los licántropos se abalanzó sobre él.

Entonces, los demás lo siguieron y empezó a hacer todo lo posible para evitar que lo destriparan. La memoria de los músculos y los años de entrenamiento tomaron el control mientras se movía como un bailarín entre los zarpazos que le llegaban de todos lados.

Cinco largas uñas acababan de pasarle ante la cara, sin alcanzarlo, y luego la punta de una consiguió hacerle una cortada en el brazo. Unos colmillos fueron por su hombro, y estaban a punto de dejarlo sin él cuando consiguió agarrar un buen puñado de pelaje de la barbilla, volteó y llevó a cabo un movimiento que hizo salir despedido al licántropo, que resbaló sobre la espalda hasta estrellarse contra los escombros.

El último licántropo tropezó con el pie de Raphael Santiago. Alec se apresuró a golpearlo en la nuca con la empuñadura del cuchillo serafín, y el licántropo quedó inconsciente.

—Fue un accidente —dijo Raphael, con Lily y Elliot pegados a la espalda—. Se me cruzó cuando yo intentaba salir.

—De acuerdo —contestó Alec jadeando.

Se limpió el polvo y el sudor de los ojos. Bat, el DJ, avanzó hacia ellos con las garras en alto, y Alec dio una vuelta al cuchillo serafín y volvió a tomarlo por la empuñadura.

—Alguien me lanzó encima un trozo de tejado —se quejó Bat mientras pestañeaba de una forma que parecía más propia de una lechuza que de un hombre lobo—. Qué desconsiderado.

Alec se dio cuenta de que Bat no estaba fuera de control en un peligroso ataque de violencia, sino medio conmocionado.

—Cuidado —le dijo, cuando Bat tropezó y le cayó encima.

Alec miró alrededor en busca de alguien de confianza, alguien con quien pudiera contar. Se arriesgó y lanzó a Bat en brazos de Lily.

—¿Me lo vigilas? —le pidió—. Asegúrate de que salga entero de aquí.

—Suelta a ese hombre lobo ahora mismo, Lily —ordenó Raphael.

—Realmente me duele que digas eso —murmuró Bat, y cerró los ojos.

Lily miró dudosa la cabeza de Bat y decidió acunarla en su regazo.

—No quiero soltarlo —anunció—. El cazador de sombras me lo dio a mí.

Bat abrió un ojo.

—¿Te gusta la música?

—Sí —asintió Lily—, me gusta el jazz.

—Genial —dijo Bat.

Raphael levantó las manos.

—¡Esto es ridículo! Muy bien —protestó—, de acuerdo. Pero salgamos de esta mansión que se está cayendo a pedazos, ¿sí? ¿Podemos dedicarnos todos a esta divertida actividad que evitará que perezcamos?

Alec dirigió a su grupo de subterráneos revoltosos a la salida más cercana; por el camino fue recogiendo hadas perdidas con las alas rotas y a un par de brujos mareados o borrachos. Comprobó que la mayoría ya estaba fuera, inundando las calles de Venecia en una colorida crecida que hacía que los canales parecieran inmóviles, antes de volver por los vampiros. Lily había dejado a Bat al cuidado de Catarina, y todos ellos lo miraban expectantes.

—¿Podrías darme impulso hasta el segundo piso?

—Desde luego que no —replicó Raphael con tono gélido.

—Por supuesto. Cualquier amigo de un amigo de Magnus —empezó Elliot, y luego, bajo la mirada furibunda de Raphael, añadió— es alguien que no nos gusta, desde luego, ni siquiera un poquito, para nada.

En lo alto de la escalera, los escalones se habían hundido, y solo había un escarpado hueco hasta el descanso. Lily y Elliot lanzaron a Alec por encima de sus cabezas, y su salto cobró velocidad gracias a la fuerza de ambos. Los saludó antes de irse, y Lily y Elliot le devolvieron el saludo. Raphael estaba cruzado de brazos.

En el piso de arriba, la mansión estaba más silenciosa, excepto por alguno que otro crujido de la madera astillada y el gruñido de los cimientos al irse debilitando. Alec comenzó una búsqueda, habitación por habitación. La mayoría estaban vacías, por supuesto.

Había una chica licántropa llorando en una habitación, envuelta en una especie de nido hecho con ropa de cama. Alec la ayudó a salir por la ventana, y la vio saltar al canal y huir nadando al estilo perro.

Encontró a un par de hadas peris escondidas en el armario de un dormitorio. Al menos parecían estar escondidas, pero se dio cuenta de que habían estado besándose todo el rato y no se habían enterado de que la fiesta se había acabado. También liberó a una sirena que se había quedado encerrada accidentalmente en uno de los baños.

Alec había registrado casi todo el piso cuando entró en la biblioteca y se encontró con un grupo de mundanos con la Visión, atrapados por las ramas de una curiosa enredadera. Una maraña de tablones, cañerías y un variado grupo de elementos de construcción habían cobrado vida y los envolvían como momias. La biblioteca estaba sobre la gran sala de baile, y parte de la magia de la batalla se había colado hasta allí.

Alec se abrió camino hasta ellos ayudado por su cuchillo serafín, que cortaba tablones como una hoz cortaría hileras de espigas de trigo. Le arrancó a una mujer una lámpara estranguladora del cuello.

El mobiliario viviente pareció centrar su atención en Alec como posible amenaza. Eso significaba que podría liberar a los mundanos, siempre y cuando los tablones, cañerías y bancos asesinos se concentraran en él. Guio al pequeño y aterrorizado grupo hacia la ventana y gritó pidiendo ayuda.

Elliot apareció y tomó uno por uno a los mundanos mientras Alec los lanzaba hacia abajo.

—¡Creo que conozco la respuesta —le gritó Elliot a Alec—, pero tu opinión sobre que muerda un poco a esta gente es...!

—¡No! —gritó Alec en respuesta.

—Solo preguntaba, nada más —repuso Elliot apresuradamente—. No hace falta enojarse.

Alec no estaba convencido de lanzar al último de los mundanos, pero en ese momento apareció Catarina con unos vendajes. Los mundanos estarían a salvo con ella.

La situación de Alec se había vuelto un poco preocupante. Por cada cañería que cortaba, aparecía otra. Los tablones de madera se le curvaban alrededor de los tobillos y le envolvían las muñecas. Cuanto más luchaba, más atrapado estaba.

En cuestión de segundos, unas tuberías de cobre se le enredaron con fuerza en las piernas, unos tablones le hicieron lo mismo en la cintura, y dos planchas de madera, que se habían desprendido de la pared, le atenazaron los brazos. Una enredadera de madera le atrapó la muñeca y se la apretó tan fuerte que el cuchillo se le cayó de la mano.

Justo en este momento, Shinyun apareció en la habitación.

—¿Alec? —preguntó—. ¿Qué demonios está pasando? ¿Por qué se está derrumbando el palacio?

Alec la miró.

—Pero ¿dónde has estado metida?

—¿Necesitas ayuda? —se ofreció. Su cara impasible se quedó mirando en su dirección unos segundos, durante los cuales Alec no supo si ella estaba asombrada, pensativa o simplemente maravillada de lo idiota que él era.

—Puedo intentar quemar lo que te rodea —propuso ella. La mano empezó a brillarle y pasó de una luz naranja a otra roja ardiente. Alec sintió el calor a través de la enredadera, que empezaba a derretirse con rapidez.

Se sintió profundamente aliviado cuando Magnus apareció, con Malcolm a su lado, goteando agua del canal.

—Por favor, no pongas en peligro la vida de mi novio ni sus extremidades —pidió Magnus—. Les tengo mucho afecto. Malcolm, por favor, haz parar a tus... plantas y cosas.

La luz de las manos de Shinyun se apagó. Malcolm evaluó la situación y luego dio varias palmadas, primero con una mano arriba y luego con la otra. Con cada palmada las ramas iban retrocediendo.

—¿Dónde está Barnabas? —preguntó Alec, sacudiéndose de encima las ramas y los escombros a medida que se iba liberando.

—Lo animé a irse —contestó Magnus—, sutilmente.

—¿Cómo? —inquirió Alec.

Magnus lo pensó unos segundos.

—A lo mejor no fue tan sutilmente.

Malcolm estaba más pálido de lo normal.

—Esto es terrible —anunció—. Creo que puedo dar por perdida la fianza.

—No tienes ninguna fianza —le recordó Alec—. Le robaste la casa a ese tal Barnabas.

—Ah, es cierto —respondió Malcolm, animándose de pronto.

Alec iba tomado de la mano de Magnus mientras salían de las ruinas del palacio. Era un alivio sentir esa unión entre ellos, la cálida y fuerte seguridad de la mano de Magnus le ofrecía la sólida promesa de estar a salvo.

—Entonces, como Alec iba diciendo —empezó Magnus mientras pasaban entre los restos de lo que había sido el vestíbulo—, ¿dónde has estado metida?

—Pues cuando el edificio empezó a desmoronarse, fuera, en el patio —contestó Shinyun—. No tenía ni idea de lo que estaba pasando. Intenté ir por ustedes, pero había gente que necesitaba ayuda.

—Nosotros estábamos en las mismas —dijo Alec mientras bajaban los escalones de la entrada principal.

Un enorme trozo de mármol caído bloqueaba la parte baja de la escalera. Malcolm parecía agotado, pero él y Magnus hicieron un gesto simultáneo y el trozo de mármol empezó a deslizarse lentamente hacia un lado.

El final de la noche pintaba el mármol de color violeta. Todavía quedaban algunos rezagados de la fiesta, esperando en la calle adoquinada fuera del palacio. Juliette soltó un gritito de aclamación cuando vio que Alec y los otros salían. Raphael no la secundó.

—Lo importante —señaló Magnus— es que no creo que haya habido bajas.

El mármol se apartó del todo y pudieron ver al hombre que yacía debajo, de espaldas sobre los escalones de la entrada de la mansión en ruinas. Tenía el pelo negro y era de mediana edad, con la piel azul teñida por la sangre perdida, que le había empapado la ropa y luego se la había dejado rígida.

Todavía sujetaba en la mano una máscara de fénix, como un recuerdo incongruente de una fiesta ya acabada.

—Has hablado demasiado pronto —dijo Malcolm con suavidad.

Magnus se arrodilló y, con cuidado, volteó el cuerpo hacia arriba, aunque hacía ya rato que aquel hombre no podía sentir nada. Le cerró los ojos.

Shinyun dejó escapar aire entre los dientes.

—Es él —les comunicó—, es Mori Shu.

Alec se sintió horrorizado. Ya no podrían conseguir ninguna respuesta de Mori Shu, que yacía quieto y silencioso para siempre en aquella calle adoquinada.

—Y no murió porque el edificio le cayera encima —continuó Shinyun, con el horror volviéndose furia a medida que hablaba—. Lo asesinaron los vampiros.

Todos vieron los agujeros en su garganta, la sangre que brillaba oscura a la luz de la luna. Los vampiros de Nueva York retrocedieron un par de pasos.

—No fuimos nosotros —dijo Lily después de unos instantes—. Déjame ver el cuerpo.

—No, Lily. —Raphael la tomó de la mano para detenerla—. Esto no tiene nada que ver con nosotros. Nos vamos. Ya.

—Ellos han estado conmigo —dijo Alec.

—¿Toda la noche? —preguntó Shinyun—. Parece que lleva muerto un buen rato.

Alec guardó silencio. Había sangre en la camisa de Elliot, aunque no tenía el color de la sangre humana. La idea de un vampiro alimentándose de una persona indefensa lo hizo sentirse enfermo.

—No nos alimentamos de brujos —dijo Lily.

—Cállate —le gruñó Raphael—. Que no se te vaya la boca delante de los nefilim.

—Los vampiros no se alimentan de brujos —repitió Magnus—. A Mori Shu no lo mataron por hambre. Alguien lo mató para callarlo. Raphael y su gente no tienen ningún motivo para hacer eso.

—Ni siquiera lo conocemos —argumentó Elliot.

—Es literalmente la primera vez que lo veo —aseguró Lily.

—Había un montón de vampiros en mi lista de invitados —comentó Malcolm— que ya se fueron. Y un montón de gente que se había colado. Incluyendo el burro ese que se coló para reventarse literalmente. Voy a tener que encontrar un palacio nuevo para mañana por la noche.

—¿Mañana por la noche? —preguntó Alec.

—Pues claro —contestó Malcolm—. ¿Acaso pensabas que esta era una fiesta de la victoria de un solo día? ¡La función tiene que continuar!

Alec negó con la cabeza con desconcierto. No podía imaginar que alguien quisiera continuar de fiesta en este momento.

Shinyun se arrodilló al lado del cuerpo de Mori Shu para buscar pistas. Había sido un brujo, y por tanto, inmortal. Pero ningún brujo era invulnerable. Cualquiera de ellos podía ser herido o asesinado.

Magnus, que llevaba la máscara plateada subida hasta el pelo, interceptó a los vampiros de Nueva York antes de que estos se fueran. Alec oyó a Magnus bajar la voz.

Alec se sintió culpable por escuchar, pero no podía dejar a un lado sus instintos de cazador de sombras.

—¿Cómo estás, Raphael? —preguntó Magnus.

—Enojado —contestó el vampiro—, como siempre.

—Sí, conozco esa emoción —asintió Magnus—. La experimento cada vez que hablo contigo. Lo que quería decir es que sé que Ragnor y tú tenían bastante contacto.

Durante un instante, Magnus observó a Raphael con una expresión preocupada, y Raphael le devolvió la mirada con evidente desprecio.

—Ah, ¿me estás preguntando si estoy postrado de dolor a causa del brujo que los cazadores de sombras asesinaron?

Alec abrió la boca para señalar que el cazador de sombras Sebastian Morgenstern era malo, y era quien había matado al brujo Ragnor Fell en la última guerra, igual que había matado al propio hermano de Alec.

Luego recordó a Raphael sentado solo mientras mandaba mensajes a un número guardado como RF. Mensajes a los que nadie respondía.

Ragnor Fell.

Alec sintió una repentina e inesperada compasión por Raphael, al darse cuenta de su soledad. Estaba en una fiesta rodeado de cientos de personas, y él permanecía sentado, aislado, mandando mensaje tras mensaje a un hombre que estaba muerto, sabiendo que no iba a recibir ninguna respuesta.

Debía de haber muy poca gente en la vida de Raphael a la que este considerara amiga.

—No me gusta que los cazadores de sombras maten a mis colegas —empezó Raphael—, pero tampoco es la primera vez que pasa. No es nada nuevo. Es su hobby. Gracias por interesarte. Por supuesto que uno desearía acostarse en un acogedor sofá y llorar en un pañuelo de encaje, pero, de alguna manera, uno consigue reprimirse. Después de todo, todavía tengo un contacto brujo.

Magnus inclinó la cabeza y esbozó una pequeña sonrisa.

—Tessa Gray —dijo Raphael—. Una dama muy digna. Muy culta. Supongo que la conoces, ¿no?

Magnus le hizo una mueca.

—Lo que me molesta no es que seas un payaso. Eso me gusta. Lo que no soporto es esa actitud sin alegría. Uno de los mayores placeres de la vida es reírse de otros, así que de vez en cuando podrías mostrar un poco de ánimo al hacerlo. Ten un poco de alegría de vivir.

—Soy un nomuerto —replicó Raphael.

—¿Qué tal alegría de novivir?

Raphael lo miró con frialdad. Magnus desechó con un gesto su propia pregunta y, al hacerlo, sus anillos y los restos de magia dejaron una estela de chispas en el aire de la noche.

—Tessa —dijo Magnus con un gran suspiro—. Es portadora de malas noticias y pienso estar enojado con ella como mínimo durante varias semanas por pasarme este problema.

—¿Qué problema? ¿Estás metido en algún lío? —preguntó Raphael.

—Nada que no pueda resolver —respondió Magnus.

—Una pena —repuso Raphael—. Planeaba reírme de ti. Bueno, es hora de irse. Te desearía buena suerte con el mal rollo de ese muerto, pero... es que me da igual.

—Cuídate, Raphael —dijo Magnus.

Raphael hizo un gesto displicente con la mano sobre el hombro.

—Siempre me cuido.

Los vampiros bajaron la oscura calle, con el canal formando una línea plateada a su lado. Malcolm se acercó a Hyacinth y empezó a hablar de lugares alternativos para dar la fiesta con mucho más interés del que había mostrado por el cadáver.

Alec se quedó mirando a los vampiros.

—Él quería ayudarte.

Magnus le lanzó una mirada sorprendida.

—¿Raphael? No lo creo. No le gusta nada lo de ayudar a brujos.

Volteó para examinar el cuerpo con Shinyun. Alec lo dejó ir, confiando en que Magnus encontrara algo relevante, y corrió tras los vampiros.

—Esperen —les pidió.

Ellos siguieron caminando sin hacerle ningún caso.

—Paren —insistió.

—No hablen con el cazador de sombras —indicó Raphael a los otros—. Ni lo miren.

—Muy bien. Siento haberlos molestado. Olvidé que no tienes ningún interés en Magnus. Me daré la vuelta y lo ayudaré yo solo —dijo Alec.

Raphael se detuvo.

—Habla —dijo sin llegar a voltear. Cuando Alec dudó, intentando pensar cómo exponer el problema, Raphael levantó tres dedos—. Tres. Dos. Uno...

—Se puede decir que tú diriges el clan de los vampiros, ¿no? —preguntó Alec—. Así que debes de tener mucha información sobre lo que está pasando entre los subterráneos.

—Más de la que tendrás tú nunca, cazador de sombras.

Alec puso los ojos en blanco.

—¿Sabes algo de la Mano Escarlata? Son una secta.

—He oído hablar de ellos —contestó Raphael—. Se dice que Magnus la fundó.

Alec se mantuvo en silencio.

—Yo no lo creo —prosiguió Raphael—. Y le diré lo mismo a cualquiera que me lo pregunte.

—Estupendo —dijo Alec—. Gracias.

—Y preguntaré por ahí —añadió Raphael.

—Bueno —contestó Alec—. Dame tu número.

—No tengo celular.

—Raphael, es evidente que sí lo tienes; estabas mandando mensajes con él la primera vez que te vi en la fiesta.

Por fin, Raphael volteó y contempló a Alec con detenimiento. Elliot y Lily se apartaron un par de pasos, intercambiando miradas entre ellos. Tras una pausa, Raphael se acercó a Alec, sacó el celular del bolsillo y se lo puso en la mano al chico. Alec se mandó un mensaje a sí mismo desde el celular de Raphael. Intentó pensar alguna frase breve y mordaz, pero acabó escribiendo un simple «Hola».

A Jace se le habría ocurrido algo mordaz. Bueno, cada uno tenía sus habilidades.

—Esta es una ocasión histórica —comentó Lily—. La primera vez en cincuenta años que Raphael le da su número de teléfono a alguien en una fiesta.

Elliot levantó la cabeza, que a duras penas conseguía mantener alzada.

—¡Esto se merece otra copa!

Raphael y Alec no le hicieron caso. Este le devolvió el celular al vampiro. Ambos asintieron.

—Respecto a Bane, no le hagas daño —dijo Raphael abruptamente.

Alec dudó.

—No —repuso con una voz más amable—, nunca le haría...

Raphael levantó una mano con gesto imperativo.

—Deja de ser tan desagradable, por favor —ordenó—. No me importa que le hagas daño en su ridículo corazoncito. Por mí déjalo tirado como una colilla. Lo único que quiero decir es... que no lo asesines.

—No voy a asesinarlo —protestó Alec horrorizado.

Se le heló la sangre solo de pensarlo. Y más helado todavía se quedó al ver la expresión de Raphael. El vampiro estaba hablando en serio.

—¿De verdad? —replicó—. ¿Cazador de sombras?

Pronunció aquellas palabras con el mismo tono que habían empleado los subterráneos del Mercado de Sombras, pero sonó diferente al ser usada para proteger a alguien por el cual Alec daría la vida sin pensarlo.

Esto hizo que se preguntara si la gente del Mercado de Sombras lo consideraba una amenaza para alguien por quien ellos se preocupaban.

—Déjalo ya, Raphael —intervino Lily. Y le echó a Alec una breve y sorprendente mirada de simpatía—. Es evidente que el chico está enamorado.

—Puaj —exclamó Raphael—. Qué cosa más desagradable. Vámonos ya.

Elliot intervino animado.

—¿Podemos seguir de fiesta?

—No —contestó Raphael con disgusto. Dejó a Alec y se fue caminando sin mirar atrás. Tras una última mirada fugaz, Lily y Elliot se voltearon y lo siguieron.

Alec se quedó solo en la calle durante unos segundos, y luego volvió con Magnus, que había acabado ya con la búsqueda de pruebas y estaba al teléfono ocupándose de la discreta retirada del cadáver de Mori Shu. Alec se le acercó con cautela. La capa de Magnus le colgaba de los hombros, que estaban un poco más caídos de lo que solían estar. Su rostro, bajo la mata revuelta de pelo negro con diamantina, se veía un poco cansado.

Alec no sabía qué decir.

—¿Cómo empezaste a tener trato con Raphael? Parecen conocerse bastante bien.

—Una vez le eché una mano, supongo —explicó Magnus—. Nada importante.

Magnus había aparecido para curar a Alec la segunda vez que se habían visto. Este recordaba cómo se despertó de un delirio doloroso y se encontró con los extraños ojos brillantes de Magnus y sus cuidadosas y amables manos. «Me duele», había susurrado Alec. «Lo sé —había sido la respuesta de Magnus—, y te voy a ayudar con eso.»

Y Alec le creyó y eso hizo que parte del dolor desapareciera.

Aquel recuerdo había permanecido con él, y fue la razón de que se presentara en la puerta de Magnus. Este no pensaba haber hecho nada importante, pero había sido amable. Tan amable que negó haber hecho nada fuera de lo común.

Fuera lo que fuese lo que Magnus había hecho por Raphael, estaba claro que este no pensaba que hubiera sido algo sin importancia.

La vida de Magnus estaba plagada de incidentes extraños y gente rara. Alec aún no la conocía demasiado, pero aprendía rápido. Su hermana le había dicho que un viaje era como realmente llegabas a conocer al otro, y Alec ya estaba absolutamente seguro de que en el brillante caos que había sido la larga y extraña vida de Magnus, este había sido siempre una buena persona.

Mientras Alec estuvo hablando con Raphael, dos brownies idénticos habían llegado en algo que parecía un enorme melón verde con grandes ruedas desvencijadas, y que Alec se figuró que sería algún tipo de ambulancia de hadas, para llevarse el cuerpo de Mori Shu. Shinyun les pagó, mantuvo una breve charla con ellos en italiano y volvió al lado de Magnus y Alec. Echó un vistazo a las ruinas del palacio y se lo señaló a Alec.

—Si realmente había una cabra de piedra —dijo—, está enterrada bajo unas cuantas toneladas de escombros.

—Será mejor que nos vayamos —intervino Magnus con una voz inusualmente cansada —. Creo que ya no podemos hacer nada más.

—Espera —dijo Alec—. La Cámara. No hemos llegado a encontrarla. Y no creo que estuviera en la parte del palacio que ha sido destruida.

—O sea —comentó Shinyun lentamente—, en la parte que está sobre el suelo. De lo contrario estaríamos viendo sus pedazos delante de nosotros.

—Hay unas escaleras exteriores detrás del edificio —apuntó Magnus—. Dan al sótano del palacio, supongo. Pero igual llevan también a algún otro lugar.

Alec echó un vistazo al canal que tenían al lado.

—¿A cuánta profundidad creen que se puede construir aquí? ¿Lo harán por debajo del nivel del agua?

—¿Sin magia? No creo —contestó Magnus—. Pero con magia... —Se encogió de hombros y una sonrisa empezó a extendérsele por la cara—. ¿Quién quiere ir a explorar una mazmorra terrorífica?

Hubo una larga pausa y entonces Shinyun, muy despacio, levantó la mano.

—Yo también —dijo Alec.

16

LOS MANUSCRITOS ROJOS DE LA MAGIA

El recuerdo de Magnus era correcto. En el callejón que había detrás del palacio en ruinas, en medio de la oscuridad, se veía una escalera. Cuando llegaron a la pesada puerta de madera al final de los escalones, Alec encendió la luz mágica de su piedra runa. Shinyun hizo salir un rayo de luz de su dedo índice, que dirigió de un punto a otro como si fuera una linterna.

Al otro lado de la puerta, que Alec había abierto con una runa de apertura, apoyados en las húmedas paredes de tierra, había barriles vacíos y alfombras viejas, nada de mayor interés. Doblaron una esquina, luego otra y luego una más. Entonces llegaron a una puerta mucho más elegante, pulida y brillante, que tenía grabada la imagen de un león alado.

Pasaron al otro lado y Magnus y Shinyun dejaron escapar un grito de entusiasmo, pero Alec suspiró decepcionado.

—Yo ya estuve aquí —dijo—, recuerdo esta pequeña estatua de Baco.

Magnus la miró.

—Siempre he pensado que para ser el dios del vino y el desenfreno —opinó—, a Baco lo vestían demasiado sobriamente en sus estatuas.

Shinyun estaba palpando las paredes de la capilla, buscando algún panel o cierre escondido. Magnus seguía absorto en la estatua en su pedestal.

—Siempre he pensado —continuó despacio— que si me dejaran decidirlo a mí, las estatuas de los dioses deberían ir vestidas de una forma un poco más... divertida.

Mientras acababa la frase, se acercó a tocar la estatua de Baco. Unas chispas azules le salieron de los dedos, y los pliegues de la túnica empezaron a cubrirse de color y textura, como si el mármol fuera polvo que fuera cayendo y dejara ver una estatua más vívida y decorada.

Con un rechinido, el trozo de pared que estaba detrás de la estatua se deslizó y dejó al descubierto una estrecha escalera.

—Una solución muy colorista —aprobó Shinyun—. Buen trabajo. —Parecía divertida. Alec, sin embargo, miró a Magnus extrañado y pensativo.

Magnus empezó a bajar por la escalera, con Alec justo detrás. El brujo casi deseaba que su novio no estuviera ahí. Tenía miedo de lo que pudieran encontrar y de lo que Alec pensaría de él cuando lo hicieran. La estatua de Baco no había sido más que una broma; una que ya no le parecía nada graciosa.

La escalera acababa en un largo pasillo de piedra que se perdía en la oscuridad.

—¿Cómo es que todo esto no está inundado? —preguntó Alec—. Estamos en Venecia.

—Uno de los brujos de la secta debe de haber puesto barreras para evitar que el agua se cuele —contestó Magnus—. Tal vez fuera Mori Shu.

«O yo», pensó.

Al final del pasillo se abría de repente una gran cámara de altos techos, construida para almacén o bodega. Alec movió la luz mágica alrededor, y se vieron filas de velas apagadas por toda la estancia.

—Bueno, esto es fácil —afirmó Magnus, y con un chasquido de dedos, todas las velas se encendieron e iluminaron la estancia con un brillo cálido.

Sin duda la sala había sido una bodega. En el rincón más alejado había un altar mediocre y destartalado que los hombres de las cavernas podían haber construido para adorar a algún dios del fuego. Dos columnas de madera flanqueaban un gran bloque de piedra cortado en forma de cubo perfecto y situado sobre una plataforma elevada.

Junto a la pared de la izquierda había una mesa que parecía la típica mesa de plástico de jardín, cubierta con incienso, cuentas de oración y otras baratijas de las que se pueden comprar en una escuela de yoga.

—Ay, Dios mío, mi secta es de lo más barato —se quejó Magnus—. Me siento completamente avergonzado. Reniego de mis seguidores por ser malvados y carecer de elegancia.

—Pero no es tu secta —repuso Alec sin prestarle demasiada atención. Se acercó a la mesa y pasó los dedos por la superficie—. Hay mucho polvo. Hace una eternidad que este lugar no se usa.

—Estoy bromeando —aclaró Magnus—. Por quitarle algo de hierro al asunto. —Echó un vistazo al rincón de la sala que estaba vacío, donde la raíz de un árbol había conseguido salir entre dos piedras. Fue hasta allí y la jaló. No ocurrió nada. Probó con un poco de magia de detección. Pero tampoco nada.

—Tiene que haber algo más —dijo Shinyun—. ¿Dónde están los signos de los terribles rituales que sé que hacen? ¿Y la sangre en las paredes?

Alec levantó una pequeña estatuilla y negó con la cabeza.

—Esto aún tiene la etiqueta. Lo compraron en una tienda de *souvenirs*. Si esto es mágico, yo soy el ángel Raziel.

—Los cazadores de sombras sí estarían en contra de que estuviera saliendo con el ángel Raziel —bromeó Magnus.

—Pero tendrían que ser buenos contigo —dijo Alec blandiendo la estatuilla—, o los aniquilaría.

—¿Pueden dejar de hacerse tontos? —protestó Shinyun. Avanzó hacia el altar improvisado, y de repente tropezó y cayó al suelo. Hubo un silencio durante el cual nadie se rio. Magnus y Alec mantuvieron idéntica cara de palo. Tras unos instantes, Shinyun se levantó del suelo—. Bueno, que al menos alguien venga a ver con qué me tropecé.

Mientras se sentaba y se sacudía el polvo de la ropa, Magnus se acercó y se arrodilló. Clavada en la tierra, justo frente el altar, había la diminuta estatua de una cabra. Magnus se inclinó sobre ella y le murmuró al oído la contraseña que Johnny Rook le había dado: «Asmodeo».

—¿Qué? —preguntó Alec.

Deliberadamente, Magnus había hablado tan bajo que ni siquiera un cazador de sombras había podido oírlo. Evitó la mirada de Alec.

El sonido de la piedra rechinando resonó por toda la estancia, y cortó el incómodo momento que podría haberse dado entre ellos. El cubo de piedra que estaba sobre el altar se abrió como una flor. Se alzó y flotó hasta la pared del fondo, donde se encajó perfectamente. La plataforma donde el cubo había estado se deshizo en pequeñas partículas de polvo. Una luz de un dorado rojizo emergió de la rosa en que se había transformado el cubo y trazó una silueta.

La brillante silueta se materializó en una puerta de intrincados motivos en oro y plata, con un gran espejo oval en el centro.

Magnus avanzó hacia la nueva puerta y la estudió. Miró su imagen en el espejo y luego volvió la vista hacia la desvencijada puerta de madera del otro lado.

—Esto es más de lo que me esperaba —dijo, y tomó la cerradura.

Tanto Alec como Shinyun llegaron a su lado como rayos para intentar impedir que Magnus entrara primero. El fuerte deseo de Alec y Magnus de evitar conflictos hizo que Shinyun ganara; los apartó a codazos y empujó la puerta. Esta se abrió fácilmente y dejó ver un largo pasillo de techo bajo. Una bocanada de aire viciado salió de allí. Una fila de antorchas a lo largo de la pared chisporrotearon y fueron encendiéndose una tras otra.

El pasillo giraba en una serie de curvas, con lo que un paseo de menos de cinco minutos pareció interminable. En este momento, Magnus no tenía la más mínima idea de dónde se hallaban con relación al palacio o a la propia ciudad de Venecia.

«Si esto lo hubiera hecho yo, lo cual es posible —pensó—, se habría hundido todo en alguna parte de la laguna.»

Delante de él, Shinyun ahogó un grito cuando el pasadizo llegó a lo que Magnus deseó desesperadamente que ya fuera el final del recorrido. Solo pensar en el camino de vuelta le hacía tener ganas de acostarse y echarse una siesta.

Él y Alec siguieron a Shinyun dentro de la cámara, y entonces entendió el asombro de Shinyun. El espacio era enorme y su decoración era una mezcla de una iglesia y un club nocturno fusionados para una noche salvaje.

Había dos secciones de bancas doradas a cada lado de la sala, y azulejos brillantes como joyas cubrían las paredes tras ellos. A lo lejos, al fondo, había una gran pintura de un atractivo hombre con una cara larga y angulosa y rasgos afilados. Casi habría parecido humano de no ser por los afilados dientes. La única ornamentación que llevaba era una corona de alambre de espino.

Delante del cuadro se alzaba un altar de piedra realmente impresionante en el centro de un gigantesco pentagrama. En la losa de piedra había pequeños surcos grabados que bajaban por las cuatro esquinas del altar hasta las puntas de la estrella. Todo el espacio estaba jaspeado con manchas de color rojo oscuro de diversos tonos formando un conjunto.

—¿Ves? —dijo Shinyun triunfal—. Sangre en las paredes. Así es como sabes que estás en el de verdad.

Alec señaló a la izquierda con cara de sorpresa.

—¿Por qué hay un bar bien provisto al lado del altar de los sacrificios?

Magnus se rindió a la evidencia.

—Está claro que esta es mi secta, ¿no? —Hizo una pausa—. Espero que el altar sea un añadido posterior.

—Quizá no —opinó Alec—. Puede que exista otro brujo que quiera un bar al que no le falte de nada al lado de su altar ensangrentado.

—Bueno, si es así, deberían presentarnos —repuso Magnus—. Creo que nos llevaríamos bien.

En su prisa por huir, la secta había dejado el lugar hecho un desastre. La mitad de las bancas estaban volcadas, la basura cubría gran parte del lugar y una pila de escombros chamuscados atestaba un brasero hundido en el suelo.

En un momento determinado, el fuego debió de saltar desde el brasero y volverse incontrolable, porque unas cuantas de las bancas más cercanas estaban chamuscadas. Magnus se metió detrás de la barra. Había un montón de alcohol, pero ni rastro de hielo, fruta o aderezos. Se sirvió tres dedos del *amaro* más amargo que pudo encontrar y lo bebió enojado mientras paseaba por la habitación.

Los recuerdos eran poderosas formas de magia. Todo el universo tenía recuerdos, incluso los acontecimientos, los lugares y las cosas. Así era como nacían fantasmas de momentos particularmente trágicos; esa era la explicación de las casas encantadas. Magnus estaba seguro de que un santuario de adoraciones demoníacas, donde se llevaban a cabo sacrificios rituales, podría manifestar su lógica cuota de recuerdos poderosos. Recuerdos de los que ellos podrían extraer pistas.

Trazando un lento círculo alrededor del perímetro del santuario, empezó a salmodiar. Mientras se movía, con las manos estiradas, de la punta de los dedos le goteaba una estela de niebla blanca brillante.

La niebla se quedó flotando y se movió en el aire como perezosas olas del océano, y luego se condensó, tomando la forma de cuerpos humanos en movimiento. Estos eran algunos de los recuerdos más fuertes que se habían quedado grabados en el lugar.

Pero había algo que bloqueaba el hechizo de Magnus. La secta lo había previsto. Magnus extendió las manos y empujó con fuerza la salvaguarda que cubría todo el lugar como una manta. Unos pocos recuerdos se condensaron en algo tangible, pero quedaron desvaídos y poco claros, y se disiparon en escasos segundos.

De estos, solo tres fueron lo suficientemente vívidos para materializarse en algo descifrable. Uno fue una vidriera, que ya no estaba aquí y que mostraba a alguien que se parecía tremendamente a Magnus, al que abanicaban con hojas de palma. El segundo consistía en dos personas arrodilladas en actitud de oración, un adulto y un niño, ambos sonriendo. El tercero presentaba a una mujer encima del altar, sujetando un largo cuchillo *kris*. También había rostros, demasiados rostros contraídos en agonía. Vio mundanos, y hasta un par de brujos, pero sobre todo hadas. Sangre de hada, la que se necesitaba para invocar a los Demonios Mayores.

Cuando Magnus se detuvo, estaba jadeando y cubierto de sudor. Mientras recuperaba el aliento, hizo un gesto con la mano para disolver la densa bruma que colgaba en el aire a su alrededor. Cuando esta desapareció del todo, Magnus vio a Shinyun apoyada contra una de las columnas con los brazos cruzados. Había estado observando su actuación con gran interés.

—¿Algo útil? —preguntó ella.

Magnus se apoyó contra la pared y negó con la cabeza.

—Alguien lanzó un hechizo para que yo no pueda encontrar nada. Alguien con mucho poder.

—¿Notaste algo raro en la pared? —inquirió Shinyun mientras señalaba con la cabeza hacia el retrato del hombre de dientes afilados. Magnus había estado evitando mirar los ojos de esta pintura, como si su padre, Asmodeo, pudiera verlo a través de ellos.

Incluso si fuera cierto que él había formado una secta, de ninguna manera habría involucrado a Asmodeo en ella. Estaba seguro de que en ningún momento se había vuelto tan loco o imprudente.

—Yo sí —intervino Alec de repente, y Magnus se asustó—. El retrato está colgado en una pared de piedra, solo. Es una pared grande, ¿por qué no usarla para algo más?

Alec se acercó a la pared, se colocó bajo el marco de la pintura y separó la parte de abajo del muro. Descolgó el enorme cuadro y lo apoyó en el suelo contra una de las columnas. Volvió a la pared, ahora libre de obstáculos, y la golpeó con el nudillo.

Shinyun se le acercó y puso una mano sobre ella. Unas ondas naranjas le salieron de la mano y se extendieron por la piedra; esta empezó a ondear como si fuera agua y se abrió formando un nicho recubierto con las mismas piedras brillantes que cubrían las otras paredes. Dentro de ese hueco había un gran libro, encuadernado en un cuero teñido de un escarlata muy vivo, con letras doradas grabadas profundamente en la cubierta.

En estas letras doradas podía leerse: *Manuscritos rojos de la magia*.

Shinyun lo sacó del nicho y se sentó en el altar a leer. El libro parecía enorme entre sus delgadas manos. A medida que pasaba las páginas, el papel amarillento le crujía entre los dedos. Alec comenzó a leerlo por encima del hombro de Shinyun.

Magnus no quería hacerlo, pero se obligó a acercarse al altar, donde Shinyun y Alec estaban leyendo.

La confusión y el miedo que sentía se disiparon en cuanto Magnus leyó algunos de los preceptos sagrados establecidos en los *Manuscritos rojos*.

—«Solo el Gran Veneno, aquel que es apuesto, sabio, encantador y apuesto, puede guiar a los fieles hasta Edom. Así que honren al Gran Veneno con comida, bebida, baños y alguno que otro masaje.»

—Escribieron dos veces la palabra «apuesto» —murmuró Alec.

—¿Por qué lo llaman los Manuscritos rojos —preguntó Shinyun—, si es un libro y no un manuscrito?

—Y desde luego no es en plural —apuntó Alec.

—Estoy seguro de que quienquiera que fuera ese doblemente apuesto fundador de la secta —dijo Magnus mientras sentía el pecho oprimido— tenía sus razones.

Shinyun siguió leyendo:

—«El príncipe desea lo mejor para sus niños. Por tanto, para honrar su nombre, debe haber un tapete cubierto por los más exquisitos licores, cigarros y bombones. Las ofrendas de tesoros y regalos hechas al Gran Veneno simbolizan el amor entre sus fieles, así que no dejen que se acaben los licores y el oro, y recuerden siempre las reglas sagradas:

»La vida es un escenario, así que salgan con estilo.

»Solo los fieles que preparen una bebida realmente espléndida serán favorecidos.

»No ofendan al Gran Veneno con hechos crueles o mal gusto en el vestir.

»Busquen a los hijos de los demonios. Ámenlos igual que aman a su señor. No dejen que los niños se sientan solos.

»En tiempos de dificultades, recuerden: todos los caminos conducen a Roma.»

Alec miró a Magnus y este no entendió del todo la sonrisa del joven.

—Creo que esto lo escribiste tú.

Magnus se estremeció. Sí sonaba como si fuera él. Como la peor versión de sí mismo, frívolo y desconsiderado, presuntuoso y soberbio. No recordaba haberlo escrito. Pero casi seguro que lo había hecho. Él era, apenas le cabía ninguna duda, el Gran Veneno. Él era, y la duda era ínfima, el responsable de la Mano Escarlata.

—Es una tontería —comentó Shinyun con disgusto.

—Magnus, ¿no te sientes aliviado de que no sea más que una broma? —preguntó Alec, y Magnus se dio cuenta de que la sonrisa de su novio era de alivio—. ¿Por qué iba considerar alguien que era necesario borrarte los recuerdos de esto? No es serio.

Casi deseó soltarle algún comentario sarcástico a Alec, aunque sabía que era consigo mismo con quien realmente estaba enojado.

«¿Acaso no ves lo que esto significa?», pensó.

La Mano Escarlata podía haber empezado como una broma, sí, pero se había vuelto peligrosamente seria. Había muerto gente por culpa de la broma de Magnus.

Él era responsable no solo de la existencia de la secta. Shinyun estaba en cuclillas ante él, su vida destruida era el testimonio viviente de lo que él había hecho. Magnus les había dicho a sus seguidores que buscaran a los hijos de los demonios. Él había hecho que trajeran a esos niños a la secta. Cualquier mal que la secta les hubiera hecho, todo lo que Shinyun hubiera sufrido, era culpa de Magnus.

Alec no tardaría mucho en darse cuenta también. El brujo carraspeó e intentó hacer que su voz sonara ligera como el aire.

—En fin —dijo ignorando la pregunta de Alec—, la buena noticia es que todos los caminos conducen a Roma. Así que al menos sabemos cuál es nuestro próximo destino.

El día pronto rompería en Venecia e iluminaría el agua y el cielo. La ciudad se estaba despertando. Magnus pudo ver las tiendas que abrían y sentir el olor del pan recién cocido y las salchichas que, junto con la brisa del mar, inundaba el aire.

La mañana y sus correspondientes transformaciones aún no habían empezado. El alba era una línea de nácar sobre las aguas de color índigo. Los edificios y puentes parecían teñidos de un color lavanda plateado bajo esta luz brumosa y brillante.

Magnus, Alec, Shinyun y Malcolm, al que se habían llevado con ellos tras encontrarlo dormido y acurrucado entre los restos de los escalones delanteros del palacio, habían subido a una góndola que estaba vacía. Magnus conducía la embarcación hacia su hotel y su magia provocaba brillantes chispas azules sobre la superficie de las aguas.

La ropa de fiesta de Magnus estaba arrugada y cubierta de un polvo grisáceo, que era como se sentía él. El camino de regreso, por los interminables pasillos, puertas y escalones, lo habían hecho en completo silencio hasta salir al exterior, donde el cielo iluminaba los canales. Apenas habían hablado, y Magnus seguía evitando encontrarse con la mirada de Alec. El cazador de sombras estaba completamente exhausto. Había abandonado el saco, hecho jirones, en algún lugar de las ruinas del palacio e iba en mangas de camisa, con la cara llena de polvo y suciedad. Había estado corriendo, peleando y ayudando a los demás la mayor parte de la noche, tratando de reparar los errores de Magnus, lanzándose a rescatar a la gente y usando su propio cuerpo como escudo para protegerlos mientras la magia de los brujos hacía saltar por los aires el lugar donde se encontraban.

En ese momento se hallaba tumbado en el fondo de la góndola, con la espalda apoyada en el pecho de Magnus. Este podía sentir el cuerpo de su novio completamente laxo a causa de la fatiga.

—Siento que la hayas pasado tan terriblemente mal en esa fiesta asquerosa —le murmuró Magnus a Alec al oído.

—No la pasé tan mal —le susurró Alec, con la voz rota de cansancio y preocupación—, estaba contigo.

Magnus notó cómo la cabeza de Alec se acomodaba en su pecho.

—Qué pena que la fiesta acabara tan pronto —comentó Malcolm.

—Casi es la hora de desayunar, Malcolm. Y además el edificio se derrumbó. ¿A alguien se le antoja un buen desayuno?

—Es la comida más importante del día —murmuró Alec, más dormido que despierto.

Nadie respondió, ni siquiera Malcolm, que parecía estar rumiando sus errores.

—No puedo creer lo de Barnabas Hale —dijo entonces—. Es tan maleducado. Me alegro de que haya decidido irse a otra ciudad. Florencia dijo, ¿no? O quizá...

—Roma —completó Shinyun de forma sombría.

—Sí, eso —repuso Malcolm con despreocupación—, quizá fuera Roma.

Hubo un terrible silencio. Se rompió cuando Malcolm empezó a cantar una canción, dulce y desafinada, sobre un amor perdido en el mar. No importaba; los pensamientos de Magnus también estaban muy lejos de allí.

Barnabas Hale se iba a Roma.

Todos los caminos de la Mano Escarlata llevaban a Roma.

La Mano Escarlata y su dirigente, que había dejado que la culpa por las actuales actividades de la secta recayera en Magnus, estaban, casi con toda seguridad, en Roma.

Magnus conocía a Barnabas Hale desde hacía mucho tiempo y nunca le había caído bien. Su aparición en Venecia había sido una desagradable sorpresa. Pero había mucha diferencia entre «ese tipo es inaguantable» y «ese tipo está sacrificando hadas, invocando Demonios Mayores y tratando de asesinarme con una madre raum».

Aun así, Barnabas era un brujo muy poderoso. Había dicho que el palacio era suyo, así que también poseía grandes riquezas. En cualquier caso, no había que perderle la pista.

—Tenemos que dormir —dijo Shinyun al fin—, y luego salir para Roma lo antes posible.

—Cuanto antes lleguemos allí, antes reanudaremos Alec y yo nuestras vacaciones —recalcó Magnus.

Su tono alegre no sonó convincente, ni siquiera a sí mismo. Al día siguiente, se dijo, se encontraría mejor. Dejaría de sentirse tan agobiado por el peso del pasado y el miedo al futuro, y disfrutaría del presente como solía hacerlo.

—Estoy segura de que Alec y tú las disfrutarán mucho —dijo Shinyun.

No era fácil saberlo, dado que su cara carecía de expresión, pero Magnus pensó que quizá aquellas palabras suponían una oferta de paz. Hizo un esfuerzo por sonreírle con ganas.

—Es muy entregado —continuó Shinyun, mientras miraba a Alec. Este tenía los ojos cerrados, pero uno de sus brazos envolvía protector a Magnus, a pesar de estar dormido—. ¿Nunca se cansa? Shinyun estiró la mano para tocar la de Magnus, y este sintió los músculos del cuerpo de Alec tensarse un segundo antes de que la mano del cazador de sombras se moviera para agarrar a la mujer por la muñeca.

—Nunca —respondió Alec.

Shinyun se quedó quieta, luego apartó la mano. La cabeza de Alec se relajó instantáneamente contra el pecho de Magnus y se dejó caer de nuevo en ese estado crepuscular entre la conciencia y la inconsciencia en el que estaba hacía un instante.

La góndola pasó bajo el puente de los Suspiros, una pálida corona en el todavía oscuro cielo que se extendía sobre ellos. En tiempos pasados, los prisioneros habían visto la ciudad por última vez desde este puente, antes de que se los llevaran para ser ejecutados.

Magnus notó que Malcolm los miraba, con la cara blanca como el mármol. Malcolm había estado enamorado de una cazadora de sombras. La cosa no acabó bien. Magnus había hablado alguna vez con él sobre eso. Sobre superar la ruptura, sobre volver a encontrar a alguien. Malcolm negaba con la cabeza y decía: «Nunca volveré a enamorarme».

Magnus pensaba que Malcolm estaba siendo tonto.

Quizá el amor siempre navegaba demasiado cerca de la locura. Cuanto más profundo era el amor, más peligroso resultaba.

La góndola se deslizó por las oscuras aguas. Cuando Magnus miró tras él, vio las últimas chispas de su magia hundirse y perderse en las profundidades. Las chispas parpadearon con su brillante luz azul y blanca, y las suaves ondas del canal se fueron volviendo de un tono púrpura, un pálido nácar y finalmente un negro profundo bajo el cielo del amanecer. Magnus deslizó los dedos entre el pelo revuelto y suave de Alec, y notó que este giraba la cabeza, un poco en su duermevela. Oyó a Malcolm cantar y recordó otra vez las palabras que le había dicho hacía tanto tiempo.

«Nunca volveré a enamorarme.»

17

SECRETOS AMARGOS

—En Roma, Alexander —dijo Magnus—, se conduce un Maserati.

Tenían que llegar a Roma lo más rápido posible, y no podían usar un Portal, así que Magnus dijo que elegiría la siguiente mejor opción. Shinyun estaba leyendo los *Manuscritos rojos de la magia* y no les hacía caso, lo cual le parecía fantástico a Alec.

—Una elección excelente —les dijo el encargado del establecimiento de alquiler de coches de lujo—. El clásico 3500 GT Araña es un sueño.

Alec se inclinó hacia Magnus.

—¿El coche es también una araña?

Magnus se encogió de hombros y le lanzó una irresistible sonrisa.

—Ni idea, solo lo elegí porque es italiano y rojo.

Veinte minutos más tarde, los tres surcaban la A13 camino de Bolonia con la capota bajada y el viento silbándoles en los oídos. Shinyun iba en la parte de atrás, tumbada con los pies apoyados en la ventanilla y leyendo en alto fragmentos de los *Manuscritos rojos*. Alec iba en el asiento del copiloto, luchando por orientarse con la simple ayuda de un mapa de papel escrito en un lenguaje que no entendía y doblado como un acordeón. Magnus conducía.

—Hace bastante que no conduzco un coche manual —dijo—. Así que no se rían de mí, por favor.

Llegaron a Florencia a tiempo para una cena temprana. Magnus había reservado en un restaurante tan pequeño que Alec estaba seguro de que era la sala de la casa del chef. Pero era la mejor pasta que había comido en su vida.

—No podemos conducir como poseídos todo el rato —dijo Magnus después de la cena—. Nos estrellaremos. Propongo hacer una visita de nuestro antiguo itinerario. No estamos lejos de los jardines Boboli.

—De acuerdo —contestó Alec.

Shinyun caminaba tras ellos con los *Manuscritos rojos* bajo el brazo, aunque nadie la había invitado a acompañarlos.

Magnus explicó adónde se dirigían mientras paseaban por la rivera del Arno, cruzaban el Ponte Vecchio, y se movían en zigzag para ver los puestos callejeros. Magnus se compró una bufanda, unos lentes de sol, una *zeppola*,[5] y una capa que lo hacía parecer el Fantasma de la Ópera.

Llegaron al anfiteatro de los jardines Boboli y rodearon las estatuas que delimitaban el perímetro para luego ir hacia el obelisco del centro.

—Hace mucho que no nos tomamos una foto para mandarla a los de casa —dijo Alec.

Magnus lo tomó del brazo y lo arrastró más allá de la fuente de Neptuno y la estatua de la Abundancia, hasta que encontró una gran estatua de un chico desnudo sobre una tortuga gigante. Magnus declaró que ese era el lugar ideal para una foto. Se echó hacia atrás su sombrero Panamá y posó a uno de los lados de la estatua que, según explicó a Alec, se llamaba Morgante. Alec se inclinó sobre el otro lado, con las manos en los bolsillos, mientras Shinyun les tomaba varias fotos con el celular del cazador de sombras.

---

5. Dulce típico de ciertas regiones italianas. *(N. de las t.)*

—Gracias —le dijo Alec—. Le voy a mandar estas a Isabelle y a decirle que nos la estamos pasando en grande.

—¿De verdad? —preguntó Magnus.

Alec parpadeó.

—Claro. Es que extraño a Isabelle y a Jace, y a mi madre y a mi padre.

Magnus parecía estar esperando algo. Alec pensó rápido.

—También extraño a Clary —añadió—. Un poco.

—Es mi bomboncito, ¿cómo no extrañarla? —dijo Magnus, pero seguía pareciendo un poco tenso.

—A Simon no lo conozco mucho —lo intentó otra vez Alec.

El chico no conocía a mucha gente. Estaba su familia, que incluía también a Jace y a su nueva novia, y al vampiro que Jace había metido sutilmente en el paquete. Conocía a algunos cazadores de sombras. Aline Penhallow tenía la misma edad que Alec y era increíble con las dagas, pero vivía en Idris, así que no podría pasar tiempo con ella, ni aunque él estuviera en Nueva York.

A Alec le llevó unos minutos, durante los cuales pasearon por los jardines, darse cuenta de que la preocupación de Magnus quizá tuviera que ver con lo que él diría a su familia y a sus amigos, lo cuales eran, casi todos, cazadores de sombras. A diferencia de Alec, ninguno de ellos se inclinaría por concederle a Magnus el beneficio de la duda.

Estaba preocupado por Magnus, por la forma en la que este se esforzaba un poco demasiado en pasárselo bien. Le gustaba ver a Magnus disfrutar realmente, pero odiaba que lo fingiera, y a estas alturas se daba cuenta perfectamente de cuándo lo hacía. Quiso decirle algo, pero Shinyun estaba delante, y justo en ese momento le sonó el celular.

Era Isabelle.

—Ahora mismo estaba pensando en ti —le dijo Alec.

—Y yo en ti —contestó Isabelle muy animada—. ¿Estás disfrutando de las vacaciones o ya volviste a caer en el trabajo? ¿No puedes evitarlo?

—Estamos en los jardines Boboli —contestó Alec, y era absolutamente cierto—. ¿Cómo está todo el mundo por ahí? —añadió enseguida—. ¿Clary ha metido a Jace en más líos? ¿Jace ha metido a Clary en más líos?

—Bueno, esa es la gracia de su relación, pero no, Jace se ve mucho con Simon —contó Isabelle—. Dice que están fascinados con los videojuegos.

—¿Crees que fue Simon quien llamó a Jace? —preguntó Alec escéptico.

—Hermano —dijo Isabelle—, yo creo que no.

—¿Jace ha jugado con videojuegos alguna vez? Yo no lo he hecho nunca.

—Estoy segura de que le entenderá —opinó Isabelle—. Simon me explicó cómo se juega y no parece difícil.

—¿Y cómo van las cosas entre tú y Simon?

—Pues ya tomó número y se puso en la fila de los hombres que están desesperados por conseguir que les haga caso —dijo Isabelle, muy segura de sí misma—. ¿Qué tal te va a ti con Magnus?

—Bueno, me preguntaba si podrías ayudarme con eso.

—¡Sí! —exclamó Isabelle con una alegría estremecedora—. Haces bien en acudir a mí para esto. Las artes de la seducción se me dan muchísimo mejor que a Jace, y además soy mucho más sutil que él. Bueno, aquí va mi primer consejo. Vas a necesitar una toronja...

—¡Para, para! —la interrumpió Alec. Se apartó a toda prisa de Magnus y Shinyun y se escondió detrás de un seto alto. Ellos lo miraron un poco confundidos—. Por favor, no acabes esa frase. Quiero decir... que todavía tenemos ese pequeño problema de la secta por la que te pregunté. Me encantaría poder solucionarlo para que Magnus sea más feliz en nuestras vacaciones.

Y así los demonios dejarían de intentar asesinar a Magnus, y este se vería libre de falsos rumores malintencionados y la amenaza, aún más peligrosa, que representaba la Clave. Eso también haría a Magnus más feliz, Alec no lo dudaba.

207

—De acuerdo —contestó Isabelle—. La verdad es que por eso te llamé. Le envié un mensaje cuidadosamente redactado a Aline Penhallow, pero en este momento no está en Idris y no puede ayudarnos. Así que no fui capaz de averiguar mucho, pero he estado investigando un poco en los archivos del Instituto. No hay demasiado material sobre sectas. Apenas existen en Nueva York. Probablemente a causa de los precios de los inmuebles. En cualquier caso, lo que sí conseguí es una copia de un manuscrito original que quizá pueda serte de ayuda. Le saqué fotos a algunas páginas. Te las mando por *e-mail*.

—Gracias, Izzy —se alegró Alec.

Isabelle dudó.

—Había una portada con un dibujo de alguien que resultaba terriblemente familiar...

—¿De verdad?

—¡Alec!

—¿Acaso tú me cuentas todos tus secretos, Izzy?

Isabelle hizo una pausa.

—No —contestó en un tono más suave—. Pero ahora voy a contarte uno. De todos los hombres que hacen fila para que les haga caso, creo que Simon es mi favorito.

Alec miró a través de los matorrales, que brillaban verdes en la fresca tarde italiana, y de las blancas estatuas de mármol, para ver a Magnus, que posaba imitando las poses de estas últimas. Shinyun no podía sonreír, pero Alec pensó que debía de estar deseando hacerlo. Nadie podía resistirse al encanto de Magnus.

—Muy bien —repuso Alec—. De todos los hombres que hacen fila para que les haga caso, Magnus es, sin duda, mi favorito.

Isabelle dejó escapar un gritito de indignación. Alec sonrió.

—Me alegra oírte tan contento —dijo Isabelle de forma repentina—, y prometo que no voy a ser chismosa. Solo quiero que sepas que cualquier secreto que tengas, puedo guardarlo. Puedes confiar en mí.

Alec recordó los viejos tiempos y los viejos temores, cómo Isabelle había intentado alguna vez empezar conversaciones sobre chicos y Alec no la había dejado seguir. Siempre la hacía callar, aterrorizado de hablar, de que alguien lo oyera, pero a veces, por las noches, cuando le daba vueltas a la posibilidad de que sus padres lo repudiaran, la Clave lo rechazara y Jace y Max lo odiaran, su único consuelo era que su hermana sabía la verdad y aun así seguía queriéndolo.

Alec cerró los ojos.

—Siempre lo he hecho —le contestó.

Entonces, tuvo que contarle a Magnus que le había hablado a Isabelle de la Mano Escarlata.

—Lo siento —se disculpó en cuanto se lo hubo explicado—. Estoy acostumbrado a contárselo todo a mi hermana.

—No tienes por qué pedirme disculpas —le contestó Magnus al instante, pero su cara volvía a mostrar tristeza, una tristeza que intentaba esconder pero que Alec podía ver perfectamente—. Tengo que... Escucha, cuéntale a tu hermana todo lo que quieras. Cuéntale a quien quieras todo lo que necesites contar.

—Vaya —exclamó Shinyun—. Esto es demasiado, Magnus. Una cosa es la confianza y otro la irresponsabilidad. ¿Quieres que la Clave te meta en la cárcel?

—No, claro que no —protestó él.

Alec estuvo tentado de decirle a Shinyun que cerrara la boca, pero sabía que Magnus quería que fuera amable con ella. Así que no dijo nada.

—Cuando lleguemos a Roma —dijo, cambiando de tema—, creo que debería pasar por el Instituto de allí.

—Para que así puedan encarcelar a Magnus —completó Shinyun enojada.

—¡No! —exclamó Alec—. Lo que quiero es conseguir más armas. Y preguntar, de forma discreta y cuidadosa, si saben algo sobre actividades relacionadas con la invocación de demonios que nos pueda guiar hasta la Mano Escarlata. Todo lo que sabemos es que nos dirigimos a Roma. Es una ciudad grande. Pero estaba pensando que sería mejor si... si yo fuera por mi cuenta. De mí no sospecharán.

Shinyun abrió la boca.

—Hazlo —aprobó la sugerencia Magnus.

—Estás loco —protestó Shinyun.

—Me fío de él —le aseguró el brujo—. Más que de ti, más que de cualquiera.

A Alec le preocupó que esa confianza de Magnus no tuviera razón de ser cuando encontraron un locutorio cerca de los jardines Boboli e imprimió lo que Isabelle le había mandado. Resultó ser un escaneado de las primeras páginas de los *Manuscritos rojos de la magia*.

—No quisiera ser dramático —comenzó Magnus—, pero... ¡Aaaargh! ¡¿Por qué?! No puedo creer que irrumpiéramos en un santuario secreto de una escalofriante mazmorra para encontrar algo que tu hermana nos iba a mandar por *e-mail* al día siguiente.

Alec miró la página de la gloriosa historia de la Mano Escarlata, en la cual el Gran Veneno ordenaba a sus seguidores pintar rayas blancas en los caballos y convertir al ratón de campo en el animal nacional de Marruecos.

—Es irónico —admitió.

—No lo es —lo contradijo Shinyun—. Eso no es lo que la ironía...

Magnus le echó una mirada furibunda y ella se calló.

Alec se encogió de hombros.

—No nos hace ningún daño tener otra copia. Shinyun está leyendo el libro. Ahora yo también puedo leerlo.

Con toda seguridad sería más fácil de leer que el mapa. Mientras caminaban de regreso al coche, Magnus miró a Alec y se fue pasando las llaves del coche de una mano a la otra.

—Iremos más deprisa si nos turnamos para conducir —se ofreció Alec, ilusionado con la idea.

—¿Has conducido alguna vez un coche manual?

Alec dudó.

—No puede ser más difícil que disparar el arco mientras vas a galope sobre un caballo, ¿no?

—Claro que no —contestó Magnus—. Además, tienes reflejos sobrehumanos. ¿Qué es lo peor que podría pasarnos?

Le lanzó las llaves a Alec y se sentó en el asiento del copiloto con una sonrisa. Alec sonrió también y se subió al del conductor.

Magnus sugirió hacer algunas prácticas en el estacionamiento.

—Tienes que levantar el pie izquierdo mientras vas acelerando con el derecho —le explicó. Alec lo miró.

—Oh, no —exclamó irónico—. Tengo que mover los dos pies a la vez. ¿Cómo voy a ser capaz de hacer algo que requiere tantísima agilidad? —Se volteó, pisó el acelerador, y fue recompensado con un rechinido agudo de las llantas, como el de una *banshee* en una trampa. Magnus sonrió pero no dijo nada.

Por supuesto, a los pocos segundos, Alec maniobraba a la perfección por el estacionamiento.

—¿Listo para lanzarte a la carretera? —preguntó Magnus.

Alec se limitó a sonreír mientras arrancaba. Un grito de placer y sorpresa se le escapó de la garganta cuando el Maserati derrapó en la estrecha callejuela. Encararon una recta, y Alec pisó el acelerador.

—Estamos yendo muy deprisa —protestó Shinyun—. ¿Por qué vamos tan deprisa?

El agradable rugido del convertible rojo llenaba el aire. Alec echó un vistazo a Magnus, que se puso los lentes de sol y apoyó el codo en la puerta mientras se inclinaba hacia un lado y sonreía al viento que le venía de cara.

Alec estaba feliz de poder darle un respiro a Magnus. Además, no sabía que este tipo de conducción temeraria y teatral era algo que él podía hacer. Cuando pensaba en coches, pensaba en Manhattan: demasiados vehículos, poco espacio, avanzar lentamente por las arterias de la ciudad... Allí, ir a pie era una liberación. Sin embargo, aquí, en la campiña Toscana, ese coche era el tipo de liberación que necesitaba, una que resultaba emocionante. Miró a su insoportablemente guapo novio, con el pelo hacia atrás empujado por el viento y los ojos cerrados tras los cristales de los lentes. A veces, su vida era perfecta. Prescindió conscientemente de la bruja gruñona que iba en el asiento de atrás.

Durante la siguiente hora, siguieron la línea de los Apeninos a través del corazón de la Toscana. A su izquierda, los campos dorados inundados por la luz del atardecer se extendían hasta el horizonte, y a su derecha, filas de villas de piedra en lo alto de las colinas contemplaban el mar de viñedos verdes. Los cipreses murmuraban con el viento.

Era ya noche cerrada cuando llegaron a lo que Magnus dijo que se llamaba la cordillera Chianti. Alec no miró. Se sentía bastante seguro conduciendo el Maserati, pero usar el cambio de velocidades por una carretera llena de curvas cerradas mientras conducía por el borde de un precipicio en la oscuridad, era una experiencia completamente diferente y bastante peligrosa.

Lo que hacía la situación todavía más angustiosa era que los faros solo les permitían unos cuantos metros de visibilidad, así que lo único que lograban ver era una pequeña porción de carretera ante ellos, la escarpada ladera de la montaña y el borde del precipicio que hacía frontera con el cielo. Solo una de estas cosas constituía la opción correcta.

Alec consiguió cambiar la velocidad correctamente en las primeras curvas, pero el sudor se le metía en los ojos.

—¿Estás bien? —le preguntó Magnus.

—Muy bien —contestó Alec inmediatamente.

El chico se dedicaba a luchar contra demonios. Esto no era más que conducir, algo que hasta los mundanos podían hacer sin ningún talento especial o runas que les aumentaran los sentidos. Lo único que tenía que hacer era concentrarse.

Se agarraba al volante con demasiada fuerza, y jalaba la palanca del cambio de velocidades cada vez que tenía que usarla en alguna curva complicada.

Alec calculó mal una curva particularmente difícil y perdió el control del coche. Intentó pisar el acelerador, pero acabó pisando el freno, lo que hizo que el coche derrapara por una pronunciada pendiente.

Aquello no presagiaba nada bueno. Parecían ir directos hacia el precipicio.

Alec estiró un brazo para proteger a Magnus, y este se agarró a él. Alec ya había sentido antes ese extraño sentimiento de conexión, en un barco que atravesaba aguas revueltas: Magnus buscándolo, necesitando su fuerza. Puso la mano bajo la de su novio y entrelazó los dedos con los de él, sin sentir nada más que el cálido y fuerte impulso de ir hacia atrás.

El coche se estaba saliendo de la carretera e inclinándose hacia un lado cuando de repente se detuvo, con las dos ruedas delanteras girando en el aire y una suave magia azul envolviéndolos. Durante un momento se quedó colgando, y luego se enderezó y retrocedió hasta el pequeño camino de tierra paralelo a la carretera.

—Ya les había dicho que estábamos yendo demasiado deprisa —dijo Shinyun a media voz desde el asiento trasero.

Alec se aferró con fuerza a la mano de Magnus, mientras que la otra siguió clavada en el pecho de su novio. El corazón de un brujo latía de forma diferente al de un humano. El latido de Magnus resultaba reconfortante en medio de aquella oscuridad. Alec ya lo había comprobado antes.

—Es solo un pequeño precipicio —comentó Magnus—. Nada que no podamos superar.

Alec y Magnus salieron del coche. Este último estiró los brazos como si fuera a abrazar el cielo nocturno. Alec se acercó al borde del precipicio, echó un vistazo y dejó escapar un silbido al ver la enorme y escarpada caída que había hasta el fondo del barranco. Apartó la vista hacia un lado y vio un pequeño camino de tierra que llevaba a un claro junto al borde. Le hizo señas a Magnus.

—Es bastante peligroso conducir de noche. Quizá deberíamos quedarnos aquí.

Magnus miró alrededor:

—Aquí... ¿dónde?

—Acampar puede ser divertido —propuso Alec—. Podemos asar malvaviscos. Aunque tendrías que conseguir algunas provisiones, claro.

Shinyun había salido del coche y se acercaba a ellos.

—Déjenme adivinar —le dijo a Magnus con tono neutro—. Querido, tu idea de acampada es que un hotel no tenga minibar.

Magnus se limitó a pestañear.

—Te lo quité de la boca, ¿eh? —se jactó Shinyun.

Magnus levantó la vista al cielo nocturno. Alec pudo ver la curva plateada de una luna creciente reflejada en la parte dorada de sus ojos. Casaba con la curva de la repentina sonrisa de Magnus.

—De acuerdo —aceptó Magnus—. Vamos a divertirnos.

Alec dejó a un lado su copia de los *Manuscritos rojos de la magia* para observar la tienda de campaña que Magnus había conjurado. Había supuesto que Magnus se procuraría un alojamiento lo suficientemente espacioso para dormir dos personas cómodamente y lo bastante alto para que pudieran estar de pie sin tener que agacharse. Al menos eso es lo que Shinyun había hecho cuando, tras insistir, había conjurado su propia tienda.

Lo que Magnus había levantado no era tanto una tienda como un pabellón, con sus cortinas y sus cenefas festoneadas. El espacioso habitáculo tenía dos dormitorios, un baño, un área común y una salita. Alec dio un paseo alrededor de la enorme estructura de piel de cabra y descubrió que la cocina se hallaba en la parte de atrás, al lado de un área cubierta donde estaba todo dispuesto para la cena. Un estandarte con una antigua *aquila* de la legión romana estaba clavado ante la puerta delantera, en tributo a lo que Magnus dijo que era su tema de inspiración: Roma.

Magnus levantó la lona y salió, con expresión satisfecha.

—¿Qué te parece?

—Es genial —contestó Alec—. Pero no puedo evitar preguntarme... ¿de dónde sacaste toda esta piel de cabra?

Magnus se encogió de hombros.

—Todo lo que necesitas saber es que yo creo en la magia, no en la crueldad.

Se oyó un sonido de succión, y luego una monstruosa estructura apareció de la nada, levantando un anillo de polvo en todas direcciones. Donde había estado la tienda de Shinyun, ahora se levantaba una casita de árbol de dos pisos que tapaba un tercio del cielo. Shinyun salió de su vivienda recién mejorada y miró a Magnus.

Desde que se probaron ropa en La Mercerie, ambos estaban enzarzados en un juego, cada vez menos sutil, de superar al otro, lo que demostraba la teoría de Alec de que quizá todos los brujos ponían a prueba los poderes de los demás congéneres, en una versión mágica de la rivalidad entre hermanos. Magnus estaba jugando, nada más. Alec sospechaba que Shinyun se tomaba el desafío un poco más en serio, pero él seguía fiel a la opinión de que Magnus era el brujo ganador.

—Me encantan las torres —dijo Magnus alegremente. Era difícil vencerlo en excesos, pensó Alec. Y él se limitaría a admirarlos—. ¿Se les antoja un refrigerio de medianoche?

Se congregaron alrededor de la fogata al otro lado del campamento, solo a unos metros del borde del precipicio. Magnus la había encendido y luego Shinyun la había mejorado, así que era casi como la pira de un funeral vikingo. La gigantesca hoguera parecía un intento de mandar una señal al Valhalla.

Bajo la luna parcialmente cubierta, unas cuantas nubes aparecieron desde el monte Corno, el más alto de la cordillera de los Apeninos. Un enjambre de luciérnagas danzaba sobre sus cabezas, la naturaleza había despertado alrededor de ellos, con grillos que cantaban y búhos que ululaban a un ritmo constante, mientras el grave y cauteloso silbido del viento ascendía desde el valle que se extendía a sus pies. En algún lugar en la distancia, una manada de lobos se unía a esta sinfonía nocturna con sus aullidos.

—Suenan solitarios —comentó Shinyun.

—No —repuso Alec—. Están juntos. Van de caza.

—Tú eres el experto en el tema —observó Shinyun—. Yo estuve sola una vez, y me cazaron.

—También estuviste en una secta una vez —señaló Alec, y luego se mordió el labio.

La voz de Shinyun se volvió dura.

—Dime, cazador de sombras, ¿dónde están los nefilim cuando los subterráneos tienen problemas?

—Protegiéndonos —intervino Magnus—. Ya viste a Alec en Venecia.

—Estaba allí por ti —repuso Shinyun—. Si no hubiera estado contigo, no habría ido allí. Nos acosan, nos hieren y nos dejan. ¿Cuándo se decidió que un niño brujo tiene menos valor que los niños del Ángel?

Alec no supo qué decir. Shinyun levantó las manos y se puso de pie.

—Me disculpo —dijo—. Estoy nerviosa por estar tan cerca de nuestro destino. Me retiro ya a dormir. Debo descansar. Mañana llegaremos a Roma. Quién sabe lo que nos aguarda allí.

Shinyun hizo una inclinación de cabeza y luego se encaminó hacia su gigantesca cabaña, dejando a Magnus y Alec solos frente a la hoguera.

—Creo que Shinyun no va a apuntarse a cantar junto a la hoguera como yo estaba planeando —dijo Magnus.

Se inclinó y pasó la punta de los dedos por el cuello de Alec en una ligera y despreocupada caricia. Alec se inclinó para recibirla. Cuando la mano de Magnus se detuvo, Alec quiso que siguiera.

—No te preocupes por ella —añadió—. Muchos brujos tienen infancias trágicas. Nacemos en un mundo que ya es oscuro a causa de los demonios. Es difícil no ceder a la ira.

—Tú no lo haces —señaló Alec.

La voz de Magnus se volvió triste.

—Lo he hecho.

—Shinyun no debió unirse a una secta —siguió Alec.

—Y yo no debí fundarla —repuso Magnus.

—No es lo mismo —replicó Alec.

—No; es mucho peor. —Magnus lanzó una ramita a la hoguera y la observó mientras se prendía y ennegrecía hasta curvarse y convertirse en ceniza. Alec miró al brujo.

Magnus Bane era siempre ardiente, caprichoso y efervescente, etéreo y despreocupado. Era el Brujo Supremo de Brooklyn, que vestía con colores llamativos y se decoraba los ojos con diamantina. Era el tipo de persona que organizaba fiestas de cumpleaños para su gato y amaba a quien él quisiera sin esconderse y mostrando su orgullo.

Sin embargo, había una oscuridad que acechaba detrás de todo ese brillo. Alec tenía que descubrir también ese lado de Magnus; de otra forma, nunca lo conocería del todo.

—Creo que entiendo lo de Shinyun —dijo Alec despacio—. Me preguntaba por qué habías insistido en que viniera con nosotros. Hasta llegué a pensar que quizá fuera porque no querías estar a solas conmigo.

—Alec, yo...

Este levantó una mano.

—Pero luego me di cuenta. Sientes que ella es responsabilidad tuya, ¿no? Si la Mano Escarlata le hizo daño, sientes que es tu deber ayudarla. Para compensarla.

Magnus asintió con un pequeño movimiento de cabeza.

—Es mi reflejo oscuro, Alexander —explicó—. En muchos sentidos, es lo que yo podría haber sido si no hubiera tenido la suerte de recibir amor y afecto; primero, el de mi madre, y luego, el de Ragnor y los Hermanos Silenciosos. Podría haber estado tan desesperado que también me habría unido a algo como la Mano Escarlata.

—Nunca hablas mucho del pasado —dijo Alec con delicadeza—. Ni siquiera me has contado que fuiste muy amigo de ese brujo que murió. Ragnor Fell. Estaban muy unidos, ¿no es así?

—Sí que lo estábamos. Ragnor fue el primer amigo que tuve.

Alec bajó la vista hacia las manos. Jace había sido el primer amigo que había tenido, pero Magnus ya sabía eso. Magnus lo sabía todo sobre él. Alec era un libro abierto. Intentó aplastar el sentimiento de dolor.

—Entonces, ¿por qué no me lo contaste?

Las chispas de la hoguera salían volando, como breves estrellas brillantes en la noche oscura, y luego se apagaban.

Alec se preguntó si amar a un mortal era eso para Magnus, algo brillante pero breve. Quizá todo esto no fuera más que un corto e insignificante episodio en una larga historia, muy larga. Él no solo era un libro abierto, pensó; también era un libro corto. Un volumen delgado en comparación con las crónicas de la larga vida de Magnus.

—Porque, en realidad, a nadie le interesa saberlo —contestó Magnus—. Normalmente, en cuanto menciono que maté a mi padrastro, la gente decide que ya es suficiente. Tú ya has visto demasiado. Ayer por la noche viste los *Manuscritos rojos de la magia*, con todas esas cosas estúpidas e irresponsables que dije, ocultos tras un altar manchado de sangre. ¿Puedes culparme si me pregunto, cada vez que pasa algo, si esa será la vez cuando finalmente saldrás corriendo espantado?

—Los cazadores de sombras no se espantan con facilidad —repuso Alec—. Sé que te sientes culpable de que Shinyun fuera captada por la secta, pero tu intención era buena. Eso es lo que pensé cuando leí los *Manuscritos rojos*. Tú no hablabas de reclutar a niños para utilizarlos. Decías que no los dejaran solos. Tú estuviste solo, y no querías que otros niños brujos sufrieran lo que tú sufriste. Vine a este viaje para conocerte mejor, y eso es lo que estoy haciendo.

—Estoy seguro de que ya viste más de lo que te habría gustado —dijo Magnus en voz baja.

—He visto que cuando te encuentras animales gruñendo en jaulas, quieres acariciarlos. Tu amigo murió y ni siquiera me dijiste que lo conocías, pero intentas consolar a un vampiro por esa muerte. Siempre estás intentando ayudar a la gente. A mí y a mis amigos, un montón de veces, y a Raphael Santiago, y ahora a Shinyun y a otros niños brujos, y probablemente a montones de gente que aún no conozco, pero me basta con los que sí conozco. Mientras leía los *Manuscritos rojos de la magia*, te vi intentando ayudar a los niños. Esa parte sí sonaba a ti.

Magnus se rio con un sonido desigual.

—¿Te referías a eso? Pensé que te referías... a otra cosa. —Cerró los ojos—. No quiero ser yo el que impida que esto no funcione —confesó—. No quiero estropear lo que tenemos por contarte algo que te pueda alejar de mí. ¿Cuánta verdad quieres realmente, Alexander?

—La quiero toda —contestó Alec.

Magnus clavó los ojos, más brillantes que la hoguera, en Alec, y le tomó la mano. El muchacho agarró esa mano con firmeza, respiró hondo y se preparó. El corazón le latía enloquecido y el estómago le dio un vuelco. Esperó.

—Esto... —empezó—. ¿No vas a hacer algún tipo de magia que me muestre tu pasado?

—Oh, cielos, no —respondió Magnus—. Ya es lo bastante traumático como para revivirlo. Solo iba a contártelo. Quería tomarte la mano.

—Ah —dijo Alec—. Bueno... Vale.

Magnus se acercó más a él. Alec sintió el calor que emanaba de su piel. El brujo inclinó la cabeza mientras ordenaba sus ideas. Hizo un par de intentos frustrados de empezar a hablar, y en cada uno de ellos agarró la mano de Alec con más fuerza.

—Me gustaría pensar que mi madre me quería —comenzó Magnus—. Todo lo que recuerdo de ella es que siempre estaba triste. Siempre me sentía como si tuviera que aprender algún truco para averiguar cómo hacer mejor las cosas. Pensaba que lo conseguiría, y ella sería feliz y yo sería lo suficientemente bueno. Nunca aprendí ese truco. Se ahorcó en el granero. Mi padrastro quemó el granero hasta los cimientos y construyó un santuario para ella sobre las cenizas. Él no sabía exactamente lo que yo era; ni yo mismo lo sabía. Pero él sí sabía que no era hijo suyo y que yo no era humano. Un día en que el aire era caliente como una sopa, yo estaba durmiendo y me desperté porque él me estaba llamando.

Magnus sonrió como si su corazón estuviera roto.

—Usó mi antiguo nombre, el que mi madre me puso. Ya no queda nadie vivo que conozca ese nombre.

Alec apretó con fuerza la mano de Magnus, como si pudiera rescatarlo, tantos siglos después.

—No tienes que decir nada más —le susurró—. No tienes que hacerlo si no quieres.

—Sí quiero —contestó Magnus, pero la voz le tembló al seguir—. Mi padrastro me pegó un par de veces, luego me tomó del cuello y me arrastró hasta las ruinas quemadas del granero. La cuerda ennegrecida colgada de una viga aún seguía allí. Podía oír el agua del arroyo. Mi padrastro me agarró por el cuello y me metió la cabeza en el agua. Justo antes de hacerlo, me habló y su voz sonó más amable de lo que había sonado nunca antes. Me dijo: «Esto es para purificarte. Confía en mí».

Alec contuvo la respiración. Se dio cuenta de que no podía dejar de hacerlo, como si pudiera guardarla para el niño que era Magnus en aquel momento.

—No recuerdo lo que pasó después de eso. Un minuto y ya me estaba ahogando. —Hubo una pausa y Magnus levantó las manos. La voz se le rompió de emoción—. Al siguiente, estaba quemando vivo a mi padrastro.

La hoguera escupió una columna de fuego, que se convirtió en un remolino ascendente hacia el cielo. Alec puso un brazo ante Magnus para protegerlo de la ráfaga abrasadora.

La columna de fuego murió casi instantáneamente. Magnus ni siquiera pareció notar que la había creado él. Alec se preguntó si

Shinyun se habría despertado pero, de ser así, no dio ninguna señal de ello. Quizá durmiera con tapones en los oídos.

—Me escapé —continuó Magnus—. Estuve escondido hasta que mi camino se cruzó con el de los Hermanos Silenciosos. Ellos me enseñaron a controlar mi magia. Siempre he apreciado más a los cazadores de sombras que a la mayoría de los otros brujos, porque tus Hermanos Silenciosos me salvaron de mí mismo. Todavía pensaba que, como el hijo de un demonio que era, nunca podría ser otra cosa. Nunca había conocido a otro brujo, pero Ragnor Fell tenía conexiones con una familia de cazadores de sombras. Los Hermanos Silenciosos lo organizaron para que él viniera y me diera clases. Fui el primer alumno que tuvo. Más tarde intentó enseñar magia a los niños cazadores de sombras y a no temernos. Decía que todos sus alumnos eran terribles, pero que yo era el peor. Se quejaba constantemente. No había nada que lo hiciera feliz, nunca. Yo lo quería mucho. —La boca de Magnus se torció mientras miraba atentamente las llamas—. Poco después, conocí a mi segunda amiga, Catarina Loss. Algunos mundanos estaban intentando quemarla en la hoguera. Tuve que intervenir.

—Sabía que me iba a enterar de más gente a la que habías salvado —observó Alec.

Magnus dejó escapar una suave y sorprendida risa, como un estallido. Alec le tomó las manos para calentárselas y mantenérselas firmes, luego lo jaló hacia sí. Magnus no opuso resistencia y Alec lo envolvió en un fuerte abrazo. Con los brazos alrededor del delgado cuerpo del brujo, sintió el pecho de ambos subir y bajar, uno contra el otro. Magnus apoyó la cabeza contra el hombro de Alec.

—Te salvaste a ti mismo —le dijo Alec al oído—, te salvaste a ti y luego salvaste a mucha más gente. No podrías haberlo hecho si tú no te hubieras salvado primero. Y yo no te habría encontrado nunca.

Alec no se había equivocado respecto a la oscuridad que acechaba en Magnus, y el dolor que esta llevaba aparejada. Toda esa oscuridad y todo ese dolor... y, aun así, Magnus seguía siendo ese torbellino de vida y color, una fuente de alegría para los que lo rodeaban. Él era la razón de que Alec se mirara en el espejo y viera a una persona completa que no tenía que esconderse. Permanecieron abrazados mientras el fuego empezaba a morir. Todo estaba en silencio. Alec aguardó.

—No te preocupes tanto. Solo es una pequeña secta —dijo finalmente—. Nada con lo que no podamos.

Sintió que la boca de Magnus, apoyada en su mejilla, se curvaba en una sonrisa.

TERCERA PARTE

CIUDAD DE GUERRA

Cuando Roma caiga, caerá también el mundo.

LORD BYRON

18

TESOROS QUE PERDURAN

No había ciudad igual a Roma, pensó Magnus cuando las cúpulas de las basílicas comenzaron a aparecer en el horizonte. Naturalmente, podía decir lo mismo de muchas otras ciudades. Esa era una de las ventajas de vivir eternamente. Siempre había nuevas maravillas en el mundo.

No había nada como Tokio, con su cultura dual y su tecnología. No había nada como Bangkok, con su metrópolis que se extendía hasta donde alcanzaba la vista. No había nada como el jazz de Chicago y su pizza *deep-dish*.

Y no había nada tan singularmente espectacular como Roma, la dorada Ciudad Eterna.

Magnus y Alec se habían quedado dormidos junto al fuego bajo el cielo. Los despertó el canto de los pájaros y la luz del alba, que anunciaba el nuevo día. Era, sinceramente, una de las mejores mañanas que Magnus había tenido en su vida.

Solo lamentaba que no hubieran llegado a usar el pabellón que había materializado. De hecho, no creía que Alec ni siquiera hubiera llegado a entrar en la tienda. Era una pena. Magnus estaba muy orgulloso de su trabajo. Pero siempre habría una próxima vez.

Se sentía descansado y su misión era clara: acabar con el asunto de la secta y seguir con sus vacaciones románticas. La Mano Escarlata estaba en Roma: Magnus la encontraría y encontraría a quien la estuviera dirigiendo, y tendría unas serias palabras y muchos conjuros dolorosos para ese lunático que le había robado la secta, arruinado sus vacaciones e invocado a un Demonio Mayor. Estaba seguro de su capacidad para enfrentarse con éxito a cualquier otro brujo del mundo. (Incluso a Barnabas. Especialmente a Barnabas.) Incluso si la secta estuviera tan loca como para contar con Asmodeo, Magnus estaba casi seguro de que aún no lo habían invocado. Pensaba, sin la más mínima duda, que si su padre estuviera en el mundo, habría hecho que Magnus lo supiera.

Quizá todo aquello fuera a acabar muy pronto.

Magnus dobló e hizo desaparecer todos los artículos del campamento de vuelta al lugar de donde habían venido; Shinyun hizo lo mismo, y todos subieron al Maserati.

—No te molestes con el mapa —le dijo a Alec alegremente—. Todos los caminos conducen a Roma.

Alec le sonrió.

—Evidentemente, el mapa no está de acuerdo.

Solo unas dos horas después estaban recorriendo las calles de Roma, donde las líneas deportivas del Maserati eran menos una nota de estilo y más un objetivo para las flotas de ciclomotores y pequeños Fiats que lo rodeaban por todas partes. Roma era el peor lugar para circular que Magnus conocía, y, sin duda, había visto bastantes lugares de circulación caótica durante su vida. Se registraron en una *suite* del Palazzo Manfredi, un hotel *boutique* frente al Coliseo, donde, sin que ninguno pusiera peros, aceptaron unánimemente dormir en cómodas camas con sábanas elegantes en bonitas habitaciones con climatizador hasta la noche. Incluso Shinyun parecía cansada hasta el alma mientras se dirigía a la habitación adyacente a la de ellos sin decir casi ni una palabra.

Alec soltó un silbido al entrar en la *suite*. Dejó el equipaje a un lado, apoyó el arco en la pared y se tumbó despatarrado sobre el suave terciopelo rojo del lujoso sofá.

Magnus lanzó unos cuantos hechizos de protección para estar seguros mientras dormían, y se unió a Alec en el sofá, subiendo por un brazo y deslizándose sobre el cazador de sombras como *Presidente Miau* habría hecho si estuvieran en casa.

—Hueles muy bien —susurró Alec—. ¿Por... por qué siempre hueles tan bien?

—Umm —murmuró Magnus, encantado, mientras luchaba contra el sueño—. Creo que es la madera de sándalo.

—Es fantástico —susurró Alec—. Ven a abrazarme. Te quiero a mi lado.

Magnus lo miró directamente. Alec tenía los ojos cerrados y respiraba profundamente.

«Ven a abrazarme. Te quiero a mi lado.» Quizá a Alec le resultaba más fácil decir esas cosas cuando se estaba quedando dormido. No se le había ocurrido pensar que Alec podía sentirse cohibido diciendo cosas así. Hasta el momento, Magnus había pensado que simplemente no quería decirlas.

Hizo lo que se le pedía y se apretujó contra Alec. Sus piernas se entrelazaron. Magnus le pasó el índice por la mejilla hasta la boca. Alec tenía las pestañas largas, espesas y oscuras, que se le curvaban hasta casi rozarle la punta de los pómulos. Los labios eran carnosos y suaves; el pelo, una mata revuelta de áspera seda negra. Parecía vulnerable de un modo que resultaba difícil de encajar con el guerrero frío y certero en que se convertía al luchar.

Pensó en despertarlo y sugerirle que fueran al dormitorio. Podría besar esa suave boca, alborotar aún más ese cabello sedoso. Le rozó la mejilla con los labios, cerrando los ojos...

Y los abrió al sol de la tarde que se colaba por un ventanal que iba del techo al suelo. Maldijo su propio agotamiento. Quién sabía cuántas horas habrían pasado, y Alec ya no estaba en el sofá con él.

Lo encontró en el balcón con una mesa preparada con quesos, panes y fruta. Alec alzó una copa de champán hacia él.

—Alexander Lightwood —exclamó Magnus admirado—. Muy buena jugada.

Alec removió la copa; su sonrisa tonta era lo único que fallaba en su actitud de hombre de mundo.

—¿Prosecco?

El balcón era como una taza de cálido sol. Se sentaron allí y Magnus fue enviando mensajes a todo el mundo en el que se le ocurrió pensar, preguntando si alguien había visto a Barnabas Hale. También se comió como medio kilo de jamón. Una cena temprana y ligera con Alec, aunque tuvieran prisa, le daba la sensación de algo doméstico.

«Debería venirse a vivir conmigo —pensó—. No, no, demasiado pronto, quizá cuando haya pasado un año.»

Magnus estaba en la regadera cuando oyó a Alec alzar la voz en la sala. Agarró rápidamente una enorme toalla, suave como una nube, y se la enrolló en la cintura mientras se apresuraba a ir a la sala de la *suite* por si Alec estaba sufriendo el ataque de otro demonio.

Alec y Shinyun, cada uno sentado en una punta del sofá, se quedaron quietos. Shinyun apartó rápidamente la mirada; Alec la mantuvo fija. Magnus se dio cuenta de que había entrado de golpe en la sala con solo una toalla y el pelo goteándole sobre el torso desnudo.

Incómodo.

Magnus agitó la mano, chascó los dedos y al instante estuvo cubierto por una camiseta de color borgoña con el cuello de pico, un vaporoso fular de seda y unos apretados jeans. Fue descalzo hasta Alec y le dio un rápido beso en la ardiente mejilla. Solo entonces volteó para saludar a Shinyun.

—Buenas tardes. ¿Prosecco?

—Me voy —contestó Shinyun.

—¿Para siempre? —preguntó Alec esperanzado.

—La mayoría de la gente no considera tan alarmante la visión de un hombre medio desnudo —dijo Magnus—. Varias cabezas de Estado lo han considerado «un privilegio».

Alec puso los ojos en blanco. Parecía estar muy tenso. Quizá debería pedir cita para un masaje, pensó Magnus.

—Tengo varios contactos en Roma que no hablarán con un cazador de sombras delante —indicó Shinyun—. Además, he estado encerrada en un coche durante casi dos días. Necesito salir. Sin ánimo de ofender.

—Ninguna ofensa —repuso Alec—. Que te vaya bien.

—¿No quieres un café? —preguntó Magnus, sintiéndose un poco mal.

—No puedo quedarme —contestó Shinyun.

—No puede quedarse —repitió Alec—. Ya la oíste. Tiene que irse.

Shinyun le hizo a Magnus lo que este reconoció como una imitación sarcástica de su propio gesto al saludarla, y se fue.

Magnus volteó la cabeza hacia Alec, y lo besó.

Alec se había movido como solo un cazador de sombras podía, rápido y silencioso. Estaba ante él, quitándose la camisa y luego le pasó las manos por los brazos, besándolo profunda y desesperadamente, y ¡oh! se había vuelto un experto en tan poco tiempo... Dejó de besarlo solo para quitarle el fular a Magnus y quitarle la camiseta por la cabeza. La lanzó hacia la ventana. Magnus lo iba besando en el rostro, en las manos, animándolo como podía. Y era como estar en el centro de un maravilloso tornado. Alec le fue acariciando los músculos de la espalda, por los costados, en los hombros, con un movimiento imparable y ávido. Magnus se fue hacia atrás, en busca de algo que lo mantuviera derecho. Dio con la espalda en la pared.

—¡Perdón! —exclamó Alec, y de repente pareció preocupado—. ¿Está... está todo bien, Magnus?

Alec se quedó parado, con los ojos enfebrecidos, y Magnus lo agarró, le enredó los dedos en el cabello y lo hizo volver al abrazo.

—Todo está bien, sí —murmuró—. Me encanta. Me encantas tú. Ven aquí.

Alec se perdió de nuevo en el abrazo, besando a Magnus; el contacto de las pieles desnudas resultaba intoxicante. Magnus le pasó la palma de la mano por el vientre y notó la dura redondez de los músculos bajo ella. Alec hizo un ruido sordo y desesperado contra la boca de Magnus cuando este comenzó a desabrocharle los jeans.

—Sí, Magnus —le susurró—. Por favor, sí.

Magnus se fijó en que le temblaba la mano mientras bajaba el cierre y Alec echaba la cabeza hacia atrás. Con los ojos cerrados, como la noche anterior, las hermosas pestañas agitadas, esta vez de placer. Separó los labios.

—Espera —susurró.

Magnus se apartó al instante, con el corazón latiéndole a toda prisa. Alzó las manos y se las puso tras la cabeza.

—Claro —dijo—. Podemos esperar todo lo que quieras.

Alec fue a sujetar a Magnus, como por instinto. Pero dejó caer las manos y apretó los puños. Su mirada recorrió al brujo antes de obligarse a apartar los ojos. Este le contempló los severos rasgos del rostro y pensó en la implacabilidad de los ángeles.

—Lo quiero —dijo Alec con una voz desesperada—. Te deseo más de lo que he deseado nada en mi vida. Pero... estamos juntos en esto. Estás preocupado por el culto y yo no quiero solo un poco de tiempo robado, aprovechando que Shinyun no está por aquí, mientras eres infeliz.

Magnus creía que nunca le habría emocionado tanto un discurso de alguien abrochándose los pantalones.

—Quiero que resolvamos esto —dijo Alec agarrando la camisa—. Debo irme.

Magnus tomó su camiseta, que estaba hecha un guiñapo junto a la ventana. Se la puso y se quedó mirando las fluidas curvas del Coliseo, donde unos hombres habían luchado muchos años antes de que él naciera.

—Me gustaría que pudieras quedarte —repuso suavemente—. Pero tienes razón. Sin embargo, al menos deberías darme un beso de buenas noches.

Alec tenía una extraña expresión en el rostro, casi como si alguien le hubiera hecho daño, pero no del todo. Los ojos azules, que Magnus tanto amaba, estaban casi negros.

Cruzó el suelo de un salto y empujó a Magnus contra la ventana; le subió la camiseta y Magnus notó el vidrio, caliente del sol, contra la espalda. Lo besó, lento y tomándose su tiempo, con sabor a pena.

—Sí... sí... ¡No! —murmuró Alec, como si estuviera borracho—. Tengo que ir al Instituto de Roma.

Se apartó de Magnus y tomó el arco, girándolo entre las manos, como si necesitara estar agarrando algo.

—Si hay actividad demoníaca o de cualquier secta rara, el Instituto lo sabrá. Tenemos que emplear todos los medios a nuestro alcance. No podemos permitirnos este rato. Ya hemos dormido todo el día; quién sabe cuán lejos habrá llegado la secta en esas horas... Tengo que irme.

Magnus quería sentirse enojado por la huida de Alec; el problema era que la urgencia que este describía era real, un hecho comprobado.

—Lo que tú consideres mejor —repuso.

—Bien —dijo Alec—. Bien. Me voy. Tú quédate. Ten cuidado. No dejes entrar a nadie en la habitación. No vayas a ninguna parte sin mí. Prométemelo.

Magnus había recorrido reinos infernales en alucinaciones causadas por veneno de demonios, había estado viviendo y pasando hambre en calles que ya eran ruinas, había estado lo suficientemente desesperado para hacer arder el agua, había estado muy borracho en el desierto. No creía que la parca fuera a ir a buscarlo a un hotel de lujo de Roma.

Pero amaba a Alec por preocuparse.

—Podemos seguir donde lo dejamos —le dijo Magnus, apoyándose contra el alfeizar—. Ya sabes, cuando regreses.

231

Sonrió lenta y maliciosamente. Alec hizo un gesto sin sentido hacia sí mismo y luego en dirección a Magnus. Finalmente bajó la mano. Fue a hablar, pero se lo pensó visiblemente, negó con la cabeza, se encaminó a grandes pasos hasta la puerta y salió de la habitación.

Un segundo después, Alec volvió a entrar.

—O quizá debería quedarme.

Magnus abrió la boca, pero Alec ya había cerrado los ojos; dejó caer la cabeza contra la puerta y se respondió a sí mismo:

—No. Voy a irme. Me voy. Adiós.

Se despidió de Magnus con la mano. Este chascó los dedos. Unas brillantes llaves le aparecieron en la palma de la mano y se las lanzó a Alec. Este las tomó por reflejo. Magnus le hizo un guiño.

—Toma el Maserati —le dijo—. Y no tardes en volver.

19

ATADO EN EL CIELO

Alec doblaba las esquinas de las enmarañadas calles de Roma demasiado deprisa. Iba a extrañar el Maserati. Y ya extrañaba a Magnus.

Seguía pensando en su aspecto cuando había salido del baño, con la piel aún caliente de la regadera, la toalla enrollada alrededor de las estrechas caderas y aquellos músculos fuertes y aquel vientre plano punteado de relucientes gotas de agua. El pelo negro ya casi seco y la luz cayendo sobre él, dorada y suave. A menudo, este era el Magnus que Alec prefería, con el pelo sedoso y sin fijador ni erizado. No era que no le gustara la ropa de Magnus, pero este la llevaba como si fuera una armadura, una capa que le servía de protección ante un mundo que no siempre recibía con los brazos abiertos a los que eran como él.

No podía pensar en todo lo otro que había pasado en aquella habitación. Ya había dado la vuelta con el coche tres veces para regresar al hotel. La última, lo había hecho en un callejón tan estrecho que había rayado un lateral del Maserati.

Deseó que Magnus lo hubiera acompañado al Instituto. Alec se sorprendió al darse cuenta de que se sentía intranquilo sin Magnus a la vista. Desde que dejaron Nueva York, habían estado juntos todo el tiempo, y Alec se había acostumbrado a ello. No le preocupaba otro ataque de demonios, o al menos no demasiado. Sabía que la habitación del hotel estaba protegida por la magia de Magnus y este había prometido permanecer allí.

Era raro. Extrañaba Nueva York; extrañaba a Jace y a Isabelle, y a su padre y a su madre, e incluso a Clary. Pero a quien más extrañaba era a Magnus, y solo llevaba treinta minutos separado de él.

Se preguntó qué pensaría Magnus, cuando volvieran a casa, de que Alec se mudara a vivir con él.

Como todos los Institutos, en el de Roma solo podían entrar los nefilim; al igual que casi todos, el de Roma estaba cubierto por un *glamour* que lo hacía parecer una vieja iglesia fuera de uso. Como Roma era una de las ciudades más pobladas de Europa, había una magia extra puesta en el *glamour* que hacía que el Instituto no solo pareciera un viejo edificio, sino también para que la mayoría de los mundanos no llegara a verlo o, en caso de hacerlo, lo olvidaran al momento.

Esto era una pena, porque el Instituto de Roma era uno de los más bellos del mundo. Se parecía a muchas otras basílicas de la ciudad, con cúpulas, altos arcos y columnas de mármol, pero como si se vieran en uno de esos espejos de la risa que alargan el reflejo. El Instituto tenía una fachada estrecha entre otros dos edificios bajos y cuadrados. En el punto en que rebasaba la altura de sus vecinos, florecía y desplegaba una serie de bóvedas y torres, como un candelabro o un árbol. El perfil que resultaba era peculiarmente romano y agradablemente orgánico.

Alec encontró un lugar para estacionarse allí cerca, pero sintió la fuerte tentación de quedarse en el coche y seguir leyendo los *Manuscritos rojos de la magia* durante un rato más. Ya había descubierto algunas diferencias entre la copia que habían encontrado en Venecia y las páginas que Isabelle le había mandado. Pero se obligó a ir hacia la entrada del Instituto. Al mirar al imponente edificio, sintió miedo hacia todos los extraños que lo habitaban, a pesar de que eran colegas cazadores de sombras. Quería tener consigo a su *parabati*. Habría dado lo que fuera por ver una cara conocida.

—¡Eh, Alec! —lo llamó una voz detrás de él—. ¡Alec Lightwood!

Alec se volteó y miró hacia la hilera de tiendas al otro lado de la calle. Encontró la cara conocida en una pequeña mesita redonda delante de un café.

—¡Aline! —exclamó él, sorprendido al verla allí—. ¿Qué haces aquí?

Aline Penhallow lo miraba desde detrás de la taza de café que tenía en la mano. El pelo negro le revoloteaba a la altura de la mandíbula, llevaba puestos sus lentes de aviador y estaba radiante. Tenía mucho mejor aspecto que la última vez que Alec la había visto. Él y su familia se habían quedado en la finca de los Penhallow la noche que las salvaguardas habían caído en Alacante. La noche que Max había muerto.

—Necesitaba airearme un poco. Están reconstruyendo Idris, pero sigue siendo un desastre. Mi madre está metida de lleno en ello.

—¡Es cierto, es la nueva cónsul! ¡Felicidades!

Alec no podía ni imaginarse cómo se sentiría Jia Penhallow al haber sido elegida por todos los nefilim como la persona más cercana al Ángel y encargada de llevar a cabo sus mandatos. Siempre le había gustado la madre de Aline, una guerrera calmada e inteligente de Beijing. Podría hacer grandes cosas. Ser la líder de los cazadores de sombras significaba tener la posibilidad de hacer cambios, y Alec cada vez se daba más cuenta de que el mundo necesitaba cambiar. Cruzó la calle y saltó el cordón que rodeaba las mesas del café.

—Gracias, ¿y tú qué te cuentas? —preguntó Aline—. ¿Qué haces aquí? ¿Y dónde conseguiste ese precioso buga?

—Es una larga historia —contestó Alec.

—¿Cómo está todo el mundo en Nueva York? —inquirió Aline—. ¿Les va bien?

La última vez que se habían visto fue no mucho después del funeral de Max.

—Sí —contestó Alec—. Todo bien. ¿Y tú?

—No me puedo quejar —respondió Aline—. ¿Estás con Jace?

—Eh, no —negó Alec.

Pensó si Aline se lo preguntaría por alguna razón específica. Ella y Jace se habían besado en Alacante antes de la guerra. Alec intentó pensar en lo que Isabelle solía decirles a las chicas respecto a Jace.

—Ya sabes que —añadió— Jace es un precioso antílope que tiene que correr libre por las llanuras.

—¿Qué? —preguntó Aline.

A lo mejor Alec no lo había entendido bien.

—Jace está en casa con su... eh... su nueva novia. ¿Te acuerdas de Clary? —Alec confió en que Aline no se quedara demasiado compungida.

—Ah, sí, la pelirroja bajita —respondió ella. La propia Aline era muy bajita, pero siempre se había negado a admitirlo—. Es que Jace estaba tan triste antes de la guerra que pensé que debía de tener un amor imposible o algo así. No se me ocurrió pensar que fuera Clary, por razones obvias. Pensé que era el vampiro.

Alec tosió. Aline le ofreció un sorbo de su bebida.

—No —contestó cuando recuperó la voz—. Jace no está saliendo con Simon. Jace es hetero. Simon es hetero.

—Recuerdo que vi cicatrices en el cuello de Jace —repuso Aline—. Dejó que el vampiro lo mordiera. Se lo llevó a Alacante. Y pensé: «Clásico de Jace». Nunca arma un lío si puede provocar una catástrofe. Espera, ¿creías que yo tenía intención de montarme en ese tren del desastre?

—¿Sí? —aventuró Alec.

Como *parabatai* leal que era, empezaba a encontrar el tono de Aline un poco insultante.

—Bueno, Jace es muy lindo, eso es evidente, y a mí siempre me han gustado los rubios, y de hecho, Jace me gusta —explicó ella—. Se ha portado muy bien conmigo. Ha sido muy comprensivo, pero espero que sea muy feliz con su... lo que sea. O ese vampiro. O quien sea.

—Se llama Simon —apuntó Alec.

—Sí, eso —dijo Aline. Jugueteó con su taza durante un momento sin mirar hacia Alec, luego añadió—: Te vi con tu subterráneo. Ya me entiendes. En la Sala de los Acuerdos.

Hubo un silencio, y la incomodidad flotó sobre ellos como una neblina en el aire. Alec recordó el beso que le había dado a Magnus bajo la mirada del Ángel y de todos sus seres queridos, y también ante cientos de completos desconocidos. Le habían temblado las manos. Le había dado mucho miedo hacerlo, pero aún había temido más la posibilidad de perder a Magnus, de que uno de ellos muriera sin que el brujo llegara a saber lo que Alec sentía por él.

No era capaz de desentrañar la expresión de Aline. Siempre se había llevado bien con ella, que era más tranquila que Isabelle y Jace. Siempre había sentido que se entendían bien. Pero tal vez Aline ya no lo entendía a él.

—Debes de haber pasado mucho miedo —dijo ella al fin.

—Sí —admitió Alec a regañadientes.

—Pero ahora que lo hiciste, ¿te sientes bien? —preguntó Aline con cautela.

Alec no sabía si estaba siendo simplemente curiosa o si, al igual que su padre, pensaba que su vida sería más fácil si continuaba escondiéndose.

—A veces es difícil —respondió él—, pero estoy muy contento.

Aline esbozó una pequeña sonrisa insegura.

—Me alegro de que estés contento —dijo finalmente—. ¿Siguen juntos? ¿O es eso de, no sé, ahora que sabe que te gusta, tú le gustas menos? Quizá todo se reducía al morbo de lo prohibido. ¿No te preocupa eso?

—Pues no hasta este momento —le soltó Alec.

Aline se encogió de hombros.

—Perdóname. Creo que no soy muy romántica. Nunca he entendido por qué la gente se pone como se pone con las relaciones.

Alec solía pensar lo mismo. Recordó la primera vez que Magnus lo había besado, y que cada una de las células de su cuerpo se emocionó de una forma completamente desconocida. Recordó aquella sensación de que todas las cosas, por fin, se unían de una forma que tenía sentido.

—Bueno —concluyó Alec—, seguimos juntos. Estamos de vacaciones. Todo es fantástico. —Le lanzó a Aline una mirada retadora, luego pensó en Magnus y añadió, dulcificando el tono—: Magnus es fantástico.

—¿Y qué haces en el Instituto de Roma si se supone que están de vacaciones? —quiso saber Aline.

Alec dudó.

—¿Puedo confiar en ti? —preguntó—. ¿Puedo confiar realmente en ti? Lo digo en serio. Ya te confiaría mi vida, pero ¿puedo fiarme aún más?

—Qué serio se ha vuelto de todo de repente —dijo Aline con una sonrisa, que se desvaneció cuando vio la expresión hosca de Alec. La chica se mordió el labio—. Tu lucha es la mía —afirmó—, puedes confiar en mí.

Alec la miró durante un largo instante. Luego le explicó todo lo que pudo: que había una secta llamada la Mano Escarlata, que había ido a la fiesta de un brujo en busca de información, que el hada que había visto besándose con una vampira había resultado ser una cazadora de sombras llamada Helen Blackthorn y que quizá los cazadores de sombras del Instituto de Roma habían sido alertados para que sospecharan de Alec.

—Necesito averiguar si ha habido algún signo de actividad sectaria en Roma —dijo—, pero no puedo decirle a nadie del Instituto lo que estoy buscando.

Aline asimiló esta información. Alec veía las preguntas en sus ojos, pero ella seguía callada.

—De acuerdo —dijo al fin—. Vayamos a comprobar qué actividad sectaria se ha registrado en las últimas semanas. Diré que mi amigo, un héroe de guerra, vino a visitarme. Creo que se esperan más visitantes. Con un poco de suerte, todo el mundo estará demasiado ocupado para hacernos preguntas.

Alec la miró agradecido. Aline era muy amable.

—Si tu brujo está haciendo algo malo, vamos a tener que cortarle la cabeza —añadió ella.

Aline era muy amable, pero quizá no tuviera mucho tacto.

—No está haciendo nada malo —lo defendió Alec—. Si yo soy un héroe de guerra, él también.

Vio cómo Aline procesaba estas palabras. La chica asintió, se terminó el café y pagó la cuenta. Alec la tomó de la mano mientras saltaban juntos por encima de las cuerdas que delimitaban la cafetería.

Cruzaron la gigantesca puerta dorada del Instituto de Roma y se adentraron en el atrio. Alec dejó escapar un silbido. Era uno de los institutos más grandes del mundo. Alec lo había oído describir como «decorado», pero esa palabra no llegaba a expresar la realidad. Era como un golpe para la vista, demasiado para asimilarlo todo de una vez. Había hermosos e intrincados diseños, y obras de arte en cualquier sitio al que mirara: la media docena de estatuas en la pared de la izquierda, los vívidos grabados en la derecha, la fascinante cúpula de azulejos dorados y plateados varios pisos por encima de ellos. El perímetro de esta estaba ocupado por una inscripción en latín: Les daré las llaves del reino de los cielos; todo lo que aten en la Tierra, quedará atado en el cielo, y todo lo que desaten en la Tierra, quedará desatado en el cielo.

—La construyeron siguiendo el modelo de la basílica de San Pedro —le explicó Aline mientras lo conducía a través de un vestíbulo y bajo un arco lateral.

Ella ya conocía el lugar. Lo llevó por pasadizos laterales, evitando así los corredores principales, más llenos de gente. Subieron por una escalera de caracol dorada, y pasaron al menos diez estatuas más y unas cuantas docenas de frescos antes de llegar a una puerta de cristal.

—Tenemos que atravesar la sala de entrenamiento para llegar a la de los archivos —le informó Aline—. Espero que no haya nadie dentro, pero si lo hay, actuamos como si nada y ya está.

—De acuerdo —aprobó Alec.

Aline golpeó la puerta de cristal con el puño.

—¡Aquí les traigo a un héroe de guerra! —anunció en voz alta.

—¿A quién? —gritaron media docena de voces a la vez.

Alguien gritó:

—¿Es Jace Herondale?

—¡Por el Ángel, sí, que sea Jace Herondale! —pidió otra voz.

Alec y Aline entraron en una sala tan iluminada como un invernadero, con el suelo de mármol que brillaba entre colchonetas de ejercicio, y más de una docena de cazadores de sombras en pleno entrenamiento. Había dianas colgadas en la pared más alejada de ellos, con flechas clavadas en los círculos más exteriores. Estaba claro que los cazadores de sombras italianos necesitaban practicar más, pero Alec no veía por qué tenía que ser justo en ese momento.

Una chica que estaba en la fila se desinfló decepcionada.

—Oh, no es Jace Herondale. Es solo un tipo.

Alec calculó que en dos minutos asimilarían aquella decepción y empezarían a hacer preguntas. Había demasiada gente. Y él no podía darles ninguna respuesta.

Respiró hondo y tomó su arco. Se ordenó a sí mismo no preocuparse por toda esa gente, o por la secta, o por Magnus. En las innumerables noches en las que practicaba el tiro con arco, tras entender que Jace e Isabelle iban a estar siempre tentando al peligro y él tendría que cubrirlos, se había enseñado a sí mismo a concentrarse. Pero no podía hacerlo si había voces en su cabeza diciéndole que fallaría el tiro, que su padre nunca estaría tan orgulloso de él como la Clave lo estaba de Jace, que no era lo suficientemente bueno.

Lanzó cinco flechas en las cinco dianas. Todas y cada una de ellas dio en el centro. Guardó el arco.

—No soy Jace Herondale —dijo—, pero he aprendido a mantener su ritmo.

Se hizo el silencio. Alec lo aprovechó para cruzar la sala y recuperar las flechas. De paso, tomó todas las que encontró clavadas en las dianas. Tenía el presentimiento de que podría necesitarlas.

—Practiquen más, chicos —sugirió Aline—. Nos vamos a la sala de archivos.

—Genial —dijo una voz desde el fondo de la sala—, porque me gustaría hablar con Alexander Lightwood en privado.

Helen Blackthorn se separó del grupo y permaneció, de brazos cruzados, con la mirada clavada en Alec.

Aline se quedó inmóvil. El primer impulso de Alec fue salir corriendo y saltar por la ventana. Luego recordó lo lejos que quedaba el suelo.

Helen lo llevó hasta la sala de archivos, que sobresalía del lateral del Instituto; había ventanas por todo el alrededor y solo una puerta. Aline los siguió. Se había quedado completamente callada y no estaba siendo de mucha ayuda. León Verlac se acercó también y saludó a Alec con la mano.

Helen se puso delante de la única salida.

—Muy bien, Alec —comenzó—. Primero te niegas a venir a Roma para responder preguntas, luego te escabulles de una escena del crimen en Venecia y vienes a Roma por tu cuenta.

—No olvides todos los daños causados a la propiedad —le recordó Alec.

Helen no pareció encontrar esto divertido, aunque Aline dejó escapar una pequeña sonrisa.

—¿Qué sabes de la Mano Escarlata? —inquirió Helen—. ¿Dónde está Magnus Bane? ¿Qué pasó en Venecia?

Helen estaba a punto de lanzar más preguntas cuando Aline agitó una mano colocándose entre los dos.

—Discúlpenme.

—¿Qué? —Helen pareció percatarse de su presencia en ese mismo instante. Los ojos de ambas chicas se encontraron.

—Eh —la saludó Aline.

Hubo una pequeña pausa.

—Hola —contestó Helen.

Otro silencio.

—Esto... perdonen —intervino Alec—. Estaba demasiado ocupado con el interrogatorio para hacer las presentaciones formales. Helen Blackthorn, Aline Penhallow. Aline, ella es Helen.

—Y yo soy Leon —dijo este. Aline ni le dirigió la mirada.

Helen siguió mirando a Aline. Alec se preguntó si su amistad con Aline la haría resultar sospechosa también a ella.

—Perfecto —dijo Helen al fin—. Y ahora, volvamos a las preguntas.

—Yo también tengo una pregunta —la atajó Aline, y tragó saliva—: ¿Quién te crees que eres, Helen Blackthorn, y por qué le hablas a mi amigo, un cazador de sombras y reciente héroe de la guerra en Alacante, como si fuera un delincuente común?

—¡Porque resulta muy sospechoso! —ladró Helen.

—Alec es una persona de honor —lo defendió Aline con lealtad—. Nunca haría nada sospechoso.

—Viaja con Magnus Bane, del que se rumora que es el líder de una secta responsable de la matanza de muchas hadas y mundanos —replicó Helen—. Nuestra única pista era un antiguo miembro de la secta llamado Mori Shu, y a este lo encontraron muerto en la fiesta a la que Magnus Bane y Alec asistían. En la misma fiesta en que la casa entera se derrumbó.

—Pues sí suena sospechoso, dicho de este modo —admitió Aline. Helen asintió—. Aun así, existe una explicación para todo eso —añadió Aline.

—¿Cuál es? —preguntó Helen.

—Bueno, no lo sé —contestó Aline—. Pero estoy segura de que hay una.

Helen y Aline se quedaron mirándose. Helen, que era más alta que Aline, la miraba con cierta condescendencia. Aline entrecerró los ojos.

—Está claro que no les gusto mucho a ninguno de los dos —comenzó Helen—. Eso no me importa. Lo que sí me importa es resolver un asesinato y destruir una secta demoníaca y, por alguna razón, ustedes me lo están impidiendo.

—Si Alec estuviera haciendo algo malo —intervino Leon—, ¿por qué iba a salvarnos la vida en París?

Aline clavó su mirada en Alec.

—¿Les salvaste la vida en París? —le preguntó bajando la voz. Alec asintió—. Bien hecho —lo felicitó Aline, y se volteó hacia Helen—. Exactamente. Un buen argumento el de como-se-llame.

—Leon —dijo este.

Aline no le prestó atención. Estaba completamente centrada en Helen.

—¿Así que tu argumento es que Alec te salvó la vida, es un héroe de guerra, pero también apoya una malvada secta asesina?

—No creo que él sea malvado —explicó Helen—. Creo que ha sido seducido y engañado por el líder de una secta demoníaca.

—Oh —contestó Aline.

Había apartado la vista de Helen cuando ella pronunció la palabra «seducido».

—Magnus no tiene nada que ver con esa secta —argumentó Alec.

—Cuando estábamos en Venecia, oí que Magnus Bane había fundado la secta —objetó Helen—. ¿Qué me dices a eso?

Alec se quedó callado. La mirada de Helen, con su tono azul verdoso, se suavizó.

—Lo siento —aseguró—. Entiendo que confíes en Magnus Bane, de verdad que lo entiendo. Yo confío en Malcolm Fade y en muchos otros. No tengo ningún motivo para desconfiar de los subterráneos, como comprenderás. Pero tienes que admitir que esto tiene mala pinta.

—Magnus no ha hecho nada —insistió Alec obstinado.

—¿En serio? —preguntó Helen—. ¿Y dónde está ahora, mientras tú irrumpes en el Instituto de Roma por él?

—En el hotel —contestó Alec—. Esperándome.

—¿Ah, sí? —inquirió Helen—. ¿Estás seguro?

—Sí, estoy seguro.

Alec sacó el celular. Llamó al hotel y pidió que lo comunicaran con su habitación. Permaneció a la espera mientras el teléfono sonaba y sonaba. Nadie contestó.

—A lo mejor salió por un sándwich —sugirió Leon.

Alec llamó al celular de Magnus y otra vez se quedó esperando. De nuevo sin respuesta. Esta vez, el estómago le dio un pequeño vuelco. ¿Le habría pasado algo a Magnus?

—Esto es muy raro —opinó Aline.

Helen parecía apenada por Alec. Este la miró mal.

—Escucha —le dijo ella—, tenemos algo. Sabemos de un lugar cerca de Roma que la Mano Escarlata usaba para reunirse. ¿Por qué no vamos allí juntos? Y entonces ya veremos qué encontramos.

Era evidente que Helen pensaba que lo que encontrarían allí sería a Magnus, dirigiendo una secta perversa.

—Bien —aceptó Alec mientras guardaba el celular—. Deseo encontrar a la Mano Escarlata más que tú. Tengo que librar a Magnus de esas acusaciones. Te dejo que me ayudes con mi investigación.

—¿Tu investigación? —repitió Helen—. Es mi investigación. Y pensaba que tú estabas de vacaciones.

—Puede estar haciendo las dos cosas a la vez: investigando y de vacaciones —lo defendió Aline. Ella y Helen empezaron a hablar a la vez, en voz alta y con tono vehemente, comenzando su segunda discusión en los tres minutos que hacía que se habían conocido. Alec esperó no haber metido a Aline en ningún lío.

Apartó los ojos de la discusión y se encontró con la mirada de Leon.

—Yo no creo que tengas nada que ver con todo este asunto de la secta —le dijo Leon.

—Vaya —contestó Alec—, gracias, Leon.

—Espero que la vehemencia de Helen no impida que tú y yo sigamos conociéndonos.

—Ah, vale —dijo Alec.

Leon pareció tomar esto como una invitación. Alec no entendió por qué. Leon se le acercó. Alec reculó hacia Aline.

—Helen y yo tenemos mucho en común —comentó Leon.

—Me alegro por ti.

—Una de esas cosas en común —siguió Leon— es que a ambos nos interesa la compañía variada. Ya me entiendes.

—Creo que no —contestó Alec.

Leon echó un vistazo alrededor antes de hablar.

—Quiero decir que ambos somos bisexuales —dijo en voz baja—. Nos gustan los hombres y las mujeres.

—Ah —repuso Alec—. No sé mucho de eso, pero, de nuevo, me alegro por ti.

Alec sabía que Magnus también era así. Estaba empezando a comprender que había todo un mundo del que él había estado completamente apartado, con palabras, como «bisexual» o «pansexual», que nunca había oído antes. Le entristeció pensar en sí mismo de más joven, en lo desesperadamente solo que se había sentido, en lo convencido que estaba de ser la única persona que tenía esos sentimientos hacia otros hombres.

En lo más recóndito y oscuro de su alma, a veces se preocupaba. ¿Por qué Magnus lo había elegido a él cuando podía haberse decantado por una chica, una mujer, una vida más fácil? Pensó en lo aterrorizado que se sintió en su momento al pensar en cómo lo juzgarían.

Pero lo cierto era que si Magnus quisiera una vida más fácil, desde luego no habría elegido a un cazador de sombras.

—Cuando todo esto termine, quizá vuelva a Nueva York —comentó Leon—. Podríamos pasarlo bien juntos.

Le guiñó un ojo.

—Por favor, dime que esta vez entendiste lo que quiero decir —añadió Leon.

—Sí —contestó Alec.

245

—¡Fantástico! —exclamó Leon—. Tendríamos que mantenerlo en secreto, pero creo que nos lo podríamos pasar bien. Tienes tanto que ofrecer, Alec... Puedes aspirar a mucho más que a un subterráneo con un pasado oscuro. En fin, ¿haces algo esta noche?

Alec pensó que Leon era guapo. Si hubiera venido a Nueva York cuando Alec estaba enojado, se sentía fatal y pensaba que nunca iba a encontrar a nadie, tal vez habría aceptado esta oferta.

—No —contestó. Se apartó un poco y luego lo miró con cierto desdén—. Voy a ser claro —añadió—: No, tengo planes esta noche que no te incluyen. No, no estoy interesado en diversiones a escondidas. Y no, no puedo aspirar a alguien mejor que Magnus. No existe nadie mejor que Magnus.

Leon levantó las cejas cuando Alec elevó el tono de voz. Aline y Helen se dieron cuenta y los miraron, dejando apartada su discusión, intensa aunque de tono moderado.

—Leon, ¿le estás coqueteando? —exclamó Helen Blackthorn—. ¿Por qué siempre haces esto? ¡Deja de ligar con todo el mundo, Leon!

—Es que la vida es corta, y yo soy guapo y francés —murmuró Leon.

—Muy bien. Vamos a ir a ese lugar de reunión de la Mano Escarlata. Tú no vienes, Leon, Aline sí —ordenó Helen—. No seduzcas a nadie hasta que volvamos. —Se volteó hacia Alec—. Vamos a tomar algunas armas y nos ponemos en camino. Intenta estar a la altura. —Salió de allí y Aline se puso al lado de Alec, un par de pasos más atrás.

—¿Conoces a Helen Blackthorn desde hace mucho? —preguntó con brusquedad, luego carraspeó—. ¿Dijiste que estaba besándose con una vampira en la fiesta? ¿No fue eso lo que me contaste?

Alec recordó a Helen con los pálidos brazos alrededor de la vampira a la luz de la luna. No debería habérselo contado a Aline. Eso era cosa de Helen, y sería culpa suya si Aline pensaba diferente de Helen solo por eso.

Apenas conocía a Helen, pero sintió un súbito sentimiento de protección hacia ella. Fue como si hubiera oído a alguien chismear de él cuando era más joven y estaba aún más asustado.

—No, la conozco desde hace poco —contestó.

—Supongo que Jace te contó que una vez nos besamos —continuó Aline sin venir a cuento—. Y te dijo por qué lo hicimos. Me estaba ayudando a aclarar algo.

Alec la miró con tristeza. Aline nunca parecía haber perdido la cabeza por un chico, pero Jace era la excepción de muchas reglas.

—Mi *parabatai* no va por ahí contando a quien besa —le aclaró él en un tono más amable.

—Oh —contestó Aline con voz neutra.

Alec había pasado mucho tiempo sintiendo un enamoramiento desesperado e imposible por Jace. Había pensado que era un secreto; pero ya sabía que todo el mundo se había dado cuenta, especialmente Jace. A este nunca le había molestado. Entendía que Alec necesitara enamorarse de alguien que le diera seguridad. Alguien que, si a Alec se le ocurriera decirle «me gustas», no le diera un puñetazo en la cara o lo delatara ante la Clave. La gente podía ser horrible y violentamente mala con los que eran diferentes.

Aquel enamoramiento ya no era más que un recuerdo. Fue como una parte del amor general que sentía por Jace en aquel momento, el que los había llevado a ser *parabatai*, pero en la actualidad se parecía más a una luz que iluminara de pasada un metal. El brillo ya había desaparecido, pero el oro de la amistad permanecía, puro y verdadero.

Había gente peor que Jace Herondale con la que encapricharse. Nunca sería cruel con Aline por algo así. Pero Jace amaba a Clary, y la amaba de una manera que sorprendía a Alec, que nunca se lo había imaginado enamorado de este modo, y eso no iba a cambiar.

—Sé amable con Helen Blackthorn —le pidió Alec apremiante—. No tiene por qué caerte bien, pero no la trates de forma distinta a cualquier otro cazador de sombras.

Aline parpadeó.

—No planeaba hacerlo. Por supuesto que ella es... una compañera. La trataré de forma profesional. Eso era lo que pensaba hacer. Tratarla con una tranquila profesionalidad.

—Bien —asintió Alec.

—¿Tienes su número de teléfono? —preguntó Aline—. Ya sabes, por si nos separamos o algo.

—No, no lo tengo.

En la sala de armas, Helen se les acercó con los brazos llenos de cuchillos serafín y el pelo rubio retirado tras las orejas. Aline dejó escapar un pequeño suspiro.

—Vamos a buscar actividad demoníaca —le dijo Alec a Aline— en la sala de registros. No hemos llegado a hacerlo.

Aline empezó a tomar cuchillos serafín de los brazos de Helen y a guardárselos alrededor del cuerpo.

—¿No prefieres que nos pongamos ya en marcha en vez de buscar archivos? Si la pista no conduce a nada, siempre podemos volver después a los archivos.

A través de los grandes ventanales desde los que se contemplaba Roma, Alec vio al sol empezar su descenso. La ciudad seguía con su luz dorada, pero la parte más alta de los edificios empezaba a teñirse de rojo.

—Tiene sentido —contestó él. Tomó un par de cuchillos serafín y se los guardó.

Helen sonrió ansiosa.

—Vámonos de caza.

20

AQUA MORTE

Magnus estuvo solo únicamente diez minutos, durante los cuales se recostó en la cama y pensó en Alec. Luego, llamaron a la puerta. Magnus se alegró.

—¡Adelante!

Pero quedó muy decepcionado. No era Alec, que al final hubiera decidido permanecer a su lado. Era Shinyun.

—He estado hablando con un contacto —dijo sin mediar preámbulo—. Voy a encontrarme con él dentro de un rato en una casa de baños de subterráneos... —Se detuvo y miró alrededor sorprendida—. ¿Y Alec?

—Fue al Instituto de Roma, a ver si averiguaba algo. —Magnus decidió que no hacían falta más explicaciones.

—Ah, sí. Bueno, si te aburres aquí solo, puedes acompañarme a la cita en los baños romanos —ofreció Shinyun—. Mi contacto no hablará si estás tú delante, pero si tiene información y tú andas cerca, podremos ponernos en acción inmediatamente. Nadie cuestionará tu presencia en un lugar como ese. La de Alec sí.

Magnus consideró su oferta. Por una parte, le había prometido a Alec que se quedaría en la habitación. Por otra, conseguir una información que les permitiera actuar enseguida los acercaría más a la resolución de todo ese penoso asunto. Por un momento, Magnus se imaginó resolviendo el lío de la secta él solo; entonces podría ir a decirle a Alec que todo estaba resuelto, que por fin podía relajarse.

—Me encantan los baños romanos —repuso Magnus—, así que, ¿por qué no?

Fueron caminando junto a las doradas aguas del Tíber, en dirección a la casa de baños Aqua Morte, en el centro histórico de Roma. Magnus había olvidado cuán dorada era Roma en comparación con cualquier otra ciudad, como si fuera un tesoro traído a casa tras una conquista.

—Vuelvan al lugar del que vinieron —murmuró en italiano un hombre al ver los rasgos indonesios de Magnus y los coreanos de Shinyun. Luego intentó, al pasar por su lado, empujarlos de malos modos, pero Shinyun levantó una mano. El hombre se quedó paralizado.

—Siempre me he preguntado qué quiere decir esa frase —comentó Magnus como si nada—. No nací en Italia, pero hay mucha gente que sí y que no encaja con tu idea de cómo es la gente nacida aquí. ¿Es que piensas que sus padres no eran de aquí, o sus abuelos? ¿Por qué la gente dice eso? ¿Tendrán la idea de que todo el mundo debería volver al lugar del que son sus ancestros?

Shinyun avanzó hacia el hombre, que permanecía clavado en el sitio, con los ojos moviéndose con desesperación.

—¿Eso no querría decir —continuó Magnus— que, en último término, todos tendríamos que volver al agua?

Shinyun movió un dedo y, con un ligero rechinido, el hombre salió despedido hacia el Tíber. Magnus se aseguró de que no se hiciera daño al caer y lo acercó hasta una de las orillas. El hombre salió del agua y se sentó en la ribera con un chapoteo. Magnus esperó que se replanteara sus ideas.

—Mi intención solo era que *creyera* que lo iba a tirar al agua —aclaró—. Entiendo tu impulso, pero hacer que nos tenga miedo... —Dejó la frase en suspenso y lanzó un suspiro—. El miedo no es una motivación muy eficaz.

—El miedo es el único lenguaje que entienden algunos.

Los dos brujos estaban muy cerca. Magnus podía sentir la tensión que recorría el cuerpo de Shinyun. Le tomó la mano y le dio un breve y cariñoso apretón antes de soltarla. Sintió una ligera presión en los dedos como respuesta, como si ella hubiera querido darle también un apretón.

«Yo la convertí en esto», pensó como hacía siempre; las cinco palabras que siempre le rondaban por la cabeza cuando estaba con Shinyun.

—Prefiero creer que la gente llega a entender las cosas si se le da la oportunidad —opinó Magnus—. Me gusta tu entusiasmo, pero es mejor que no ahoguemos a nadie.

—Aguafiestas —replicó Shinyun, pero su tono era amistoso.

Cuando llegaron a la casa de baños, se separaron: Shinyun se dirigió en busca de su contacto, y Magnus en busca de un baño.

La Aqua Morte era una casa de baños dirigida por vampiros, lo cual a Magnus le resultó un poco chocante. Había cuatro tinas gigantes de agua caliente, cada una del tamaño de una piscina olímpica, y varias salas más pequeñas llenas de tinas individuales. Magnus pagó para usar una de esas pequeñas salas y se dirigió al vestidor.

El clan de vampiros que dirigía el establecimiento era un grupo difícil. También habían usado la casa de baños como zona de alimentación controlada durante siglos, hasta que los nefilim habían acabado con eso.

Magnus consideraba que, de momento, esta tarea no era tan exigente. Fue a la sala asignada, se quitó la toalla de la cintura y se metió en la tina. El vapor emergía del agua, que casi quemaba. Estaba en el límite de lo tolerable, justo como a Magnus le gustaba. Se sumergió en la tina hasta que solo le quedó la cabeza fuera del agua y dejó que el cuerpo se le aclimatara al excesivo calor, mientras sentía oleadas de dolor y placer recorrerle el cuerpo de arriba abajo. Colocó los brazos sobre los bordes y se recostó. Los antiguos romanos sabían vivir.

Aún le quedaban algunos moretones y arañazos de la noche en el tren y de cuando la casa se les había caído encima. Ya casi no se notaban y solo le dolían cuando hacía ciertos movimientos. Se podría haber curado a sí mismo en cualquier momento, pero había elegido dejar que el tiempo se encargara de ello. No porque disfrutara del dolor, sino al contrario. Cuando acababa de aprender a curarse a sí mismo, había empleado enormes cantidades de tiempo y magia eliminando cualquier pequeña herida. Sin embargo, con el paso de los siglos, había aprendido que estas pequeñas heridas formaban parte de la vida. Sufrir a causa de ellas le hacía apreciar el valor de estar completo y sano.

Ese instante era un ejemplo perfecto. Magnus sentía cada dolor y cada cortada latir en el agua caliente de la tina y disiparse con el vapor. Cerró los ojos y se relajó.

Magnus había pagado por una sala privada, pero pasado un rato sintió una presencia que se movía cerca. Antes de que llegara a decir nada, alguien se metió en su tina, haciendo que la plana superficie se quebrara y ondas de agua termal se desbordaran.

Se le ocurrieron unas cuantas palabras insultantes y abrió los ojos, listo para decirlas. Pero se sorprendió al encontrarse a Shinyun, envuelta en una toalla, sentada en el borde de la tina. Estaba apoyada contra la pared y descansaba la cara sobre las manos.

—Ah, hola —dijo él.

—Espero que no te importe la intromisión.

—La verdad es que sí, pero no pasa nada.

Magnus pasó una mano sobre la superficie del agua y una toalla se le materializó alrededor de la cintura. No pensó que Shinyun estuviera coqueteando con él, y tampoco tenía ningún problema con la desnudez, pero era una situación rara.

Shinyun apartó con cuidado el celular de Magnus, que este había dejado al lado de la tina, para inclinarse a tomar una toalla de manos. Se secó la cara, aunque en realidad no necesitaba hacerlo. Claramente estaba intentando ganar tiempo.

—¿Te enteraste de algo? —preguntó Magnus—. A través de tu contacto, quiero decir.

—Sí —contestó Shinyun con lentitud—. Pero primero tengo una confesión que hacerte. Oí sin querer tu conversación la otra noche, lo de que mataste a tu padrastro.

Magnus había mantenido esa conversación en voz muy baja.

—Así que la oíste sin querer. Mágicamente sin querer —añadió.

—Tenía curiosidad —confesó Shinyun, encogiéndose de hombros, como si eso la excusara—. Eres famoso, y trabajas codo a codo con los nefilim. Siempre había pensado que no tenías problemas y que disfrutabas de una vida de lujo despreocupado. No pensaba que fueras como yo.

Shinyun inclinó la cabeza. En este momento había una seriedad en ella que Magnus no había visto antes. Parecía más vulnerable, más abierta, y no tenía nada que ver con que ambos estuvieran sentados semidesnudos en una tina de agua caliente.

Ella lo miró.

—¿Quieres beber algo?

Magnus no tenía sed, pero sintió que seguramente ella sí podía querer una copa.

—Sí.

Unos segundos después, apareció una bandeja de plata con una botella de Barbera d´Asti y un par de copas de balón. Shinyun sirvió la bebida en ambas copas y le mandó una flotando a Magnus. Brindaron.

Shinyun se estaba esforzando por encontrar las palabras adecuadas.

—Ahora sé tu historia. Así que es justo que tú sepas la mía. Te he estado mintiendo.

—Ya —dijo Magnus—, algo así imaginaba.

Shinyun vació su copa de un trago y la dejó a un lado.

—Cuando se manifestó mi marca demoníaca, no es cierto que mi prometido me siguiera amando a pesar de todo. Mi familia me rechazó, todo el pueblo lo hizo, y él también. Llegaron hombres con palas y antorchas que gritaban mi nombre. El hombre que siempre había creído que era mi padre me entregó a la muchedumbre. Mi amado fue el que me metió en una caja de madera para que me enterraran viva.

Shinyun se deslizó dentro de la tina hasta quedarse casi horizontal y solo su cara, quieta como una máscara, emergía del agua. Miró al techo de mármol.

—Aún puedo oír la tierra cayendo contra el ataúd, como el martilleo de la lluvia en los tejados durante un tifón. —Curvó los dedos sobre la superficie del agua—. Arañé hasta quedarme sin uñas ni piel.

Magnus oyó el ruido de las uñas rascando la madera cuando Shinyun iluminó su relato con magia. Sintió las paredes que se cernían sobre ella y la falta de aire en los pulmones. Tomó un sorbo de vino para suavizar la garganta y apartó la copa.

—«Busca a los hijos de los demonios. Ámalos como amas a tu señor. No dejes que estos niños estén solos.» Me desenterraron. Juntos acabamos con cada una de las personas de mi pueblo. Los matamos a todos. Luego, por deseo de la Mano Escarlata, aún llegué más lejos. Me dijeron que confiara en ellos. Yo estaba muy agradecida. Deseaba sentir que pertenecía a algo.

—Lo siento —susurró Magnus. «Shinyun es como yo. Es mi reflejo oscuro.»

—Ya lo sé —contestó Shinyun—. La Mano Escarlata siempre hablaba de ti, el señor que regresaría. Decían que, cuando llegara ese momento, debíamos hacerte sentir orgulloso. Solía desear tu regreso. Quería que fueras mi familia.

—Lo habría sido —contestó Magnus—. Pero no recordaba la secta. No sabía nada de ti. Si lo hubiera sabido, habría acudido.

—Te creo —afirmó Shinyun—. Confío en ti. Durante toda mi vida me enseñaron a confiar en ti.

Magnus tomó su copa.

—Te prometo que haré todo lo necesario para ayudarte y que todo esto acabe.

—Gracias —respondió ella con sencillez.

Se acomodaron de nuevo en la tina.

—Me reuní con mi informante —contó Shinyun con su habitual voz pragmática—. Me habló de un lugar en Roma, donde se supone que se reúne la Mano Escarlata. Me dijo que su líder había sido visto recientemente.

—¿Te dijo si era Barnabas Hale?

—No sabía su nombre —explicó Shinyun—. Todo esto es información de segunda mano. Nadie de la secta va a hablar. No después de lo que le pasó a Mori Shu.

—Deberíamos contarle todo esto a Alec —sugirió Magnus.

—Podemos mandarle un mensaje de texto —propuso Shinyun—, pero no desde aquí dentro; no hay cobertura. No quería contárselo antes de contártelo a ti y... que tú y yo pudiéramos hablar en privado.

Magnus se enojó durante un instante, pero le pareció mezquino ponerse quisquilloso cuando Shinyun acaba de contarle que habían estado a punto de enterrarla viva.

—Nada mejor que el momento presente —dijo. Se levantó, agitó una mano y su toalla mojada se transformó en unos jeans y una camiseta azul oscuro con estrellas amarillas. Recuperó su teléfono y frunció el ceño al verlo: la pantalla parecía congelada.

Shinyun lanzó su propio hechizo y su toalla empezó a reptarle por el cuerpo, secándola. Cuando acabó de hacerlo, cayó al suelo. Debajo ya estaba vestida con el mismo traje de pantalón negro que había llevado en Venecia. Se palpó la cadera y el muslo para comprobar que seguía teniendo los dos cuchillos, que se volvieron a ocultar con la misma rapidez con que los había sacado. Satisfecha, se dirigió a la puerta.

—Después de ti.

Magnus apagó el teléfono y lo reinició. Menudo momento para que se le estropeara. Aun así, había un montón de formas de mandar un mensaje a Alec. Pronto estarían juntos de nuevo; y encontrarían y detendrían al líder de la Mano Escarlata. Faltaba muy poco para que todo esto acabara de una vez.

21

FUEGO EN LA MANO ESCARLATA

Magnus llegaba tarde.

Alec y las chicas no se habían alejado ni unos metros del Instituto de Roma, cuando este recibió un mensaje de Shinyun en el que le decía que el celular de Magnus se había estropeado. Uno de sus contactos de la ciudad le había dado una pista, y ella y Magnus se dirigían a un lugar concreto de un bosque, fuera de la ciudad.

No le dijo por qué Magnus estaba con ella ni dónde habían estado antes. Cuando Alec le dio esta información a Helen y a Aline, todos estuvieron de acuerdo en que lo más lógico era ir al encuentro de Magnus y Shinyun; era una información más actualizada que la que Mori Shu le había dado a Helen, e incluso aunque al final no llevara a nada, estarían ya todos en el mismo sitio.

Pero el tiempo pasaba, y Alec se preguntó si Shinyun y Magnus se habrían perdido o ellos habrían entendido mal la dirección. A esas alturas ya deberían haber llegado, y si hubieran tenido algún problema, se lo habrían comunicado.

A Alec no le había acabado de gustar tener la información de Magnus por medio de Shinyun. Miró la hora otra vez y comprobó que el sol ya se estaba poniendo. La tarde caía sobre ellos como un enemigo, pues la luz mágica no podría dar mucho de sí en un bosque de follaje espeso. Observó la línea de los árboles; no alcanzaba a ver mucho más allá de un par de metros.

El bosque parecía encantado. Las gigantescas ramas nudosas se apiñaban unas contra otras; algunas se entrelazaban como amantes y dificultaban el paso por el estrecho camino de tierra. Las florecientes copas ocultaban el cielo. El viento agitaba las hojas.

—¿Estos tipos de la secta no podrían rentarse una habitación? —se quejó Aline—. ¿En la ciudad, por ejemplo?

Había llovido, así que el suelo era un lodazal mojado y resbaladizo que les dificultaba el avance. Especialmente Aline se las veía negras, ya que llevaba unos zapatos más adecuados para sentarse en una terraza que para perseguir malvados por el bosque.

—Espera, prueba con esto. —Helen sacó un cuchillo y rebanó dos largas piezas de la corteza del árbol más cercano. Se puso de rodillas delante de Aline y la tomó por el talón. Aline se quedó petrificada cuando Helen le levantó la pierna y le ató la corteza a la suela del zapato. Luego repitió la operación con el otro—. Ya está, ahora tendrás mejor agarre.

Aline la miró pasmada. Alec vio que ni le daba las gracias, y pensó que eso era muy poco educado.

Helen tomó el mando, y Alec apretó el paso para estar a su altura. Sus tenis también resbalaban en el lodo, pero a él nadie le ofreció unas suelas de corteza. El paso de Helen era más ligero que el suyo o el de Aline, aunque no se movía exactamente como un hada. Alec había visto a hadas caminar sin siquiera aplastar las briznas de hierba. Sin embargo, tampoco resbalaba en el lodo como les ocurría a ellos. Bajo los movimientos de la guerrera estaba la gracia del hada.

—Los zapatos de corteza no son un truco de hada, si es lo que están pensando —le soltó Helen a Alec cuando él se le acercó—. Lo aprendí de los cazadores de sombras de Brasil.

Alec parpadeó.

—¿Por qué íbamos a estar pensando eso? Oye, siento si Aline se está comportando de una forma rara. Es culpa mía. Le conté lo que había pasado la noche de la fiesta en Venecia, quiero decir, lo de que te vi con la subterránea.

Helen resopló.

—¿Te refieres a la otra subterránea?

—No —replicó Alec—. Tú eres una cazadora de sombras. De verdad que lo siento. Estaba preocupado por Magnus y miento muy mal. No hace mucho, yo mismo me habría tomado fatal que alguien le contara lo mío a un desconocido.

—No te preocupes —contestó Helen—. No es ningún secreto que las chicas también me gustan. Si a Aline le molesta, peor para ella. —Le lanzó una mirada a la joven y luego se encogió de hombros—. Una pena. Está como quiere.

Alec inclinó la cabeza y sonrió. Estaba un poco sorprendido, pero era agradable hablar de esto con Helen, y ver lo tranquila y valiente que se mostraba al respecto.

—Supongo —dijo Alec—. No sabría decirte —añadió con timidez—. Pero creo que mi novio está muy bueno.

—Y que lo digas; ya lo he visto —contó Helen—, y entiendo por qué perdiste la cabeza. Pero no me fío de él.

—¿Porque es un subterráneo? —La voz de Alec se endureció.

—Porque tengo que ser más objetiva que nadie a la hora de evaluar a los subterráneos —respondió Helen.

Alec la contempló, la forma de las orejas y el ligero brillo de la piel bajo las runas de cazadora de sombras. En medio del bosque, Helen parecía aún más un hada.

—¿Seguro que estás siendo objetiva?

—Creo que Magnus Bane fundó esta secta —afirmó Helen—. Lo que lo convierte en un claro sospechoso de ser también su dirigente. Por lo que todo el mundo dice, el líder es un brujo poderoso. Habrá una docena de brujos en todo el mundo que encajan con esta descripción. ¿Cuántos de ellos estaban en la fiesta?

—Malcolm Fade... —apuntó Alec.

—¡Malcolm no es! —protestó Helen.

—Ah, claro, el brujo en el que tú confías no puede ser —ironizó Alec—. Ya veo. ¿Qué me dices de Barnabas Hale?

Helen se detuvo en seco, sobre el lodo resbaladizo y en medio de la oscuridad.

—¿Estaba allí? —preguntó—. No aparecía en la lista de invitados.

—Reventó la fiesta —le explicó Alec—, hasta tal punto que la mansión entera se derrumbó.

—Sabía que Malcolm había luchado contra otro brujo —murmuró Helen—. Estaba tan ocupada intentando sacar a la gente de allí que no vi la pelea. Supuse que había sido con Magnus Bane.

Así que esa era la razón por la que Helen le tenía tanta antipatía a Magnus: quería proteger a Malcolm, su propio Brujo Supremo.

—No fue con Magnus —repuso Alec—. Se metió en medio de la pelea para pararla. Intentó sacar a la gente de allí. Igual que tú.

Helen tardó un momento en procesar esa información. Alec se alegró al ver que ella no lo sabía todo, y se alegró aún más de que ella pareciera dispuesta a tener en cuenta lo que le había contado. Quizá, con Helen y Aline ayudándolo pudieran interrogar a los cazadores de sombras acerca de Barnabas sin levantar sospechas.

—No conozco a ninguno de esos brujos —anunció Aline—. Pero quizá este sea el lugar de reunión.

Señaló un pequeño claro a poca distancia del camino.

No hacía falta ser cazador de sombras para adivinar que aquel lugar lo estaban usando para actividades ocultistas. El pentagrama quemado que se veía en el suelo era una pista obvia, pero había más: un altar improvisado con dos restos de hogueras, una a cada lado, y varios tajos en los árboles cercanos que parecían marcas de garras. También había una señal circular impresa en el suelo de tierra. Helen caminó hasta el claro y revisó los arbustos. Sacó un barril de cerveza y lo hizo rodar hacia la hierba.

—Vaya —exclamó Aline—. ¿A los malvados miembros de la secta les gusta la fiesta?

—Beber en abundancia es una de sus reglas sagradas —dijo Alec. Helen le echó una mirada interrogante y él se explicó—: Los *Manuscritos rojos de la magia*. Es su texto sagrado. Yo... esto... te puedo prestar mi copia.

Le pasó a Aline el celular con las fotos que Isabelle le había mandado, y esta, sin pedir permiso, se lo pasó luego a Helen.

Helen frunció el ceño.

—El último mandamiento es no dejar que los niños se sientan solos —dijo—. Suena... extrañamente amable, para ser una secta.

—Sí que es amable, sí —comentó Alec con suavidad.

Todo lo que tenía que ver con Magnus era extraño pero amable. Sin embargo, Alec no dijo nada al respecto, puesto que Helen podría interpretarlo como una confesión.

—A Mori Shu lo asesinaron vampiros —dijo Helen Blackthorn tajante—. Ni Malcolm ni Barnabas Hale ni Hypatia Vex, que son los otros brujos de la vecindad con suficiente poder, tienen ninguna relación con los vampiros. Mientras que Magnus Bane es conocido por tener fuertes lazos, e incluso relaciones sentimentales, con varios de los peores vampiros del clan de Nueva York, algunos de los cuales acudieron a la fiesta en la que Mori Shu y yo íbamos a vernos. La fiesta en la que Mori Shu fue asesinado antes de poderle contar a nadie lo que sabía.

Alec se rio mentalmente de la idea de Magnus teniendo líos sentimentales con vampiros, especialmente vampiros criminales. Parecía considerar a Lily, Elliot y los otros como niños traviesos.

Aunque era cierto que conocía poco de la vida amorosa de Magnus. Este le había contado una parte durante el viaje, pero no esa parte.

Alec no quiso pensar en ello.

—Raphael y Lily no asesinaron a nadie en esa fiesta.

—¿Quiénes son esos? —preguntó Helen—. ¿Vampiros?

—Raphael Santiago es un vampiro, sin duda —intervino Aline, cuando Alec dudó.

—¿También eres amigo suyo?

—No —contestó Alec.

Helen y Aline lo miraron con idéntico gesto de preocupación. Alec no necesitaba que ellas le dijeran lo mal que pintaba esto. Pintaba realmente mal.

Magnus seguía sin aparecer. El bosque era un laberinto y se estaban quedando sin luz. Pasó la vista por los árboles. En breve estarían sumidos en la oscuridad. La noche era el momento en que los demonios salían y los cazadores de sombras hacían su trabajo. A Alec no le habría importado esa oscuridad de no ser porque quería que Magnus los encontrara.

Había otra cosa que lo inquietaba, una preocupación debajo de una montaña de preocupaciones. Era como si al recibir un puñetazo en la cara, además del dolor, notara que le faltaba un diente.

—Helen —le preguntó Alec—, ¿cuál dijiste que era el último mandamiento de los *Manuscritos rojos de la magia*?

—Cuidar a los niños —contestó Helen confundida.

—Perdona un momento —pidió Alec.

Sacó el celular y fue hasta el pentagrama al otro lado del claro. Ya había intentado llamar a Magnus muchas veces. Así que lo intentó con otra persona.

Sonó dos veces y descolgaron.

—¿Hola? —saludó Alec—. ¿Raphael?

—No son amigos —murmuró Helen—, pero lo llama para platicar.

—Ya —dijo Aline—. Alec parece culpable. Juro que no lo es, pero todo lo que hace parece malo.

—Olvida este número —gruñó la voz de Raphael al otro lado de la línea.

Alec miró a Helen y a Aline, que meneaban la cabeza con expresión triste mientras lo miraban. Parecía que esta noche no estaba impresionando a nadie.

—Sé que no te encantan los cazadores de sombras —replicó Alec—. Pero dijiste que podía llamar.

262

Hubo una pausa.

—Por eso te estoy respondiendo —repuso Raphael—. ¿Qué quieres?

—Pensé que esto tenía que ver con lo que tú querías. Y eso era ayudar —le recordó Alec—. Dijiste que investigarías sobre la Mano Escarlata. Me preguntaba si tenías alguna información. En concreto, sobre Mori Shu.

Los restos de las hogueras a los lados del pentagrama aún estaban templadas, se veía que las antorchas se habían usado hacía solo unas horas. Alec se arrodilló al lado de una de las líneas del pentagrama y olisqueó el residuo: tierra ennegrecida con carbón y sal, nada de sangre.

—No —contestó Raphael.

—Vale —dijo Alec—, gracias de todas formas.

—¡Espera! —exclamó Raphael—. Dame un minuto.

Hubo otra pausa. Duró un buen rato. Alec oyó el sonido de pisadas sobre piedra y, más alejado, el eco tintineante, y sin embargo desagradable, de una voz de mujer.

—¿Raphael? —insistió Alec—. Algunos de nosotros no somos inmortales. Así que no podemos pasar la eternidad al teléfono.

Raphael rugió de frustración, lo cual era un sonido realmente alarmante al provenir de un vampiro. Alec se apartó un poco el teléfono de la oreja, y volvió a acercarlo cuando oyó a Raphael volver a hablar.

—Hay una cosa —empezó el vampiro, y vaciló otra vez.

—¿Sí?

El silencio entre las palabras de Raphael estaba completamente vacío. Ni siquiera respiraba entre frases. Los vampiros no necesitaban hacerlo.

—No vas a creerme. Esto no tiene sentido.

—Prueba —lo invitó Alec.

—A Mori Shu no lo mató un vampiro.

—¿Por qué no dijiste nada?

—¿A quién se lo iba a decir? —refunfuñó Raphael—. ¿Me acerco a un nefilim y le digo, por favor, señor, a los vampiros nos han incriminado injustamente? Sí, había un cadáver, y sí, le habían quitado la sangre, pero no la suficiente, y sí, tenía marcas en el cuello, pero esas marcas las había hecho la punta de una espada, no unos colmillos, y, uy, no, señor nefilim, por favor, aparte ese cuchillo serafín. Ningún nefilim me creería.

—Yo sí te creo —le aseguró Alec—. Las marcas, ¿eran de una espada de hoja triangular? ¿Como un *samgakdo*?

Hubo otro silencio.

—Sí —asintió Raphael—, lo eran.

A Alec se le retorció el estómago.

—Gracias, Raphael, me has sido de mucha ayuda.

—¿En serio? —La voz de Raphael se tornó recelosa—. ¿Por qué?

—Se lo contaré a Magnus.

—Ni se te ocurra —lo amenazó Raphael—. No me vuelvas a llamar. No tengo ningún interés en volver a ayudarte. Y no le digas a nadie que lo hice esta vez.

—Tengo que dejarte.

—Espera —ordenó Raphael—, no cuelgues.

Alec colgó.

Raphael intentó llamarle al instante. Alec apagó el celular.

—¿Qué está pasando? —preguntó Aline—. ¿Por qué tienes esa cara?

—Helen —dijo Alec—. Mencionaste a Hypatia Vex como una posible sospechosa. Eso quiere decir que Mori Shu nunca especificó que quien dirigía la secta fuera un hombre, ¿no?

Helen parpadeó.

—No dijo nada sobre eso.

—La gente del Mercado de Sombras de París hablaba de él como si fuera un hombre —repuso Alec en voz baja—. Porque se rumoraba que era Magnus. Incluso aunque alguien creyera en su inocencia, decían «él» de forma automática. Y Magnus y yo estábamos tan ocupados defendiéndolo que ni nos dimos cuenta de eso.

El informante de la Mano Escarlata asesinado en la fiesta en Venecia. Marcado con la punta de una espada de hoja de tres caras.

«Cuando tengas problemas, recuerda: todos los caminos conducen a Roma.»

Esta línea no estaba en la versión de los *Manuscritos rojos de la magia* que Isabelle le había mandado. La versión de la capilla se había alterado con el añadido de una regla adicional, una regla que los dirigía a Roma.

Y Shinyun Jung, una bruja que era, sin duda, una guerrera muy bien entrenada, cuyos movimientos solían ser rápidos y gráciles, había tropezado asegurándose de que encontraran el libro corregido. El que los había llevado allí.

—Tenemos que irnos —dijo Alec—. Ya.

En cuanto se volteó para desandar el camino, el bosque alrededor cobró vida. Un fuerte viento hizo crujir las ramas y arrancó las hojas. El aire se volvió cálido, la temperatura subió de forma alarmante. Hacía unos pocos segundos, la noche era fresca, pero en ese momento el calor era sofocante.

De repente, rodeándolos, se alzaron cinco columnas de fuego en el límite del claro, cada una de una altura de varios pisos y gruesas como troncos de árbol. Las ramas y las rocas se quebraron, las llamas lamieron la vegetación y la consumieron, y el aire se volvió espeso y casi imposible de respirar. Las columnas crepitaron y lanzaron grandes ascuas hacia el cielo, como cientos de luciérnagas revoloteando en el aire.

Los tres cazadores de sombras sacaron las estelas y rápidamente se dibujaron algunas runas de defensa: puntería, energía, fuerza. Y, quizá la más importante: ignífugo.

Aline guardó la estela y, tras susurrar «Jophiel», sus cuchillos serafín le aparecieron en las manos. Alec tomó el arco, y una brillante luz blanca iluminó la mano de Helen mientras sacaba su cuchillo serafín y también pronunciaba el nombre de un ángel. Alec no pudo oír cuál por el rugido de las llamas.

—A riesgo de decir una obviedad —empezó Helen—: ¡Oh, no, esto es una trampa!

Se juntaron hasta quedar espalda contra espalda en el centro del claro. A la luz de lo que estaban enfrentando, aquello no parecía lo más apropiado.

—Fue una estupidez venir los tres solos —se lamentó Alec—. La Mano Escarlata sabía exactamente dónde estaríamos, y cuándo.

—¿Cómo?

Alec colocó una flecha en la cuerda del arco.

—Por su dirigente: ella nos dijo que viniéramos aquí.

22

EL GRAN VENENO

La antigua villa se levantaba imponente ante Magnus; las torres rotas como dientes desportillados se erguían contra el cielo.

—Estos tipos de la secta no son muy sutiles, que digamos —comentó Magnus. Comprobó su reloj—. Alec ya debería estar aquí.

Shinyun permanecía a su lado. Magnus pudo notar la tensión que recorría a su amiga.

—Quizá lo estén interrogando en el Instituto de Roma —aventuró ella—. Sabes que los nefilim no van a aprobar un montón de cosas que ha hecho. Podría estar metido en un lío. Y si lo esperamos mucho más, perderemos la oportunidad de capturar a la Mano Escarlata.

Según el informante de Shinyun, los miembros principales de la Mano Escarlata iban a encontrarse con un grupo de aspirantes a discípulos. Tal vez hasta estuviera presente su líder.

Alec querría que Magnus lo esperara. Magnus quería esperar a Alec. Pero Shinyun tenía razón. Alec podía estar atrapado en un interrogatorio complicado en el Instituto de Roma, y sería por culpa de Magnus.

Lo mejor que podía hacer era capturar al dirigente de la Mano Escarlata y acabar con la secta. Seguro que eso apaciguaría a los nefilim, y libraría a Alec de toda sospecha.

—Esta podría ser nuestra única oportunidad —lo apremió Shinyun.

Magnus tomó una profunda bocanada de aire y decidió que sus dudas eran absurdas.

Eso no era nada de lo que no pudiera ocuparse él solo. Siempre lo había resuelto todo bien él solo.

—Tú diriges —le dijo a Shinyun.

Entraron en la villa atravesando lo que alguna vez habría sido una caballeriza y pasaron por una serie de salas. El edificio llevaba ya tiempo saqueado: armarios rotos, tapices rajados, suelos cubiertos de cristales rotos. La naturaleza ya había empezado el lento proceso de invasión de la villa. Las malas hierbas y la hiedra se habían colado en las grietas de las paredes y por las ventanas. Un fuerte olor a agua estancada impregnaba el aire. Todo estaba mojado. El olor a humedad mareaba a Magnus. Le resultaba un poco difícil respirar.

—El mal puede perdonarse a veces. Sin embargo, la miseria, nunca —murmuró Magnus.

—¿Puedes dejar de hacer chistes? —lo instó Shinyun.

—No creo —repuso Magnus.

Entraron en una amplia sala con techos altos y estanterías rotas. En otra vida, probablemente habría servido como despensa. En esta, la madera podrida, la piedra agrietada y las hiedras invasoras cubrían las paredes. En los lugares donde el suelo se había hundido, se veían agujeros llenos de agua. Shinyun levantó un dedo y se quedó muy quieta. Magnus escuchó. Allí estaba, por fin un indicio: el lejano sonido de unos cantos.

Shinyun señaló hacia el otro extremo de la sala y avanzó sigilosa hacia allí, rodeando los agujeros inundados. Justo cuando estaba a punto de salir de la habitación, una puerta enrejada, en mucho mejor estado que el resto del lugar, se deslizó de repente por el marco.

Magnus fue hacia la puerta que estaba tras ellos, por la que habían entrado, pero ya era demasiado tarde. Hubo un sonido de metal al rozar y otra reja se clavó en el suelo antes de que Magnus pudiera salir. El brujo la agarró y la jaló, pero no se movió. Estaban atrapados.

Shinyun intentó otra vez abrir la primera reja. Magnus cruzó la sala y se unió a ella. No sirvió de nada; era demasiado pesada. El brujo se apartó un par de pasos y concentró su magia para intentar pulverizar la reja de metal. La mano le brilló con un resplandor azul oscuro, y un rayo de luz brotó de la punta de sus dedos, pero se apagó antes de llegar a su destino.

Se sintió inesperadamente débil, como si hubiera realizado un gran hechizo en vez de uno muy común. Parpadeó para intentar aclararse la vista, que se le oscurecía por momentos.

—¿Estás bien? —le preguntó Shinyun.

—Sí, muy bien —contestó él mientras agitaba una mano, como quitándole importancia a su repentino malestar.

Shinyun tomó una gran roca del suelo y empezó a golpear las partes más oxidadas de la reja. Magnus caminó hacia el centro de la estancia.

—¿Qué haces? —le preguntó Shinyun.

Un remolino verde se levantó alrededor de Magnus, azotándole el abrigo y revolviéndole el pelo. Hizo acopio de toda la magia que pudo para intentar que el remolino adquiriera más fuerza, hasta el punto en que el hechizo comenzó a dividirse. Con un grito final, Magnus canalizó todas sus fuerzas en este aullante tornado y lo lanzó contra la puerta por la cual habían entrado. El metal se resquebrajó y rechinó, y la reja se desencajó de la piedra y voló por el pasillo. Desapareció en la oscuridad antes de chocar con alguna losa en la lejanía.

Magnus cayó de rodillas, jadeando. A su magia le pasaba algo malo.

—¿Cómo pudiste hacer eso? —preguntó Shinyun con suavidad—. ¿Cómo conseguiste ser tan fuerte? Estoy segura de que ya no te queda ningún poder.

Magnus se obligó a levantarse y empezó a dar pasos tambaleantes hacia la salida que acababa de abrir.

—Me voy.

Justo al pasar al lado de Shinyun, esta estiró un brazo y lo tomó por la parte delantera de la camisa.

—No lo creo.

Magnus contempló la cara de Shinyun en la penumbra. El corazón le latía en los oídos y le señaló el peligro, ya demasiado tarde.

—Veo que han vuelto a abusar de mi hermoso carácter confiado —dijo él—. Otra vez.

Shinyun pivotó y usó el propio peso de Magnus para lanzarlo, tambaleándose, a la otra punta de la sala. Él intentó ponerse de pie, pero una patada en el pecho se lo impidió. Cayó de nuevo y se golpeó con lo que quedaba de verja. Luego oyó el sonido de dos metales que chocaban y el rechinido de la reja al levantarse; notó varios pares de fuertes manos agarrándolo por los brazos. Casi no podía ver.

«Me vi expuesta a una poción que me hizo perder el control sobre mi capacidad de transformación», le había dicho Tessa. Magnus debería haberse acordado.

—Me envenenaste la bebida en el Aqua Morte —dijo él, luchando por articular cada palabra—. Me embaucaste contándome una historia triste. ¿Era todo mentira?

Shinyun se arrodilló a su lado sobre la piedra mojada. Magnus no era capaz de ver nada más que el contorno de su cara, como una máscara flotando en la oscuridad.

—No —susurró ella—. Tuve que hacer que sintieras la suficiente lástima por mí. Tuve que contarte la verdad. Esa es otra cosa más por la que nunca te perdonaré.

Magnus no se extrañó demasiado al despertarse en una prisión.

Una gotera en el techo le daba directa sobre la frente y dejaba escapar gotas cada pocos segundos, lo que le recordó los castigos que usaban los Hermanos Silenciosos para conseguir que dejara de hablar durante las horas de estudio.

Algunas de las gotas le resbalaban hasta la boca y él las escupía. Esperaba que solo se tratara de agua. Fuera lo que fuese, sabía a rayos. Parpadeó para intentar ajustar la visión a lo que lo rodeaba. Estaba encerrado en una mazmorra curva y sin ventanas, con una verja de metal tras la que solo se veía más oscuridad, y un agujero en el lado más alejado que tanto podía ser una antigua ruta de escape como una letrina. A juzgar por el olor que flotaba en el aire, Magnus pensó que podía ser ambas cosas.

—Es oficial —declaró en voz alta—. Estas son las peores vacaciones que he tenido en mi vida.

Miró hacia arriba. La luna apenas iluminaba, pero a través de una reja circular se colaba un débil resplandor. El lugar parecía el fondo de una cisterna, quizá, o de un pozo, que para el caso era lo mismo. Un agujero, una celda, el fondo de un pozo... Seguía siendo una prisión. Tenía las manos encadenadas a la pared por encima de la cabeza, y estaba sentado en una cama de paja que parecía que ya había utilizado un caballo. El suelo era de piedra sin pulir, así que suponía que seguía en algún lugar de los terrenos de la villa. Magnus tragó saliva. Le dolían la cara y el cuello. Mucho. Y no le vendría nada mal beber algo.

Esperaba que Alec estuviera realmente atrapado en el Instituto de Roma. Que no hubiera ido al lugar al que Shinyun le había dicho que fuera, el cual, estaba seguro, sin duda no sería ese. En el Instituto, Alec estaría a salvo.

Una silueta apareció al otro lado de la verja. El metal resonó y una bisagra rechinó mientras la reja se abría.

—No te preocupes —dijo Shinyun—, el veneno no te va a matar.

—«Yo lo haré» —completó Magnus. Shinyun lo miró sorprendida—. Esa iba a ser tu siguiente frase, ¿no? —preguntó. Y cerró los ojos. Tenía un dolor de cabeza horrible.

—Medí la cantidad con mucho cuidado —explicó Shinyun—. Solo lo suficiente como para ponerte fuera de combate y eliminar tu magia. Te quiero en pie cuando por fin cumplas tu tan glorioso destino.

Eso no sonó muy bien. Cuando Magnus abrió los ojos, ella estaba ante él. Iba vestida de un blanco níveo, con brocados plateados en el cuello y en los puños.

—¿Mi glorioso destino? —preguntó Magnus—. El destino siempre es glorioso. ¿Nunca te has puesto a pensarlo? Nunca nadie habla de destinos mediocres.

—No —negó Shinyun—. Es mi destino el que será glorioso. Tú no mereces la gloria. Empezaste esta secta como un juego. Tenías a la gente haciendo bromas y curando a los enfermos. Te reíste del nombre de Asmodeo.

—Reírse es lo mejor que uno puede hacer con ese nombre —murmuró Magnus.

—Los dos teníamos que permanecer leales a Asmodeo —insistió Shinyun con voz furiosa—. Él te favoreció de una forma magnánima. No eres digno de él.

—Él no es digno de mí —la corrigió Magnus.

—¡Estoy harta de tus constantes bromas y faltas de respeto! —le gritó Shinyun—. Le debemos la vida. Yo nunca seré como tú. ¡Yo nunca traicionaré a mi padre!

—¿Tu padre? —repitió Magnus.

Pero Shinyun no le hizo caso.

—Llevaba cinco días enterrada cuando la Mano Escarlata me rescató. Me dijeron que Asmodeo los había mandado a rescatar a su hija. Los leales a mi padre me salvaron, porque mi padre siempre está pendiente de mí. Mi familia mortal me traicionó, y yo los asesiné. Asmodeo es el único que me ama, y al único que yo tengo que amar. Gracias a mí, la Mano Escarlata pasó de ser una broma a ser una realidad, y ya es hora de destruir el último insulto. Es hora de eliminarte a ti, Gran Veneno. Te mataré por insultar a Asmodeo. Sacrificaré tu vida inmortal para honrarlo, y lo dejaré libre, y me sentaré a su lado toda la eternidad, como su hija bienamada.

—Sí, bueno, respecto a eso —puntualizó Magnus—, si tuvieras los poderes de un Príncipe del Infierno, lo habrías notado.

272

—Si algún brujo viviente tuviera el poder de un Príncipe del Infierno, ya estaría gobernando el mundo —le replicó Shinyun impaciente—. Todos los brujos son hijos de Asmodeo si prueban ser dignos de él. Eso es lo que la Mano Escarlata me enseñó.

—¿Así que... adoptaste a Asmodeo? —preguntó Magnus—. ¿O él te adoptó a ti?

La miró. No le entusiasmaba estar en prisión. Y mucho menos la perspectiva de un destino tan poco glorioso.

Pero aun así no la odiaba. Seguía entendiendo por qué era como era, qué fuerzas la habían hecho así y el papel que él había jugado en ello.

—¡No me mires así! No quiero tu compasión. —Shinyun se acercó a él y le puso las manos alrededor del cuello. Magnus se atragantó y tosió. Los brujos eran inmortales, pero no invulnerables. Si lo privaban de oxígeno, moría—. Nunca fuiste digno de él —le susurró Shinyun mientras él luchaba por respirar—. Mi gente nunca debió seguirte. Mi padre nunca debió honrarte. Tu lugar me pertenece.

Tras un momento, Shinyun debió de darse cuenta de que estaba acabando con la vida de quien pretendía que fuera un sacrificio para su padre. Lo soltó.

Magnus se quedó colgando de sus cadenas, jadeando, mientras el aire volvía a entrarle en los pulmones.

—¿Por qué? —preguntó él, aún con la voz ahogada—. Todo este tiempo que nos estuviste ayudando, en realidad nos llevabas hacia una trampa. ¿Por qué no me apresaste en París o en el tren, o en cualquier otro momento, con todas las oportunidades que has tenido? ¿Por qué montaste toda esta farsa?

—Alec. —Shinyun pronunció este nombre como si fuera algo venenoso—. Siempre que estaba a punto de atraparte, él se metía en medio. Te tuve arrinconado en el Mercado de Sombras de París hasta que él llegó al callejón. De hecho, te tuvimos en nuestro poder en el tren, hasta que él empezó a matar a mis demonios como si solo fueran paja. Alec acabó con todo el grupo de demonios raum y con la mayoría de los rapiñadores. La única que quedó fue mi raum madre, y la dejó mutilada. No podía confiar en que ella finalizara el trabajo, y tampoco podía arriesgarme a perderlos. Decidí quedarme lo más cerca posible de ustedes.

La risa de Shinyun era diferente de cualquier otra que Magnus le hubiera oído antes. Era cruel, hueca y amarga.

—A lo largo de los siglos, me he vuelto muy buena fingiendo, para así servir a mi padre. Mi rostro es un regalo con el cual puedo cumplir mejor mi labor. La gente no es capaz de ver lo que siento en realidad. Proyectan sus deseos en una máscara, y nunca piensan que yo soy real bajo esa máscara. Les muestro lo que quieren ver y les digo lo que quieren oír. Pero ese cazador de sombras no quería nada de mí, y lo único que funcionaba contigo era hacer que me compade-cieras. Odié tener que hacer eso, te odié muchísimo, pero seguía sin poder evitar que él estuviera pendiente de ti, protegiéndote, siempre preparado. Me di cuenta de que la única forma que tenía de hacerte caer era alejarte primero de Alexander Lightwood.

Magnus pensó en cómo, solo unas horas antes, había lamentado que Alec hubiera decidido ir al Instituto de Roma. En este momento se alegraba de ello. Alec estaría a salvo si seguía allí, y Magnus podía enfrentarse a lo que fuera si Alec estaba a salvo.

Shinyun chascó los dedos y varios hombres entraron en la celda de Magnus. Todos vestían de blanco y tenían rostros severos.

—Llévalo al pozo, Bernard —ordenó Shinyun.

—No me lleves al pozo, Bernard —sugirió Magnus—. Odio la palabra «pozo». Suena inquietante y sucio. Por cierto, ¡hola, malva-do miembro de la secta llamado Bernard!

El malvado miembro de la secta llamado Bernard le echó a Mag-nus una mirada de enojo. Era delgado como un palo, tenía el pelo negro peinado hacia atrás de una forma que acentuaba su puntiagu-da barbilla y su rala barba, y con un aire de impostada autoridad. Abrió los grilletes metálicos que atenazaban las manos de Magnus con una fuerza innecesaria. Magnus cayó al suelo al dejar de sostenerlo las cadenas. En ese momento, hasta Bernard suponía una amenaza real para Magnus. Se obligó a sí mismo a permanecer erguido, pero no podía hacer más que eso. Se sentía enfermo, mareado y completamente vacío de magia.

Shinyun no se había arriesgado con la dosis del veneno. Estaba claro que no quería que Magnus tuviera ninguna oportunidad en el pozo.

—Una última cosa —dijo Shinyun, y sonó como si estuviera sonriendo. Se acercó a Magnus—. Te llevé a un lugar donde no podías recibir llamadas. Fui yo quien inutilizó tu celular. Y luego llamé a Alec de tu parte. —Sonrió—. Les tendí una trampa diferente a cada uno. Alec Lightwood estará muerto en breve.

«Magnus podía enfrentarse a lo que fuera si Alec estaba a salvo.»

Hubo una oscura explosión en la mente de Magnus, un grito desgarrador de agonía y rabia. Una rabia que raramente se permitía sentir. Una rabia que venía de su padre. Se arrojó contra Shinyun. Bernard y los otros miembros de la secta lo tomaron por los brazos, reteniéndolo mientras él luchaba por soltarse. De las puntas de los dedos le salían chispas azules, desvaídas y pálidas.

Shinyun le dio una palmada en la cara a Magnus, aunque el gesto fue lo suficientemente contundente como para parecer una bofetada.

—Realmente espero que tuvieras una despedida en condiciones con tu niño del Ángel, Magnus Bane —murmuró—. Una vez muertos, no creo que ustedes dos vayan al mismo lugar.

23

LA SANGRE DE HELEN BLACKTHORN

Las columnas de fuego ganaban altura y ya cubrían el perímetro del claro. El calor aumentaba y se ensañaba con la piel de Alec como si quisiera arrancarle las runas. Consideró las pocas opciones que les quedaban. Las columnas distaban entre ellas unos quince metros y formaban un círculo irregular. Si eran rápidos, podrían colarse entre dos de ellas y escapar. Pero justo en cuanto Alec se movió para intentarlo, las columnas se inclinaron para bloquearlo, retomando su forma anterior en cuanto él se apartó.

Una vez, Alec había visto a un cazador de sombras saltar una columna de fuego tan alta como esa, pero él no era Jace, y no podía hacerlo.

—Oh, por el Ángel —exclamó Helen.

Alec pensó que era un mero lamento, pero cuando la miró vio que tenía los ojos cerrados. El pelo le caía por delante de la cara, como un espejo plateado que casi podía reflejar la luz del fuego.

—Lo siento —se disculpó ella—. Todo esto es culpa mía.

—¿Cómo va a ser culpa tuya? —preguntó Aline.

—Mori Shu me envió un mensaje pidiéndome protección porque el líder de la Mano Escarlata lo perseguía —explicó Helen deprisa—. Fue a París a encontrarse conmigo. Me eligió, específicamente, porque mi madre era un hada. Pensó que me preocuparía más que a otros el asesinato de las hadas y que me compadecería de los subterráneos. Tendría que haber puesto a Mori Shu en custodia preventiva. Tenía que habérselo contado todo al Instituto de París, pero lo que hice fue intentar ocuparme de todo yo sola. Quería encontrar al líder de la Mano Escarlata y demostrar que yo era una gran cazadora de sombras y no me parecía en nada a una subterránea.

Aline se llevó la mano a la boca mientras observaba a Helen. Esta tenía el rostro lleno de lágrimas que le caían entre las largas pestañas. Alec seguía atento a las columnas de fuego, que parecían limitarse a tenerlos ahí atrapados hasta que, probablemente, sucediera algo aún peor.

—Pero desde el principio no hice más que fastidiarla —siguió Helen—. Se suponía que me iba a encontrar con Mori Shu en París y, en vez de eso, la Mano Escarlata lo atrapó y mandó sus demonios a matarnos. Mori Shu se escapó. Leon me seguía a todas partes, y seguro que los demonios nos habrían matado si Alec no hubiera intervenido. Y yo seguí sin pedir ayuda. Quizá Mori Shu seguiría vivo si la hubiera pedido. No fui a hablar con el director del Instituto de París, ni con el de Roma cuando Mori Shu me volvió a citar allí. Ahora estamos aquí atrapados, esperando la muerte, y todo porque yo no quise contarle a nadie que un brujo me había elegido. No quise que la Clave siguiera viéndome como una subterránea.

Aline y Alec intercambiaron una mirada. Haber derrotado la cruzada de Valentine por la pureza de raza de los cazadores de sombras no significaba que la intolerancia que representaba hubiera acabado. Había gente que siempre creería que Helen podría sucumbir a su sangre de subterránea.

—No hay nada de malo en ser una subterránea —argumentó Alec.

—Eso díselo a la Clave —repuso Helen.

—La Clave se equivoca —terció Aline con una voz inesperadamente alta. Helen la miró y Aline tragó saliva—. Sé cómo piensan

—continuó—. Una vez me rehusé estrechar la mano a un subterráneo, y luego llegó a ser uno de los... —Aline lanzó una mirada a Alec—, uno de los héroes de la guerra. Estaba equivocada. La Clave está equivocada.

—Tiene que cambiar —intervino Alec—. Y lo hará.

—¿Cambiará a tiempo para que mis hermanos y hermanas lo vean? —preguntó Helen—. No lo creo. Soy la mayor de siete. Mi hermano Mark tiene la misma madre que yo. La madre de los otros era cazadora de sombras. Mi padre se acababa de casar con ella cuando a Mark y a mí nos enviaron a su casa. Esa cazadora de sombras nos podría haber despreciado. Pero eligió querernos. Fue muy buena conmigo cuando yo era pequeña. Siempre me trató como si fuera su verdadera hija. Quería que mi familia estuviera orgullosa de mí. Mi hermano Julian es muy listo. Algún día podría llegar a ser cónsul, como tu madre. No puedo ser un obstáculo para todo lo que podría conseguir, lo que podrían conseguir todos ellos.

Como si sus vidas no corrieran un peligro inminente, Aline se acercó a Helen y la tomó de la mano.

—Tú estás en el Consejo, ¿no? —preguntó—. Y solo tienes dieciocho años. Tu familia tiene que estar orgullosa de ti. Eres una gran cazadora de sombras.

Helen abrió mucho los ojos y miró a Aline. Entrelazó los dedos con los de ella. La esperanza le iluminó la cara, pero luego vaciló y desapareció.

—No soy una gran cazadora de sombras —objetó—. Pero quiero serlo. Si soy magnífica, si impresiono a la Clave, entonces sentiré que realmente soy una de ellos. Pero tengo mucho miedo de que decidan que no lo soy.

—Te entiendo —dijo Aline.

Alec también la entendía. Aline, Helen y él intercambiaron una mirada, unidos por el mismo miedo que hasta ese momento habían sentido en solitario.

—Lo siento —murmuró Helen, y su voz flotó hasta él ligera como el humo.

—No tienes por qué —respondió Alec.

—Siento no haberte dicho lo que íbamos a hacer o adónde íbamos a ir, y que ahora vayamos a morir —insistió Helen.

—Bueno —dijo Alec, mirando las altas copas de los árboles—, cuando lo dices de esa manera, sí suena mal.

Alec se fijó en una sección de la pared de fuego que chisporroteaba un poco, en una zona donde el suelo era más pantanoso. Allí las llamas eran más bajas que en el resto de la barrera.

—En caso de que muramos... —empezó Aline—. Sé que acabamos de conocernos, Helen, pero...

—No vamos a morir —la interrumpió Alec—. Helen, ¿cuán alto puedes saltar?

Helen parpadeó. Se recompuso y contempló las llamas.

—Tan alto no.

—No es necesario que sea tanto —explicó Alec—. Mira. —Se dirigió al espacio entre las dos columnas de fuego e, igual que antes, estas se inclinaron para bloquearlo.

—¿Y?

—Y —dijo Alec— yo hago esto otra vez y una de ustedes salta la columna mientras esta se inclina para bloquearme.

Helen observó el fuego.

—Sigue siendo un buen salto. —Su gesto se llenó de resolución—. Lo haré.

—Yo también puedo hacerlo —afirmó Aline.

Helen le puso una mano en el hombro.

—Pero fui yo la que nos metió en esto, así que seré yo la que nos saque.

—Solo tienes un segundo o dos —la avisó Alec, preparándose para correr—. Tienes que estar justo detrás de mí.

—De acuerdo —asintió Helen.

—¡Espera! —gritó Aline justo un segundo antes de que Alec se pusiera en marcha hacia la columna de fuego—. ¿Qué pasa si lo que hay al otro lado de las llamas es aún peor?

—Ese —respondió Helen blandiendo otro cuchillo serafín— es el motivo por el que voy armada hasta los dientes. *Sachiel.* —Una luz blanca y conocida apareció, el brillo del *adamas* parecía un desafío a las rojas y demoníacas llamas que los envolvían.

Alec sonrió para sí. Helen empezaba a gustarle. Luego se echó a correr.

Se lanzó hacia el suelo y sintió el calor de las llamas mientras estas bajaban para impedir que escapara. Se quedó tendido, volteó y oyó a Aline dar un grito de alegría. Se levantó y se sacudió la tierra de la ropa.

Hubo un pequeño silencio.

—¿Helen? —la llamó Alec con tono de incertidumbre.

—¡Demonios! ¡Demonios de fuego! ¡Son demonios! —gritó Helen sin aliento—. ¡Las... columnas... son... demonios! Ahora mismo estoy peleando con uno de ellos.

Alec notó en ese momento que una de las columnas de fuego que se había doblado para detenerlo no había vuelto a su posición original. Se dio cuenta de que estaba viendo la espalda de un enorme humanoide hecho de llamas y que, al otro lado de él, debía de estar Helen.

Aline y él se miraron. Alec, sin estar muy seguro, tomó el arco y lanzó una flecha directamente al centro de la siguiente columna.

Esta se convulsionó, se partió y volvió a formarse como una figura humanoide que Alec reconoció como un demonio cherufe. El demonio rugió, las llamas como cien lenguas horrendas en sus fauces abiertas, y se abalanzó sobre Alec, con sus fieras garras extendidas. Se movió con la velocidad de un incendio y llegó a él en un abrir y cerrar de ojos.

Alec se apartó a toda velocidad de las garras, intentó rodar en dirección al hueco que había entre su demonio y el de Helen y consiguió, por poco, evitar que lo desmembraran y abrasaran. El mundo pareció estremecerse mientras él corría y patinaba varios metros. El escozor de un ascua que le cayó en la mejilla hizo que se desconcentrara.

No pudo hacer otra cosa que observar, mareado, cómo una columna de humo se abalanzaba sobre él a través de la oscuridad. El demonio volvía por más.

De repente, Aline estaba allí, y lanzaba cuchilladas tan rápidas con sus dagas que sus brazos parecían un torbellino. Los cuchillos serafín tenían el efecto del agua en el demonio de fuego y lo convertían en vapor con solo rozarlo. Una cuchillada en la parte de abajo del torso, una en el centro y otra más para rebanarle los brazos ardientes, y el demonio cherufe se desintegró en un charco de magma, icor y vapor. Aline se quedó cubierta de chispas naranja.

Sujetó una daga bajo el brazo y le ofreció a Alec la mano libre. Helen, chamuscada pero ilesa, se les unió tras aparecer entre las llamas casi apagadas del primer demonio, ya reducido a cenizas. Juntos se voltearon hacia los otros cherufes, que ya habían adoptado su habitual forma humanoide.

Alec se apoyó sobre la rodilla y tres flechas atravesaron el aire, una detrás de otra, y alcanzaron a un demonio cherufe en el pecho, provocándole unas heridas que lanzaban chorros de fuego. Rugió y se volteó hacia él, dejando un rastro de llamas en el camino. Alec lanzó otras dos flechas, se agachó, rodó para quitarse del camino del monstruo y lo remató con una flecha más en el ojo. El demonio se desplomó como una casa en llamas.

Helen y Aline estaban en la oscuridad del claro del bosque, espalda contra espalda, rodeadas por el brillo de chispas infernales y el resplandor de los cuchillos serafín. Helen remató a otro demonio con un tajo que le cercenó el torso. Alec rodeó con cuidado la pelea hasta que encontró un ángulo en el que apostarse. Una flecha le arrancó el brazo a un demonio; luego, otras más consiguieron derribarlo cuando intentaba lanzarse por Aline. Una puñalada desde abajo lo remató.

Helen se encargaba del último de los demonios con una serie de rápidas cuchilladas, que le fueron perforando la piel de magma hasta que empezó a soltar pequeños chorros de fuego por todas partes. Aline se le unió, esquivando un puñetazo flamígero, y sobrepasó al demonio para clavarle el cuchillo en la espalda.

En cuanto el último de los demonios cherufe cayó, el fuego se apagó, y solo quedaron marcas negras en el suelo y un humo gris que se elevaba hacia el cielo. Todavía había algunas ramas ardiendo y trozos de tierra humeante, pero también allí el fuego se apagaba lentamente.

—Helen —preguntó Aline jadeando—, ¿estás bien?

—Sí —contestó esta—, ¿y tú?

—Yo estoy bien —dijo Alec—, aunque nadie me lo haya preguntado.

Guardó el arco e hizo una mueca al notar dolor al caminar, pero decidió que podía soportarlo. No había tiempo para celebrar esta victoria; tenía que averiguar dónde estaba Magnus.

Helen chascó la lengua.

—No, tú no estás bien —dijo.

Alec se quedó pasmado al reconocer la expresión de su cara, mitad enojo y mitad preocupación, la misma que él tenía constantemente cuando Jace o Isabelle eran imprudentes. Helen era una auténtica hermana mayor.

Helen lo hizo sentar, le quitó la camiseta y puso mala cara cuando vio la herida roja cubierta por una ampolla. Sacó la estela, la presionó contra la herida y empezó a dibujar un *iratze*. Los bordes de los trazos despedían un brillo dorado y se hundían en la piel de Alec, que resopló con los dientes apretados mientras notaba oleadas de frío sacudirle los nervios. Cuando los efectos de las runas pasaron, lo único que quedó fue una zona de piel roja y abultada en su pecho.

—Estaba un poco distraída por las columnas de fuego y nuestra muerte inminente —dijo Aline—, pero, Alec, ¿dijiste que el líder de la Mano Escarlata nos dijo que viniéramos aquí?

Él asintió.

—Había una bruja que viajaba con nosotros, Shinyun Jung. Dijo que era una antigua miembro de la secta que ahora intentaba acabar con ella, pero creo que es el líder al que estábamos buscando. Tenemos que encontrar a Magnus. Está en peligro.

—Espera —intervino Helen—. ¿O sea que dices que tu novio no es el líder de la Mano Escarlata, pero tienes otra compañera de viaje que sí lo es? ¿Qué pasa, es que tú solo viajas con gente de sectas?

Alec miró a Aline en busca de ayuda, pero esta se limitó a extender las manos, como si indicara que le parecía que la frase de Helen tenía bastante sentido.

—No, yo solo viajo con dirigentes de sectas —replicó Alec bromeando. Metió la mano en el bolsillo trasero de los jeans y sacó el fular de seda que había desatado del cuello de Magnus esa mañana. Recordó que Magnus le había besado la muñeca mientras él deshacía el nudo.

Alec apretó el fular en el puño y se dibujó una runa de rastreo en el dorso de la mano. La runa tardó un momento en hacer efecto, y entonces vio filas de figuras vestidas de blanco y paredes imposibles de escalar. Se sorprendió al sentir miedo. No podía imaginar a Magnus teniendo miedo de nada.

Tal vez ese miedo fuera suyo y no de Magnus.

También sintió un jalón. De repente, su corazón era una brújula que lo dirigía en una dirección concreta. De vuelta a Roma. No a la ciudad, sino más al sur.

—Lo encontré —afirmó Alec—. Tenemos que irnos.

—Odio decir esto, pero acabamos de escapar de una trampa mortal —le recordó Aline—. ¿Cómo sabemos que no estamos metiéndonos de cabeza en otra?

Helen tomó a Alec por la muñeca.

—No podemos ir —dijo—. Ya he cometido demasiados errores haciendo las cosas por mi cuenta, y como resultado de ello una persona murió. Hasta ahora hemos tenido suerte, pero necesitamos refuerzos. Tenemos que volver al Instituto de Roma y contarlo todo.

—Mi prioridad ahora es Magnus —declaró Alec.

Sabía que Helen solo intentaba hacer lo correcto. Alec recordó su propia frustración cuando su *parabatai* había empezado a seguir a una chica en todo tipo de misiones peligrosas y absurdas. En este momento era él el que estaba en esa posición, y las cosas parecían muy diferentes.

—Alec —insistió Helen—, sé que no quieres que Magnus corra peligro...

—Seguiré yo solo, si es necesario —la interrumpió él.

No podía ir al Instituto de Roma. Por una parte, no quería responder a un montón de preguntas incómodas; si estaban lo suficientemente convencidos de su culpabilidad, podrían hasta usar la Espada Mortal para obligarlo a decir la verdad. Por otra parte, no tenía tiempo para todo eso; estaba seguro de que Magnus corría peligro. Tenía que guardar el secreto de su novio y tenía que darse prisa.

Le habría gustado que Aline y Helen fueran con él, pero no sabía cómo pedírselo. No podía esperar tanta confianza en él. No había hecho nada para merecerla.

—Ya sé que quieres protegerlo —insistió Helen—. Si no es culpable, yo también quiero hacerlo. Somos cazadores de sombras. Pero la mejor forma de ponerlo a salvo y derrotar a la Mano Escarlata es usar todos los recursos de los que disponemos.

—No —repuso Alec—. No lo entiendes. Piensa en tu familia, Helen. Morirías por ellos, lo sé. Yo moriría por mi familia, por Isabelle, por Jace... —Suspiró—. Y por Magnus. También moriría por él. Sería un privilegio morir por él.

Se soltó de la mano de Helen y se encaminó en la dirección que la runa de rastreo le marcaba. Aline se interpuso en su camino.

—Aline —la avisó Alec con vehemencia—, no voy a arriesgar la vida de Magnus. No voy a ir al Instituto a contar nada ni voy a esperar a los refuerzos. Voy por Magnus, así que no te interpongas.

—No me estoy interponiendo —contestó Aline—, estoy yendo contigo.

—¡¿Qué?! —gritó Helen.

—Confío en Alec. Estoy con él. —Su respuesta no sonó muy convencida, pero era firme.

Alec no sabía qué decir. Por suerte, no había tiempo para hablar de emociones. Hizo un gesto afirmativo a Aline y ambos salieron del claro y se dirigieron al camino del bosque.

—Esperen —dijo Helen.

Aline se volteó hacia ella; Alec apenas la miró por encima del hombro.

—«Vete a Europa, Helen —me decían—. No se puede estar siempre en el mismo sitio, Helen. Sal de Los Ángeles, empápate de cultura. Conoce a alguien, incluso.» Pero nadie me dijo: «Una secta y sus demonios te perseguirán por media Europa, y luego un lunático Lightwood te llevará hasta tu destino final». Este es el peor año de viaje que ha tenido nadie.

—Bueno, supongo que nos veremos algún día —repuso Aline con gesto abatido.

—Me voy —concluyó Alec.

Helen suspiró e hizo un gesto de desesperación con su cuchillo serafín.

—Muy bien, lunático Lightwood, tú diriges. Vamos por tu hombre.

24

LA HIJA MALDITA

El pozo resultó ser una parte de la antigua villa, no algo que la secta había añadido posteriormente: un anfiteatro de piedra excavado en el suelo. Sus gradas de piedra se alzaban alrededor de una extensión circular de césped en el centro, en la que se había levantado un escenario con toscas planchas de madera. A cada lado, una escalera de piedra permitía el acceso desde el nivel del suelo a las gradas o al césped, y había bancas de madera en cada grada. El escenario era casi totalmente carente de adornos a excepción de varias flores de la luna que se habían plantado formando líneas entrecruzadas. La mayoría de ellas habían resultado aplastadas por las planchas de madera. Estos tipos de la secta no apreciaban el duro trabajo de jardinería, pensó Magnus.

Las interminables filas de bancas estaban llenas con los seguidores de la secta. Todos los asientos estaban ocupados y había gente de pie tras ellos. Magnus supuso que si él iba ser el espectáculo, al menos habría aforo completo.

Los miembros de la secta permanecían quietos y silenciosos. Iban vestidos todos del mismo modo, con unos horribles sombreros de fieltro, trajes blancos, camisas blancas y corbatas blancas. Debían de gastarse una fortuna en lavandería, pensó Magnus.

Los dos hombres, que mitad escoltaban mitad arrastraban a Magnus, lo condujeron por la escalera y luego lo lanzaron con rudeza sobre el césped cercano al escenario. Magnus se levantó, saludó a la multitud y les hizo una elegante reverencia.

No quería morir en este pozo banal, rodeado de los fantasmas de los errores pasados, pero si tenía que hacerlo, moriría con estilo. No les daría el placer de verlo arrastrarse.

Shinyun bajó al césped, con sus ropas de una blancura resplandeciente en la penumbra de la noche, y señaló a Magnus. Bernard, que la seguía detrás, puso su espada en la garganta de Magnus.

—Vístanlo de blanco —ordenó Shinyun—, para que la marca de la Mano Escarlata brille sobre él.

Magnus se cruzó de brazos y levantó las cejas.

—Puedes envenenarme y encerrarme en una mazmorra —le dijo elevando la voz—. Puedes incluso pegarme y sacrificarme al Gran Demonio. Pero me niego a vestirme de blanco para una reunión de tarde.

Bernard pegó el filo de la espada a la garganta de Magnus. Este observó la espada con desprecio. Puso un dedo en la afilada punta y la apartó hacia un lado.

—No vas a apuñalarme. Soy la atracción principal. A no ser que prefieran a Shinyun para el sacrificio a Asmodeo.

Los ojos de ella brillaron con odio. Bernard dio un nervioso respingo y se apresuró a dar un paso hacia atrás.

Varios seguidores inmovilizaron a Magnus mientras Shinyun daba un salto hacia él y le asestaba una patada en el pecho y a continuación otra en el estómago que lo hicieron doblarse sobre sí mismo. Mientras él luchaba por mantenerse de pie y no vomitar, lo vistieron de blanco a la fuerza.

Bernard lo enderezó tomándolo por los brazos. Magnus observó a la implacable multitud a través de unos ojos empañados de dolor.

—¡Contemplen al Gran Veneno! —gritó Shinyun—. Nuestro fundador. El profeta que nos reunió y luego nos abandonó.

—Es un honor estar nominado —jadeó Magnus.

Miró alrededor con atención, aunque tenía pocas esperanzas de poder escapar. Vio unos cuantos demonios raum que vigilaban los túneles de entrada como si fueran acomodadores. Sobre ellos, revoloteaban grandes criaturas voladoras. Estaba demasiado oscuro para ver qué eran, pero sin duda demonios de algún tipo, a menos que los dinosaurios hubieran revivido.

—No tienes escapatoria —le anunció Shinyun.

—¿Quién está buscando una? —preguntó Magnus—. Deja que te felicite por la estupenda logística de tu ritual demoníaco. Espero que haya servicio de bar.

—Silencio, Gran Veneno —dijo el miembro de la secta a su izquierda, que lo agarraba por el hombro de un modo poco amistoso.

—Lo único que hago es sugerir —prosiguió Magnus ignorando al tipo que acababa de hablar— que hagamos esto de una manera civilizada, es decir, platicando mientras tomamos unas copas.

Bernard lo golpeó en la cara. Magnus sintió el sabor de la sangre y vio los ojos de Shinyun brillar de placer.

—Bueno, ya veo que no les gusta la idea —dijo Magnus—. Entonces, que sea un ritual demoníaco de muerte al estilo gladiador.

La voz de Shinyun se amplificó mágicamente y resonó por encima de él, llegando a todos los rincones del anfiteatro.

—¡El Gran Veneno es un falso profeta que imparte falsas enseñanzas! Ante ustedes, hermanos y hermanas, lo derrotaré y asumiré mi lugar como su auténtico líder, y luego le ofreceré a mi padre este payaso indigno en sacrificio. Asmodeo se elevará glorioso. ¡La hija de Asmodeo los guiará!

La multitud abandonó el incómodo silencio. Los seguidores empezaron a cantar: «Hija maldita. Hija maldita».

Arrastraron a Magnus al pequeño escenario. A través de la neblina de dolor y desorientación, notó que los miembros de la secta tenían cuidado de no pisar las líneas de flores blancas que rodeaban la plataforma de madera y corrían bajo ella.

Bernard acababa de dibujar con sal un pentagrama en el centro del escenario. Unas manos bruscas agarraron a Magnus por los codos y lo empujaron dentro del pentagrama. Se sentó con las piernas cruzadas e intentó parecer despreocupado. Bernard inició el cántico que sellaría el pentagrama.

—¡¿Necesitas ayuda?! —le gritó Magnus tras unos momentos.

—Cállate, Gran Veneno —contestó Bernard, enrojeciendo—. Sé muy bien lo que hago.

—Si lo supieras no estarías aquí, créeme.

El pentagrama iba a ser insultantemente débil y frágil. Si Magnus hubiera dispuesto de su magia, lo habría borrado con un simple soplido.

Bernard acabó de salmodiar su hechizo y se hizo a un lado, mientras desde cada esquina del pentagrama saltaban chorros de chispas. Magnus agitó los brazos para apartar de sí las ascuas y, tras un momento, algunos de los seguidores se dieron cuenta de que el fuego podía ser un problema en el escenario de madera, y empezaron a agitar también los brazos y los sombreros para dispersar las chispas.

El ritual empezaba en serio.

Shinyun alzó una mano y uno de los miembros de la secta le puso un *samgakdo* en ella. Dio un paso adelante con la hoja apuntando a la garganta de Magnus. Acercó la mano y lo pinchó justo bajo la manzana, una cortada profunda y una punzada de dolor. Magnus miró hacia abajo y vio el color escarlata caerle sobre los blancos ropajes.

—¿Tienen agua mineral con limón? —le preguntó a Shinyun—. Estas manchas, si no se limpian rápido, son imposibles de quitar.

—A ti te limpiarán de la faz de la Tierra —contestó ella—. Te olvidarán. Pero primero sabrás todo lo que has perdido. Es hora de recordar, Gran Veneno.

Shinyun empezó su propio cántico. La multitud reanudó el suyo, «Hija maldita», aunque con menos intensidad que antes. El anfiteatro empezaba a cubrirse de nubes negras y se oyeron truenos alrededor de la villa; una vez, dos, tres... Las nubes fueron girando como feroces remolinos y formaron un vórtice que, supuso Magnus, era el inicio de la unión entre este mundo y el otro.

Una voz le resonó en la cabeza, y era una voz temible, como una puerta que se abriera a una negra oscuridad: «Sí, es hora de recordar. De recordarlo todo».

Una luz blanca, fuerte y desagradable, apareció en el centro del remolino de nubes y empezó a materializarse en el extremo del tornado. Columnas de humo o insectos o algo negro revoloteaban en medio de la luz blanca. La punta del tornado empezó a descender del cielo, directamente hacia Magnus, que esperó, resignado, a que la tormenta lo alcanzara. Cerró los ojos.

No quería morir así, a manos de una bruja enloquecida por el odio, enfrente de un montón de imbéciles engañados y mal vestidos, con todos sus estúpidos errores del pasado tragándose la posibilidad de un futuro. Si iba a morir, no quería que el remordimiento fuera la última cosa que sintiera.

Así que pensó en Alec.

Alec, con sus contradicciones tan enternecedoras, tímido y valiente, feroz y cariñoso. Los ojos azules de Alec y la expresión de su cara cuando se besaron por primera vez. Y la última. Magnus no sabía que la de ese mismo día iba a ser la última. Aunque siempre es imposible saber eso.

Magnus vio a sus amigos más queridos. Todos los mortales que ya se habían ido, y todos los que seguirían viviendo. Su madre, a la que nunca consiguió hacer reír. Etta, la de la bella voz que lo había hecho bailar. Will, su primer amigo cazador de sombras. Ragnor, siempre un maestro, que se había ido antes de tiempo. Catarina, con sus manos sanadoras y su amabilidad infinita. Tessa, de corazón fiel y gran valor. Raphael, que se reiría de este sentimiento. Su Clary, la primera y última niña que Magnus había visto crecer y convertirse en una guerrera.

Y luego, otra vez Alec.

Alec apareciendo en su departamento de Brooklyn para pedirle una cita. Alec sujetándose a él en el agua helada y ofreciéndole toda su fuerza. La inesperada sorpresa de la boca de Alec, tan cálida, y sus manos confiadas y fuertes, en la sala de sus antepasados angélicos. Alec protegiendo a los subterráneos en el palacio de Venecia, atravesando una nube de demonios para ir por él, intentando protegerlo en cada lugar, en cada esquina. Alec eligiendo a Magnus por encima de la Clave una y otra vez, sin dudarlo. Alec yendo contra las leyes que siempre había respetado para proteger a Magnus y mantener a salvo su secreto.

El miedo desapareció. Temblando, casi incapaz de moverse y con la oscuridad empezando a extenderse sobre él, Magnus solo pudo sentir gratitud por todo lo que había vivido.

No estaba listo para morir, pero si tenía que hacerlo, esperaría la muerte con la cabeza alta y el nombre de Alexander Lightwood en los labios.

El dolor lo golpeó, repentino y demoledor. Magnus gritó.

25

CADENAS DE MAGIA

Alec tomó el Maserati y siguió la dirección que la runa le indicaba hasta una ventosa carretera que subía rodeando una montaña. Helen y Aline le gritaban que condujera más despacio. Él no hacía caso y tomaba las curvas a una velocidad de vértigo. Helen le dio un golpe en el hombro, y entonces miró.

—Por el Ángel —exclamó ella—. Un tornado.

Sí parecía un tornado. Un tornado enloquecido, formado por espirales de nubes negras con un cegador brillo blanco en el centro, giraba en el cielo sobre una ruinosa villa que se divisaba en lo alto de la montaña. El tornado iluminaba el cielo oscuro con un brillo enfermizo. Detuvieron el coche en medio de la carretera y contemplaron el fenómeno.

—¿Crees que es allí? —preguntó Alec, seco.

—Qué contenta estoy de no haber hecho la tontería de ir a buscar refuerzos —murmuró Helen irónica.

El amenazante remolino estaba acompañado por continuos rayos que cortaban zigzagueantes el cielo. Cuando lo hacían, un trueno sacudía el aire y la tierra, y su cercanía no parecía natural.

—Tengo que sacar a Magnus de ahí —dijo Alec. Arrancó el coche y condujo carretera arriba. Helen y Aline se agarraron, temiendo por su vida, mientras el coche se tambaleaba en las cerradas curvas.

Al final de la carretera había unas enormes verjas de metal a través de las que se veía el edificio principal de la villa. Al otro lado de las verjas, unos desniveles se extendían en amplias curvas que rodeaban el edificio y continuaban por detrás, delimitando el terreno.

Una de las hojas de la verja estaba abierta, pero dos miembros de la secta guardaban la entrada; ambos llevaban traje y sombrero blancos, que destacaban en la oscuridad.

Alec dejó el coche en la última curva de la carretera, para que no pudieran verlo los guardianes. Salieron del coche y recorrieron casi a rastras unos seis metros, sin que ninguno de los vigilantes se percatara. En un momento dado, Aline se levantó y saludó. Tal y como habían supuesto, la líder de la secta se había asegurado de que los *glamoures* no funcionaran en los terrenos de la Mano Escarlata, pero ellos habían decidido usar su visibilidad como una ventaja. En cuanto los vigilantes los vieron, Alec le lanzó al de la izquierda una roca que lo alcanzó entre los ojos y lo dejó fuera de combate. Cuando el otro vigilante se volteó para ver qué le había pasado a su compañero, Helen se abalanzó sobre él: rápida como un rayo, voló por encima de la carretera y lo derribó. Un codazo y lo dejó también fuera de combate.

Arrastraron rápidamente los dos cuerpos y los escondieron tras unos arbustos antes de seguir hacia la villa. La calzada estaba llena de coches estacionados desordenadamente.

Alec contó a otros dos seguidores vigilando las puertas delanteras y a un puñado de ellos patrullando por la calzada, pero, para su sorpresa, no parecía haber mucha más actividad.

—¿Dónde están todos? —se preguntó.

—En el sitio al que te lleve la runa, probablemente —contestó Helen.

Alec los guio por el lateral de la villa, por los desniveles más apartados, hasta que llegaron a la parte trasera del edificio principal. Los caminos continuaban, pero unos jardines completamente descuidados les impedían ver más allá. Volvió a comprobar la runa de rastreo y señaló hacia los jardines.

—Hay que atravesarlos.

—Qué gran noticia —resopló Aline—. Ese lugar parece peligroso.

—Directos al tornado de la muerte —estuvo de acuerdo Helen.

Una vez que los tres llegaron a los jardines, ya no eran visibles desde la casa. Tuvieron que abrirse camino entre plantas espinosas y ramas retorcidas, pero el viento aullaba tan fuerte que Alec estaba seguro de que nadie podía oírlos. Recorrieron toda la longitud del jardín hasta que por fin llegaron a un claro. Este acababa en las ruinas de una alta muralla de piedra.

Aline tragó aire, impresionada.

Un enorme lagarto de dos patas, con una hilera de afilados dientes en la frente, iba de un lado a otro ante la muralla. Tenía una segunda boca, más abajo, llena de colmillos goteantes. Su restallante cola estaba recubierta de cuchillas.

Alec entrecerró los ojos.

—Demonio rahab. —Había luchado contra varios de ellos hacía solo unos meses.

Aline tembló y cerró los ojos.

—Odio a los demonios rahab —dijo vehemente—. Luché contra uno en la guerra, y es que los odio.

—Tal vez no nos ha visto —sugirió Helen.

—Ya nos olió —vaticinó Aline con voz grave.

Alec vio que a Aline le temblaban los dedos y tenía los nudillos blancos de apretar la empuñadura de su cuchillo. Helen puso la mano sobre la de Aline. Esta le sonrió agradecida y se relajó.

—A lo mejor el viento se lleva nuestro olor en otra dirección —dijo Helen con suavidad.

El demonio lagarto levantó el hocico, lamió el aire con la lengua y miró en su dirección.

Alec sacó el arco, preocupado.

—No tentemos a la suerte. —Sin más preámbulo, lanzó una flecha al pecho del demonio, haciéndolo tambalearse. Antes de que el proyectil alcanzara siquiera su objetivo, Helen ya estaba en movimiento. Tardó un segundo en llegar hasta el rahab. Una cuchillada en la pata justo por encima de la rodilla hizo que este rugiera de dolor, y entonces Helen se apartó de su camino ágilmente mientras el demonio intentaba alcanzarla con sus enormes garras. Más rápido de lo que parecía posible, su larga cola barrió el suelo, golpeó los pies de Helen y la hizo caer.

Aline ya había cubierto esa distancia y estaba asestando cuchilladas al demonio en el lomo. Este emitió un lamento agudo. Aline arrancó una de sus dagas y se la clavó en el cuello. El demonio se enojó y trató de golpearla con una lengua que parecía un látigo. Aline consiguió evitar el ataque y se agarró a ese apéndice desesperadamente, acuchillando al demonio con un salvajismo que Alec nunca había visto en ella, hasta que lo dejó sangrando por cientos de heridas. Finalmente lo soltó y, dando un salto mortal, cayó de pie en la hierba. Esto dio a Alec el ángulo de tiro que necesitaba. Apuntó con rapidez y le clavó otra flecha en el cuello. Con un gran estruendo, el demonio cayó al suelo y se evaporó, dejando un nauseabundo olor en el aire y regueros de icor en la pisoteada hierba que circundaba la muralla de piedra.

Aline corrió hacia Helen y le ofreció una mano. Esta dudó un momento, luego la tomó y dejó que Aline le ayudara a ponerse en pie.

—Gracias —dijo Helen.

Alec guardó el arco y salió de la maleza del borde del jardín para unirse a ellas al lado de la muralla.

—Forman un gran equipo.

Helen pareció contenta.

—Es cierto —asintió.

—Tú también has ayudado —añadió Aline con lealtad. Él se limitó a levantar una ceja.

Alec recogió sus flechas del suelo donde el demonio se había evaporado. Dirigió a las chicas a la parte más baja de la derruida muralla de piedra, que aún seguía estando por encima de sus cabezas pero resultaba fácil de escalar para un cazador de sombras entrenado.

Al otro lado del muro había un edificio ruinoso, más pequeño que el edificio principal. Delante de él había seis miembros de la secta, armados hasta los dientes y brillando como neón en sus níveos trajes.

—La runa de rastreo dice que vayamos por aquí —dijo Alec en voz baja mientras señalaba las puertas del edificio ruinoso.

—Justo entre los guardianes —protestó Helen—, por supuesto.

—No hay problema —dijo Aline llevando una mano a su cinturón de armas—, tengo ganas de apuñalar.

—De acuerdo —respondió Alec—. Si nos desplegamos por...

Sus palabras se vieron interrumpidas por un grito que partió la noche en dos. Un grito largo, lleno de dolor y horror, desgarrador y profundo, que le rompió el corazón. La voz era inconfundible.

Dejó escapar un grito desmayado antes de darse cuenta de lo que estaba haciendo.

—Alec —le dijo Helen al oído mientras lo agarraba de la manga—. Tranquilo. Vamos a llegar hasta él.

El grito de Magnus cesó, pero Alec ya se había olvidado de cualquier estrategia o plan. Se lanzó hacia delante, empuñando el arco como una vara.

Los seguidores se voltearon sorprendidos, pero ya estaba sobre ellos. Golpeó al más cercano en el abdomen y luego volteó el arco sobre la cabeza y lo estrelló contra la cara del segundo. El tercero le lanzó un puñetazo que Alec detuvo con la mano libre, agarrándole el puño con fuerza. Giró la muñeca e hizo que el cuerpo del hombre acabara estrellándose contra el suelo.

Luchar con mundanos era demasiado fácil.

Helen y Aline corrieron hacia él, cada una con un cuchillo en la mano. Al ver a otras dos cazadoras de sombras furiosas unirse al que acababa de derrotar a sus compañeros, los tres miembros de la secta que quedaban tiraron las armas y huyeron.

—¡Eso es! —les gritó Aline—. ¡Y dejen de adorar a demonios!

—¿Estás bien, Alec? —preguntó Helen.

Este resoplaba furioso.

—Planeando otro ataque.

—Es lo propio de un cazador de sombras —coincidió Aline.

—No voy a estar bien hasta que encontremos a Magnus —dijo él.

Helen asintió con la cabeza.

—Pues en marcha.

Saltaron sobre los cuerpos caídos, atravesaron el edificio derruido, vacío salvo por el polvo y las arañas, y llegaron, en el otro lado, a un...

Anfiteatro.

Tenía aspecto de ser muy antiguo, estaba excavado en el suelo y las gradas eran de piedra. Desde ellas, un público formado por seguidores de la Mano Escarlata, todos vestidos con los mismos trajes blancos, observaban la acción. Un largo tramo de escalones llevaba a una plataforma de madera colocada sobre la hierba que hacía las veces de escenario. Los ojos de Alec encontraron a Magnus inmediatamente: de rodillas, con la cabeza agachada, en el centro de un pentagrama de sal. Shinyun se hallaba sobre él con una espada en la mano. El torbellino que habían visto en la distancia giraba sobre él, y bajaba como un embudo lleno de cenizas y luz directamente hacia Magnus. El escenario entero parecía a punto de desaparecer en el tornado, o de arder dentro de él.

Alec fue directo hacia allí.

26

ANTIGUOS PECADOS

La tierra tembló, el aire vibró y Magnus sintió que un montón de agujas se le clavaban desde todas direcciones. Una fuerza tomó el control de su mente y la retorció, aplastándola y amasándola como una pasta hasta darle una forma completamente diferente. Magnus aulló.

El dolor teñía el mundo de blanco. Cuando Magnus parpadeó para deshacerse de ese brillo, vio una pequeña sala de techo de yeso y oyó una voz familiar que decía su nombre:

—Magnus.

El dueño de esa voz estaba muerto.

Magnus volteó lentamente y vio a Ragnor Fell, sentado al otro lado de la maltratada mesa de madera a la cual estaba sentado el propio Magnus, un segundo Magnus, un Magnus más joven y menos incapacitado por un dolor agudísimo. Ragnor y él tenían en las manos grandes jarras de estaño, y estaban hechos un desastre y muy borrachos. El pelo blanco de Ragnor se le rizaba alrededor de los cuernos, como nubes atrapadas en un remolino. Sus mejillas estaban encendidas de verde esmeralda.

Tenía un aspecto absurdo. Se alegró de verlo de nuevo.

Magnus se dio cuenta de que estaba atrapado en su propio recuerdo y obligado a ser testigo del mismo.

Se acercó a Ragnor y este extendió una mano sobre la mesa. Magnus quería ser la persona que su amigo necesitaba. No podía hacer nada más que desearlo; sintió su yo pasado y presente acercarse el uno al otro, unirse en un solo cuerpo. Magnus era otra vez el hombre que había sido, a punto de enfrentarse a las cosas que había hecho.

—Estoy preocupado por ti —le dijo Ragnor con amabilidad.

Magnus movió la jarra con estudiada indiferencia. La mayor parte de su contenido se derramó sobre la mesa.

—Solo me estoy divirtiendo.

—¿De verdad? —preguntó Ragnor.

Los fantasmas del antiguo dolor lo quemaron, vivos y fieros, durante un momento. Su primer amor, el primero que había conservado, había muerto de vejez en sus brazos. Desde entonces había intentado encontrar el amor muchas veces. Ya había perdido muchos amigos, y aun así era demasiado joven para saber cómo enfrentarse a esa pérdida.

Y había otra cosa.

—Si no me estoy divirtiendo ahora —replicó Magnus—, voy a tener que intentarlo más.

—Desde que descubriste quién era tu padre, no has sido el mismo.

—¡Pues claro que no! —exclamó Magnus—. He creado una secta en su honor. Una secta para hacer las cosas más ridículas que se me puedan ocurrir. O fallo estrepitosamente, o será la mayor broma de la historia. No existe ningún riesgo.

No era así como había hablado hacía cientos de años, pero los recuerdos se habían amoldado y cambiado con los años, y tanto él como Ragnor hablaban con palabras y expresiones del presente. La memoria era una cosa curiosa.

—Se suponía que iba a ser una broma —apuntó Ragnor.

Magnus sacó su abultada bolsa de dinero y la vació. Cientos de monedas de plata se derramaron sobre la mesa. Todos los ladrones de la taberna guardaron silencio.

La vida entera de Magnus era un chiste. Había pasado mucho tiempo intentando demostrar que su padrastro se equivocaba, pero al final resultaba que su padre era un Príncipe del Infierno.

Alzó los brazos sobre la cabeza.

—¡Una ronda para todo el mundo!

La sala prorrumpió en vítores. Cuando Magnus volteó hacia Ragnor, vio que hasta él estaba riendo, mientras negaba con la cabeza y apuraba hasta el fondo una nueva jarra.

—Bueno —se resignó Ragnor—, he sido capaz de disuadirte de tus terribles ideas, que básicamente lo son todas, exactamente ninguna vez.

Si Magnus era capaz de hacer que el resto de la gente se riera, seguramente él también tendría ganas de reír. Si era lo suficientemente divertido para que la gente quisiera estar a su alrededor, no tendría que estar solo nunca, y si fingía estar perfectamente bien, seguramente acabaría siendo verdad.

—Muy bien —continuó Ragnor—. Digamos que empezaste una secta en broma. ¿Ahora qué vas a hacer?

—Ah, tengo un plan —rio Magnus—, un plan muy bueno. —Chascó los dedos y una chispa eléctrica saltó por las monedas dispersas por la mesa—. Esto es lo que voy a hacer...

Las coloridas paredes de la posada, decoradas con armas, escudos y cabezas de animales, se derritieron. Ragnor, junto con el resto de la gente de la posada, se convirtió en polvo. Magnus se quedó mirando tristemente el espacio vacío que su amigo más antiguo acababa de ocupar.

Y entonces se halló en una estancia diferente en un escenario diferente, en una tierra diferente y preguntando a una multitud si alguna vez se habían sentido solos, si alguna vez habían querido pertenecer a algo más grande que ellos. Bebía vino rojo de un cáliz, y mientras hacía una seña con la mano hacia el otro lado de la sala, vio que las jarras de toda la gente estaban llenas de cerveza. Magnus invocó el nombre de Asmodeo y toda la sala estalló en risas, maravillados y complacidos.

El techo se disolvió y dio paso al cielo abierto, los candelabros se convirtieron en cientos de estrellas parpadeantes. Los suelos de madera cubiertos de alfombras se volvieron verdes campos llenos de hierba con hileras de bien recortados setos y una fuente cantarina. Magnus levantó la mano y vio la copa alargada medio llena de oro burbujeante.

—¡Gran Veneno! —cantaron sus seguidores—. ¡Gran Veneno!

Magnus hizo un complejo gesto y apareció una mesa llena de vasos apilados formando una pirámide. El vino blanco fluía desde arriba y llenaba cada vaso al caer formando una bonita cascada. Un murmullo de alegría recorrió a la multitud y el sonido embriagó el corazón de Magnus.

Brindó por su reciente y victorioso asalto al tesoro de un conde corrupto, y la distribución de ese tesoro entre los hospitales. Sus seguidores limpiaban las calles de la ciudad, alimentaban a los pobres, pintaban a los tramposos de azul.

Todo en nombre de Asmodeo.

La secta era una broma. La vida era una broma, y el hecho de que esta misma vida no tuviera un final era un chiste malo.

Magnus se dirigió a la gigantesca pira que ardía en el centro de la fiesta. La multitud, sentada al borde de los asientos, unió las manos y cayó de rodillas cuando una exagerada efigie de Asmodeo apareció sobre ellos. Magnus había dedicado la mayor parte de la semana a trabajar en este truco y estaba particularmente orgulloso del resultado.

Esperó a que la gente lo vitoreara otra vez, pero se quedaron callados. El único sonido fue el crepitar de las llamas.

—¿No es esta una ocasión especial? —dijo el enorme y reluciente Asmodeo a sus fieles adoradores—. Un montón de payasos guiados por el payaso más grande de todos mirando a un muñeco con mi cara en una estúpida parodia de adoración.

El lugar de la fiesta se quedó tan silencioso como los muertos tras una batalla. Todos los seguidores estaban callados y de rodillas.

Oh, no.

—Hola, hijo —lo saludó Asmodeo.

El remolino brillante y vertiginoso en el que estaba Magnus se detuvo de repente. Se había burlado del nombre de Asmodeo, de la idea de adorarlo. Había querido que sus acciones relumbraran en el cielo, que arrojaran un desafío a sus dos padres.

Magnus había hecho todo esto porque sabía que llamara a quien llamara, nadie iba a acudir.

Pero sí había acudido alguien. Su padre había venido para destruirlo.

Magnus se quedó paralizado, incapaz de mover ni un dedo. Solo podía contemplar cómo Asmodeo salía de la pira y, sin prisa, se aproximaba a él.

—Muchos me han adorado —dijo Asmodeo—, pero rara vez he oído invocar mi nombre a tantos juntos. Esto atrajo mi atención, y luego vi quién era su dirigente. ¿Intentas llegar hasta mí, hijo mío?

Magnus intentó hablar, pero tenía la mandíbula completamente cerrada por alguna magia desconocida. Solo un débil quejido le salió de entre los dientes apretados.

Clavó los ojos en los de Asmodeo y negó con la cabeza firmemente. Quizá no fuera capaz de hablar, pero quería dejar clara su absoluta negativa.

Las llamas que llenaban los ojos de Asmodeo se oscurecieron por un momento.

—Gracias por reunir a estos seguidores en mi honor —susurró por fin—. Ten por seguro de que les daré un buen uso.

El sudor le resbalaba a Magnus por la cara. Intentó hablar otra vez, y tampoco pudo.

Asmodeo sonrió mostrando sus afilados dientes.

—En cuanto a ti, como un niño errado, tu insolencia debe ser castigada. Ni recordarás lo que has hecho, ni sacarás enseñanza de ello, pues el recuerdo del justo es una bendición, pero el nombre del malvado se pudrirá.

Las palabras eran de la Biblia; los demonios citaban las Sagradas Escrituras a menudo, especialmente aquellos que tenían pretensiones de realeza.

«No —casi le rogó Magnus—. Déjame recordar.»

Pero Asmodeo ya había posado su mano huesuda culminada en garras sobre la frente de Magnus. El mundo se volvió cegadoramente blanco, y luego cegadoramente oscuro.

Magnus volvió en sí, al presente, arrodillado ante los seguidores de su propia secta, con los recuerdos que su padre le había arrebatado de nuevo en su memoria.

Shinyun estaba inclinada ante él, con la cara muy cerca de la suya.

—¿Lo ves? —dijo—. ¿Ves lo que has hecho? ¿Ves lo que podrías haber tenido?

Lo primero que sintió Magnus fue alivio. En el fondo de su ser, siempre había estado preocupado por lo que era realmente capaz de hacer. Sabía quién era: el hijo de un demonio, el hijo de la realeza infernal, siempre temeroso de sus propias capacidades. Había tenido mucho miedo de haber fundado esta secta con malas intenciones, de haberla usado para propósitos horribles, quizá de haber borrado sus propios recuerdos para no tener que enfrentarse nunca a lo que había hecho.

Pero no. Había sido un imbécil, pero no una mala persona.

—Lo veo —respondió Magnus con tranquilidad.

Lo segundo que sintió fue vergüenza.

Se puso de pie con esfuerzo. Se volteó hacia la multitud, esa horda de mundanos que había reunido de forma accidental y convertido en miembros de una secta como resultado de una broma mal pensada; esa banda de incautos que probablemente solo buscaran algo más grande que ellos para sentir que sus vidas tenían significado, que no estaban solos en el mundo. Magnus recordó haber sentido tanto dolor que llegó a olvidar que los demás eran importantes. No se había tomado en serio sus vidas. Se avergonzaba de ello y no quería que Alec conociera a la persona que había hecho eso.

Llevaba mucho tiempo intentando ser alguien diferente.

Y, se dio cuenta, ya no sentía ese dolor salvaje que había sentido hacía tanto tiempo, cuando bebía con Ragnor. Sobre todo desde que había conocido a Alec.

Magnus levantó la cabeza y habló con voz clara.

—Lo siento. —Solo recibió un silencio absoluto—. Hace mucho tiempo, pensé que sería divertido fundar una secta. Reunir a un grupo de mundanos para hacer bromas y divertirnos. Intenté hacer de la vida algo menos serio de lo que en realidad es. La broma salió mal. Siglos más tarde, todos ustedes están pagando por la estupidez que yo hice. Y por eso, de verdad que lo siento.

—¿Qué haces? —gruñó Shinyun detrás de él.

—¡No es demasiado tarde! —gritó Magnus—, pueden alejarse de esto, de los demonios que no son dioses y de la estupidez de los inmortales. Vayan a vivir sus vidas.

—¡Cállate! —gritó Shinyun—. ¡Estos son tus fieles! ¡Mis fieles! ¡Sus vidas nos pertenecen para que hagamos con ellas lo que queramos! Mi padre tiene razón. Eres el peor de los payasos, el príncipe de todos ellos, y no dejarás de decir estupideces hasta que alguien te corte la garganta. Lo haré yo misma. Lo haré en nombre de mi padre.

Se puso delante de Magnus, de frente a la multitud.

—Ha llegado la hora del destino. Este es el momento en el que ustedes, hermanas y hermanos míos, se elevarán sobre todos los demás, incluso sobre los ángeles, y solo responderán ante los más grandes demonios y brujos. ¡Se sentarán junto al trono de mi padre!

Hizo una pausa y esperó, anhelante, una exclamación que mostrase acuerdo y alegría. Pero no la hubo. Magnus vio el caos desatara desde la cima de las escaleras de piedra hasta el final del anfiteatro.

Los seguidores se arremolinaron en los escalones y empezaron los empujones y las caídas escaleras abajo.

Shinyun titubeó y se acercó a los guardias que estaban al lado del escenario.

La revuelta se extendía y se volvía más ruidosa. Magnus no podía ver qué pasaba, pero parecía el inicio de una gran pelea, con gente cayendo por las escaleras y empujándose unos a otros. Los guardias mejor armados estaban teniendo problemas para mantener a la gente lejos del escenario.

Magnus sintió un atisbo de esperanza. Quizá algunos miembros de la secta se habían replanteado aquel plan estúpido y peligroso. Quizá se pelearan unos con otros, cosa que a menudo hacían, y acabaran olvidándose de él y de Asmodeo. Quizá...

—Por lo que veo —dijo Shinyun, mientras un resplandor de fuego naranja empezaba a formarse en su mano cerrada—, tengo que hacerlo todo yo misma.

Caminó hasta el borde del escenario. Pero en cuanto alcanzó el perímetro, chocó contra una barrera invisible y cayó violentamente al suelo. El círculo de sal y las flores de luna empezaron a brillar con un fuego pálido.

Magnus dio un respingo al darse cuenta de que las flores de luna que bordeaban el escenario no eran una mera decoración. Siguió con la mirada las líneas de flores, que se cruzaban bajo la plataforma formando un gigantesco pentagrama. Uno mucho más grande y poderoso. Pero ¿quién lo habría formado? Shinyun no, ya que parecía asombrada de haber quedado atrapada en su interior.

Shinyun se levantó y observó las flores de luna. Intentó volver a salir, pero lo único que consiguió fue ser rechazada con más fuerza que la vez anterior. Rugió y volvió a ponerse de pie.

Bernard estaba justo fuera del pentagrama y los observaba con contenida.

—¿Qué significa esto? —susurró Shinyun con rabia.

Bernard le hizo una burlona reverencia.

—Mis más sinceras disculpas, hija maldita. Lo que pasa es que, aunque resulta evidente que tú perteneces a la facción más asesina y radical, esta secta siempre ha sido más de placeres hedonistas que de una estricta dedicación al mal. La Mano Escarlata ha decidido que no queremos obedecer tus serias reglas ni vivir bajo tu severo liderazgo.

—Vaya, vaya —comentó Magnus afable.

—¿Acaso no estás de acuerdo, Gran Veneno? —preguntó Bernard.

—Totalmente de acuerdo —respondió Magnus—. Que empiece una nueva era.

Shinyun miró a Bernard y luego las caras de los miembros de la secta que estaban sentados en las bancas alrededor de ella. Magnus se dio cuenta de que esta gente no había acudido a ver a su profeta. Se habían reunido allí para contemplar un espectáculo de sangre y traición.

—Pero yo soy una de ustedes —protestó Shinyun con vehemencia—. Pertenezco a su grupo. Soy su líder.

—Con el debido respeto al Gran Veneno —replicó Bernard, mirando a Magnus—, sabemos lo fácil que es reemplazar a un líder.

—¿Qué hiciste? —preguntó Shinyun.

—No eres la única que puede comunicarse con Asmodeo. O invocar demonios para que te sirvan.

—Uy —exclamó Magnus—. Oh, no.

—¡Él acude a nuestra llamada! —continuó Bernard con creciente triunfalismo.

Magnus cerró los ojos.

—El mal siempre acude.

Fuera del pentagrama, los miembros de la secta gritaban, los demonios aullaban y las nubes negras se recortaban contra el cielo. Dentro, el sonido más alto era el de la respiración entrecortada de Shinyun.

—No queremos que ningún brujo nos gobierne —dijo Bernard—, queremos el poder definitivo, y ser nosotros los anfitriones de las fiestas. Así que los dos están presos en este pentagrama y los dos serán sacrificados a Asmodeo. No te ofendas, Gran Veneno. No es nada personal. De hecho, para mí eres un maestro del estilo.

—Sea lo que sea lo que Asmodeo te ha prometido, es mentira —lo previno Magnus, pero Bernard hizo un gesto despectivo.

En cuanto se invocaba un Demonio Mayor, este corrompería a cualquiera que tuviera al alcance. Asmodeo ofrecía una tentación a la que nadie podía resistirse y sus juegos eran más crueles de lo que ningún mortal podía imaginar. No le extrañaba que Bernard se hubiera sorprendido cuando Magnus había bromeado sobre sacrificar a Shinyun.

Ella nunca había sido el enemigo. Nunca había sido el verdadero líder de la Mano Escarlata. Desde el momento en el que Magnus había perdido el control, hacía ya tantos años, Asmodeo había asumido el poder. Siempre había sido él y solo él.

Bernard se volteó, confiando en que el pentagrama mantuviera atrapadas a sus presas. Shinyun corría por el interior del mismo como si las llamas la persiguieran. Intentó lanzar hechizos para liberarse, pero no le sirvió de nada. Gritó a los miembros de la secta para que rompieran la barrera, pero ellos no hicieron más que mirarla impasibles.

Finalmente se volteó hacia Magnus.

—¡Haz algo! —le gritó.

—No te preocupes, Shinyun. Conozco un hechizo que puede romper incluso el más poderoso de los pentagramas. —Magnus agitó las manos durante un segundo, luego se detuvo y se encogió de hombros—. Ah, vaya, lo olvidaba. Podría habernos liberado, pero perdí todo mi poder porque alguien me envenenó.

—Te odio —susurró Shinyun.

—Podría añadir que «hija maldita» es un apodo horrible —comentó Magnus.

307

—¿Tú vas a hablar de eso, Gran Veneno? —replicó Shinyun.

—Tienes razón —admitió él—. Era un juego de palabras con mi nombre, Magnus Bane.[6] Admito que me pierden los juegos de palabras...

Shinyun lanzó un grito ahogado. Un demonio volador se estrelló contra el suelo, impactando con un terrible aullido entre los aterrorizados miembros de la secta. La multitud se apartó y Alec Lightwood emergió, ya a mitad de los escalones del anfiteatro.

Magnus sintió como si lo hubieran golpeado. El dolor inesperado puede sacudirte de la misma forma: te toma por sorpresa y pone tu mundo patas arriba, pero lo que Magnus sintió no fue dolor.

Fue una increíble explosión de emoción sobrecogedora: miedo por Alec, amor y alivio, y una alegría dolorosamente desesperada. «Alec, mi Alexander. Veniste por mí.»

Los seguidores de Asmodeo se lanzaron por Alec, pero él los apartó a todos. Por cada uno que dejaba fuera de combate, aparecían tres más. Le dificultaban el avance, pero no podían detenerlo, ni tampoco podía ningún demonio de tierra o de aire. Además, Alec no estaba solo: había una chica de pelo claro a su izquierda y otra de pelo oscuro a su derecha. Ambas empuñaban cuchillos y mantenían a la multitud apartada de Alec mientras este lanzaba flechas a otro demonio y luego tumbaba a otro miembro de la secta con el arco.

Magnus se embebió de esta visión: los fuertes hombros, el alborotado pelo negro y los ojos azules. Siempre le había encantado ese tono de azul, el del último instante de la tarde, cuando aún estaba llena de luz.

Fue hasta el borde resplandeciente del pentagrama. Algo brillante se estaba despertando en él, junto con el amor y la esperanza. Po-

6. *Bane* significa «pesadilla, maldición, plaga...», que tiene que ver semánticamente con veneno. (*N. de las t.*)

día sentir cómo su poder regresaba, aunque aún estuviera fuera de su alcance.

Extendió una mano hacia Alec y sus dedos fueron capaces de traspasar las brillantes líneas de magia, como si esta no fuera más que agua. Pero cuando intentó dar un paso fuera, algo lo detuvo, como si esta magia fuera una muralla de piedra.

Ser capaz de sacar las puntas de los dedos fuera del pentagrama no iba serle muy útil.

—¡Nada de esto importa! —rugió la voz de Shinyun detrás de Magnus—. ¡Mi padre está llegando! Acabará contigo, el infiel que debería haber sido el más fiel de todos, el falso profeta, y con el desagradable nefilim. ¡Acabará con todos ustedes! Y me sentará a su diestra, donde me corresponde.

Magnus volteó, y su felicidad, de pronto, se convirtió en un terror letal.

Las piedras que los rodeaban perdieron el color. Desde las gradas más altas y en sentido descendente, la piedra iba quedándose blanca hasta que parecía disolverse en el aire, formando una columna de electricidad estática que se unía al remolino de nubes y humo que marcaba el lugar del ritual. Una ventisca de pequeñas chispas negras revoloteaba dentro de la columna. Había jirones de humo danzando dentro de la luz. Un zumbido llenaba el aire, un torrente de susurros siniestros provenientes de otro mundo.

Una voz le habló dentro de la cabeza: *Te lo dije, es hora de recordarlo todo.*

No era la voz de su propio miedo. Era la voz de su padre.

—¡Está llegando! —gritó Shinyun.

—¿Por qué? —le gritó Magnus—. ¡Nadie ha hecho aún ningún sacrificio!

Vengo porque mis seguidores así lo desean —dijo la voz—. *El camino está despejado para mi llegada.*

El aire se volvió terriblemente pesado, como un aliento viscoso que congelara las venas. Una ola de agitación recorrió el lugar e hizo que Magnus quisiera escapar a algún lado, pero tenía el cuerpo paralizado. Un instinto animal muy dentro de él sabía que no había ningún sitio seguro al que huir.

La llegada del Demonio Mayor, reforzado por la adoración de tantos fieles, llenaba los sentidos y destruía cualquier sentimiento hasta que solo quedaba el horror.

Sobre el pentagrama, la electricidad estática blanca empezó a tomar forma.

27

FORJADO EN FUEGO

Alec se daba cuenta de que estaban en clara desventaja numérica. Toda la gente sentada en el anfiteatro se había volteado para mirarlos. Algunos ya se habían puesto de pie y buscaban armas: palos y estacas sobre todo, aunque también se vio algún cuchillo destellar bajo la luz.

—Vaya, hay un montón de gente en esta secta —murmuró Aline—, habrán compartido coche.

La fugaz sonrisa de Helen se desvaneció cuando dos seguidores la tomaron del brazo. Aline dio un codazo a uno en la garganta y Helen un cabezazo al otro en el pecho. Un idiota se abalanzó sobre el cazador de sombras y recibió un contundente puñetazo en la cara. Alec perdió de vista a Magnus, al tener que enfrentarse a un montón de puñetazos y patadas.

La única forma de llegar hasta Magnus era a través de ellos.

—Señoritas —dijo Alec—, ¿procedemos?

—Encantada —respondió Helen con dulzura, y le dio una patada a un hombre en la rótula.

Alec esquivó un puñetazo mal dado y devolvió uno perfecto. En las pausas de la pelea, Alec disparaba flechas a las formas demoníacas que daban vueltas en el cielo.

Podía mantenerse así todo el día. Solo tenía un objetivo en mente: el escenario. Hacia Magnus. Nada era más importante.

Podía verlo a intervalos entre la gente: se hallaba de pie en el escenario, como si hubiera estado hablándole al público. Shinyun estaba a su lado, gritaba y agitaba los brazos y, por suerte, aún no participaba en la batalla. Magnus volteó de medio lado: tenía sangre en la garganta y en la camisa, y un moretón oscuro en el rostro.

A Alec se le encogió el corazón. Magnus lo vio en uno de esos breves momentos de pausa en la batalla, como en el ojo de un huracán, en los que el tiempo se detiene. Magnus parecía estar muy cerca, como si Alec pudiera estirar la mano y tocarlo, acariciarle los moretones, protegerlo de la multitud.

Recordó el día que se había plantado en el departamento de Magnus en Brooklyn. Acababan de comenzar a salir. En aquel momento estaban pasando demasiadas cosas, tanto en el mundo como en el interior de Alec. La guerra estaba empezando, y Alec no era capaz de lidiar con la rabia, la confusión y el deseo que le agitaban el corazón.

Había conocido a Magnus hacía solo un par de semanas. No tenía ningún sentido aprovechar esa oportunidad para verlo, cuando su familia pensaba que estaba entrenando, cuando podían descubrirlo en cualquier momento. Tenía mucho miedo, y no sabía con quién hablar.

Alec ya tenía una llave. Magnus le había dicho que así era más fácil, y que tenía suficientes salvaguardas en el departamento para saber si alguien que no era Alec usaba esa llave. Alec había corrido hasta allí con el corazón latiéndole acelerado. Había visto a Magnus en el centro de su *loft*, absorto en su trabajo. Llevaba una camisa de seda naranja y leía tres libros de hechizos a la vez, pasando las páginas con las dos manos llenas de anillos y una ráfaga de chispas azules. Alec tenía el estómago encogido de miedo al pensar en lo que su padre diría si supiera que estaba allí.

Entonces Magnus levantó la vista de sus libros de hechizos, lo vio y le sonrió. Y el corazón de Alec abandonó el latir histérico, como el de un prisionero que quiere escapar. Alec pensó que podría quedarse en esa puerta el resto de su vida mirando a Magnus sonreírle.

En ese momento, el brujo le sonreía de la misma forma, a pesar del horror que los rodeaba, con arrugas en el rabillo de esos ojos dorados. Era una sonrisa tan dulce y sorprendida que hacía pensar que Magnus se había olvidado de todo lo demás, de puro asombro y felicidad.

Alec casi sintió que podía sonreírle él también.

Entonces oyó el grito de Helen.

—¡Demonios shinigami!

La Mano Escarlata no se andaba con pequeñeces. De todos los demonios voladores, los shinigami eran de los peores. Con sus mandíbulas de tiburón de sonrisa maliciosa y sus grandes alas negras ominosas, a los shinigami les encantaba arrancarle la cara a la gente y aplastarles los huesos hasta reducirlos a polvo.

Una sombra cayó sobre Alec. Miró hacia arriba para encontrarse con unas fauces sonrientes llenas de dientes. Les disparó una flecha.

El primer shinigami esquivó el proyectil por poco y voló directo hacia los cazadores de sombras. Unas cuantas más de esas grandes criaturas seguían de cerca al primero. Una segunda flecha abatió al shinigami más cercano, que se estrelló contra las gradas. Para entonces, el resto de los demonios ya estaban encima de ellos.

El más cercano aterrizó en los escalones con un pesado golpe. Aline se lanzó hacia él empuñando su cuchillo serafín y le hizo un par de boquetes en el pecho. El demonio rugió y la barrió con un golpe de ala que la hizo caer al suelo.

Luego se echó hacia atrás y se alzó sobre ella. Sus alas tapaban la luz de las estrellas y dibujaban el perfil de un irregular agujero negro en la noche. Otro de los demonios shinigami aterrizó entre los miembros de la secta, y estos huyeron despavoridos en busca de protección.

—¡*Eremiel!* —El grito de Helen se alzó sobre el estruendo mientras ella se movía entre los grandes demonios y los blancos tajos de su cuchillo serafín brillaban en la noche.

Alec saltó hacia un lado para evitar a un demonio que descendía en picado, y sus garras estuvieron a punto de rasgarle el hombro. Se dejó caer de espaldas y le agujereó el ala con una flecha, haciendo que se desplomara contra el suelo. Echó una mirada a las chicas.

—¡Aline, cuidado!

Ella estaba de espaldas y luchaba con dos shinigami valiéndose de sus cuchillos serafín mientras otro demonio avanzaba hacia ella.

Helen derribó a Aline para salvarla en el último momento. El demonio no llegó a alcanzarlas y giró en el aire para una segunda acometida. Enseñó los colmillos, cada uno de ellos tan grande como una mano humana. Helen se puso de pie y se agarró el hombro herido. Se dejó caer de rodillas cuando el monstruo fue por ella y blandió el cuchillo serafín hacia arriba, rajando al demonio desde el ombligo hasta el cuello.

—¡Por el Ángel! —gritó Aline—. Eso estuvo increíble.

Helen sonrió de oreja a oreja, pero no por mucho tiempo. Apenas acababa de matar al anterior cuando otro demonio aterrizó delante de ella y agitó una garra frente a su cara. Esta vez Aline estaba allí y le rebanó el ala por la articulación, cortándosela por completo. Helen lanzó un tajo circular que le separó la cabeza del cuello al demonio.

Alec se fijó en otro shinigami que descendía, y evitó que un ala afilada lo cortara por la mitad. Siguió su trayectoria mientras pasaba y le disparó en la espalda. El demonio se derrumbó en la base del anfiteatro.

—¡Alec! —gritó Aline—. ¡El escenario!

Alec volteó completamente en el momento en que una enorme columna de luz descendía del remolino y alcanzaba el brillante pentagrama de flores que rodeaba el escenario. Todo el anfiteatro se iluminó.

Magnus era una silueta bañada en una abrasadora luz blanca. Alec solo podía verle los ojos. Y estaban fijos en él. La boca de Magnus se movió, como si quisiera decir algo.

Entonces él y Shinyun desaparecieron. El brillo cegador de la luz llenó el pentagrama de flores de luna y borró todo lo que había dentro.

A Alec, el corazón le dio un vuelco. Corrió hacia el escenario, pero un miembro de la secta trató de interceptarlo a medio camino. Lo tumbó de un puñetazo y miró a la asombrada cara del hombre que venía detrás. Alec habló con un tono relajado, pero lo suficientemente alto como para que todos lo oyeran.

—Si aprecian su vida —dijo—, corran.

Los hombres se dispersaron. Eso dejó un espacio libre para que Alec avanzara hasta el pentagrama. La cabeza le zumbaba de pánico, se lanzó hacia delante... y se dio de bruces contra una barrera invisible, tan dura como una pared de granito.

Había un hombre flaco y con barba rala que permanecía delante de los seguidores de la secta junto al pentagrama, como si fuera el líder. Alec nunca lo había visto.

—¿Dónde está Magnus? —inquirió Alec.

—¿Quiénes son? —preguntó a su vez el hombre de la barba.

—Somos cazadores de sombras —contestó Helen, que avanzó para ponerse al lado de Alec. Aline se apresuró a colocarse al otro lado—. Y ustedes están metidos en un montón de problemas. ¿Qué está pasando aquí? ¿Quién eres tú?

—Soy Bernard, el dirigente de esta secta.

—Acordamos traicionar al Gran Veneno y a la hija maldita —dijo alguien detrás del hombre—. Nadie acordó que tú fueras el líder, Bernard.

Bernard enrojeció en contraste con sus ropas blancas.

—¿Quién es el Gran Veneno? —preguntó Aline.

—Nuestro fundador, Magnus Bane —contestó Bernard.

Helen dejó escapar un grito ahogado.

—De todas formas, rompimos con sus enseñanzas de cuidar a los niños y hacer bromas a los ricos hace ya muchos años —explicó Bernard—. Desde su marcha, hemos tenido una agenda mucho más basada en el mal. Algunos de los nuestros cometen asesinatos. Últi-

315

mamente, un montón de asesinatos. Sobre todo, somos malvados, pero nos lo tomamos con calma.

—¡O sea que Magnus es inocente! Bueno, más o menos —exclamó Aline. Helen parecía desconcertada.

Alec estaba al margen de la conversación. Empujó a Bernard para pasar, tomó una buena bocanada de aire y sacó un cuchillo serafín del cinturón.

—*Raguel.*

El cuchillo brilló con luz angélica.

Usar un cuchillo serafín contra un mundano era algo horrible. Su padre le había dicho que ningún cazador de sombras auténtico osaría hacerlo jamás.

Antes de que nadie pudiera detenerlo, Alec blandió la punta del brillante cuchillo serafín tan cerca de la garganta de Bernard que el cuello de su camisa blanca empezó a ennegrecerse y echar humo.

—¿Dónde está Magnus? No te lo voy a preguntar dos veces.

Los ojos de Bernard giraron hasta quedar blancos. Abrió la boca, y una voz que claramente no era la suya le salió de la garganta. Retumbó y crepitó como una hoguera.

Una voz de demonio. La voz de un Príncipe del Infierno.

—¿El Gran Veneno? Bueno, está justo aquí.

Bernard señaló como un autómata el pentagrama, que estaba bañado en una horrible luz. En su ardiente centro, las sombras más pálidas empezaron a tomar forma. Alec era capaz, cada vez más, de distinguir siluetas.

—Encuéntralo... —lo desafió el demonio que había invadido el cuerpo de Bernard—... si puedes.

La escena dentro del pentagrama se clarificó. A Alec se le secó la boca de horror.

Veía a Magnus. Veía a más de un Magnus.

—Uno de estos pares de luchadores son los verdaderos Magnus Bane y Shinyun Jung. Considéralo un examen, pequeño cazador de sombras. Si lo reconoces, puedes salvarlo.

Alec tenía el arco y el cuchillo en las manos, con todos los músculos tensos. Estaba preparado para luchar, deseoso de rescatar a Magnus, pero el terror lo tenía paralizado.

Cien Magnus Bane luchaban a vida o muerte contra cien Shinyun Jung. Todos idénticos. Cien Magnus Bane vestidos de blanco apuñalaban a cien Shinyun y cualquiera de ellos podría ser el Magnus real. El que estaba en el suelo aguardando el golpe mortal podía ser el verdadero Magnus, y necesitaba desesperadamente la ayuda de Alec. O quizá era el que estaba ganando la pelea, y Alec podría matarlo al intentar ayudarlo.

—Un poco de magia muy ingeniosa, si se me permite decirlo —se jactó el demonio a través de Bernard—. Inteligente y, a la vez, muy cruel, porque te da cierta esperanza. Todo lo que necesitas es reconocer al verdadero Magnus Bane. ¿No es eso lo que siempre sucede en los cuentos de hadas? El príncipe reconoce a su verdadero amor incluso cuando ella está transformada, un cisne en medio de cisnes, un guijarro en una playa de arena —rio Bernard—. Ojalá el mundo fuera un cuento de hadas, nefilim.

28

EL PRÍNCIPE DE LOS IDIOTAS

Dentro del pentagrama reinaba un silencioso terror; fuera, era el caos. Entonces se hizo la luz. Y la luz pareció apagarse en el resto del mundo. Todo lo que estaba fuera del pentagrama, incluido Alec, había desaparecido. Solo estaba su padre.

Un hombre en un traje blanco flotaba en la oscuridad del embudo y miraba hacia abajo, a Magnus y a Shinyun. Portaba una corona de alambre de espino en la cabeza y mancuernillas de plata a juego en los puños. Descendió al suelo con agilidad, como el agua deslizándose torrente abajo sobre un lecho de guijarros.

Asmodeo lucía la sombra de una mueca, por donde mostraba sus dientes serrados y voraces. Miró a Shinyun y luego a Magnus.

—Me trajiste un regalo.

—¿Padre? —preguntó Shinyun, y sonó casi como una niña.

Magnus se tragó el terror y el odio que sentía y se echó descuidadamente hacia atrás un mechón de pelo que le había caído sobre la frente.

—Hola, papá.

Los ojos de Asmodeo y su voraz media sonrisa se clavaron en Magnus.

Este pudo ver el momento exacto en que Shinyun comprendió la verdad. En un momento se hallaba completamente inmóvil; al siguiente, todo el cuerpo le temblaba como si acabaran de electrocutarla.

Se volteó lentamente hacia Magnus.

—No —gimió, con una voz que no era más que un susurro—. No puedes ser su hijo. No su auténtico hijo. No.

Magnus hizo una mueca de desagrado.

—Por desgracia, sí.

—Ya te dije, querida, que esto iba a ser una reunión familiar. —La sonrisa de Asmodeo se hizo más amplia mientras se empapaba del dolor de Shinyun. Se relamió los labios como si disfrutara de su sabor—. Solo que no de tu familia.

Asmodeo había jugado con ella, engañándola con la misma facilidad con la que Magnus había engañado a los miembros de la Mano Escarlata hacía tanto tiempo.

Shinyun seguía mirando primero a uno y luego al otro, y después apartando la mirada como si la visión de ambos le quemara los ojos. Magnus se preguntó si sería capaz de ver el parecido. Shinyun respiraba pesada y erráticamente. Finalmente, depositó la mirada sobre Magnus.

—Te lo quedas todo —susurró—. Me lo has arrebatado todo.

—¡Qué buena idea! —exclamó Asmodeo—. ¿Por qué no haces eso, hijo? Arrebátale la secta que creaste. Arrebátale el lugar con el que ha estado soñando. A mi derecha.

—¡No! —gritó Shinyun.

Se le llenaron los ardientes ojos y las lágrimas cayeron mientras atacaba. Magnus esquivó el arco de la espada y tropezó ante su asalto. Ella lo atacó de nuevo y Magnus se lanzó al suelo mientras rodaba para esquivar el golpe. Se le metió polvo en los ojos. No veía el modo de poder escapar del acero y de la muerte.

No hubo un tercer ataque. Magnus miró hacia arriba y luego se puso cautelosamente de pie.

Shinyun se había quedado paralizada a medio golpe, como si estuviera a punto de caer. Magnus la miró a los ojos. Estaban frenéticos, saltando de un lado a otro. Su cuerpo estaba tan paralizado como siempre lo había estado su rostro. Solo los ojos parecían estar vivos.

Magnus miró a Asmodeo, que hizo una floritura con las manos que Magnus reconoció. Él mismo había hecho ese gesto miles de veces, al realizar alguna proeza mágica.

—Bien, esto no lo entiendo —dijo Magnus—. Ya te has divertido. Ya realizaste tu numerito de siempre, hiciste tu oferta, has causado tanto dolor y rabia como te ha sido posible. ¿Por qué detenerla? ¿Por qué no dejar que el juego llegue hasta el final? No es que desee mucho ser convertido en un kebab por una de tus fans enfurecida, pero no entiendo tu enfoque.

—Quiero hablar con mi hijo —respondió Asmodeo—. Han pasado casi dos siglos desde la última vez que hablamos, Magnus. No escribes, no llamas, no haces sacrificios en mi altar. Esto hiere a tu amante padre.

Se acercó, sonriendo como una calavera, para darle a Magnus unas paternales palmaditas en la espalda. Magnus alzó un brazo para apartarlo.

El brazo atravesó limpiamente a Asmodeo.

—No estás realmente aquí.

La grotesca mueca sonriente de Asmodeo se hizo más amplia de lo que parecía posible.

—Aún no. No hasta que me apropie de la inmortalidad de alguien y la emplee como mi ancla en este mundo.

—Mi inmortalidad —repuso Magnus.

Asmodeo movió la mano hacia Shinyun.

—Oh, no. La suya servirá.

Su mano era fina y pálida, con los dedos acabados en garras. Magnus vio los ojos de Shinyun, lo único que podía mover, llenarse de nuevas lágrimas de humillación.

—Así que yo me voy a librar —dijo Magnus—. Qué bien para mí. ¿Puedo preguntar por qué? Supongo que no es por un desbordante afecto paterno. Tú no puedes sentir eso.

Una elegante silla de respaldo alto apareció de repente, y Asmodeo se sentó en ella. Miró a Magnus de arriba abajo.

—Los ángeles tienen hijos —le dijo Asmodeo a Magnus, y su voz fue una horrible parodia de la de un padre contando un cuento a su hijo pequeño—. Se dice que son la mayor bendición de este mundo..., los nefilim, destructores de demonios. Y nosotros, los Príncipes del Infierno, también tenemos nuestros hijos. Muchos de nuestros hijos arden hasta ser cenizas y vacío, incapaces de soportar lo que son, pero los hay que sobreviven. Su destino son los tronos de hierro. Los cuentos dicen que se convierten en las mayores maldiciones del mundo.

Magnus casi no podía respirar. Parecía que el aire se estuviera abrasando.

—He tenido mucho hijos en este mundo —continuó Asmodeo—. Casi todos me han decepcionado. Unos cuantos han demostrado ser útiles durante un corto tiempo, pero casi ni valían la pena. Sus poderes se extinguían, o se les iba la cabeza al cabo de un siglo; dos como mucho. Los hijos de un Demonio Mayor pueden ser muy poderosos, pero muy pocas veces son estables. Esperé mucho tiempo un auténtico hijo que fuera una maldición andante, y finalmente me di por vencido. Mis hijos han sido incapaces de prosperar en este mundo o en ningún otro; solo eran débiles luces que rogaban ser extinguidas, indignas de mí. Pero tú... Ah, tú eres fuerte. Tú luchas. Tú me buscaste con un grito que podría haber destrozado el mundo. Hablas, y la sangre de los ángeles escucha. Has abierto puertas entre los mundos. Has realizado proezas sin darte cuenta de que eran imposibles, y continuaste alegremente tu camino. Te llevo observando mucho tiempo. Los demonios podemos sentir orgullo. Se nos da muy bien. Hijo mío, estoy orgulloso de ti.

Un espacio vacío en el centro del pecho de Magnus le dolió. Mucho tiempo atrás, oír eso habría significado algo para él.

—Qué conmovedor —dijo finalmente—. ¿Qué quieres? La verdad, no creo que sea un abrazo.

—Te quiero a ti —contestó Asmodeo—. Eres mi hijo más poderoso y, por tanto, mi favorito. Quiero tener tu poder a mi servicio. Después de todo lo que he hecho por ti, quiero tu lealtad.

Magnus se echó a reír. Asmodeo abrió la boca con la intención decir algo más, pero Magnus alzó una mano para callarlo.

—Esta sí que es buena —dijo, enjugándose las lágrimas de risa—. ¿Cuándo has hecho tú algo por mí?

En un parpadeo, Asmodeo pasó de estar sentado en la silla a aparecer de pie junto a Magnus. Su susurro en el oído de Magnus fue como el siseo de un horno.

—¿Qué he dicho? —le preguntó Asmodeo a su hijo—. Es hora de recordarlo todo.

Le puso una garra a Magnus en la cara.

A este se le nubló la visión, y su mente cedió ante la intrusión mientras el mundo cambiaba de golpe. En un instante, pasó de estar en el centro del pentagrama en el escenario a sentir el picor del sol ardiente sobre la piel. El sudor comenzó a perlarle la frente. Dio un paso atrás y notó el crujido de la arena bajo sus zapatos. Olió el aroma del océano y oyó el sonido de las olas rompiendo en la orilla.

Magnus supo exactamente dónde y cuándo estaba en ese momento, y lo invadió el temor. Se hallaba en la playa de arena que había en el extremo de la jungla. Muchas vidas atrás. Casi al principio de su primera vida, en el primer y último lugar que había llamado su hogar.

De repente, fue intensamente consciente de lo pequeño que era. La camisa le colgaba suelta desde los estrechos hombros y los delgados brazos se le perdían bajo la ropa. Su cuerpo había sido adulto e inmutable durante siglos. Había olvidado cómo era sentirse débil y frágil, ser tan terriblemente vulnerable.

En el aire caliente, resonó la voz grave de un hombre.

—Ven aquí, mi niño.

El idioma era un viejo dialecto malayo que ya hacía siglos que no se usaba. No lo había oído o hablado desde que era un niño.

Su padrastro salió de la jungla y golpeó al tembloroso niño que era Magnus; este cayó sobre la arena cuan largo era.

Magnus tembló bajo los golpes. Todos los recuerdos que tenía de su padrastro y que se había esforzado tanto en olvidar, lo inundaron de nuevo, uno con cada punzada de dolor. Notaba el gusto de la arena en la boca y la ropa húmeda se le pegaba al cuerpo. Pudo sentir todo el terror de aquellos días, y toda la rabia. Apretó los puños, desesperado por hacer algo, lo que fuera.

Notó los ásperos dedos de su padrastro agarrarle el brazo y obligarlo a ponerse de pie. Lo arrastró, sobre la arena y entre los árboles, hasta la entrada de un viejo granero.

Eso era el pasado, su pasado. Magnus sabía exactamente lo que iba a ocurrir después, y el miedo que sintió en ese momento fue peor que el de la primera vez.

El granero en el que su madre se había ahorcado era una tumba chamuscada. Había grandes agujeros en el tejado, una de las paredes se había hundido bajo la presión de la raíces de los árboles y las malas hierbas florecían entre las tablas del suelo.

En la oscuridad, aún se podía ver colgada una cuerda cortada. Un estrecho arroyo corría por un rincón del suelo dentro del granero, ensombrecido por los restos del tejado. Había una mesa baja sobre la que descansaba una copa de varillas de incienso, dos cuencos de ofrendas y un burdo dibujo de una mujer en una piedra. Magnus miró el dibujo y recordó los ojos cargados de pena de su madre.

El niño miró a su padrastro y lo vio llorar. Magnus pudo sentir la vergüenza del niño por odiarlo, el deseo del niño de quererlo.

El Magnus adulto que observaba sabía lo que sucedería a continuación.

Su padrastro le rodeó los hombros con el brazo y lo llevó hasta el arroyo. El chico notó la rigidez de los dedos de su padrastro, como si estuviera controlándose para que no le temblaran.

Entonces, Magnus sintió unas ásperas manos cerrársele alrededor del cuello mientras el hombre hundía al niño en el agua. El frío se lo tragó y le resultó imposible respirar. Los pulmones se le sacudían desesperados mientras se ahogaba entre tragos de agua. El niño, golpeando el agua con los puños, se resistió, pero no podía escaparse de las manos de su padrastro.

En ese momento hubo como un giro en el aire, como el chasquido de las ramitas cuando algo se movía en la jungla. Ese fue el primer despertar de la magia. De algún modo, el niño fue capaz de librarse de la fuerte sujeción de su padrastro.

Magnus niño tosió y se atragantó mientras se apartaba el pelo mojado de los ojos a manotazos y trataba de respirar dolorosamente.

—Perdona. Seré bueno. Intentaré ser bueno.

—¡Esta es la única manera de que tú seas bueno! —gritó su padrastro.

Magnus gritó.

Una vez más, su padrastro le agarró el cuello con las manos, sin soltarlo, sus jadeos resonando en los oídos de Magnus. Había una horrible amabilidad en lo definitivo de su voz.

—Esto te hará puro —le susurró el único padre que había conocido nunca—. Confía en mí.

De nuevo, le hundió la cabeza en el agua, esta vez tan adentro que chocó contra el lecho de piedra del arroyo. Magnus sintió un dolor adormecedor, notó que perdía fuerza en las rodillas mientras que el niño comenzaba a perder la conciencia y a hundirse en la muerte.

Magnus se estaba ahogando, pero al mismo tiempo estaba terriblemente distante, observando morir al niño. Mientras observaba, vio una sombra moverse sobre el agua.

Un susurro llenó la cabeza del niño, más frío que el agua que tenía en los pulmones.

—Estas son las palabras que te harán libre. Pronúncialas y cambia su vida por la tuya. Solo uno puede sobrevivir. Controla tu poder o muere.

En ese momento, fue una decisión fácil.

La calma inundó al niño, y el hechizo le salió de la boca, hacia el agua. Sus manos, que agitaba por el pánico, se quedaron quietas y luego hicieron una serie de complicados gestos. No podía respirar, pero podía hacer magia.

Magnus nunca había sido capaz de descubrir cómo había hecho el hechizo que mató a su padrastro.

Por fin lo sabía.

El niño se convirtió en una columna de llamas azules, tan ardiente que el agua del arroyo llegó a hervir. El fuego reptó voraz por los brazos de su padrastro y lo consumió.

Los gritos del hombre resonaron por el oscuro granero donde su madre había muerto.

Magnus se encontró frente al niño y vio a su joven yo mirándolo. Tenía la camisa achicharrada y negra y su cuerpo aún humeaba. Por un instante, pensó que el niño podía verlo. Luego se dio cuenta de que lo que estaba mirando eran los restos requemados de su padrastro.

—Nunca quise que pasara nada de esto —susurró Magnus a todas sus viejas sombras y fantasmas, a su madre y a su padrastro y al chico perdido y herido que había sido.

—Pero lo hiciste —dijo Asmodeo—. Querías vivir.

Su padre estaba junto al niño que Magnus había sido, mirándolo a través del humo.

—Ahora vete —murmuró al niño Magnus—. Lo hiciste muy bien. Ve y hazte merecedor. Puede que un día venga a reclamarte.

Magnus parpadeó para apartar el humo de los ojos y se encontró en el centro del escenario, bajo un oscuro cielo.

Notó el suelo poco firme bajo los pies, pero era porque él estaba temblando. Solo había pasado un segundo. Shinyun seguía paralizada, con los ojos clavados en él con una desesperada intensidad. Fuera del pentagrama, la negrura estaba pasando al gris. Magnus casi podía distinguir la silueta de gente observándolo.

Asmodeo se hallaba a su lado, con una mano curvada sobre el hombro de Magnus en lo que era casi un abrazo.

—¿Lo ves? —dijo—. Yo te salvé. Tú me elegiste. Eres mi hijo favorito, porque yo te forjé en ese fuego. Volví por ti como te dije que haría. En todos los mundos, no hay nadie que te vaya a aceptar y a entender. Solo yo. Todo lo que puedes llegar a ser, es mío.

Un cuchillo apareció en la mano de Magnus, pesado y frío. La voz de su padre era grave y crepitaba con el fuego del infierno.

—Toma el cuchillo, haz sangrar a Shinyun. Sacrifícala para que yo pueda cruzar el mundo hasta ti. He visto todas tus luchas y me he enorgullecido de todas tus rebeliones —continuó Asmodeo—. Mi gente siempre responde a los rebeldes. Cada dolor que hayas sufrido ha tenido un sentido, te ha hecho fuerte, te ha conducido a este momento. Me has hecho sentirme muy orgulloso, hijo mío, mi maldición primogénita. Nada me complace más que elevar a mi merecedor hijo a una posición de altura y rendir todos los reinos de este mundo ante él.

Magnus casi notaba la mano de su padre en el hombro. El leve calor de la otra mano de Asmodeo lo notaba en la cintura, como si Asmodeo fuera a guiar el cuchillo directamente al corazón de Shinyun. Igual que había guiado a Magnus para matar a su padrastro, tanto tiempo atrás. Ya entonces, Magnus había tomado una decisión. Quizá hubiera sido la decisión acertada.

—Verás... —contestó—, la cosa es... que no quiero el mundo. El mundo es un lío. Ni siquiera puedo mantener mi departamento organizado. Aún estoy limpiando la diemantina de las pantallas de las lámparas después de la fiesta de cumpleaños de mi gato, y eso fue hace meses.

A pesar del calor y la presión de la mano de Asmodeo, Magnus bajó el cuchillo. Ya había crecido; mundos y vidas lo separaban de aquel niño aterrorizado. No necesitaba que le dijeran lo que debía escoger. Podía escoger por sí mismo.

Asmodeo se echó a reír. El mundo se sacudió.

—¿Es por ese niño?

Magnus había pensado que no podría sentir más miedo, hasta que se dio cuenta de que, sin querer, había dirigido la atención de Asmodeo hacia Alec.

—Mi vida amorosa no es asunto tuyo, padre —replicó Magnus con toda la dignidad que pudo. Sabía que Asmodeo podía sentir lo muy asustado que estaba. Pero Magnus se negaba a darle la satisfacción de admitirlo.

—Me resulta muy entretenido que hayas atrapado a uno de esos nefilim en tu red —dijo Asmodeo—. No hay nada más divertido que un desafío, y ¿qué es si no corromper a los más puros de los puros? Los nefilim arden con una furia tan mojigata... Veo la tentación de proyectar una sombra sobre toda esa luz. Incluso los nefilim pueden dejarse llevar por la tentación, los pecados de la carne, y todas las rabiosas delicias de los celos, la lujuria y la desesperación. A veces, especialmente los nefilim. Cuanto más alto están, más pedazos se hacen al caer. Te aplaudo, hijo mío.

—Eso no es así —replicó Magnus—. Lo amo.

—¿De verdad? —preguntó Asmodeo—. ¿O es solo algo que te dices a ti mismo, para poder hacer lo que quieres, como hiciste cuando quemaste vivo a tu padrastro? Los demonios no pueden amar. Tú mismo lo has dicho. Todo lo que eres es mitad mío. Sin duda, eso significa que heredaste solo medio corazón.

Magnus apartó el rostro. Hacía mucho tiempo, los Hermanos Silenciosos le dijeron que los brujos tenían alma. Siempre había preferido creerlo.

—Todo lo que soy —respondió Magnus— es solo mío.

—¿Y te ama él? —preguntó Asmodeo, y rio de nuevo.

Su voz era una copia de la de Catarina, preguntándole lo mismo, diciéndole a Magnus que no había amor que pudiera mantener sagrado y a salvo lejos de Asmodeo.

—Nunca amará algo como tú —continuó Asmodeo—. Iluminado por la magia del infierno y quemando todo lo que tocas. Puede que ahora te desee, pero nunca le has hablado de mí, ¿verdad? —Asmodeo sonrió—. En eso has sido muy listo. Si lo supiera, tendría que matarlo. No puedo dejar que un nefilim conozca mi maldición primogénita.

—No lo sabe —dijo Magnus apretando los dientes—. Y deja de llamarme eso.

—Sabías que contárselo puede poner en peligro a tus amigos brujos —insistió Asmodeo, y Magnus supo, con cierta desesperación, que Asmodeo estaba pasando por sus recuerdos como si fueran una baraja de cartas—. Pero te iba bien la excusa, ¿no es así? Tenías miedo de que si Alexander Lightwood conocía tu parentesco conmigo, se apartara asqueado. Sabes que aún lo hará. Llegará a odiarte y a sentirse resentido por tu inmortalidad mientras él se va marchitando. Nació para la rectitud, y tú naciste para una noche sin final. Tu corrupción lo devorará. No será capaz de soportarte durante mucho tiempo, siendo lo que eres. Eso lo destruirá, o él te destruirá a ti.

La voz de Asmodeo ya no era fuego y humo. Era gotas de agua helada en un océano de desesperación. No le decía nada que Magnus ya no se hubiera dicho a sí mismo.

Miró el cuchillo. El emblema del mango y la guarda, un insecto con las alas extendidas, indicaba su dueño. Miró a Shinyun, que tenía los ojos pegados a la punta de la hoja. El sudor le caía por el rostro mientras seguía paralizada.

—Siempre has sabido que no duraría. —El aliento de Asmodeo agitó el pelo de Magnus—. Nada te durará para siempre, excepto yo. Sin mí, estarás realmente solo.

Magnus agachó la cabeza. Recordó avanzar a tropezones sobre la arena ardiente, lleno de desesperación y oliendo las cenizas de toda su vida. Hubo un tiempo en el que se había sentido tan desesperado que no sabía qué le habría respondido a Asmodeo.

Pero ahora sí lo sabía.

Magnus volteó y se alejó de su padre mientras tiraba el cuchillo al suelo.

—No estoy solo. Pero si alguna vez lo estuviera, mi respuesta sería la misma. Entiendo lo que es la fe —explicó Magnus—. Sé quién soy, y sé a quién amar. Mi respuesta para ti es no.

Asmodeo se encogió de hombros.

—Pues que así sea. Recuerda, cuando mueras, que intenté darte esta oportunidad. Te quería a ti, pero no me importa nada adoptar.

Asmodeo agitó lentamente la mano y Shinyun cayó al suelo, tratando de tomar aire. Seguía aferrando la empuñadura de la espada con la mano. Magnus no sabía cuánto habría visto, o comprendido.

Shinyun, que por fin podía moverse, se puso de pie. Miró a Asmodeo, después a Magnus, y finalmente la espada.

—Shinyun, hija mía —dijo el Demonio Mayor—. Has sido elegida. Abraza tu glorioso destino.

Su rostro inescrutable estaba alzado hacia Asmodeo. Fue hacia él, su adoradora más fiel.

—Muy bien —dijo Shinyun, y le hundió la espada en el costado.

La brillante forma del demonio se fue borrando hasta que solo fue una vibración del aire, y luego, más lejos, adquirió otra forma, una imagen brillante sobre ambos.

—La traición me divierte —dijo—. Te perdono. Comprendo tu rabia. Conozco tu dolor. Eso es todo lo que eres. Sé cuán profunda siempre ha sido tu soledad. Aprovecha esta oportunidad. Acaba con la vida de Magnus y tendrás todo lo que has deseado: un padre, legiones de demonios bajo tus órdenes y un mundo en el que reinar.

Shinyun volteó la cabeza hacia Magnus. Dejó caer los hombros, pero luego los cuadró, con una nueva resolución. Se lanzó contra él, espada en mano, y lo tiró al suelo.

Magnus notó en el rostro las calientes lágrimas de Shinyun, que lo golpeó con la mano libre, una y otra vez. Alzó la espada empuñada con las dos manos. Y vaciló.

—No lo hagas —dijo Magnus, atragantado con la sangre que le llenaba la boca.

—¡Tengo que hacerlo! —gritó furiosa Shinyun—. Lo necesito. Sin él no soy nada.

—Puedes ser algo más que esto —le aseguró Magnus.

Shinyun negó con la cabeza. En sus ojos solo había desesperación. Magnus palpó en la tierra buscando el cuchillo que había tirado, rozó el mango con la punta de los dedos; entonces, respiró hondo y suspiró. Dejó ir el cuchillo.

Shinyun alzó la espada con ambas manos, la apoyó sobre el corazón de Magnus y la bajó con fuerza.

29

EL CABALLERO DEL IDIOTA

Alec miraba desesperado el panorama en el interior del pentagrama. Miró a cada una de las Shinyun, y todas parecían iguales. Buscó en el rostro de todos los Magnus, y todos eran Magnus. Magnus blandiendo un cuchillo. Magnus resollando de rodillas. Magnus con las manos en alto. Magnus con Shinyun sobre el pecho, y esta con la espada en alto para asestarle el golpe mortal.

—Se están burlando de ti, cazador de sombras —dijo Bernard, hablando con su propia voz.

Hubo risitas entre los miembros de la Mano Escarlata que lo rodeaban. Helen blandió hacia ellos el cuchillo serafín que le brillaba en la mano, igual que le brillaban las lágrimas en las mejillas.

«Está llorando por mí —pensó Alec distante—. Por mí.»

—Cierren el pico —les ordenó Helen con los dientes apretados. Las risas se acallaron.

—Pues yo creo que es muy gracioso —dijo Bernard—. Vino aquí creyendo que era un héroe. ¡Decidido a derrotar al enemigo! Pero ni siquiera puede encontrar al enemigo. No sabe cuál de ellas es.

Alec tensó el arco, lo sujetó con firmeza y apuntó.

—No necesito saberlo —replicó—. Sé cuál es él.

A través de la brillante luz del pentagrama, dejó volar la flecha.

30

LAS SECUELAS DE LA GLORIA

Magnus esperaba un golpe que nunca llegó. Con un repentino grito, Shinyun se fue hacia atrás, con una flecha clavada en el brazo. Una flecha conocida.

—¡Alec! —gritó Magnus, y se quitó de encima a Shinyun. Rodó por el suelo y se incorporó sobre una rodilla. Otra flecha le pasó por encima de la cabeza, hacia Shinyun; se lanzó hacia la sombra con forma que podía percibir tenuemente a través del brillo del pentagrama y pasó la mano a través de la barrera mágica, hacia la luz.

Ser capaz de poner los dedos fuera del límite del pentagrama había resultado útil, después de todo.

Magnus notó que una mano tomaba la suya. La mano de Alec, que lo agarró como había hecho ya dos veces antes, en el agua fría y en el borde de un acantilado, y en ese momento en un pentagrama con el Demonio Mayor que era el mayor miedo de Magnus. «Toma mi fuerza», le había dicho una vez Alec, y Magnus, que siempre había sido lo suficientemente fuerte por sí solo, se quedó asombrado. El poder fluyó hacia el interior de Magnus cuando, una vez más, Alec le dio su fuerza. La magia regresó, cálida y brillante, terrorífica y transformadora.

La energía le cantaba en las venas. La tenebrosa luz del pentagrama comenzó a cambiar. Magnus soltó la mano de Alec y volteó hacia su padre.

—No —exclamó Asmodeo, como si tuviera el poder de revertir lo que Magnus había hecho—. Magnus, espera...

El poder estalló desde Magnus, amor, magia y poder angélico fundidos en uno, y las barreras del pentagrama quedaron destrozadas. El mundo que lo rodeaba retrocedió, un caos de seguidores y demonios caídos.

Pero Asmodeo no podía rendirse. Incluso mientras su proyección en el mundo mortal se deshacía entre las sombras, el gran Demonio Mayor Asmodeo, señor de Edom y Príncipe del Infierno, alzó el brazo, y una profunda oscuridad comenzó a extenderse desde el centro del pentagrama, tragándose la luz.

El manto de nubes que se arremolinaban en lo alto se abrió y el vórtice palpitó y parpadeó. Comenzó a perder la forma y una luz cegadora y negra como la medianoche escapó por las fisuras del cielo. La tierra se sacudió bajo sus pies. Un pozo negro se abrió en lo que había sido el centro del pentagrama y comenzó a engullirlo todo hacia el abismo. Magnus resbaló hacia el pozo cuando la plataforma de madera se deshizo bajo sus pies como si fuera de tierra.

Cayó de rodillas. La fuerza que lo jalaba aumentó de intensidad, agarrándole cada célula del cuerpo. Sus nervios estallaban, y se encontró asido a los retorcidos tablones del escenario como si fueran un salvavidas.

Junto a él, Shinyun hacía lo mismo. Gritó cuando la fuerza del tornado le alzó los pies del suelo.

—¡Magnus! ¡Tómame la mano!

Pudo oír la voz de Alec a través de las barreras que se desmoronaban y el silbido de la luz agonizante. Alzó la cabeza, buscándolo.

El suelo bajo él se estaba deshaciendo. Shinyun se agarró al saco ensangrentado de Magnus mientras ambos comenzaban a caer hacia la oscuridad...

Se detuvieron de golpe, colgados en el aire. Alec había cerrado la mano alrededor de la muñeca de Magnus. De algún modo, se había lanzado sobre el destruido pentagrama y el destrozado escenario. Estaba estirado al límite, con medio cuerpo colgando sobre el borde del abismo. Intentó alzar a Magnus, pero el peso de este más el de Shinyun era demasiado. Resbaló hacia delante y se agarró al borde del abismo con una mano desesperada.

El miedo atenazó a Magnus. Shinyun seguía aferrada a él. Podrían caer todos juntos.

—Suéltame —le gritó a Alec—. Déjame caer.

Sus dedos se cerraron aún con más fuerza alrededor de la muñeca de Magnus.

Hubo un revuelo de movimiento detrás de Alec. Las dos cazadoras de sombras que habían luchado a su lado aparecieron en el borde del abismo. Una agarró a Alec y lo jaló. La otra corrió a agarrar a Magnus. El abismo aulló con desesperación cuando Magnus y Shinyun escaparon de la fuerza que los jalaba y cayeron al suelo calcinado junto con Alec.

Entonces, el pozo se esfumó.

En el extraño silencio que siguió, las dos chicas corrieron a sujetar a Shinyun y atarle las manos a la espalda; esta no intentó resistirse. Magnus se incorporó hasta sentarse, jadeando, y se dio cuenta de que seguía agarrado a la mano de Alec, o para ser precisos, este aún lo estaba agarrando a él.

Alec estaba sucio, cubierto de tierra, con sangre en la cara y una mirada salvaje en los ojos azules. Magnus era vagamente consciente de que había gente aún corriendo en la distancia hacia algún lado y que se estaban llevando a Shinyun. Pero solo podía ver a Alec. Alec, que había ido a salvarlo.

—Alexander —susurró—. Te dije que no me sujetaras.

De repente, este lo había rodeado con los brazos y lo estrujaba con fuerza. Magnus tragó aire en algo que quería ser un sollozo y hundió el rostro en la curva entre el cuello y el hombro de Alec. Magnus lo fue recorriendo con las manos, le tocó la espalda y los hombros, le acarició la suave nuca, el oscuro cabello, tranquilizándose al irse asegurando de que estaba vivo y era real.

Alec lo acercó aún más a sí.

—Nunca te dejaré ir —le susurró en el oído a Magnus.

Tuvieron exactamente tres segundos para disfrutar del alivio del reencuentro. Los efectos secundarios de un ritual fallido de esa magnitud fueron espectaculares en muchos aspectos.

El último suspiro del ritual fue un violento y repentino vómito de energía mágica, un atronador crujido seguido por una explosión, que lanzó un hongo de humo y polvo hacia el cielo. Magnus envolvió a Alec con los brazos y lanzó un rápido hechizo para protegerlos a ambos de los detritus voladores.

Cuando la explosión hubo pasado, Magnus bajó con cautela sus escudos mágicos. Seguía sentado, con los brazos y las piernas alrededor de Alec, que parpadeaba y miraba alrededor.

—Basta de decirme que te deje —rechistó Alec—. No te escucharé nunca. Quiero estar contigo. Nunca he querido nada con más intensidad en toda mi vida. Si tú caes, quiero caer contigo.

—Quédate conmigo —dijo el brujo, y le tomó el rostro entre las manos. Los fuegos que tenían alrededor, reflejados en los ojos de Alec, se convirtieron en estrellas—. Adoro estar contigo. Lo adoro todo sobre ti, Alexander.

Magnus lo besó y lo notó relajarse contra él. Alec sabía a calor, polvo, sangre y cielo. El brujo notó el leve roce de las pestañas del cazador de sombras en su propia mejilla cuando este cerró los ojos de nuevo.

—¡Chicos! —los llamó la voz de una mujer—. Me alegro de su reencuentro, pero sigue habiendo un montón de gente de la secta por todas partes. Vámonos.

Magnus alzó la mirada hacia la chica morena, una de las cazadoras de sombras que había ayudado a Alec. Se dio cuenta de que era la hija de Jia Penhallow. Luego miró la devastación que los rodeaba por todas partes.

El aire aún estaba cargado de magia, y parte de la villa se había incendiado, pero el peligro parecía haber pasado. La mayoría de los seguidores de la Mano Escarlata había huido; el resto se hallaba en proceso de huir o estaban en el suelo, heridos. Unos pocos de los más fanáticos y estúpidos estaban intentando animar a los otros para hacerse del control de la situación.

—Tienes toda la razón —le dijo Magnus a la chica Penhallow—. No es el momento para el amor. Es el momento para largarse inmediatamente.

Alec y él se pusieron de pie y fueron con Aline hacia la parte delantera de la villa. Esa zona parecía estar libre de demonios y de gente de la secta, al menos por el momento. Helen ya estaba allí, y había atado a Shinyun por las muñecas a una columna de mármol rota.

Esta permanecía en silencio, con la cabeza agachada. Magnus no sabía si tenía alguna herida en el cuerpo o solo en el alma. Las dos cazadoras de sombras se enzarzaron en una profunda conversación a susurros: él las observó a las dos, y de repente reconoció a la rubia de las sesiones del Consejo.

—Eres Helen Blackthorn, del Instituto de Los Ángeles, ¿verdad?

Sorprendida, Helen asintió.

Magnus miró a la otra chica.

—Y tú debes de ser la hija de Jia. ¿Irene?

—Aline —soltó esta, también sorprendida—. No creía que supieras mi nombre. Quiero decir, te acercaste bastante. Los observé a Alec y a ti desde la distancia en el Gard. Soy una gran fan tuya.

—Siempre es un placer conocer a una fan —repuso Magnus—. Eres la viva imagen de tu madre.

De vez en cuando, Jia y él habían hecho comentarios sarcásticos sobre varios miembros de la Clave hablando en mandarín. Era una mujer muy agradable.

Alec hizo un gesto de agradecimiento con la cabeza a Helen y Aline.

—No podría haber llegado hasta ti sin su ayuda.

—Gracias a las dos —repuso Magnus—, por venir a rescatarme.

La chica rubia con las orejas de hada y los ojos Blackthorn hizo una mueca.

—Yo no vine a rescatarte —confesó Helen—. Estaba pensando en detenerte para interrogarte. Quiero decir... antes. No ahora, evidentemente.

—Bien —dijo Magnus—. Pues eso me vino muy bien. Gracias de todos modos.

—Existe un cero por ciento de posibilidades de que los cazadores de sombras en el Instituto de Roma no vayan a notar que un circo de gladiadores ha pasado a ser una supernova en las colinas —advirtió Aline. Se inclinó sobre una pared de mármol rota y miró alegremente a Helen—. Felicitaciones, Blackthorn. Por fin puedes pedir refuerzos.

Helen no le devolvió la sonrisa. Garabateó un mensaje de fuego y lo envió de camino, con la cara muy pálida.

—¿Qué les vamos a decir a los otros? —preguntó Aline—. Aún no tengo ni idea de lo que ocurrió en el pentagrama.

Magnus comenzó a hacer un relato abreviado de los acontecimientos de la noche, y lo único que se guardó fue el detalle de que Asmodeo era su padre. Sabía que debía decírselo, y sin embargo, las palabras de su padre le resonaban en la cabeza: «Si lo supiera, tendría que matarlo. No puedo dejar que un nefilim sepa nada acerca de mi maldición primogénita».

Asmodeo se había ido, pero no estaba muerto. Magnus odiaba obedecer a su padre, pero no haría nada que significara poder perder a Alec.

Shinyun alzó la cabeza mientras Magnus hablaba, y él vio cómo los ojos se le entrecerraban en el inmóvil rostro al darse cuenta de lo que estaba omitiendo en su relato.

Magnus sabía que ella podía hacer añicos su última fachada. Podía decirles a esos nefilim toda la verdad en ese mismo momento. Magnus se mordió el labio y notó el sabor a sangre y miedo.

Shinyun no dijo nada. Ni siquiera abrió la boca. Parecía tener los ojos clavados en la distancia, como si la auténtica Shinyun estuviera muy lejos.

—Al final, Shinyun trató de detener al Demonio Mayor —dijo Magnus, casi contra su voluntad.

—Y luego trató de matarte a ti —puntualizó Alec.

—No tenía elección —repuso Magnus.

—Tenía la misma elección que tú.

—Está perdida —insistió Magnus—. Está desesperada. Hubo un tiempo en que yo también estaba así.

—Magnus —dijo Alec en un tono muy grave—, podemos pedir a la Clave que sea clemente con ella, pero eso es lo único que podemos hacer, después de todo lo que ha hecho. Sabes que es así.

Magnus recordó la voz de su padre hablando de los hijos del Ángel, nacidos para la rectitud. Quizá solo deseara tener piedad con Shinyun porque él también tenía los mismos fallos. Tal vez solo era porque, por el momento, le guardaba los secretos.

—Sí —respondió Magnus—. Ya lo sé.

—¿Por qué estamos teniendo esta discusión? —Helen alzó la voz y, al hacerlo, se le quebró—. ¡Todo el Instituto de Roma ya debe de estar en camino! Todos sabemos que la Clave la ejecutará.

Era lo primero que Helen decía en bastante rato, y la voz le tembló. Aline la miró con cierta preocupación. Magnus no conocía bien a Helen, pero estaba totalmente seguro de que no era el destino de Shinyun lo que la había alterado tanto.

—¿Qué te pasa? —le preguntó Aline.

—Tenía toda la intención de hacer lo correcto, pero lo entendí todo mal. De no ser por Alec y tú, no habría venido, y gente inocente habría muerto —respondió Helen en un tono cortante—. No es esa la clase de cazador de sombras que quiero ser.

—Helen, cometiste un error —intervino Alec—. La Clave nos dice que no confiemos en los subterráneos. A pesar de los Acuerdos, a pesar de todo, nos adoctrinan, y luego nosotros... —Se calló y miró hacia las estrellas, claras y frías—. Yo solía seguir las reglas porque pensaba que mantendrían a salvo a todos los que me importan —continuó—, pero he comenzado a darme cuenta de que «todos los que me importan» es un grupo mayor y diferente del que la Clave está preparada para aceptar.

—¿Y qué estás sugiriendo que hagamos? —preguntó Helen en un susurro.

—Cambiemos la Clave —contestó Alec—. Desde dentro. Hagamos leyes nuevas. Y mejores.

—Los directores del Instituto pueden proponer nuevas leyes —dijo Aline—. Tu madre...

—Esto lo quiero hacer yo —explicó Alec—. Y quiero más que ser director de un Instituto. Me he dado cuenta de que... yo no tengo que cambiar. Y tú tampoco, Helen, o tú, Aline. Es el mundo el que necesita cambiar, y nosotros vamos a ser quienes lo cambiemos.

—Ya llegaron los cazadores de sombras —graznó Shinyun inesperadamente. Todos se voltearon hacia ella—. Miren.

Tenía razón. Los cazadores de sombras del Instituto de Roma habían llegado. Fueron entrando por la verja, mirando boquiabiertos la villa incendiada, el suelo calcinado, y a los miembros de la secta, algunos en el suelo, heridos; otros, despotricando por ahí en sus trajes blancos.

En cuanto los de la secta vieron a los cazadores de sombras, comenzaron a correr. Estos los persiguieron. Agotado hasta la médula, Magnus se dejó caer contra la pared de la villa y observó lo que iba ocurriendo.

No pudo evitar notar que Shinyun también los estaba observando. Había vuelto a sentarse junto a la columna y guardaba silencio.

La Clave la mataría. El Laberinto Espiral no estaría dispuesto a tratarla con más amabilidad que los nefilim. No habría mucha compasión para una bruja que había asesinado a gente inocente e invocado a un Demonio Mayor. Magnus podía entender todo eso, pero seguía lamentándolo.

Alec le apretó la mano.

Una cazadora de sombras morena se acercó a su pequeño grupo y comenzó a hablarle a Helen en italiano. Magnus supuso que sería Chiara Malatesta, la directora del Instituto de Roma, y que estaba tan confundida como enojada.

Finalmente, Magnus intervino en la conversación.

—Helen es muy valiente —dijo—. Sabía que no podía perder tiempo si había que detener el ritual. Les debo mi vida a ella y a Aline Penhallow.

—Eh —protestó Alec, pero sonreía. Magnus lo besó en la mejilla.

Chiara Malatesta alzó las cejas, y luego se encogió de hombros. Los italianos tenían una visión filosófica del amor.

—Brujo —dijo—, te recuerdo de algunas de las reuniones del Consejo. Bastante gente de la secta está herida. ¿Puedes ayudarnos a sanarlos?

Magnus suspiró y se subió las mangas de su abominable túnica, totalmente destrozada.

—Esto es, en parte, culpa mía —dijo—. Hora de limpiar.

Helen y Aline aceptaron unirse a la *signora* Malatesta y los otros mientras registraban el terreno en busca de miembros de la secta perdidos y de algún tipo de actividad demoníaca. Alec se quedó para vigilar a Shinyun y, o al menos así lo esperaba Magnus, descansar un poco.

El espeso polvo que flotaba en el aire transformaba las feroces explosiones en el cielo en una niebla brillante. Magnus pasó a través de ella mientras caminaba sobre fragmentos de piedra. Siempre que encontraba a un miembro de la secta herido, pensaba en cómo Alec había acudido a salvarlo, y lo curaba como si fuera Catarina.

Al final, vio a más cazadores de sombras salir de entre el humo y el fuego. Intentó pensar en Alec, y no en lo que le iba a pasar a Shinyun.

—Ah, hola —lo saludó un chico cazador de sombras, que se detuvo de golpe a su lado—. ¿Magnus Bane? Nunca te he podido ver bien; no tan de cerca, quiero decir.

Magnus resopló.

—Se me ha visto mejor. —Pensó un momento en su estado, amoratado, golpeado y llevando un saco ensangrentado que no era de su talla—. Mucho mejor.

—Wow —exclamó el chico—. ¿Lo podrá soportar mi corazón? Por cierto, soy muy amigo de Alec. Estábamos hablando de hacer planes para luego. Estaremos encantados de que te unas. Podemos hacer lo que quieras. —Le guiñó un ojo—. Lo que sea.

—Umm... —repuso Magnus—. ¿Y quién eres tú?

—Leon Verlac —contestó el chico.

—Bien, Leon Verlac —dijo Magnus arrastrando las palabras—. Sigue soñando.

31

LA CUALIDAD DE LA CLEMENCIA

Apoyado contra una columna de piedra cuarteada, Alec observaba a sus amigos. Helen y Aline estaban recorriendo los terrenos de la villa, y deteniendo a todos los miembros de la secta que encontraban. Tenían las armas en la mano, a punto para ocuparse de cualquier demonio que hubiera quedado atrás, pero la fuerza de la salida de Asmodeo parecía haberlos disipado completamente. Sin embargo, seguía habiendo mucho de lo que ocuparse: gente medio enterrada bajo los escombros, pequeños fuegos que apagar, cazadores de sombras de Roma a los que guiar hacia los lugares relevantes.

Magnus estaba curando a miembros de la secta que habían estado ansiosos por ver cómo era sacrificado. Fue de persona en persona con calma, como Catarina había hecho en la fiesta. Alec podía localizarlo fácilmente por las chispas azules que le salían de los dedos. Para él, los actos de Magnus no eran solo amables, eran casi una muestra de santidad.

Volteó para mirar a Shinyun. «Mi reflejo oscuro», había dicho Magnus, pero para Alec no tenían nada en común. Ella seguía atada a la columna de mármol, aún mirando hacia la oscuridad. Alec se sorprendió al darse cuenta de que las lágrimas le caían silenciosamente por las mejillas.

—¿Qué esperas para regodearte? —dijo ella con amargura, cuando vio a Alec observándola—. Fui una imbécil. Creía que Asmodeo era mi padre. Creía que la Mano Escarlata era mi familia. Me equivocaba. Siempre he estado sola, y voy a morir sola. ¿Satisfecho?

Alec negó con la cabeza.

—Solo me preguntaba cómo habría sido si hubieras encontrado a alguien que no te traicionara.

—¿Estás sugiriéndome que salga con Magnus? —se burló Shinyun.

Incluso ella, que había engañado a Magnus y lo había arrastrado hacia una desagradable muerte pública, veía quién era Magnus. Cualquiera podía verlo. Alec se sintió incómodo ante ese recordatorio de que seguramente mucha gente querría estar con Magnus. No quería pensar en ello. Quizá no tuviera que pensar en ello nunca.

—Intentaste atravesarlo con tu espada —contestó Alec—. Así que, evidentemente, no.

Shinyun solo resopló. Alec intentó no pensar en su espada bajando hacia el corazón de Magnus.

—Lamento haber intentado matarlo —masculló Shinyun, con los ojos clavados en el suelo—. Díselo.

Alec recordó a Magnus en el momento en que las barreras del pentagrama habían caído. Se había volteado y los elementos se habían volteado con él. Tenía la mano alzada, con la magia envolviéndole su suave piel marrón, una magia reluciente contra su corona de pelo negro, fuego y viento en la luz de sus brillantes ojos. Resultaba incandescente de poder, de una belleza imposible, y peligroso.

Y no había hecho daño a nadie de los que se lo habían hecho a él.

Magnus había confiado en Shinyun, y ella lo había traicionado, pero Alec sabía que seguiría confiando en la gente. Alec había confiado en Aline y Helen, e incluso en los vampiros de Nueva York, y había funcionado. Quizá fuera lo único que funcionara: había que correr el riesgo de confiar.

No quería que Shinyun se saliera de esta sin más. Lo correcto era que fuera castigada por sus crímenes, pero Alec sabía que si la Clave se hacía de ella, el castigo sería la muerte.

«Pues que así sea —se dijo a sí mismo—. La Ley es dura, pero es la Ley.»

Su padre siempre le había dicho que tuviera cuidado, que no cometiera errores, que no se fuera por la tangente, que obedeciera el espíritu y la letra de la Ley. Pensó en Helen, y en cómo estaba tratando de ser la cazadora de sombras perfecta por su familia. Alec, incómodamente consciente de que era diferente, convencido de que iba a decepcionar a su padre, siempre había tratado de cumplir las reglas.

Magnus podría haber acabado con Shinyun cuando se rompió el pentagrama, o en cualquier momento desde entonces. En vez de eso, era evidente que quería salvarla. Cuando podía elegir, el Magnus que él conocía siempre elegía la bondad.

Alec se inclinó para cortar las cuerdas mágicas que mantenían sujeta a Shinyun con el poder angélico del filo de su cuchillo serafín.

—¿Qué estás haciendo? —preguntó Shinyun en un susurro.

Alec no estaba muy seguro.

—Vete —dijo bruscamente. Y cuando lo único que hizo Shinyun fue quedarse sentada mirándolo, Alec le repitió—: Vete. ¿O prefieres quedarte y confiar en la clemencia de la Clave?

Shinyun se puso de pie, enjugándose las lágrimas con el dorso de la mano. Los ojos le destellaron con un amargo dolor.

—Crees que conoces a Magnus Bane, pero no tienes ni idea de la profundidad ni de la oscuridad de los secretos que te oculta. Hay mucho que no te ha dicho.

—No quiero saberlo —contestó Alec.

La sonrisa de Shinyun se retorció.

—Algún día lo querrás saber.

Alec fue hacia ella con una furia repentina. Shinyun tragó saliva y salió corriendo, tan rápido como pudo, hacia el humo.

Los cazadores de sombras de Roma ya estaban por los terrenos de la villa. Podría ser que la atraparan, pero Alec le había dado la mejor oportunidad que podía darle. Nadie podría culpar a Magnus, ni a Aline ni a Helen. Alec lo había hecho solo.

Miró hacia el arremolinado polvo en el aire y las luces que teñían el cielo de un oscuro violeta y un rojo brillante. Algún día volvería a cumplir las reglas. Cuando las reglas cambiaran.

Se sobresaltó cuando dos siluetas surgieron del humo; se tensó y se preparó para responder al torrente de preguntas que le harían los cazadores de sombras italianos, pero solo eran Aline y Helen. Magnus las seguía a cierta distancia. Aline iba delante, y se quedó con la boca abierta cuando vio a Alec solo entre las ruinas, con las cuerdas cortadas a sus pies.

—¡Por el Ángel! —exclamó Aline—. ¿Shinyun se escapó?

—Bueno —contestó Alec—, ya no está.

Aline cerró la boca. Parecía haber mordido un limón.

—¿Ya no está? —repitió Helen—. ¿Qué les vamos a decir a los otros cazadores de sombras?: «Teníamos una peligrosa fugitiva bajo custodia y dejamos que se nos escapara de las manos, chicos, ¡perdón!».

Dicho así, no sonaba muy bien.

Se oyeron gritos cercanos. Alec podía ver las siluetas de gente en traje de combate llevándose en fila a los miembros de la secta. Magnus se unió al grupito alrededor de las cuerdas cortadas. A Alec el corazón le dio un vuelco al ver su rostro, medio de alegría medio de dolorosa preocupación. La túnica blanca de Magnus estaba manchada de sangre y ceniza. Estaba herido y parecía agotado.

—¿Shinyun se fue? —preguntó, y cerró los ojos un momento—. Casi me alegro.

Que Magnus casi se alegrara hizo que la brusca decisión de Alec valiera la pena.

—Escúchenme todos —dijo Magnus—. Los tres merecen grandes elogios y gratitud por el trabajo que hicieron hoy. Han desarticulado una secta mundana de adoradores de los demonios, han derruido una villa en el campo italiano y han evitado que un Príncipe del Infierno se afincara en este mundo. Y estoy seguro de que habrá alabanzas y palmadas en la espalda para cada uno de ustedes en el Instituto.

Alec notó que lo invadía el temor, una sombra del mismo frío miedo que había sentido al ver a Magnus en la arena, ante la posibilidad de que Magnus pudiera renunciar a su vida antes de que Alec pudiera llegar hasta él.

—¿Y? —preguntó Alec, temeroso.

—Y la Clave no reaccionará igual conmigo. Yo era el que estaba en el pentagrama esta noche, y yo era el centro de esta pequeña velada. Yo soy a quien interrogarán los cazadores de sombras. Y no quiero que ninguno de ustedes se meta en líos por mi causa. Creo que deberían emplear toda la gloria de esta misión, completada con gran éxito, para cubrir cualquier inconveniente que esta situación les pueda crear. Se encontraron de pronto con una misteriosa escena. No saben nada más. Díganles que me pregunten a mí.

Alec intercambió una mirada con Aline, luego otra con Helen.

—Impedimos que la Mano Escarlata cumpliera sus planes —dijo Alec—. Eso es lo que importa, ¿no?

Aline asintió.

—Una secta demoníaca que intentaba invocar a Asmodeo. Los tres les seguimos la pista y acabamos con su ritual antes de que pudieran hacerlo aparecer.

—También acabamos con su cuartel general —añadió Helen—. Y salvamos al hombre al que planeaban sacrificar en su ritual. Esa es la verdad. Eso es todo lo que hace falta que figure en el informe.

—Eso no es mentir a la Clave —se apresuró a concluir Aline—. Lo que yo jamás haría, porque mamá me arrancaría las Marcas, o peor aún: me diría lo mucho que la he decepcionado. La verdad, solo estamos tratando de dejar claro este asunto con la Clave y no molestarlos con detalles irrelevantes. Tú no tienes nada que ver con la

Mano Escarlata, Magnus, aparte de ser su víctima. ¿A quién le interesa la historia antigua?

—Yo explicaré que debería haber acudido al Instituto de París cuando un brujo me pidió ayuda en vez de intentar hacer todo esto sola —aportó Helen.

—Si mi nombre no es arrastrado por el lodo —dijo Magnus—, sin duda el suyo no lo debería ser. Encontraron una pista y la siguieron con una dedicación digna de elogio. ¿A quién le importa por qué acudió a ti un brujo, si fue por tu herencia feérica o por cualquier otra razón? Como muestra el resultado, eligió bien.

—No podría haber elegido mejor —corroboró Aline—. Acabaste con la Mano Escarlata. Hiciste todo lo que pudiste. Ningún otro cazador de sombras podría haberlo hecho mejor.

Helen miró a Aline. Un leve tono rosado le coloreó las mejillas. Alec se sorprendió al ver un sentimiento que reconocía en el rostro de Helen, algo que a menudo había sentido cerca de Magnus: un claro placer por la alta opinión en que lo tenía Magnus, mezclado con la sutil duda de que acabaría dándose cuenta de que no la merecía.

Alec sospechó que se le habían escapado algunos detalles cruciales sobre sus compañeras mientras se preocupaba por Magnus.

—El problema, naturalmente —continuó Magnus—, es que sin Shinyun, la Clave estará buscando a alguien a quien cargarle el liderazgo de la Mano Escarlata.

Alec notó una punzada de pánico.

—No a ti —dijo—. No puede ser a ti.

Magnus lo miró con sorprendente dulzura.

—No a mí, cariño —le dijo—. Ya se nos ocurrirá algo.

Se quedó en silencio mientras un grupo de cazadores de sombras italianos, que habían estado registrando el terreno, se acercaban. Helen intercambió unas cuantas palabras con su líder mientras el resto pasaba corriendo.

Los cuatro se dirigieron hacia la entrada de la villa. Alec miró a Helen.

—Perdón por casi haberlo arruinado todo.

—¿Qué dijiste, Alec Lightwood? —replicó Helen—. Los desastres te siguen ahí adonde vas: los edificios se hunden, los fugitivos escapan. Ya me estoy acostumbrando. —Le lanzó una rápida mirada a Alec—. Y creo que empieza a gustarme.

Aline carraspeó para aclararse la garganta.

—Conozco un lugar. No es nada especial. Solo un pequeño café junto al Tíber. Quizá podríamos ir allí alguna vez. Quiero decir, si tienes tiempo. Si quieres. —Miró alrededor—. Esta invitación es para Helen, por cierto. No para ti ni para Magnus.

—Ya entendí —dijo Alec, que finalmente lo había comprendido.

—Estoy en mi año de viaje —repuso Helen lentamente—. Se supone que debo estar en el Instituto de Praga la semana que viene.

—Oh. —Aline pareció decepcionada.

Helen parecía estar dándole vueltas a algo en la cabeza.

—Pero después de esta gran misión, me iría bien un descanso. Seguramente lo podría arreglar para quedarme por el Instituto de Roma un poco más.

—¿De verdad? —susurró Aline.

Helen se calló y la miró directamente. Alec y Magnus trataron de hacer como si no estuvieran.

—Solo si lo dices como creo que lo dices —se lanzó Helen—. Si lo dices como una auténtica cita. Conmigo.

—Sí —asintió Aline, abandonando claramente la idea de hacerse la dura—. Sí, sí, sí, una auténtica cita. Eres la persona más hermosa que he conocido, Helen Blackthorn. Y verte luchar es como ver poesía. Cuando hablaste de tu familia me entraron ganas de llorar. Así que vayamos a tomar un café, o a cenar, o podríamos ir un fin de semana a Florencia. Bueno, quizá debería poder decirte algo más fino y sofisticado que eso. Leeré algunos libros románticos y aprenderé a decir bien las cosas. Lo lamento mucho.

Parecía avergonzada.

—¿Qué es lo que lamentas? —preguntó Helen—. Me gustó.

—¿Sí? —exclamó Aline—. ¿Quieres ir a desayunar?

—Bueno, no —contestó Helen.

Aline pareció desolada.

—Ya lo arruiné. ¿Cuándo lo arruiné?

—Quiero decir —se apresuró a puntualizar Helen— que mejor vamos a comer. Así podemos volver al Instituto y asearnos un poco. Tengo icor entre los dedos.

—Oh. —Aline tardó un instante en comprender—. Ah, muy bien. ¡Fantástico! Quiero decir... de acuerdo.

Y comenzó a sugerir elaborados planes para la comida. Alec no sabía cómo Aline iba a ser capaz de reunir una orquesta de jazz en tres horas, pero se sentía feliz de que ella estuviera tan feliz; le brillaban los ojos y tenía las mejillas rojas de emoción. Helen debió de pensar que parecía algo más que feliz, porque, cuando Aline se calló para tomar aliento, la besó.

Fue un rápido roce de labio contra labio, un beso dulce. Aline sonrió, luego puso la mano bajo el codo de Helen y la acercó más a ella. El sol que comenzaba a asomar por el horizonte iluminó el anillo Penhallow en el dedo de Aline y lo hizo resplandecer mientras ella le apartaba a Helen el cabello del rostro y la besaba una y otra vez.

—Espero que les vaya bien —dijo Alec en voz baja.

—Creía que ya estaban juntas. Bonita pareja. Señoras, lamento interrumpir, pero Leon Verlac se dirige hacia aquí.

Helen y Aline se apartaron, ambas sonriendo. En cambio, en el rostro de Leon, normalmente alegre, había una expresión severa cuando se les acercó. Empujaba a Bernard delante de él.

Bernard tenía las manos atadas y protestaba furiosamente.

—¡No pueden hacerme esto a mí! ¡Todo es culpa de Magnus Bane!

—Como si fuéramos a creer una sola palabra de lo que dices —le gruñó Leon.

—Soy el dirigente de la Mano Escarlata; su líder supremo, oscuro y carismático, el poder detrás del trono pero también el que debería sentarse en el trono. ¡Me niego a que se me trate como a un criminal cualquiera!

Leon Verlac miró hacia atrás a Helen y a Aline, y luego a Alec y a Magnus. Alec le devolvió la mirada sin expresión.

—Sí, bueno —dijo Leon, y le dio otro empujón al oscuro y carismático líder de la Mano Escarlata—, todos estamos teniendo un día duro.

Aline miró a Magnus y a Alec con una sonrisa de satisfacción que fue creciendo lentamente.

—Supongo que esto soluciona el asunto del «líder de la Mano Escarlata».

—Quién iba a pensar que me alegraría de ver a Leon —exclamó Helen para sí.

—Creo que deberíamos hacer un pacto —dijo Alec—. Los cuatro mantenemos en secreto lo que sabemos de la Mano Escarlata. De hecho, preferiría que no mencionáramos nada de esto a nadie de Nueva York. Nunca.

—Muy inteligente —repuso Aline. Aún tenía las mejillas sonrojadas y la mano en la de Helen—. Si Jace e Isabelle se enteraran de que nos hemos estado divirtiendo tanto sin ellos, nos matarían.

Helen asintió.

—Nosotros cuatro nunca nos hemos encontrado aquí. Esto nunca sucedió. Espero volver a verte alguna vez, Alec. Por primera vez.

Si el padre de Alec alcanzaba a oír algo sobre la secta y el pasado de Magnus, llegaría a las mismas conclusiones a las que Helen había llegado, solo que aún peor. Alec no quería que eso pasara. Aún creía que si su padre llegaba a conocer a Magnus, acabaría viendo lo que Helen y Shinyun habían aprendido a ver, lo que Alec había visto casi desde la primera vez.

Claro que a su padre podría complacerlo saber que Alec había sido de gran ayuda en una misión en Roma. El dirigente de la Mano Escarlata había sido capturado y habían acabado con la secta y el terrible ritual. Era realmente posible que el Instituto de Roma fuera a felicitarlos por un trabajo bien hecho.

Sin embargo, comparado con Magnus, la aprobación de su padre, o de cualquiera de la Clave, no le importaba en absoluto. Alec sabía quién era. Sabía lo que había hecho y por lo que había luchado, y sabía por qué iba a luchar en el futuro.

Y sabía exactamente a quién amaba.

El polvo se iba posando y los rayos del sol se hacían más fuertes, lanzando brillantes líneas de luz blanca que limpiaban el nuevo día. El anfiteatro improvisado, las gradas de piedra y la villa que había sido el último cuartel general de la Mano Escarlata estaban en ruinas bajo lo que parecía que sería un claro día de otoño.

Alec se sorprendió a sí mismo cuando se echó a reír.

Extendió la mano y encontró la de Magnus esperándolo.

EPÍLOGO

CIUDAD A LA QUE LLAMO HOGAR

¿Es Nueva York la ciudad más hermosa del mundo?
No dista mucho de serlo.
Aquí está nuestra poesía, porque hemos
hecho descender las estrellas a voluntad.

EZRA POUND

—Y esta es toda la historia de nuestra caza de la Mano Escarlata —dijo Magnus, mientras hacía un gesto teatral con su taza de té. El líquido rebosó por el borde y salpicó la imagen de Tessa.

Los solemnes ojos de esta se iluminaron con una sonrisa. Siempre había tenido una apariencia de seriedad, pero sonreía a menudo. Magnus le devolvió la sonrisa. Había dispuesto de un momento antes de que Alec y él tuvieran que irse, mientras los cazadores de sombras aún estaban ocupados con los informes oficiales sobre el asunto de la Mano Escarlata.

Magnus tenía su propio informe que entregar, y era agradable ver el rostro de Tessa, incluso si solo era una proyección.

—Es toda una historia —comentó Tessa.

—¿Se la explicarás al Laberinto Espiral? —quiso saber Magnus.

—Al Laberinto Espiral le contaré algo —contestó Tessa—. Algo que no se parezca ni remotamente a la historia que me acabas de explicar. Pero, ya sabes, muchas narraciones dependen de la interpretación.

—Tú eres el público —repuso Magnus—. Lo dejo en tus manos.

—¿Eres feliz? —le preguntó Tessa.

—Sí, soy feliz de que ya no se me acuse falsamente de dirigir una secta que pretendía la destrucción global —respondió Magnus—. Y también me siento feliz de que una bruja enajenada no esté enviándome demonios para perseguirme por toda Europa. Todo es muy reconfortante.

—Estoy segura —dijo Tessa con amabilidad—, pero ¿eres feliz?

Hacía mucho tiempo que Magnus la conocía. Bajó sus defensas un poco, lo suficiente para contestar con un simple: «Sí».

Tessa sonrió, sin la más mínima vacilación o reticencia.

—Me alegro.

Magnus fue el que vaciló.

—¿Puedo preguntarte una cosa? Tú amaste a un cazador de sombras.

—¿Crees que dejé de hacerlo?

—Cuando lo amabas, ¿alguna vez tuviste miedo?

—Tenía miedo siempre —respondió Tessa—. Es natural tener miedo de perder lo más precioso del mundo para ti. Pero no tengas demasiado miedo, Magnus. Sé que los brujos y los cazadores de sombras son muy diferentes, y que hay una línea entre sus mundos que puede ser difícil de cruzar. Pero como alguien me dijo una vez, al hombre adecuado no le importará. Pueden construir un puente sobre esa línea y encontrarse el uno al otro. Pueden construir algo mucho más grande de lo que ninguno de ustedes podría haber construido solo.

Hubo un silencio, y ambos pensaron en las eras que habían visto pasar ya, y en las eras que vendrían. El sol seguía brillando a través de la ventana de la habitación del hotel en Roma, pero no duraría mucho.

—Pero perdemos el amor, al final —dijo Magnus con reticencia—. Ambos lo sabemos.

—No —replicó Tessa—. El amor te cambia. El amor cambia el mundo. Creo que no puedes perder lo que amas, por mucho que vivas. Confía en el amor. Confía en él.

Magnus deseaba hacerlo, pero no podía olvidar a Asmodeo diciéndole que él era una maldición que pendía sobre el mundo. Recordó haberle rogado a Shinyun con la mirada que no le dijera a Alec quién era su padre. No quería mentirle a Tessa. No sabía cómo prometerle que haría lo que le aconsejaba.

—¿Y si lo pierdo al decirle la verdad?

—¿Y si lo pierdes por ocultársela?

Magnus meneó la cabeza.

—Cuídate, Tessa —se despidió, en vez de decirle que seguiría su consejo.

Tessa no insistió.

—Y tú, amigo mío. Les deseo lo mejor a los dos.

La imagen de Tessa se difuminó, su suave mata de pelo castaño se disipó como una nube en el aire. Pasado un momento, Magnus se levantó y fue a cambiarse para encontrarse con Alec en el Instituto de Roma y por fin poder proseguir sus vacaciones.

Un Portal se abrió partiendo el aire al final de los escalones de entrada del Instituto. Magnus se hallaba en lo alto de esa escalera. Ya los había abrazado a todos, incluso a dos cazadoras de sombras italianas, que parecieron muy sorprendidas por su gesto y tuvieron que presentarse en ese momento, pero que le devolvieron el abrazo con entusiasmo. Se llamaban Manuela y Rossella. Magnus pensó que parecían agradables.

Alec no se mostró demasiado efusivo con nadie excepto con Aline, a la que abrazó con fuerza. Magnus observó de atrás la cabeza de Alec, inclinada hacia la de Aline, e intercambió una mirada y una sonrisa con Helen.

—Espero que la siguiente parada de sus vacaciones sea fabulosa —le deseó esta.

—Eso espero. Y yo deseo que el siguiente lugar al que vayas durante tu año de viaje sea fantástico.

—La verdad es —respondió Helen— que estoy un poco cansada de viajar. Ya estoy bien donde estoy.

Aline se acercó a Helen.

—¿Viajar? —repitió—. Estaba pensando que si quieres compañía cuando vayas al Instituto de Praga podría ir contigo. No estoy haciendo nada, excepto luchar contra las fuerzas del mal. Pero podríamos hacerlo juntas.

Helen sonrió.

—Creo que se nos ocurrirá algo.

Alec esquivó el intento de abrazarlo de Leon Verlac y lo dejó dando un beso al aire. Se reunió con Magnus en lo alto de la escalera.

—¿Estás listo para seguir con las vacaciones? —le preguntó este, mientras le tendía la mano.

—No puedo esperar más —contestó Alec, y le dio un apretón al tomársela.

Juntos, con el equipaje siguiéndolos de cerca, atravesaron el Portal. Dejaron atrás el Instituto de Roma y salieron en la sala del departamento de Magnus en Brooklyn.

Este alzó una mano y fue dando la vuelta lentamente. Todas las cortinas se deslizaron a un lado y las ventanas se abrieron. El sol cayó sobre la madera del suelo y las coloridas alfombras de nudos escarlata, amarillo y azul; destelló sobre las cubiertas de piel y oro de los libros de hechizos y la nueva cafetera que Magnus había comprado porque Alec no estaba de acuerdo en que robara el café haciéndolo aparecer desde algún bar cercano.

Presidente Miau se acercó a Magnus con la cabeza inclinada antes de metérsele entre las piernas haciendo unos cuantos ochos. Luego, saltó sobre el cuerpo de su dueño como un escalador, apoyándose en las manos y subiendo por su brazo para colgársele del hombro. Ronroneó junto a la oreja de Magnus, le lamió la mejilla con la áspera lengua y saltó al suelo sin siquiera voltearse, después de haber completado su necesario saludo.

—Yo también te quiero, *Presidente Miau* —le dijo Magnus.

Alec alzó las manos al cielo y se estiró, moviendo el cuerpo de un lado al otro antes de dejarse caer sobre el diván. Se quitó los zapatos y se hundió en los cojines.

—Qué bien volver a estar en Nueva York. Necesito unas vacaciones de esas vacaciones.

Le tendió una mano a Magnus y este se tumbó junto a él; notó los dedos de Alec hundiéndosele en el pelo.

—Nada de destinos turísticos de visita obligatoria. Nada de complicadas cenas con máquinas voladoras y, definitivamente, nada de sectas y brujos asesinos —le susurró a Alec al oído—. Solo casa.

—Me alegro de estar de vuelta —afirmó Alec—. Extrañaba la vista desde esta ventana.

—Sí —asintió Magnus, pensativo. Había habido tantas ventanas y tantas ciudades en su larga vida... Nunca antes se le había ocurrido añorar una vista.

—Y añoro a Izzy.

Magnus pensó en la feroz hermana de Alec, a quien este protegía antes que a su propia vida.

—Sí.

—Y a Jace.

—¡Eh! —protestó Magnus.

Sonrió contra la mejilla de Alec, sabiendo que este podía notar su sonrisa aunque no la viera. Nunca antes había echado de menos una vista, pero era agradable añorar esta. Era raro, mirar hacia los ladrillos y el cielo azul, pasar la vista por el puente de Brooklyn y las brillantes torres de Manhattan, y pensar en regresar, pensar en un lugar lleno de familia y amigos.

—No creo que nadie nos espere todavía —dijo Alec.

—No hace falta que les expliquemos por qué volvimos antes —repuso Magnus—. Yo nunca explico nada. Ocupa menos tiempo y aumenta mi aire de misterio.

—No, quería decir... —Alec tragó saliva—. Los extraño, pero aguantaría estar un poco más solo contigo. No tenemos por qué decirles que ya volvimos.

Magnus se animó.

—Siempre puedo usar un Portal para volver a estar de vacaciones, si se nos antoja. Aún podemos llegar a la ópera, si quieres. Dentro de un rato.

—Puedo decir que se me rompió el celular —aportó Alec—. Puedo decir que se me cayó al Tíber.

Magnus sonrió travieso.

—Tengo una idea mejor.

Saltó del sofá y fue al fondo del departamento. Lanzó un hechizo e hizo dos amplios gestos con los brazos para enviar todos los muebles a un lado.

Se volteó hacia Alec, y de repente llevaba puesto unos pantalones tiroleses, muy brillantes y muy verdes.

—Me parece que nuestra siguiente parada iba a ser Berlín.

Durante la siguiente hora, resumieron semanas de viajes, posando delante de fondos conjurados por Magnus en la pared de su *loft*. Primero se fotografiaron bailando en una disco de Berlín. Luego llevaron la fiesta junto a la entrada del museo del Prado. Alec echó trozos de galletas a un grupito de palomas que Magnus había hecho aparecer desde el tejado.

—También podría traer un toro —propuso Magnus—. Por verosimilitud.

—Nada de toros —replicó Alec.

La última foto se la sacaron en Nueva Delhi, entre los espinos de colores brillantes frente el Jama Masjid durante el Eid-al-Fitr. Magnus conjuró cuencos de plata llenos de *jamun, rasmalai, kheer* y otros de ese estilo, e hicieron turnos dándose los dulces el uno al otro delante de la cámara.

Alec fue a tomar a Magnus para besarlo, pero vaciló, con los dedos pegajosos de azúcar. Este hizo un gesto y una ola brillante de magia le siguió la mano, haciendo desaparecer todos los postres, el fondo y el azúcar de las manos. Se inclinó, con los dedos bajo el mentón de Alec, y lo besó.

—Ahora que ya nos quitamos de encima la parte vacacional de nuestras vacaciones —dijo Magnus—, podemos divertirnos.

Se apoyó contra una librería llena de viejos libros de hechizos y le tomó la mano a Alec.

—Eso sería fantástico —dijo este con timidez.

—En retrospectiva —comentó Magnus—, unas vacaciones extravagantes podrían haber sido ligeramente excesivas para algo tan nuevo como... esto. —Hizo un gesto que los abarcaba a los dos.

Alec comenzó a sonreír.

—Me preocupo pensando que voy a arruinar las cosas.

—¿Y cómo podrías fastidiar las cosas?

Alec se encogió de hombros.

—¿Podré seguir tu ritmo? ¿Seré lo suficientemente interesante?

Magnus se echó a reír.

—Quería mostrarte el mundo, enseñarte la gran aventura romántica que puede ser la vida. Por eso organicé la cena en globo sobre París. ¿Sabes cuánto tiempo me llevó prepararlo? Solo mantener la mesa y las sillas rectas en medio de los vientos cruzados fueron horas de magia que nunca viste. Y aun así, hice que nos estrelláramos.

Alec rio con él.

—Puedo haberme pasado un poco —admitió Magnus—. Pero quería poner toda la grandeza y la maravilla de Europa a tus pies. Quería que te divirtieras.

Cuando volvió a mirar a Alec, este fruncía el ceño.

—Y me divertí —dijo—. Pero no necesitaba nada de eso. Solo eran lugares. No tienes que montar ningún escenario para convencerme. No necesito París, o Venecia, o Roma. Solo te quiero a ti.

Hubo un silencio. El sol de la tarde entraba por la ventana abierta y hacía que el polvo del departamento destellara, y proyectaba un cálido reflejo sobre sus cabezas unidas. Magnus oyó el ruido del tráfico de Brooklyn, taxis amarillos haciendo sonar el claxon y frenando.

—Quería preguntarte... —comenzó Magnus—. Cuando Shinyun y yo estábamos luchando dentro del pentagrama, en Roma, le disparaste a ella. Me dijiste que podías ver decenas de imágenes de mí luchando contra decenas de ella. ¿Cómo pudiste saber cuál era realmente ella?

—No lo sabía —contestó Alec—. Sabía cuál eras tú.

—Oh. ¿Había una versión más atractiva que las demás? —preguntó Magnus encantado—. ¿Más elegante? ¿Con un cierto *je ne sais quoi*?

—No sé nada de eso —respondió Alec—. Tomaste un cuchillo. Lo tenías en la mano y luego lo dejaste caer.

Magnus se desinfló un poco.

—¿Sabías que era yo porque peleo peor que ella? —quiso saber—. Bueno, eso son malas noticias. Ya me imagino: «Combate lamentable», en lo alto de la lista de las diez cosas que más molestan a los cazadores de sombras.

—No.

—¿Número once, justo debajo de «Realmente no le queda bien el blanco»?

Alec volvió a negar con la cabeza.

—Antes de que estuviéramos juntos —explicó—, estaba siempre muy enojado, y hacía daño a la gente porque yo sufría. Ser amable cuando estás sufriendo es complicado. A la mayoría de la gente ya le cuesta un esfuerzo serlo en los mejores momentos. El demonio que hizo el hechizo no podía imaginárselo, pero entre todas esas figuras idénticas, había una que vacilaba antes de herir a alguien, incluso en el momento del mayor peligro. Esa tenías que ser tú.

—Oh —exclamó Magnus.

Tomó el rostro de Alec entre las manos y lo besó de nuevo. Ya había besado a Alec muchas veces, y seguía sin acostumbrarse al modo en que Alec le respondía, ni al modo en que él respondía a Alec. Cada vez era como la primera. Magnus no quería acostumbrarse a eso.

—Estamos solos —murmuró Alec contra su boca—. El *loft* está protegido. Ningún demonio puede interrumpirnos.

—Las puertas están cerradas —añadió Magnus—. Y tengo los mejores cerrojos que el dinero y la magia pueden comprar. Ni siquiera una runa de apertura funciona en mis puertas.

—Excelente noticia —repuso Alec.

Magnus casi ni oyó lo que decía. El movimiento de los labios de Alec sobre los suyos hizo que cualquier pensamiento razonable se le fuera de la cabeza.

Magnus chascó los dedos hacia la cama que tenía a la espalda y envió el edredón dorado y rojo volando hasta el otro lado de la sala, agitándose como una vela libre de ataduras.

—¿Podemos...?

A Alec le brillaron los ojos de deseo.

—Sí.

Se dejaron caer sobre el colchón, juntos sobre las sábanas de seda. Magnus metió las manos bajo la camiseta de Alec y notó la piel ardiente y suave bajo el gastado algodón, y la tensión en los músculos de su abdomen desnudo. Su propio deseo era una llama en lo más profundo de su cuerpo que se extendía por el pecho y le cerraba la garganta.

«Alexander. Mi hermoso Alexander. ¿No sabes lo mucho que te deseo?»

Pero la voz de una sombra le susurró en la cabeza, murmurándole que no podía decirle a Alec la verdad sobre su padre, sobre su vida. Magnus quería poner a los pies de su amado todas las verdades de su existencia, pero esa no, lo único que conseguiría sería poner a Alec en peligro. Tendría que guardársela.

—Espera, espera, espera —dijo entre jadeos.

—¿Por qué? —preguntó Alec, con los labios hinchados de besar y los ojos nublados de deseo.

Por qué, cierto. Muy buena pregunta. Magnus cerró los ojos y encontró la luz rebosando tras ellos, las líneas del cuerpo de Alec ajustándose contra las suyas, cálido, dulce, perfecto. Se estaba ahogando en luz.

Magnus empujó a Alec hacia atrás, aunque no podía soportar alejarlo de sí. Alec acabó a un palmo de él, sobre una extensa sábana de seda roja.

—Es que no quiero que hagas nada de lo que puedas arrepentirte —contestó Magnus—. Podemos esperar tanto como quieras. Si necesitas esperar hasta... hasta que estés seguro de lo que sientes...

—¿Qué? —Alec parecía sorprendido y un poco irritado.

Cuando Magnus se había imaginado momentos hermosos y sensuales con su amado Alec, o momentos en los que él mismo se sacrificaba, nunca había visto a su amado Alec tan enojado.

—Te besé en la Sala de los Acuerdos, delante del Ángel y de todo el mundo que conozco —replicó Alec—. ¿No entendiste lo que eso quería decir?

Magnus recordó estar frente a Alec al comienzo de la guerra, pensando que lo había perdido para siempre y, luego, darse cuenta de que no. Durante un único momento glorioso había sentido la certeza, resonando por toda la sala y por todo su cuerpo como una campana. Pero momentos así no se podían conservar. Magnus había dejado que las sombras de las dudas sobre sí mismo, sobre su pasado y sobre el futuro se insinuaran y llevaran esa certeza fuera de su alcance.

Alec lo miraba intensamente.

—Comenzaste una secta demoníaca siglos atrás, y no te hice ninguna pregunta. Te seguí por toda Europa. Masacré a toda una manada de demonios en el Orient Express por ti. Fui a un *palazzo* lleno de asesinos y de gente que quería platicar y bailar por ti. Mentí al Instituto de Roma por ti, y le habría mentido a la Clave.

Puesto así, todos juntos, eran un montón de argumentos.

—Lamento que hayas tenido que hacer todo eso —murmuró Magnus.

—¡No quiero que lo lamentes! —exclamó Alec—. Yo no lo lamento. Quería hacerlo. Quería todo eso, contigo. Lo único que me molestó fue cuando tuviste problemas sin mí. Quiero que tengamos problemas juntos. Quiero que estemos juntos, pase lo que pase. Eso es lo que quiero.

Magnus esperó en silencio.

—Nunca antes he amado a nadie así. Quizá no lo esté diciendo bien, pero es lo que siento.

«Nunca antes he amado a nadie así.»

Magnus sintió como si se le abriera el corazón en el pecho, derramándole amor y deseo por las venas.

—Alec... —le susurró—. Lo has dicho perfectamente.

—Entonces, ¿qué es lo que pasa? —Alec se arrodilló sobre la cama, con el pelo deliciosamente alborotado y las mejillas sonrojadas.

—Es tu primera vez —contestó Magnus—. Quiero que sea perfecto para ti.

Alec sonrió de medio lado, sorprendiéndolo.

—Magnus —dijo—. Llevo esperando esto tanto tiempo que si no lo hacemos literalmente ahora mismo voy a saltar por la ventana.

Magnus se echó a reír. Era raro reír y sentir deseo al mismo tiempo; no estaba seguro de que eso le hubiera pasado con nadie que no fuera él. Cubrió el espacio que lo separaba de Alec y lo estrechó contra sí.

Alec soltó un seco suspiro cuando sus cuerpos chocaron, y muy pronto, ninguno de los dos reía. Alec respiraba entrecortadamente mientas Magnus le quitaba la camisa. Su caricia era ansiosa, exploradora. Encontró el cuello de la camisa del brujo y se lo abrió de un jalón, para bajarle la prenda por los hombros. Pasó las manos por sus brazos desnudos. Lo besó en el cuello, en el pecho desnudo, en el plano abdomen sin ombligo. Magnus enredó los dedos en el desgreñado cabello de Alec y se preguntó si alguien habría sido alguna vez tan afortunado.

—Acuéstate —le susurró Magnus finalmente—. Acuéstate, Alexander.

Él se estiró sobre la cama, con el hermoso cuerpo desnudo de cintura para arriba. Con los ojos clavados en Magnus, echó las manos atrás y se agarró al cabezal de la cama, tensando los músculos de los brazos. El sol que entraba por la ventana cayó sobre él, cubriéndole el cuerpo con una tenue luminiscencia. Magnus suspiró, deseando que existiera una magia que pudiera detener el tiempo, que le permitiera quedarse indefinidamente en ese instante.

—Oh, amor mío —murmuró—. Me alegro tanto de estar en casa...

Alec sonrió, y Magnus inclinó el cuerpo sobre el suyo. Se movieron, se curvaron y se encajaron, pecho contra pecho, cadera contra cadera. Alec se quedó casi sin aliento cuando la lengua de Magnus encontró el camino hacia su boca abierta, y las manos los liberaron del resto de la ropa. Se quedaron piel contra piel, aliento contra aliento. Latido contra latido. Magnus pasó sus anillos siguiendo el perfil del cuello de Alec hasta los labios; Alec le lamió y le chupó los dedos, las piedras de los anillos, y Magnus se estremeció con sorprendido anhelo cuando Alec lo mordió suavemente en la palma. Allí donde se besaban y allí donde se acariciaban parecía ser como alquimia, la transformación de lo común en oro. Progresaron juntos, comenzando lento y ascendiendo hacia una penetrante urgencia.

Cuando los movimientos se detuvieron y los jadeos pasaron a ser tenues susurros, se quedaron el uno en brazos del otro bajo la atenuada luz del sol poniente, Alec con la cabeza sobre el pecho del brujo. Magnus le acarició el suave pelo y miró maravillado las sombras sobre la cama. Era como si fuera la primera vez que algo así pasara en el mundo, era como el comienzo de algo reluciente e imposiblemente nuevo.

Magnus siempre había tenido un corazón peregrino. Durante siglos, se había aventurado en muchos lugares diferentes, siempre en busca de algo que pudiera saciar su inquieta ansia. Nunca se había dado cuenta de cómo las piezas podían encajar, cómo el hogar podía ser un lugar y... alguien.

Su lugar era con Alec. Su corazón peregrino podía descansar.

El Portal se abrió justo fuera del decrépito *hongsalmun,* cerca de la cima de la colina. La pintura roja que antaño había cubierto la verja de madera hacía siglos que había saltado, y las asfixiantes enredaderas habían crecido alrededor de ella.

Shinyun salió del Portal y respiró profundamente el fresco aire de la montaña. Recorrió con la mirada sus dominios y sus infranqueables salvaguardas. Solo un zorro las había traspasado, hacía mucho tiempo, hambriento y buscando comida. No la había encontrado y su esqueleto seguía allí.

Siguió el retorcido sendero de piedras y matorrales que subía serpenteando por la colina. Su vieja casa familiar en Corea era considerada como un lugar maldito y embrujado entre los habitantes locales. Shinyun supuso que, en cierto modo, lo era. Ella era el fantasma de su familia, la última. La habían abandonado allí y nunca podría irse del todo.

Mientras entraba en la casa agitó la mano para reavivarla. Un fuego prendió en la chimenea. Sus dos demonios nue, con ojos rojos y dientes afilados en sus rostros de mono, salieron de la chimenea y fueron hacia ella agitando en el aire sus colas de serpiente.

Los dos demonios siguieron de cerca a su señora mientas recorría el pasillo principal hasta el fondo de la casa. Llegaron a una pared, que de repente parpadeó y despareció. Shinyun y sus demonios atravesaron el lugar donde esta se había alzado y la pared se levantó de nuevo tras ellos mientras descendían por una escalera oculta.

En el fondo del sótano había una jaula de metal oxidada reforzada por poderosas salvaguardas. Los demonios de Shinyun no eran mascotas. Eran guardianes. Mantenían lejos a los intrusos. Y también hacían que las cosas no pudieran escapar.

Corrió los cerrojos y entró en la jaula. Los demonios sisearon a un montón de paja en una esquina, y el brujo sucio y de piel verde alzó la cabeza. Su rostro estaba casi oculto por una desgreñada mata de pelo que antes había sido blanco como la nieve, pero que la suciedad había vuelto gris.

—Oh, estás viva —dijo el brujo—. Qué pena. —Se apoyó en el montón de paja, temblando como si estuviera enfermo—. Me encanta ver que no tienes buen aspecto —añadió—. Magnus Bane demostró ser un oponente más formidable de lo que te imaginabas, ¿no? ¿Quién lo iba a decir? Bueno, yo ya te dije que no tenías ninguna posibilidad contra él. Varias veces.

Shinyun le lanzó una fuerte patada. Siguió pateándolo hasta que fue recompensada con un gruñido.

—Quizá las cosas no hayan funcionado como yo esperaba —jadeó—. Y tú lo lamentarás tanto como lo lamento yo. Tengo otro plan, un plan para todas las maldiciones primogénitas, y tú vas a ayudarme.

—Lo dudo —replicó él—. No soy de los que ayudan.

Shinyun lo golpeó de nuevo. Le propinó patadas hasta que él se hizo un ovillo de dolor, y luego volteó el rostro hacia un lado para que no pudiera verle las lágrimas.

—No tienes elección. Nadie va a venir a salvarte —le dijo ella, fría y segura—. Estás solo, Ragnor Fell. Todo el mundo te cree muerto.

AGRADECIMIENTOS

Alec Lightwood se formó en mi cabeza en 2004, un chico en gastados suéteres viejos con agujeros en los puños, furiosos ojos azules y un alma vulnerable. Magnus estalló en mi corazón no mucho después, con una personalidad desmesurada y emociones cuidadosamente contenidas. Y supe que eran perfectos el uno para el otro: el cazador de sombras y el subterráneo, el brujo y el chico arquero.

Cuando yo era adolescente, las representaciones LGBTQ+ en la literatura para jóvenes era algo que se hallaba en las páginas de las «novelas de problemas», si es que se hallaba en alguna parte. Mis amigos, tanto gays como lesbianas o bisexuales, buscaban en vano algún personaje en el que se pudieran sentir representados en los libros que les gustaba leer: aventuras fantásticas de capa y espada. Cuando comencé a escribir los libros de Cazadores de sombras, incluir a Alec y a Magnus fue algo que hice porque me encantaban sus personajes y pensaba que pertenecían a una aventura fantástica de capa y espada; que me apartaran de escuelas, de ferias de libros, de tiendas que no querían los libros a causa de ellos, junto con las exageraciones de algunos vigilantes de los medios, en los que se comentaban la presencia de personajes gays como «contenido sexual» aunque ni siquiera se hubieran besado

369

aún, me sorprendió y me hizo enfrentarme a la realidad, al igual que la corriente de apoyo de los lectores LGBTQ+ me hizo reafirmarme en mi intención de explicar su historia.

Ha habido desafíos. He intentado mantener el equilibrio entre que, por una parte, Magnus y Alec estén siempre presentes en los libros, siempre humanos, siempre héroes, y por otra, sin ir más allá de lo que se considera un «contenido aceptable», para alcanzar una situación en que los libros sigan estando en los estantes de las librerías y las bibliotecas, para que los chicos que más necesitan leer a personajes como Alec y Magnus pudieran seguir encontrándolos. Pero seguía picándome el gusanito de hacer más.

La creación y la publicación de *Las crónicas de Bane*, en 2014, fue un disparo de advertencia: un libro sin tapujos sobre Magnus, su vida y sus amores de ambos sexos y, finalmente, su compromiso con Alec. Lo hice modestamente bien; lo bastante bien para hacerme sentir que había llegado el momento de hacer algo que siempre había querido y narrar un cuento de fantasía romántica de capa y espada con Magnus y Alec como protagonistas. Ya había dejado un hueco temporal para esa historia: las «vacaciones» que Magnus y Alec se toman en Ciudad de los Ángeles Caídos, durante las cuales es evidente que su relación se hace mucho más seria. Sabíamos que se pasearon por Europa, pero ¿qué pasó exactamente? Este libro pretende explicar esa historia.

Así que doy las gracias a mis amigos y mi familia, que me ayudaron durante el proceso de escritura; a mi editorial, por arriesgarse; a mi editor y agente, a mi coautor, Wesley Chu. Y, sobre todo, gracias a Alec y Magnus y a todos los que los han amado y apoyado durante todos estos años. En 2015, una bibliotecaria de Texas se llevó aparte a uno de mis coautores durante una convención y le dijo que *Las crónicas de Bane* era el único libro LGBTQ+ que le permitían tener en su biblioteca. Todos los demás habían sido calificados de «inapropiados», pero como los fans de Cazadores de sombras les pedían insistentemente ese libro a sus padres, se le dijo que podía hacer una excepción. Gracias sobre todo a esos fans que pedían el libro, y a aquella bibliotecaria, y a todos los bibliotecarios, profesores y libreros que colocan el libro adecuado en las manos adecuadas. Y no perdamos la esperanza de un mundo en el que algún día todos sepan que los libros de temática LGBTQ+ no solo son «apropiados» sino también necesarios.

C. C.

Los manuscritos rojos de la magia se escribió en un tiempo de importante transición. Antes de que se me propusiera ser coautor de la historia de Magnus y Alec, pensaba que mi corazón estaba colmado viviendo en Chicago con mi esposa, Paula, y nuestra terrier, *Eva*. Entonces dimos la bienvenida a nuestro hijo, Hunter, a este mundo y nos trasladamos a la otra punta del país, a Los Ángeles, y como el Grinch que robó la Navidad, el corazón se me hinchó hasta estar a punto de hacerme estallar el pecho. Estos últimos años, durante los que he estado trabajando en este libro, han sido los más plenos y desafiantes de mi vida, tanto personal como profesionalmente, y creo que mi creciente capacidad de amar y lo que siento por mi familia, por mi nuevo hogar y por este proyecto, se refleja en esta páginas.

Doy las gracias a mi hermosa esposa, Paula, por mostrarme cómo es el amor y el apoyo incondicionales, y por ofrecerme una paciencia eterna mientras yo pasaba miles de horas ante el teclado. También doy las gracias a mis padres y a mis suegros por ayudarme a cuidar de Hunter, lo que me permitió tener el tiempo y el espacio para dedicar mis pensamientos a Magnus y Alec. También gracias a mi agente, Russ Galen, por creer en mí lo suficiente para confiarme este proyecto, y a los equipos de Simon & Schuster por hacer que todo lo demás sucediera.

El amor y la dedicación de los fans de Cazadores de sombras nunca dejan de asombrarme e inspirarme. Muchísimas gracias. Estamos en esto juntos.

Y un agradecimiento muy especial a Cassie, por permitirme ayudar a contar la historia de Magnus. Esta ha sido una de las experiencias más enriquecedoras de mi vida, y me siento verdaderamente honrado y bendecido por ser parte de algo tan especial como lo es el universo de Cazadores de sombras.

Por último, tengo que dar las gracias a Magnus y a Alec. Su amor es una inspiración y una guía para muchos. Que sus días, desde el primero al último, brillen con igual resplandor.

W. C.